Barbara Bretton

Meeresschimmer

Roman

*Aus dem Amerikanischen
von Ingeborg Ebel*

WILHELM HEYNE VERLAG
MÜNCHEN

HEYNE ALLGEMEINE REIHE
Band-Nr. 01/13537

Titel der Originalausgabe
AT LAST

Umwelthinweis:
Dieses Buch wurde auf
chlor- und säurefreiem Papier gedruckt.

Redaktion: Birgit Groll

Deutsche Erstausgabe 09/2002
Copyright © 2000 by Barbara Bretton
Published in arrangement with Berkley Books,
a member of Penguin Putnam Inc.
Copyright © der deutschsprachigen Ausgabe 2002 by
Wilhelm Heyne Verlag GmbH & Co. KG, München
Printed in Denmark 2002
Umschlagillustration: Picture Press/Corbis/Peter Finger
Umschlaggestaltung: Nele Schütz Design, München
Satz: Buch-Werkstatt GmbH, Bad Aibling
Druck und Bindung: Nørhaven Paperback A/S, Viborg

ISBN: 3-453-21227-4

http://www.heyne.de

Dieses Buch ist Dir mit viel Liebe gewidmet, Daddy.

Prolog

Der letzte Mensch, der Graciela Taylor an jenem Tag sah, als sie Idle Point in Maine für immer den Rücken kehrte, war der alte Eb von der Tankstelle Stopp and Pump. Hätte sie ihre Flucht vielleicht etwas besser geplant – oder überhaupt geahnt, dass sie ihren Verlobten allein vor dem Altar stehen lassen würde –, hätte sie dafür gesorgt, dass ihr Wagen voll getankt gewesen wäre. So jedoch geschah es, dass die Nadel der Benzinuhr Reserve anzeigte. Deshalb musste sie zur Tankstelle fahren und konnte nur hoffen, dass der alte Eb nicht in zu redseliger Stimmung sein würde. Vielleicht wäre sie das Risiko eingegangen und hätte versucht, bis nach Portland zu fahren, ehe der Motor ihres Wagens stotternd versagte, doch sie hatte zu viel Angst davor, mitten auf der Main Street wegen Benzinmangels stehen zu bleiben und Noah auf dem Heimweg von einer Hochzeit zu begegnen, die nicht stattgefunden hatte.

Der alte Eb warf einen Blick durch sein Bürofenster und Gracie sah, wie sich ein erstaunter Ausdruck auf seinem Gesicht abzeichnete, was ihre schnelle Flucht nicht gerade vereinfachte. Er hatte schon lange vor Gracies Geburt in Idle Point gelebt und alles gesehen, was sehenswert war und ein paar Dinge, die er lieber vergessen hätte. Er war es gewesen, der Gracies Mutter tot im Abgrund der Schlucht, in ihrem alten Chevy mit noch gellender Hupe gefunden hatte – und die kleine, aus Leibeskräften schreiende Gracie, die aus dem Wrack herausgeschleudert worden war. Er war es gewesen, der sie in Decken gehüllt und in den Armen gehalten und darauf gewartet hatte, dass ihr Vater komme und die Leiche seiner Frau identifiziere. Sie und Eb verband eine gemeinsame Vergangenheit. Hätte er auch nur einen Funken Ahnung von ihrem Vorhaben, wüsste bald die ganze Stadt davon.

»Du vergisst wohl, wo du jetzt sein solltest?«, fragte er und schlenderte gemächlich zu dem alten Mustang, den sie vor vier Jahren mit den Ersparnissen ihres Gehalts als Tierpflegerin in den Hundezwingern von Dr. Jim gekauft hatte. »Alle sind in der Bucht und warten auf dich, Gracie. Ich wäre ja selbst dort, müsste ich nicht arbeiten.«

Gracie zwang sich zu einem Lächeln und wünschte, sie hätte Zeit gehabt, ihr kurzes weißes Spitzenkleid gegen Jeans und Pullover zu tauschen. Ihr Aufzug verriet, was sie war: eine Braut auf der Flucht. »Ich bin schon unterwegs«, sagte sie, ohne ihr Ziel anzugeben. Sie mochte Eb zu sehr, um ihn anzulügen.

Eb schaute auf seine Taschenuhr. »Ich dachte, die Hochzeitsfeier soll um zwei anfangen«, sagte er, mit einem scharfen, neugierigen Unterton in der Stimme und musterte mit seinen blassen blauen Augen ihr Kleid. »Jetzt ist es fast halb drei. Du kannst doch nicht zu deiner eigenen Hochzeit und Abschiedsparty zu spät kommen.« Eb wusste, dass sie am nächsten Morgen nach Philadelphia fahren sollte, um dort ihr Studium der Veterinärmedizin an der University of Pennsylvania zu beginnen. Tierärztin zu werden war ihr Kindheitstraum und sie hatte dieses Ziel hartnäckig verfolgt.

»Ich weiß«, entgegnete Gracie, »aber mein Tank ist fast

leer und ...«, schulterzuckend fügte sie hinzu: »Du weißt doch, wie das ist. Ich hatte so viel zu erledigen.« Eb war wie sie in Neuengland geboren und beide wussten nur zu gut, wie sehr Neuengländer darauf achten, sich nicht in die Angelegenheiten anderer Leute einzumischen.

Eb prüfte den Ölstand und säuberte die Windschutzscheibe, während der Benzintank viele Gallonen schluckte. Falls er sich wunderte, dass sich Sam, die Katze, auf dem Beifahrersitz putzte, sagte er das nicht. Jedesmal, wenn ein Auto näher kam, warf Gracie nervös einen Blick über ihre Schulter. Sie wollte nur eins: ohne Aufsehen fliehen. Wenn sich erst einmal die erste Aufregung gelegt und die Gefühle beruhigt hatten, konnten sie und Noah vielleicht miteinander reden. Sie hatte ihm einen Zettel auf den Küchentisch gelegt und ihm geschrieben, es tue ihr Leid, sie habe das alles nicht geplant und ob es nicht besser sei, jetzt ein Ende zu machen, ehe es zu spät sei?

Wie sonst sollte sie dem Jungen, den sie seit ihren Kindergartentagen liebte, erklären, dass sie nichts Besseres für ihn tun könne als ihn zu verlassen?

Eb schraubte den Deckel auf die Tanköffnung.

»Was bin ich dir schuldig?«, fragte Gracie und griff durch das offene Autofenster nach ihrer Handtasche.

Eb steckte seine knotigen Hände in die Taschen seines Overalls. »Sieh nur zu, dass du eine anständige Ausbildung kriegst, Mädchen, und dann komm zu uns zurück, wo du hingehörst. Ich habe lange auf deine Hochzeit gewartet und möchte, dass du in deinem Beruf, mit deinem Mann und ein paar Kindern glücklich wirst.«

Eb hatte keine Ahnung, was er da sagte.

Du verstehst mich nicht, Eb, dachte Gracie. Ich wollte heute heiraten, aber ich gebe jetzt auf. Allein. Wir wollten schon beide unsere Zukunftspläne aufgeben und zusammen nach Paris durchbrennen. Kannst du dir das vorstellen, Eb? Ich liebe ihn, und er liebt mich, aber wir haben nicht die geringste Chance, miteinander glücklich zu werden. Dafür hat sein Vater gründlich gesorgt. Deshalb sitze ich jetzt in meinem Auto und sehe zu, dass ich so schnell wie möglich von hier fortkomme – ehe ich noch anfange, an Märchen zu glauben.

Noah war Teil von Gracies Leben gewesen, solange sie zurückdenken konnte und ihr Herz hatte ihm beinahe ebenso lange gehört. Sogar während seiner Jahre als Internatsschüler hatte sie fast ständig an ihn gedacht. Dabei hatte er erst nach seiner Rückkehr nach Idle Point, als sein Vater einen Herzanfall gehabt hatte, von ihr wirklich Notiz genommen. Und dann war alles so gekommen wie es kommen musste. Ihn zu lieben, war ihr so selbstverständlich und natürlich wie atmen vorgekommen; ihn zu heiraten, wäre einfach der logische Schritt gewesen.

Noah und Gracie waren seit der Oberstufe auf der High School zusammen gegangen und waren trotz aller Anstrengungen ihrer Familien, sie auseinander zu bringen, ein Paar geblieben. Obwohl sich die Wege ihrer Väter nicht oft kreuzten, nicht einmal in einer so kleinen Stadt wie Idle Point, war der gegenseitige Hass dieser beiden Männer allen bekannt, und dieses Gift wollten sie auch auf ihre Kinder übertragen. Die beiden hatten gelernt, ihre Liebe vor ihren Familien geheim zu halten. Und als beide dann aufs College gingen – Noah an die Brown University of Rhode Island und Gracie an die University of Pennsylvania –, glaubten alle, ihre Teenager-Liebesaffäre würde wegen der räumlichen Trennung zu Ende gehen. Niemand wusste von ihren gemeinsamen Wochenenden in Philadelphia, den Museumsbesuchen oder den Spaziergängen in der Nähe der Independence Hall, wo sie über das Haus sprachen, das sie gemeinsam bauen, und die Familie, die sie gründen wollten. Gracie würde als Tierärztin in Dr. Jims Praxis arbeiten und Noah den Großen Amerikanischen Roman schreiben.

Natürlich kannte sie das heimliche Getuschel ihrer so genannten Freundinnen, die sich wunderten, wie ein so einfaches Mädchen wie Gracie – die an den Docks wohnte – es geschafft hatte, sich einen Jungen wie Noah zu angeln. Gracie war ernst, ehrgeizig und arm. Noah hingegen war der Sohn eines reichen Mannes und glaubte, er könnte alles im Leben umsonst haben. Er war von der Brown University geflogen und sollte er irgendwann einen Lebensplan entworfen haben, so befolgte er ihn nicht. Er nahm nichts und niemanden ernst. Wusste Gracie das denn nicht? Eines Tages würde er sie anrufen und sagen: »Du weißt, dass es für mich nie jemanden außer dir geben wird, aber ich habe eine andere Frau kennen gelernt und ...«

Alle, außer Gracie wussten, dass das eines Tages passieren würde. Warum kapierte sie nicht, dass sie sich etwas vormachte? Dieses giftige Gerede verletzte Gracie sehr, doch schon vor langer Zeit hatte Grandma Del ihr beigebracht, sich gegen solche Gehässigkeiten zu wehren und den Kopf hochzuhalten. Deshalb erfuhr auch niemand, wie sehr sie diese Pfeile trafen. Denn Noah liebte Gracie wegen ihres Wesens und nicht wegen ihres Aussehens oder ihrer Herkunft. Es war ihm egal, dass sie groß und mager und mit Intelligenz statt mit Schönheit gesegnet war und ein großes Herz hatte, aber kein Bankkonto. Sie liebten einander, und bis gestern Abend hatte Gracie geglaubt, das sei alles, was sie brauchten.

Wer hätte je gedacht, dass Gracie Noahs Herz brechen würde?

Simon Chase war der Mann, der ihrer beider Leben ruiniert hatte. Vor einer Stunde war er ins Haus ihres Vaters gekommen und hatte nur sechzig Minuten gebraucht, um ihre Träume zu vernichten. Ihr zukünftiger Schwiegervater, ein großer Mann mit weißem Haar und der angeborenen Arroganz des Yankee-Aristokraten, war eine imposante Erscheinung. Sein angegriffenes Herz hatte sein Temperament zwar etwas gezügelt, trotzdem hatte er Gracie mit seinem unverändert bösen Funkeln in den Augen angesehen. Gracie hatte schon immer vermutet, dass Simon sie nicht leiden konnte, aber erst an diesem Nachmittag seine beinahe hasserfüllte Abneigung ihr gegenüber erkannt.

Simon Chase war mächtig und hatte Beziehungen die ganze Maine-Küste entlang, bis zum Seengebiet. Noah und Gracie waren letzte Woche heimlich nach Portland gefahren, um dort ihre Heirats-Lizenz zu beantragen, da sie davon ausgegangen waren, dass dort im Rathaus niemand besonders Notiz von ihnen nehmen würde. Doch sie hatten sich geirrt. Ein Angestellter erkannte den Namen Chase, informierte seinen Vorgesetzten, der beim Lunch einem Freund gegenüber beiläufig die Angelegenheit erwähnte, und eine Stunde später erfuhr Simon in seinem Büro die Neuigkeit.

»Du wirst schon das Richtige tun«, hatte Simon zum Abschluss gesagt und war aufgestanden. »Wenn du meinen Sohn wirklich so liebst, wie du behauptest, wirst du wissen, was für ihn am Besten ist. Es gibt wirklich keine andere Möglichkeit, nicht wahr, Graciela?«

Erst als Simon in seinem neuesten Lincoln-Modell außer Sichtweite gewesen war, hatte Gracie den Umschlag auf dem Küchentisch entdeckt, zwischen den Salz- und Pfefferstreuern und der Zuckerdose eingeklemmt. Zehntausend Dollar, damit sie seinen Sohn in Ruhe ließ. Zehntausend Dollar, damit sie Noahs Leben nicht ruinierte. Anscheinend war das die übliche Summe, die in Idle Point für Verrat gezahlt wurde.

»Es ist mir ernst damit, Mädchen«, sagte Eb gerade. »Spar dir dein Benzingeld für die nächste Tankfüllung in New Jersey. Dort schenkt dir niemand etwas.«

»Das kann ich nicht annehmen«, entgegnete Gracie.

»Du hast mir schon diesen schönen Spiegel mit Silberrahmen geschenkt, der Sarah gehört hat, als ich aufs College ging.«

In Ebs Augen glitzerten Tränen. »Sarah hat dich wie eines ihrer Enkelkinder geliebt und immer gehofft, dass du und Noah eines Tages heiraten würdet.«

O Gott!, dachte Gracie. Ich muss von hier verschwinden, ehe auch Eb mir noch das Herz bricht.

Gracie gab sich geschlagen, küsste Eb auf seine von Wind und Wetter gegerbte Wange und sagte: »Ich danke dir. Ich habe dich sehr lieb.«

Eb errötete unter seinem grauen Bart und murmelte verlegen: »Wir wollen auf dich stolz sein, Gracie. Verstehst du mich?«

»Ich tue schon das Richtige«, entgegnete sie und setzte sich hinters Lenkrad. »Das Beste für uns beide.« Daran hatte Simon Chase vor weniger als einer Stunde keinen Zweifel gelassen.

»Was hast du gesagt?«, fragte Eb, aber Gracie lächelte nur, weil sie schon zu viel angedeutet hatte.

Sie startete den Motor, ließ ihn aufheulen, griff ins Handschuhfach und holte einen dicken Umschlag heraus. »Da«, sagte sie zu Eb und gab ihm den Umschlag durchs offene Fenster. »Jetzt kannst du den Urlaub machen, von dem du und Sarah immer geträumt habt.«

Mit durchdrehenden Rädern raste sie aus der Tankstelle.

»He, warte mal!« Ebs Stimme verwehte hinter ihr. »In dem Umschlag ist ja Geld. Was willst du ...«

Als Letztes sah Gracie im Rückspiegel den alten Eb mitten auf der Straße stehen und Simon Chases Geld wie eine weiße Kapitulations-Fahne schwenken.

Gracie drosselte ihr Tempo erst wieder, als sie den Stadtrand von Boston erreichte.

1. Kapitel

Schon am ersten Tag in der Vorschule verliebte sich Gracie Taylor in Noah Chase. Damals war sie fünfeinhalb Jahre alt und so heimwehkrank, dass sie glaubte, ihr Herz würde aufhören zu schlagen, als ihr Grandma sagte, sie müsse in diesem kalten und unheimlichen Klassenzimmer bleiben, bis sie um zwei Uhr wiederkomme, um sie abzuholen. Gracie stand, verzweifelt gegen ihre Tränen ankämpfend, in der Nähe der Garderobe, als Noah an ihrer Seite auftauchte.

»Du solltest deinen Pullover aufhängen, ehe die Glocke läutet«, sagte er, »sonst gibt dir Mrs. Cavanaugh einen schwarzen Stern.«

Noah hatte strahlend blaue Augen mit dichten Wimpern, und als er sie anlächelte, dachte sie, ihr Herz würde wie ein Luftballon zur Decke schweben. Noch nie in ihrem Leben hatte sie einen Jungen wie ihn gesehen, außer in Märchenbüchern, wo schöne Kinder in schönen Häusern mit Eltern lebten, die sie für immer und ewig liebten.

Er zupfte an ihrem Ärmel und lächelte noch breiter. »Na, mach schon«, drängte er. »Ich halte einen Platz für dich frei.«

Gracie, die nur redete, wenn es unbedingt sein musste,

sah tief in diese blitzenden blauen Augen und fragte:«Woher weißt du das mit den schwarzen Sternen?«

»Das wissen alle«, sagte ihr neuer Freund. »Goldene Sterne gibt's, wenn du brav bist, und schwarze Sterne, wenn du böse bist.«

Gracie waren die schwarzen Sterne egal, aber da Noah schwarze Sterne für etwas Schlimmes hielt, war sie seiner Meinung. Sie hängte ihren roten Lieblingspullover an den letzten leeren Haken der Garderobe. Grandma Del hatte ihr diesen Pullover zum fünften Geburtstag geschenkt und sie liebte ihn sehr. Er war ihr immer wie etwas Besonderes vorgekommen, doch jetzt, da er neben den Pullovern der anderen Kinder hing, wirkte er irgendwie schäbig. Deren Pullover waren aus weichster Wolle handgestrickt und mit winzigen Enten und Häschen gesäumt. Solche Pullover bekam man nicht im Discount-Laden, wo Grandma Del Gracies Sachen kaufte. Gracie war überzeugt, dass jeder dieser speziellen Pullover von einer Mommy gestrickt worden war.

Das Klassenzimmer war voller laut lärmender, lachender Kinder, die einander stießen und schupsten wie Welpen in einem Korb. Gracie lebte als einziges Kind inmitten von Erwachsenen an den Docks. Ihre besten Freunde waren Bücher (vor allem solche über Tiere), ihr Goldfisch und ihr geliebter Hamster Wilbur. Bei Tieren fühlte sie sich wohl und war nicht scheu und stumm wie in Gesellschaft Erwachsener.

Gracie rammte die Hände in die Taschen ihres Trägerkleids aus Cordsamt. Ihr Füße fühlten sich groß und schwer an, zu schwer, um sie in das Klassenzimmer zu tragen. Warum musste sie überhaupt in die Vorschule gehen? Sie konnte schon lesen und mit ihrem liebsten Malstift ihren Namen, ihre Adresse und Telefonnummer in Druckbuchstaben schreiben. Wer wollte schon mit einem Haufen doofer Kids rumsitzen und mit Bauklötzchen und Fingerfarben spielen, wenn man schon Geschichten von *Lassie* oder dem *Gestiefelten Kater* lesen konnte?

Der Junge mit den leuchtend blauen Augen drehte sich auf seinem Sitz um und deutete auf das Pult neben seinem. Er lächelte sie an, als wäre Weihnachten und sie das schönste Geschenk unterm Weihnachtsbaum. Von seinem Blick angezogen, setzte Garcie einen Fuß vor den anderen und ging an den Kindern vorbei, als wäre sie eines von ihnen. Sie rutschte auf den kalten Holzsitz und faltete die Hände auf dem Pult.

»Wie heißt du?«, fragte er und beugte sich über den Gang.

»G-Gracie«, stammelte sie und wünschte, sie hätte einen hübschen Namen wie Tiffany oder Marisa. »Und du?«

»Noah«, sagte er und schnitt eine Grimasse wie eine vertrocknete Zitrone.

Gracie kicherte. Zwei kleine Mädchen drehten sich um, sahen, was Noah tat und fingen auch zu kichern an. Und ehe sich Gracie versah, war sie der Mittelpunkt einer Schar lachender Kinder, ganz so, als gehöre sie dazu.

Das war der schönste Tag in Gracies Leben. Als Mrs. Cavanaugh verkündete: »Ihr könnt jetzt gehen!«, wünschte sich Gracie, sie könnte mit den Augen zwinkern und dann würde der Tag von vorne beginnen. Sie folgte den anderen Kindern zur Garderobe und das Stimmengewirr und Gelächter um sie herum fühlte sich an wie eine innige Umarmung. Alle mochten Noah und da Noah Gracie mochte, wurde auch sie in den Kreis aufgenommen. Ihr kam es vor, als hieße man sie in einem magischen Zirkel willkommen, in dem nur Gutes passierte, und sie hasste es, ihn verlassen zu müssen.

Grandma Del wartete am Schultor. Sie war Köchin bei der reichsten Familie in Idle Point und hatte montags frei. »Du siehst heute Nachmittag richtig glücklich aus, kleines

Fräulein«, sagte sie und zupfte an Gracies glattem Pferdeschwanz. »Wie hat dir dein erster Schultag gefallen?«

»Ich habe den Kindern Kauderwelsch beigebracht«, erzählte Gracie, vor Aufregung hüpfend. »In einem Käfig im Klassenzimmer sitzt ein Sittich und in einem anderen laufen zwei Wüstenspringmäuse rum. Mittags gab's Milch und Kekse und dann haben wir auf zerquetschten Kissen geschlafen und ich hatte sogar eine eigene Decke.« Um ja nichts zu versäumen, hatte Gracie die Augen keine Sekunde lang geschlossen.

»Eine eigene Decke!«, sagte Grandma Del. »Na, so was!« Sie nahm Gracies Hand und die beiden marschierten los.

Da Grandma Del wegen ihres Alters nicht mehr schnell gehen konnte, passte sich Gracie dem langsamen Schritt ihrer Großmutter an, was ihr nur recht war, denn sie wollte, dass dieser Tag kein Ende nehme.

»Hast du schon Freunde gefunden?«, fragte Grandma Del.

»Ja. Terri und Laquita und Mary Ellen und Joey und Tim und Don und Noah.« Beinahe hätte sie ihr Noah verschwiegen, denn irgendwie wollte sie, dass er ihr ganz besonderer heimlicher Freund war, aber vor ihrer Großmutter konnte sie nichts verbergen.

Grandma Del blieb stehen und wiederholte: «Noah?«

»Ja«, sagte Gracie. »Er hat mir einen Platz frei gehalten.«

»Wusstest du denn nicht, dass ich für Noahs Daddy koche?«, fragte Grandma Del und kniff die Lippen zusammen.

»Nein«, entgegnete Gracie und fügte hinzu: »Er hat blaue Augen, Grandma.«

»Na, diese blauen Augen wirst du nicht allzu lange sehen, mein Fräulein. Sein Daddy hat große Pläne für seinen kleinen Jungen.«

Internat.
Private Vorbereitungsschule fürs College.
Eliteuniversität im Osten.

Grandma Del redete über Gracies Kopf hinweg, denn das kleine Mädchen schenkte ihren Worten wenig Aufmerksamkeit, sondern dachte an Noah, den Sittich und die Wüstenrennmäuse, während sie die anderen Kinder beobachtete, die von ihren Mommys, großen Brüdern oder Schwestern abgeholt wurden. Laquita stand ganz allein in einer Ecke und tat so, als würde ihr das gar nichts ausmachen. Sie war ein stilles kleines Mädchen, hatte ein rundes Gesicht und langes schwarzes Haar, das ihr über den Rücken fiel. Mary Ellen und Joey – rothaarige Zwillinge – winkten Gracie vom Rücksitz eines großen grünen Kombis zu. Tim und Dons älterer Bruder schrie den beiden zu, sie sollten auf der Stelle ins Auto steigen, doch die Jungs redeten mit Terri am Schulbus. Die meisten Kinder wohnten in der Stadt und hatten von klein auf miteinander gespielt.

Auf der gegenüberliegenden Straßenseite ging Noah mit gesenktem Kopf neben einer elegant gekleideten Lady her, die nur geradeaus schaute. Aus irgendeinem Grund tat Gracie bei diesem Anblick das Herz weh. Diese Frau konnte nicht seine Mommy sein. Eine Mommy würde seine Hand halten und ihn fragen, wie sein Tag gewesen sei und dass sie glücklich sei, ihn wieder zu sehen, so wie Grandma Del es tat, nur noch viel inniger.

Grandma Del war Daddys Mutter und sorgte nach Kräften für das kleine Mädchen. Sie sagte oft zu ihr: »Du solltest nicht nur eine alte Frau haben, die sich um dich kümmert. So wie die Dinge liegen, ist es nicht richtig.« Großmutter wohnte in einem kleinen Cottage hinter Daddys Haus und mischte sich wenig in das Leben ihres Sohnes ein. Sie schaute weg, wenn er nach Bier stinkend irgendwann am Tag oder in der Nacht nach Hause kam und stellte ihn nur zur Rede, wenn er sich mal wieder überhaupt nicht blicken ließ.

»Dieses Kind hat ein besseres Leben verdient«, hatte Gracie ihre Großmutter mehr als einmal sagen hören. »Sie braucht eine richtige Familie.« Manchmal kam Grandma Del spätabends ins Haus und trug die verschlafene Gracie in ihr Cottage. »Ich hatte schlechte Träume«, sagte sie dann gern, und legte sie in ihr schmales Bett. »Wie schön, dass du mich besuchst.« Darüber lachte Gracie jedes Mal, obwohl sie wusste, dass das nur ein Vorwand war.

Vielleicht hatte Daddy deswegen zu Weihnachten diese magere, rothaarige Frau mit nach Hause gebracht und gesagt:«Graciela, das ist Vicky, deine neue Mutter.« Gracie war in Tränen ausgebrochen und aus dem Zimmer gelaufen. Daddy hatte hinter ihr hergeschrien:«Komm sofort zurück und entschuldige dich. Auf der Stelle, junge Dame!« Aber Gracie hatte nicht gehorcht, sondern sich auf ihr Bett geworfen und geschluchzt, bis ihr die Augen wehtaten und sie nichts mehr sehen konnte. Sie wollte keine Fremde im Haus haben, die so tat, als sei sie ihre Mutter. Sie wollte ihre richtige Mutter wiederhaben, diese braunhaarige Frau mit dem sanften Lächeln, die von dem Foto auf ihrem Nachttisch auf sie hinunterblickte.

Gracie wusste instinktiv, dass sie nicht über die Nächte reden durfte, in denen ihr Daddy auf dem Fußboden neben einer leeren Flasche einschlief. Und auch nicht über jenen Abend zu Beginn es Sommers, an dem die rothaarige Frau aus dem Haus marschiert war und alles mitgenommen hatte, was nicht niet- und nagelfest war. Gracie war in ihrem Zimmer gewesen und hatte getan als schlafe sie, aber durch den Türspalt beobachtet, wie die Rothaarige und ihre Schwester mit der Pieps-Stimme Geld aus Daddys Taschen und alle Flaschen von den Regalen genommen hatten.

Nein, darüber würde sie nie reden. Mit niemandem. Die Leute redeten schon genug über die Taylors, dass ihr Daddy aus jedem Job rausflog und sich schämen sollte, dass seine alte Mutter als Köchin arbeiten musste, damit er, der faule, nichtsnutzige Kerl ein Dach über dem Kopf hatte. Gracie hoffte, Noah würde nicht aufhören, sie zu mögen, sollte er erfahren, wie es um ihre Familie stand. Sonst würde sie nie wieder in die Schule gehen, und selbst ihre Grandma Del würde sie nicht dazu überreden können.

Aber vielleicht wusste Noah bereits alles. Da Grandma Del für seinen Daddy kochte, kannte Noah womöglich schon ihre familiäre Situation und konnte sie trotzdem gut leiden.

An diesen Gedanken klammerte sich Gracie während des ganzen Heimwegs.

»Noah, zieh dich um, ehe du deine Kekse isst«, befahl Mary Weston, nahm ihren Hut ab und legte ihn auf den Tisch in der Eingangshalle – die rote Feder deutete in Richtung Tür.

»Ja, Ma'am.«

»Deine Eltern kommen irgendwann heute Nachmittag von ihrem Ausflug zurück, und wir wollen doch nicht, dass du bei ihrer Ankunft wie ein Rowdy aussiehst, oder?«

»Nein, Ma'am.« Noah hatte keine Ahnung, wie ein Rowdy aussah oder warum er nicht wie einer aussehen sollte. *Rowdy.* Der Widerhall des Wortes in seinem Kopf ließ ihn lächeln. *Rauh-di.* Bestimmt hatten Rowdys mehr Spaß als er.

»Findest du irgendwas komisch?«

»Nein, Ma'am.«

Marys mürrisches Gesicht wurde noch spitzer. »Und warum bist du dann noch nicht oben und ziehst dich um?«

Das ließ sich Noah kein zweites Mal sagen. Er machte auf dem Absatz kehrt und lief – zwei Stufen auf einmal nehmend – die Treppe hoch, so weit weg wie möglich von der Haushälterin. Er wünschte sich, die Tage in der Vorschule wären doppelt so lang. Es machte viel mehr Spaß mit den Kindern zu spielen, als allein in diesem unheimlichen alten Haus zu sein. Im ersten Stock lief er den Korridor entlang, und achtete sorgsam darauf, die alten Gemälde an den Wänden nicht anzuschauen. Seine Mutter hatte ihm erzählt, das seien Porträts seiner Verwandten aus der Familie seines Vaters, auf die er stolz sein solle, doch Noah fürchtete sich hauptsächlich vor ihnen. Alte, böse aussehende Männer starrten auf ihn hinunter und manchmal dachte er, sie würden ihre Hände aus den Rahmen strecken und ihn versohlen, einfach nur, weil sie das Recht dazu hatten. Darüber hatte er noch nie mit jemandem gesprochen, denn er kannte die Antwort darauf:«Deine Fantasie geht mal wieder mit dir durch, junger Mann. Gemälde können dir nicht wehtun. Hör jetzt auf herumzualbern und mach deine Klavierübungen.»

Aber er wollte keine Tonleitern üben. Er wollte Geschichten von Monstern erzählen, die dumme Erwachsene fraßen und von Zauberern, die von den Felsen weit draußen am Point aufstiegen und einsame kleine Jungen in Ritter mit schimmernden Rüstungen verwandelten. Das würde er tun, wenn er erwachsen war und in einem Haus voller Lärm, Musik und Gelächter mit vielen Brüdern und Schwestern und Hunden leben. Vielleicht ein Hund in jedem Zimmer und mit Eltern, die ihn im Matsch spielen ließen und nicht anschrien.

Noah wurde von seinen Eltern geliebt. Das erzählten sie ihm ständig, schon zwischen Tür und Angel, um eine Nacht in Boston zu verbringen oder ein Wochenende auf ihrem Boot. Manchmal vergingen Tage, bis er seinen Vater wieder sah und deshalb waren die seltenen gemeinsamen Abendessen etwas ganz Besonderes. Dabei beobachtete er aufmerksam seinen Vater und ahmte die Art und Weise nach, wie er Messer und Gabel hielt und den Kopf beim Sprechen zur Seite neigte. Sein Vater war der klügste Mann der Welt und bis auf eine Ausnahme wollte Noah einmal so sein wie er – denn Noah würde dafür sorgen, dass er viel Zeit für seine Kinder hatte.

»Was ist denn nur mit dir los, Kind?«, fragte Grandma Del und stemmte die Hände in die Hüften. »Warum gefällt dir das blaue Trägerkleid nicht?«

»Es ist nicht hübsch genug«, sagte Gracie und betrachtete sich stirnrunzelnd in dem kleinen weiß gerahmten Spiegel über ihrer Frisierkommode. »Ich möchte hübsch aussehen.«

Grandma Del seufzte und Gracie tat so, als hätte sie diesen Seufzer nicht gehört, da sie wusste, was er bedeutete. Sie war nicht hübsch wie Laquita oder Mary Ann und würde es wohl auch nie sein. Ihr Gesicht war klein und schmal, aber sie hatte große braune Rehaugen. Ihre Kleidung sah immer aus, als gehörte sie jemand anderem, auch wenn das Preisschild von Dotty's Discount Kleiderladen noch daran hing. Sogar Laquita mit ihren vielen Brüdern und Schwestern hatte hübschere Kleider als sie.

Mehr als alles in der Welt wünschte sich Gracie dazuzugehören. Seit drei Wochen ging sie jetzt in die Vorschule und hatte eine Menge gelernt. Obwohl die Kinder sie mochten, war sie noch immer eine Außenseiterin und wusste nicht, warum. Das lag nicht nur an den ähnlich aussehenden Kleidern aus dem großen teuren Kaufhaus in Portland und den Sandwich-Dosen mit den Bildern der *Partrigde Family*. Vielleicht lag es daran, dass alle anderen Kinder von ihren Müttern morgens zur Schule gebracht und nachmittags wieder abgeholt wurden. Sogar

Noahs Mutter tauchte des öfteren auf, elegant gekleidet, und Grandma Del verdrehte hinter Mrs. Chases Rücken die Augen und sagte: «Der liebe Herrgott hat ihr nicht viel Verstand mitgegeben.»

Meistens brachte Großmutter Del Gracie zur Schule und holte sie wieder ab, doch von Zeit zu Zeit übernahm ihr Vater diese Aufgabe. Gracie hasste es, wenn ihr Vater in seinem verbeulten Pick-up mit der Aufschrift Taylor Construction an der Fahrertür an der Ecke wartete. Ihr Vater war ein Morgenmuffel und begriff nicht, dass Strumpfhosen zum Trägerkleid passen mussten oder warum Erdnussbutter und Marmelade auf lockeres Weißbrot und nicht auf Roggenbrot gestrichen werden sollten, dessen Körner sich in den Zähnen festsetzten.

Wie sehr Gracie die Schule liebte! Für ein paar Stunden am Tag spielte es keine Rolle, dass sie nicht wie andere Kinder war, denn in dem kleinen Klassenzimmer gehörte sie dazu. Ehe Mrs. Cavenaugh erklärte, was auf der Tafel stehe, konnte sie jedes Wort lesen. Laquita und Noah dachten zunächst, das sei eine Art Zaubertrick, doch als die beiden merkten, dass Gracie lesen *und* schreiben konnte, musste sie über deren dumme Gesichter lachen. Noch vor Mrs. Cavenaugh merkte Gracie, dass eine Wüstenspringmaus Junge erwartete. Beim Mittagsschlaf hielt ihr Mary Ann immer einen Platz frei und obwohl Gracie lieber neben Noah gelegen hätte, wollte sie die Gefühle ihrer Freundin nicht verletzen und blieb bei ihr. Außerdem konnte sie Noah so besser beobachten, ohne von ihm dabei ertappt zu werden. Sie liebte es, wie seine Lider mit den dichten dunklen Wimpern im Schlaf zuckten und er leicht lächelte. Manchmal schien er sich zu schämen, ihr Freund zu sein, aber auch das war in Ordnung, denn sie würde immer auf ihn warten, selbst wenn Don und Tim und die anderen längst verschwunden waren.

Da Noahs Eltern nicht sehr oft stritten, bekam er Angst, als er im Flur den Klang ihrer lauten kultivierten Yankee-Stimmen hörte. Er drückte sich neben der Küche an die Wand und obwohl er nicht lauschen wollte, hörte er doch jedes Wort.

»Del hat sie als Baby immer mit ins Haus gebracht«, sagte seine Mutter gerade. »Ich verstehe den Unterschied nicht, Simon. Das Kind hat uns damals keinen Ärger gemacht und wird es auch jetzt nicht tun.«

»Gegen das Mächen habe ich ja nichts«, entgegnete sein Vater, »aber ihren Vater will ich hier nicht sehen.«

»Möchtest du denn die Verantwortung tragen, wenn dem kleinen Mädchen etwas passiert?«

»Na gut, einverstanden«, willigte sein Vater ein. »Ich gebe Del zwei Wochen, um eine andere Lösung zu finden.«

Dann herrschte Schweigen und Noah fragte sich, warum sein Vater so ernst und ablehnend über Gracies Vater gesprochen hatte. Noah hatte Gracies Vater dreimal vor der Schule in einem Pick-up mit der Aufschrift an der Seitentür gesehen. Er brachte Gracie nicht bis zur Treppe, wie ihre Grandma Del es tat, und er holte sie auch nicht an der Ecke ab wie Noahs Mutter. Gracies Vater blieb im Pick-up sitzen, trommelte ungeduldig mit den Fingern aufs Lenkrad und während Gracie ihm noch zum Abschied zuwinkte, raste er schon mit aufheulendem Motor davon.

Noah wusste, dass es auf der Welt reiche und arme Leute gab. Den Unterschied hatten ihm seine Eltern erklärt, als er gefragt hatte, warum ein Dienstmädchen ihr Haus putze, während seine Mutter zum Lunch ausging und überhaupt nicht sauber machte. Er wusste allerdings nicht, warum Gracie keine Mutter hatte und warum sein Vater sie nicht mochte.

Jetzt klangen die Stimmen seiner Eltern wieder normal

und das Flattern in seinem Magen hörte auf. Da tauchte plötzlich seine Mutter in der Tür auf und lächelte ihn an, aber er sah, wie traurig ihre Augen blickten.

»Da bist du ja«, sagte sie und streckte ihm die Hand hin. »Das Frühstück ist fertig und dann geht's ab zur Schule.«

»Seid ihr böse aufeinander?«, fragte er und schmiegte seine Hand in ihre.

»Warum fragst du?«, entgegnete seine Mutter und das Lächeln auf ihren Lippen erlosch.

»Ich habe euch laut reden hören«, antwortete er, als er neben ihr durch den Korridor zum Frühstückszimmer ging.

»Wenn Erwachsene ernst miteinander reden, klingt das manchmal, als seien sie wütend. Das ist eben so unsere Art.«

»Steckt Gracie in Schwierigkeiten?«

Mrs. Chase ging vor ihm in die Hocke und nahm sein Gesicht in beide Hände. »Niemand steckt in Schwierigkeiten«, sagte sie, aber er sah Tränen in ihren großen blauen Augen glitzern. »Gracie braucht nur einen Ort, wo sie nach der Schule spielen kann, und Del dachte, es wäre vielleicht nett, wenn ihr beide zusammen spielen könntet.«

»Hier?« Noah hatte noch nie einen Freund mit nach Hause bringen dürfen und hätte am liebsten vor Freude Purzelbäume geschlagen. Sogar seine Geburtstags-Partys wurden in einem vornehmen Restaurant in Boothbay Harbor am Wasser gefeiert.

»Nur vorübergehend«, sagte seine Mutter und nickte. »Bis Del eine andere Lösung gefunden hat.«

»Dürfen Laquita und Don und Tim auch mit zu mir nach Hause kommen?«

»Irgendwann vielleicht«, antwortete seine Mutter ausweichend mit heruntergezogenen Mundwinkeln. »Im

Augenblick kann dein Vater gerade noch Gracie im Haus ertragen.«

Manchmal schlief Daddy in seinem nach hinten gekippten Sessel vor dem Fernseher und auf dem Boden neben der Lampe mit dem zerrissenen Schirm häuften sich glänzende Bierdosen. Grandma Del sagte, er arbeite zu schwer und ehe er ins Schlafzimmer ginge, sei das Sandmännchen schon weggegangen. Er lag ausgestreckt da, die Arme hingen über die Seitenlehnen und die Füße über der komischen kleinen Fußstütze und er schnarchte wie ein Sommergewitter. Es machte ihr nichts aus, dass er im Sessel schlief, das taten andere Daddys im Fernsehen auch, also wusste sie, dass das okay war.

Aber Gracie hasste den Geruch nach Bier auf seiner Haut, dann roch er wie ein Fremder, wie jemamd, mit dem sie nicht bekannt sein wollte. Sie hatte Grandma Del gefragt, ob sie nicht seine Sechser-Packungen Bier verstecken könnten, aber Grandma Del hatte nur den Kopf geschüttelt und geantwortet, die Welt sei nicht groß genug, um irgendetwas vor einem Mann zu verstecken, der in sein Verderben laufen wollte.

Während der vergangenen zwei Wochen hatte Ben fünfmal vergessen, Gracie von der Schule abzuholen und Mrs. Cavanaugh hatte Großmutter bei den Chases anrufen müssen. Gracie hatte stumm auf der Treppe gesessen und zugesehen, wie die Lehrerin ungeduldig auf dem Bürgersteig auf und ab marschiert war, immer wieder auf ihre Armbanduhr und die Straße hoch und runter geschaut hatte. Das Schlimmste waren jedoch die mitleidigen Blicke, die ihr andere Eltern zuwarfen, dann die Köpfe abwandten und mit ihren Sprösslingen schnell weitergingen.

»Es wird höchste Zeit, dass sich ein paar Dinge ändern«, sagte Grandma Del an diesem Morgen, nachdem

Daddy am Abend zuvor mit seinem Pick-up in McMahons Garten gerast und gegen den Zuckerahorn gekracht war. Grandma sagte, Daddy käme sie nicht mehr abholen, sondern sie würde mit Noah und Mrs. Chase nach Hause gehen.

»Ich gehe mit Noah nach Hause?«, fragte Gracie fassungslos und starrte zu ihrer Großmutter hoch.

»Ja«, quetschte Grandma zwischen zusammengebissenen Zähnen hervor. »Mr. Chase erlaubt dir, still bei mir in der Küche zu sitzen, während ich das Abendessen zubereite.«

»Darf ich denn nicht mit Noah spielen? Er hat eine elektrische Eisenbahn.«

Grandma drückte Gracies Hand so fest, dass sie laut aufschrie: »Au!«

Grandma lockerte ihren Griff etwas und sagte:«Du bleibst bei mir in der Küche, kleines Fräulein, hörst du? Mr. Chase hat nicht gern Fremde in seinem Haus.« Und mit diesem Lachen, das Gracie nur von Erwachsenen kannte und nicht verstand, fügte sie hinzu:«Bis auf die, die für ihn arbeiten, natürlich.«

Von Simon Harriman Chase hieß es, was er nicht besitze, sei nichts wert. Seine Vorfahren hatten Idle Point vor dem Unabhängigkeitskrieg Mitte des achtzehnten Jahrhunderts gegründet und waren in guten wie in schlechten Zeiten die Säulen der Stadt gewesen. Als Schiffsbauer waren die Chases in bescheidenem Rahmen erfolgreich gewesen, bis Josiah Chase eine Turmalin-Ader auf seinem Besitz entdeckt hatte und die Familie durch diese Schmucksteine reich geworden war. Die Chases hatten noch immer Einfluss im Schiffsbau, im Turmalin-Bergbau und im Immobiliengeschäft, doch seit sechzig Jahren stand dieser Name für Journalismus. Die *Idle Point Gazette* hatte landesweit einen Ruf der fairen und prägnanten Berichterstattung und dafür zahlreiche Auszeichnungen erhalten. Simons Vater hatte vor acht Jahren seinen ältesten Sohn zum Nachfolger bestimmt. Und Simon war es bisher gelungen, jenes hohe Niveau kritischer Berichterstattung aufrechtzuerhalten, das die Leser von der *Gazette* erwarteten.

Er leitete den Zeitungsverlag, war Vorsitzender der örtlichen Handelskammer und unterstützte mit Zeit und Geld die Schulbehörde, das Krankenhaus und die Kirche. Er war ein vorbildlicher Bürger und ein kultivierter Mann, der ein Kind mit einer Intensität hasste, die ihm manchmal Angst machte.

Der Anblick der armen unansehnlichen kleinen Graciela Taylor mit ihrem braunen Haar, ihren braunen Augen und ihrem mageren Körper erfüllte ihn mit ohnmächtiger Wut. Er wünschte nicht, sie wäre tot. Er wünschte nur, sie wäre nie geboren worden.

2. Kapitel

Was ist sie nur für ein kleines zartes Ding, dachte Ruth Marlow Chase und nahm Gracies Hand – viel schmaler als Noahs –, der nur sechs Monate älter war. Die Knochen fühlten sich so zerbrechlich an, dass sie einen Anflug von Sehnsucht verspürte und das Mädchen am liebsten in die Arme genommen hätte, um ihm zu sagen, alles werde gut. Weiß Gott, sie hatte nichts für Mona Taylors einziges Kind empfinden wollen, doch sie war eine warmherzige Frau und konnte ihr Mutterherz nicht vor einem so kleinen, unscheinbaren Mädchen wie Gracie verschließen.

Gracie hatte braune Augen, braune Haare und eine Haut wie Milch. Ihr winziges, ebenmäßig geschnittenes Gesicht war ganz unauffällig. Ihre Kleidung sah aus, als käme sie aus der Kleiderkiste der Heilsarmee. Dieses Kind war wirklich sehr unansehnlich und ähnelte seiner Mutter überhaupt nicht, was Ruth als schrecklich ungerecht empfand. Mona hatte das herzförmige Gesicht eines Engels gehabt – eine breite Stirn, ein zierliches Kinn, volle Lippen und riesige braune Augen, in deren Tiefe man gegen seinen Willen versank. Mona war süß und sinnlich und ...

Ruth führte ihren Gedanken nicht zu Ende. Sie war dazu erzogen worden, über Tote nichts Nachteiliges zu denken oder zu sagen und Mona war im Mai vor fünf Jahren gestorben. In dieser Zeit war viel geschehen. Noah war geboren worden und hatte ihr und ihrem Mann ein Glück beschert, das beide für unerreichbar gehalten hatten. Diese Jahre der Suche nach einer Antwort, die direkt vor ihr – verborgen hinter einer Mauer der Enttäuschung – gelegen hatte, die so hoch gewesen war, dass sie geglaubt hatte, sie nie überwinden zu können.

An dem Tag, als Mona starb, veränderte sich alles.

Ruths Gesicht brannte vor Scham. Wie konnte sie diesen Gedanken nachhängen, während Monas kleine Tochter neben ihr hertrippelte, so grau und leise wie eine der winzigen Feldmäuse, die Ruth manchmal morgens über den Rasen huschen sah? Viele Male hatte sie sich gewünscht, Mona und Ben Taylor würden ihre Koffer packen und Idle Point für immer verlassen, doch nie hatte sie dieser Frau den Tod gewünscht, nicht einmal in ihren dunkelsten Momenten. Auf Hass konnte man kein gutes Leben aufbauen. In einer Atmosphäre voller Wut gedeiht kein gesundes, glückliches Kind. In der Welt gab es so viel Leid und Hass. War es falsch von ihr, beides so weit wie möglich von ihrer Familie fern zu halten?

Vielleicht hat Simon Recht und sie hätte Dels Bitte ablehnen sollen. Bestimmt hätten die guten Schwestern der Heiligen Jungfrau Gracie jeden Nachmittag für ein paar Stunden bei sich aufgenommen. Del war Katholikin und spendete wahrscheinlich zu viel von ihrem Lohn der Kirche. Die alte Frau hatte immer einen Rosenkranz in ihrer rechten Schürzentasche, den sie nervös befingerte, wie griechische Fischer ihre Betperlen, was Ruth während ihres Urlaubs im letzten Jahr gesehen hatte. Die Nonnen hätten sicher mit großherziger Hilfsbereitschaft Dels Bitte erfüllt.

»Zuerst kommt die Familie«, lautete Simons unumstößliches Motto. Die Unantastbarkeit der Familie kam vor allem anderen. Nicht immer hatte er so gedacht, doch seit Noahs Geburt war er ein anderer Mann geworden. Ruth wusste, es wäre dumm von ihr, Unruhe zu stiften, aber sie mochte Del sehr gern und hatte manchmal das Gefühl, den Taylors etwas schuldig zu sein. Was oder warum, war ihr nicht klar, aber sie hatte immer Schuldgefühle, wenn sie darüber nachdachte, was aus Ben und seiner Familie geworden war. Irgendwann hätte sie bestimmt die Möglichkeit gehabt, den Verlauf der Dinge zu ändern. Vielleicht, wenn sie Simon die Stirn geboten oder Mona herausgefordert hätte oder eine bessere Ehefrau gewesen wäre, – vielleicht hätte es dann für alle ein Happyend gegeben.

Aber sie hatte nichts getan. Ben war ein Säufer, der vom Geld seiner alten Mutter lebte, die als Köchin für die Chases arbeitete. Seine Frau war tot und sein kleines Mädchen mit den traurigen Augen klammerte sich an die Hand einer Fremden mit einem Vertrauen, das ihr diese Welt bald austreiben würde. Und dann war da Ruth, die Königin des Hauses auf dem Hügel, die Ehefrau des mächtigsten Mannes der Stadt und die Mutter eines wunderschönen kleinen Jungen mit dem Gesicht eines Engels – und all das war geschehen, weil sie sich für das Schweigen, für den Status quo entschieden hatte. Letzten Endes hatte es nur ein Happyend gegeben – ihr eigenes.

Grandma Del erwartete die drei vor der Haustür. Die Hände tief in den Schürzentaschen vergraben lächelte sie erst, als Mrs. Chase Gracies Hand losließ.

»Geh in die Küche, Kind«, sagte sie zu Gracie und nickte Mrs. Chase und Noah kurz zu. »Für heute waren wir lästig genug.«

»Nein, überhaupt nicht«, widersprach Ruth Chase und ihre blassblauen Augen wurden groß vor Erstaunen.

»Gracie war eine sehr angenehme Begleiterin, nicht wahr, Noah?«

Noah mit seinen sechs Jahren hatte anderes im Sinn.

»Kekse und Milch stehen auf dem Tisch«, rief ihm Del hinterher, als er zur Küchentür lief. »Wasch dir zuerst die Hände.«

»Sie kümmern sich so gut um den Jungen«, sagte Ruth. Noch immer lächelte sie nervös wie ein kleines Mädchen. Del konnte sich gut an dieses Lächeln erinnern. Damals war Gracies Vater Kapitän des High School Football-Teams gewesen und alle Mädchen in der Stadt hatten um seine Aufmerksamkeit gebuhlt.

»Das ist schließlich mein Job«, entgegnete Del und krampfte ihre Finger um den Rosenkranz.

»Sie behandeln Noah, als wäre er ihr Sohn.«

»Er ist ein braver Junge.«

Ruth strahlte vor Freude. Und Del hielt ihr zugute, dass sie ihren Sohn so abgöttisch liebte. Vielleicht sähe es in der Welt besser aus, wenn sich die Menschen mehr um ihre Kinder kümmerten.

»Grandma Del.« Gracie zupfte am Ärmel ihres grauen Pullovers.

»Geh schon rein«, sagte Del und tätschelte das weiche braune Haar ihrer Enkelin. »Ich komme gleich nach.«

»Grandma Del!«, kam es diesmal drängender.

Ruth lächelte verständnisvoll und sagte:«Die Toilette ist direkt neben der Küche. Ich zeige sie dir.«

Del stellte sich zwischen Ruth und Gracie. »Ich zeig's ihr selbst. Vielen Dank.«

»Sie haben doch genug zu tun«, antwortete Ruth, wieder nervös lächelnd. »Außerdem habe ich gern ein kleines Mädchen um mich.«

»Wenn Sie mir die Bemerkung erlauben ... Mr. Chase teilt Ihre Ansicht nicht.«

Ruth wedelte mit der Hand und entgegnete:«Del, Sie

wissen doch, er spuckt immer große Töne. Er hat nur Tabellen und Termine im Kopf. Ich würde mir seinetwegen keine Sorgen machen.«

»Ich mir auch nicht, wäre er mein Mann«, sagte Del, obwohl es nicht ganz der Wahrheit entsprach, denn Simon Chase verlangte von jedem unbedingten Gehorsam. »Ich brauche diese Arbeit, Mrs. Chase. Ich kann es mir nicht leisten, ihn zu verärgern.«

Ohne auf eine Antwort zu warten, drehte sie sich um und scheuchte Gracie in die Küche.

Als sich Gracie an den Küchentisch setzte, hatte Noah bereits seine Plätzchen gegessen und seine Milch getrunken und war zum Spielen nach oben gegangen. Gracie malte gewissenhaft ein paar Bilder in dem Barbie-Malbuch aus, das Grandma Del ihr zum fünften Geburtstag geschenkt hatte, aber insgeheim lauschte sie, ob sie etwas von Noah hörte. Das Haus war so groß wie die Schule und fast so groß wie das Lebensmittelgeschäft in der Main Street. Ihr eigenes Zimmer hätte in das Badezimmer gepasst und es wäre noch genug Platz für die Küche und den Flur darin gewesen.

Noch nie hatte Gracie darüber nachgedacht, was es bedeutete, reich zu sein. Grandma Del und Daddy sagten, dass die Chases reich seien und sie selbst arm. Und wenn sie fragte warum, hatte ihr Daddy nur geantwortet:«Weil das schon immer so war«, und eine neue Flasche geöffnet.

Es war sehr still im Haus der Chases. Nur Großmutter sang leise vor sich hin, während sie im Spülbecken Kopfsalat wusch und rote, saftige Tomaten aufschnitt.

»Darf ich mit Noah spielen?«, fragte Gracie und schob ihr Malbuch beiseite.

»Du bleibst hier und leistest mir Gesellschaft«, antwortete Grandma Del.

»Ich möchte so gern die Zeichentrickfilme sehen.«

»Die kannst du dir zu Hause anschauen.«

»Dann ist es zu spät.«

»Dann liest du eben in einem deiner Märchenbücher, Graciela. Ich bin hier in null Komma nichts fertig.«

Sie wollte nicht im Märchenbuch lesen. Sie wollte mit Noah die Zeichentrickfilme im Fernsehen anschauen und in dem langen Flur Purzelbäume schlagen.

»Hat Noah einen kleinen Hund?«, fragte Gracie und schlenkerte mit den Beinen.

»Hier gibt's keine kleinen Hunde«, sagte Grandma Del.

»Ich wette, er hat Kätzchen«, sagte Gracie. »Eine ganze Menge Kätzchen.« Denn sie würde so ein großes Haus mit Hunden und Kätzchen und Wellensittichen füllen.

»Keine kleinen Hunde und keine Kätzchen.« Grandma Del wischte sich die Hände an einem Geschirrtuch ab, das im Rockbund ihrer Schürze steckte, und drehte sich zu ihrer Enkelin um. »Mr. Chase mag nicht gestört werden.«

»Was bedeutet das?«

»Es bedeutet, dass er weder Hunde noch Katzen noch laute kleine Mädchen leiden kann, die sich lieber um ihre eigenen Angelegenheiten kümmern sollten.«

»Ist er ein böser Mann?«

»Er ist ein Mann«, sagte Grandma Del säuerlich. »Mehr brauchst du nicht zu wissen.«

Meistens wartete Mrs. Chase an der Treppe vor der Schule auf Gracie und Noah. Sie hatte Gracie gebeten, sie Tante Ruth zu nennen, doch Grandma Del hatte gesagt: »Nicht, so lange ich lebe.« Und damit war die Sache erledigt.

Gracie hatte Angst gehabt, Mrs. Chase würde darüber verärgert sein, doch Noahs Mommy blieb lieb und freundlich wie immer. In Noahs Elternhaus wurde nie geschrien, nur geflüstert. Und es roch da nie nach Zigaretten und Bier. Gracie kam es vor, als würden alle Blumen in Idle Point in Mrs. Chases Haus blühen und dort ihre Düfte verbreiten. Gracie fragte Grandma Del, ob sie auch Blumen haben könnten, doch ihre Großmutter sagte nur unwirsch, sie habe keine Zeit für derlei Kinkerlitzchen. Dann bückte sie sich, schaute Gracie streng an und fügte hinzu: «Setz dir bloß keine Flausen in den Kopf, kleines Fräulein», eine Bemerkung, die Gracie tagelang verwirrte.

Sie hasste es, wenn Mrs. Chase verhindert war und die Haushälterin mit dem verkniffenen Gesicht zum Abholen schickte. Mary Weston nahm die beiden Kinder nicht einmal bei der Hand, wenn sie die breite Straße zwischen der Schule und dem Postamt überquerten. Doch ein Gutes hatten diese Tage: Dann griff Noah immer nach Gracies Hand, wenn sie vom Bordstein traten, und ließ sie erst wieder los, wenn sie sicher auf der anderen Straßenseite waren. Abgesehen davon schenkte er ihr jedoch weder zu Hause noch in der Schule viel Aufmerksamkeit. Gracie redete sich zwar ein, das mache ihr nicht viel aus, aber nur, weil sie lieber sterben würde als ihn wissen zu lassen, wie gern sie seine Freundin sein würde. Alle Kinder mochten Noah. Alle wollten mit ihm befreundet sein, in der Mittagspause bei ihm sitzen und neben ihm das Nachmittagsschläfchen machen. Auch Gracie wünschte sich das sehnlichst, sie glaubte jedoch nicht, dass es je dazu kommen würde.

Halloween kam und ging vorbei. Und auch das Erntedankfest. Als an einem verschneiten Nachmittag Anfang Dezember Noah und Gracie mit Mrs. Chase nach Hause gingen, sahen sie Laquita an der Ecke des Haushaltwarenladens stehen. Ihre nackten Hände waren zu Fäusten geballt und sie sah aus, als hätte sie geweint.

»Ist das nicht die kleine Adams?«, fragte Mrs. Chase und da in Gracies Ohren diese Worte wie eine Umarmung klangen, wurde sie sofort eifersüchtig. Niemand hatte je in diesem weichen Ton über sie geredet. Hinter Mrs. Chases Rücken warf sie Noah einen Blick zu und schnitt eine dümmliche Grimasse. Er lachte und Mrs. Chase sah ihn streng an. »Bleibt hier stehen, Kinder. Ich schaue schnell nach, was ihr fehlt.«

Vom Meer her wehte ein starker Wind, der nach Salz und Schnee roch. Für Gracie war das nach dem Duft von heißer Schokolade und dem Atem junger Hunde der liebste Geruch auf der Welt. Und in Idle Point roch es immer salzig und nach Meer. Deshalb konnte sie sich nicht vorstellen, je irgendwo anders zu leben. Manchmal hörte sie Grandma Del und Daddy über Jugendliche reden, die Idle Point verließen und in Städte zogen, wo es nur nach Autos und Menschen roch. Dann wollte sie immer sagen: »Das werde ich nie tun. Ich gehe nie von hier fort.« Sie liebte das Heulen des Windes in den kalten Winternächten, wenn sie sich tiefer in ihrem Bett verkroch; sie liebte die Gischt, die auf dem Schulweg ihr Gesicht benetzte, und die Wellen, die an den gezackten Felsen der Küste explodierten. Idle Point war nicht gefällig und niedlich wie Städte in Bilderbüchern. Für Gracie war diese Stadt viel mehr: Sie war perfekt.

Gracie und Noah standen dicht beieinander und beobachteten, wie Mrs. Chase mit dem dunkelhaarigen kleinen Mädchen redete, das sich immer wieder mit dem Ärmel über die Augen wischte. Beide wussten, dass Laquita noch nie geweint hatte, auch nicht, als Buddy Powell sie von der Schaukel gestoßen und sie sich das Knie aufgeschlagen hatte. Laquita war genauso alt wie Noah, aber sie hatte schon vier Geschwister, die wie eine Schar kleiner Enten hinter ihr her zockelten.

Mrs. Chase kam mit dem Mädchen an der Hand zu den

beiden zurück. »Wir bringen Laquita nach Hause«, sagte sie liebevoll. »Gracie, du nimmst ihre andere Hand, und du Noah, gehst an meiner Seite.«

Große, hässliche Speere der Eifersucht bohrten sich in Gracies Brust. Ihr stand es zu, Mrs. Chases Hand zu halten und nicht Laquita. Dass ihre Klassenkameradin traurig und den Tränen nahe war, war ihr egal. Es war einfach nicht fair. Reichte es denn nicht, dass Laquita nächste Woche im Krippenspiel die Maria und sie nur einen dummen Schäfer spielen durfte? Laquita hatte nicht das Recht, einfach an der Ecke aufzutauchen und Gracie auf diese Weise beiseite zu drängen. Und warum redete Mrs. Chase überhaupt mit ihrer Mommy-Stimme, wo doch alle wussten, dass Laquita eine eigene Mommy hatte? Es war einfach nicht fair.

Für Laquita Adams war heute der schlimmste Tag ihres Lebens. Schlimmer noch als der peinliche Vorfall damals, als ihre Cousine Ellie sie gekitzelt hatte und nicht aufhörte, obwohl sie laut geschrien und sich dann in die Hose gemacht hatte. Laquita wollte nicht von Mrs. Chase nach Hause gebracht werden. Die Kälte war ihr egal und auch, dass sich ihre Hände wie Eis am Stiel anfühlten. Früher oder später würden Daddy oder Mommy schon daran denken, sie von der Schule abzuholen. Noah und Gracie sollten nicht sehen, dass alle Geschichten, die über ihre Familie kursierten, stimmten, dass ihre Eltern nicht wussten, wie man sich um Kinder kümmert und nicht vertrauenswürdig waren. Ihre Eltern liebten sie, obwohl sie manchmal in der Kinderschar unterzugehen schien. Laquita wollte einfach nur, dass niemand ihr Zuhause kennen lernte.

Denn Laquita wusste genau, wie diese Dinge funktionierten. Sobald Noah und Gracie die Perlenketten sahen, den Duft der Räucherstäbchen einatmeten und ihre

Eltern mit den langen Haaren, sanften Stimmen und seltsamen Gewohnheiten kennen lernten, würden sie in der Schule Geschichten über diese Hippies unten am Fluss erzählen, die zu viele Kinder und zu wenig Geld hatten. Und dann würde vielleicht jemand auf den Gedanken kommen, etwas dagegen unternehmen oder diesen Leuten helfen zu wollen, ihnen ins Gewissen zu reden, da es bereits zu viele Kinder auf der Welt gebe.

Laquita wusste wenig von der Welt, sie war sich aber sicher, dass ihre Eltern zu viele Kinder hatten. Überall krabbelten Babys umher, stinkende Windeln und schmutzige Decken lagen neben zermatschten Bananen auf den Teppichen. Und mit jedem neuen Baby schien sie mehr in Vergessenheit zu geraten. Warum konnten ihre Eltern nicht wie andere Paare mit einem oder zwei Kindern glücklich sein? Warum glaubten sie, so viele haben zu müssen? Laquita konnte sich Noahs Mommy nicht in einem Haus voller schreiender Kinder vorstellen. Sie konnte sich nicht einmal vorstellen, dass Noahs Mommy überhaupt ein Haus voller Babys betrat, doch genau das würde jetzt passieren.

»Ihr wartet hier«, sagte Mrs. Chase zu Noah und Gracie, als die vier sich der baufälligen Veranda näherten. Und da sah Laquita ihr Zuhause plötzlich mit deren Augen. Die Treppe mit der fehlenden Stufe. Den von Halloween übrig gebliebenen, zermatschten Kürbis, aus dem stinkende Samenkörner quollen. Den Babyschuh neben der Tür. Doch am schlimmsten war der Lärm! Schreiende Kinder, ein plärrender Fernseher und Daddys Stimme, lauter als je zuvor.

Laquita stand auf der obersten Stufe und legte ihre Hand auf das zersplitternde Geländer. Noah und Gracie warteten ein paar Meter entfernt. Mrs. Chase rief Mr. Adams Namen und Laquita fühlte, wie sich der Knoten der Angst in ihrem Magen etwas lockerte, als ihr Daddy die Tür aufstieß und herauskam. Er hob sie hoch und sagte:«Tut mir Leid, Quita, aber mittags haben bei deiner Mom die Wehen eingesetzt und wir hatten alle Hände voll zu tun. Wir wussten jedoch, dass unser erwachsenes kleines Mädchen von allein nach Hause finden würde.»

Dann erzählte er, dass Laquita ein Schwesterchen bekommen habe und bat alle ins Haus, um Cheyenne Marie kennen zu lerner. Mrs. Chase sagte, sie müsse dringend eine Zigarette rauchen und würde auf der Veranda auf Noah und Gracie warten. Laquita sah, dass Mrs. Chases Hände zitterten und ihr Mund verkniffen war.

Gracie und Noah tauschten Blicke und Laquita wäre beinahe in Tränen ausgebrochen. Cheyenne! Warum suchten ihre Eltern nur solche albernen Namen aus? Warum konnten ihre Geschwister nicht Annie oder Mary oder Sue wie ihre Mitschülerinnen heißen? Warum hatte sie keine Brüder, die Jack und Bob anstatt Sage und Marocco hießen?

Laquita fand, dass ihre Eltern nie etwas Normals taten. Obwohl sie beide liebte, hätte sie sich am liebsten immer auf der Rückbank des Kombis versteckt und so getan, als gehöre sie nicht dazu. Niemand sonst malte Herzen und Blumen auf sein Auto. Sie hasste den langen schwarzen Pferdeschwanz, der ihrem Vater über den Rücken hing. Und sie hasste es, dass ihre Mutter jederzeit wenn ihr danach war, eines der Babys säugte, manchmal sogar zwischen den Regalen mit Süßigkeiten im Supermarkt. Noahs Mommy würde so etwas nie tun. Und Laquita war nicht entgangen, dass Gracies Grandma Del ihre Eltern gemustert hatte, als wären sie die Bösen in einer TV-Show. Warum konnten ihre Eltern nicht einfach wie alle anderen Leute sein?

Wenn sie erwachsen war, würde sie ein eigenes Haus besitzen und ganz allein darin wohnen. Ihr Haus würde weiße Wände und weiße Teppiche haben und eine weiße

Katze mit blauen Augen würde darin wohnen und überall würde es nach Rosen duften. Ihre Eltern und Geschwister würden zwar zu Besuch kommen dürfen, sie müssten jedoch in dem Motel bei Ebs Tankstelle übernachten, weil es in ihrem Haus nur ein Schlafzimmer – nämlich ihres – geben würde.

Am liebsten hätte Gracie alles an Laquitas Familie gehasst, aber das gelang ihr nicht. Sie liebte den Lärm, den Babygeruch und die Art, wie sich alle Familienmitglieder wirklich zu lieben schienen. Sie hatte neben Laquitas Mommy im Bett liegen und das Neugeborene im Arm halten dürfen. Gracie hatte geglaubt, ihr Herz würde vor lauter Aufregung gleich bersten. Das Baby war so winzig, so perfekt ... und als es die winzige Faust um Gracies Finger schloss, fühlte sie sich wie am Weihnachtsmorgen, nur noch glücklicher. Sie konnte sich nichts Schöneres vorstellen, als dauernd so zu leben!

Sie schaute Laquita an und wünschte, sie könnte mit ihr die Plätze tauschen. Laquita durfte jeden Tag die Babys halten und füttern. Immer war jemand da, den man umarmen oder mit dem man sprechen konnte. Ihre Mommy und ihr Daddy schienen sich und ihre wachsende Familie wirklich zu mögen. Laquitas Mommy war rundlich und weich wie ein Kissen, und ihr Daddy brachte gern alle zum Lachen. Das Haus war klein, fast so klein wie Grandma Dels Cottage – zu klein, für Schatten und Geheimnisse, die das Haus erfüllten, in dem Gracie lebte. Gracie kam es vor, als gäbe es in Laquitas Heim nur Platz für Liebe.

»Quita«, sagte Mr. Adams nach einer Weile, »geh doch mit Graciela und Noah hinters Haus und zeig ihnen Moses und die kleinen Kätzchen.«

Laquita schnitt nur stumm eine Grimasse und bedeutete Gracie und Noah mit einer Handbewegung ihr zu folgen. Gracie wäre am liebsten bei Mrs. Adams und dem neuen Baby geblieben, doch dem Gedanken, kleine Kätzchen zu sehen, konnte sie nicht widerstehen. Schöner als Kätzchen waren nur Welpen.

Deshalb rutschte sie schnell vom Bett und lief hinter Laquita und Noah her. Im Flur hingen Zeichnungen, die Laquita in der Vorschule gemalt hatte. Die drei stiegen über zwei schlafende Kleinkinder hinweg und tätschelten einen großen Hund mit rot-weiß-schwarzem Fell, der quer vor der Küchentür lag. Eines Tages würde Gracie so einen Hund haben, vielleicht sogar drei! Und Katzen und einen Papagei namens Walter und vielleicht einen zweiten namens Groucho. Sie würde sich Hamster und Wüstenspringmäuse halten und in jedem Zimmer würde ein Glas mit Goldfischen stehen.

Grandma Del wollte ihr erst erlauben, einen Hund oder eine Katze zu sich zu nehmen, wenn sie alt genug war, sich um das Tier zu kümmern. Gracie hielt sich schon für alt genug, aber ihre Großmutter hatte nicht nachgegeben und beim letzten Mal, als sie dieses Thema angeschnitten hatte, gesagt: «Mir reicht die Arbeit, die ich habe, vielen Dank. Mehr kann ich wirklich nicht bewältigen.» Auch Noah hatte kein Haustier, nicht einmal einen popeligen Goldfisch in einem runden Glas von Kmart. Es hieß, sein Vater habe eine Allergie, doch das glaubte Gracie nicht. Mr. Chase wollte wohl nur einfach nicht belästigt werden.

Zu Gracies Erstaunen saß Noahs Mommy mit zwei anderen Frauen am Küchentisch. Alle rauchten Zigaretten und vor jeder stand eine Tasse Kaffee. Die beiden Frauen ähnelten mit ihren großen grünen Augen und dem lockigen Haar sehr Laquitas Mutter. Ihre altmodischen Kleider erinnerten an Filme in den sechziger Jahren. Mrs. Chases eleganter dunkelblauer Mantel war von der Stuhllehne gerutscht und diente einem von Laquitas kleinen Brüdern als Decke. Gracie wunderte sich, weil Mrs. Chase nichts dagegen hatte, dass der Kleine ihren Mantel vollsabberte. Aber es schien ihr nichts auszumachen. Stattdessen deckte sie das Baby mit einem Ärmel zu. Grandma Del hätte wohl dasselbe getan.

»In fünf Minuten gehen wir«, rief Mrs. Chase, als Noah und Gracie zur Hintertür trotteten. Dann fügte sie leiser etwas hinzu, und die drei Frauen lachten. Noah schaute sich erschrocken um, als hätte er seine Mutter noch nie zuvor lachen hören.

Laquita führte die beiden zu einem Schuppen, wo sie von der Katzenmutter namens Moses mit lautem Miauen begrüßt wurden. Ihre Jungen maunzten in der mit Stroh ausgelegten Kiste in einer Ecke. »Wir haben Moses für einen Kater gehalten«, sagte Laquita und liebkoste die große graue Katze, »bis wir merkten, dass sie Junge erwartete.«

Noah und Gracie sahen sich an und lachten erst, als sie merkten, dass auch Laquita diesen Irrtum komisch fand.

»Du Glückspilz«, sagte Gracie. »Jetzt hast du kleine Kätzchen.«

»Mm-mm.« Laquita schüttelte den Kopf. »Mommy sagt, wir müssen sie weggeben.«

»Ich weiß, was du meinst«, sagte Gracie. »Ihr bringt sie in ein Tierheim und dort kann man sich eins abholen und für immer behalten.«

»Du kannst ein Kätzchen haben, wenn du willst«, sagte Laquita.

Gracies Herz schlug so schnell, dass es schmerzte. »Wirklich?«

»Na klar. Such dir eins aus.«

Gracie entschied sich sofort für ein weißgraues Kätzchen, das allein in einer Ecke der Kiste kauerte und so aussah, wie sie sich manchmal fühlte.

»Wie winzig es ist!« Sie drückte das Kätzchen an ihre Brust. »Es hat so wässerige Augen. Ist es etwa erkältet?«

Weder Laquita noch Noah wussten darauf eine Antwort.

Aber das machte nichts. Gracie würde das Kätzchen hegen und pflegen, ihm warme Milch von einem Teelöffel geben und es heimlich mit Resten von ihrem Abendessen füttern, wie es die Kinder in ihren Märchenbüchern taten, die sich um streunende Katzen kümmerten. Sie würde das Kätzchen aufpäppeln, es lieben und versorgen, wie es ihre Mutter mit ihr getan hätte, wenn der liebe Gott sie nicht so früh zu sich in den Himmel geholt hätte.

3. Kapitel

Gracie war weder das hübscheste noch das begabteste Mädchen auf der Bühne. Ben Taylor wollte das zwar nicht wahrhaben, musste es sich jedoch eingestehen. Sie hatte nie sein ganzes Herz erobert, nicht seit jenen berauschenden Wochen nach ihrer Geburt, als er noch an Wunder geglaubt hatte. Am Freitag vor Weihnachten saß er in der dritten Reihe der Aula der Grundschule von Idle Point und schaute zu, wie Gracie als Schäfer verkleidet mit einem Stab in der Hand zum Himmel hochblickte und mit klarer, süßer Stimme rief:«Sehet! Ein Stern geht auf im Osten!»

Ben kam es vor, als sei sie noch ein Baby gewesen, als er sie zum letzten Mal angesehen hatte. Nur einen Augenblick hatte er sich abgewandt und schon war aus dem Baby dieses kleine Mädchen geworden. Die meiste Zeit ihres Lebens hatte er in einem Nebel aus Alkohol gelebt und alles getan, um diesen ständigen, dumpfen Schmerz zu betäuben. Sie war ein so stilles Kind, dass er manchmal ihre Anwesenheit im Haus vergaß. Eine kleine Maus, die ständig ihre Nase in Bücher steckte. Er hatte geglaubt, sie würde nur die Bilder betrachten, doch von Del hatte er erfahren, dass sie schon seit fast einem Jahr lesen könne.

Er hatte für Bücher nichts übrig, sondern arbeitete lieber mit den Händen. In den ersten Jahren seiner Ehe mit Mona hatte er oft gleichzeitig an fünf oder sechs Projekten gearbeitet: Schränke für ihre Sammlungen, Spielkisten für die Familie, die sie gründen wollten. Als die Jahre vergingen und keine Kinder kamen, hatte er immer mehr Zeit mit Tischlern oder außer Haus verbracht, weg von dem allgegenwärtigen Schmerz.

Und dann, eines Tages – sie waren seit zwanzig Jahren verheiratet – hatte Mona ihm gesagt, sie sei schwanger. Aus der fast erloschenen Glut ihrer Träume war ein Wunder entstanden und sechs Monate später war Gracie Marie Taylor strampelnd und schreiend aus dem Reich der Engel auf diese Welt gekommen. Sofort hatte sie sein Herz erobert. »Sie hat deine Augen«, hatte Mona gesagt. Und ach, wie gern hätte er das geglaubt. Alle Leute in der Stadt hatten sich Fragen gestellt. Er hatte es in ihren Gesichtern gesehen, wenn er mit den Leuten im Café neben dem Verlagshaus der *Gazette* plauderte. Es jedes Mal gesehen, wenn Simon Chase vorbeigegangen war.

An jenem Tag, als der Unfall passierte, hatte er eine Wiege für Gracie getischlert und mit Mona beraten, wie er sie beizen sollte, ehe sie ihn zum Abschied geküsst hatte. Wenn er die Augen schloss, sah er sie noch heute vor sich – sinnlich und weiblich mit ihrem süßen Gesicht und diesen großen, dunklen Augen – eine Frau, für die sich Männer zu Narren machten. Und er war keine Ausnahme gewesen. Seine Liebe war groß und stark genug gewesen, um ihr zu verzeihen. Und keine Fragen mehr zu stellen. Aber eins hatte er nicht tun können: Er hatte sie nicht genug geliebt, um ihr wieder die Freiheit zu schenken.

Wegen einer Impfung war sie mit dem Baby zum Kinderarzt gefahren. »Vergiss nicht, Milch zu kaufen«, hatte er gesagt, als sie zur Tür hinausgegangen war. Seine letzten Worte zu ihr: *Vergiss nicht, Milch zu kaufen.*

Der Polizeichef, Joe Winthrop, hatte ihm die Nachricht überbracht. Ben reinigte damals gerade Pinsel in einem Mayonnaise-Glas mit Terpentin, als er Joes Streifenwagen über den Kies der Zufahrt rollen hörte. Er legte die Pinsel auf eine alte Zeitung, wischte die Hände an seinen Hosen ab und ging vor die Garage, um zu erfahren, was Joe von ihm wollte. An jenem Tag im Mai war es ungewöhnlich heiß in Idle Point gewesen und alle Leute hatten behauptet, es würde einen verregneten Sommer geben. Die Sonne stand hoch am Himmel und er hob schützend die Hand über die Augen. Seine Haut hatte nach Terpentin gerochen, daran konnte er sich noch gut erinnern.

Selbst wenn er heute im Rausch nicht mehr wusste, wer er war, an den das Hirn benebelnden Geruch konnte er sich immer erinnern.

»Was gibt's, Joe?«, hatte er gefragt. »Ist es denn schon Mittag?«

Mona hatte gesagt, sie würde gegen Mittag nach Hause kommen. Er schaute zum Himmel hoch. Die Sonne stand im Zenit. »Du bist heute nicht sehr gesprächig.«

Joes Gesicht sah verfallen aus. »Herrgott noch mal«, brachte er mit gebrochener Stimme hervor. »Herrgott, Ben, ich ...«

Monas Handtasche, die Strohtasche mit den Lederriemen. Joe hielt Monas Tasche in der Hand.

»Es tut mir so Leid«, hatte Joe gesagt. Und das waren die letzten Worte, an die sich Ben eine sehr lange Zeit erinnern konnte.

Danach hatte er den Rest des Geschehens erlebt, als hätte er neben sich gestanden. Der alles zerstörende Schmerz hätte ihn beinahe umgebracht, was ihm teilweise sogar recht gewesen wäre. Er hatte nicht über die Beerdigung reden wollen, sich geweigert, in dem alten Friedhof hinter der Kirche ein Grab ausheben zu lassen und sich nicht einmal um seine Tochter gekümmert. Nur das hässliche Gerede der Leute war ihm im Kopf herumgeschwirrt: Mona hatte ihn verlassen wollen ... jemand hatte sie am Stadtrand gesehen ... im Kofferraum habe ein gepackter Koffer gelegen ... armer Ben ... arme, arme kleine Gracie ...

Er hatte sich an die Flasche Scotch gehängt, die für Notfälle im Schrank über dem Kühlschrank stand, und versucht, sich bis zur Besinnungslosigkeit zu betrinken.

Und seitdem arbeitete er stetig an der Perfektion dieses Zustands.

»Schau nicht hin«, sagte seine Mutter nach dem Krippenspiel, als die beiden auf Gracie warteten. »Da kommt Ärger auf dich zu.«

Er wandte den Kopf in die Richtung, in die Del deutete, und sah Nora Fahey näher kommen. Nora war eine gut aussehende Frau, wenn man den rassigen, hageren Typ mochte. Ihr langes, dunkelblondes, in der Mitte gescheiteltes Haar hatte sie hinter die Ohren gekämmt, an denen lange, silberne Ringe baumelten. Sie trug einen Seemanns-Pullover, einen langen Rock und eine abgetragene Jeansjacke. Ben und Nora schliefen zusammen, seit sie in einer Oktobernacht bei Rusty einen über den Durst getrunken hatten. Nora unterrichtete bildende Kunst an der High School, besaß sechs Katzen und hielt Ausschau nach einem Ehemann. Seit Monas Tod hatte er zwei Fehler gemacht und wollte keinen dritten machen, doch manchmal konnte nicht einmal der Alkohol den Schmerz in seinem Herzen lindern.

Jetzt war er seit dem Erntedankfest nüchtern und wollte unbedingt bis Neujahr trocken bleiben. Er wollte sich nicht wieder überstürzt auf eine neue Affäre einlassen, dieses Mal nicht. Er ging auf die Fünfzig zu und es wurde immer schwerer, Fehler zu korrigieren. Wenn man nüchtern war, sah man eben Dinge, die man eigentlich nicht sehen wollte. Das war das Problem. Alkohol legte sich wie eine versöhnliche Wolke auf alles Hässliche. Alkohol war besser als jede Religion. Er sprach einen von Sünden frei, ehe man überhaupt die Möglichkeit gehabt hatte, sie zu begehen.

Im nüchternen Zustand musste sich Ben jedoch eingestehen, dass er sein Leben wegwarf. Die Baufirma Taylor war nur noch ein Witz. Ein Name an der Tür eines Wagens. Wenn er sechs Aufträge im Jahr bekam, war das ein Grund zum Feiern. Zählte er die Tatsache hinzu, dass Gracie eine Mutter brauchte und Del aufhören sollte, für die Bastarde auf dem Hügel zu arbeiten, ergab das ein ziemlich versautes Leben.

Nora küsste ihn leicht auf die Wange und begrüßte dann Del. Da seine Mutter jedoch nicht viel für höfliche Konversation übrig hatte, wandte sie sich ab.

»Gracie war wundervoll«, sagte Nora und hakte sich bei Ben unter.

»Das hat mich richtig überrascht,« antwortete er, nickte und fügte in Gedanken hinzu: Wie die Erkenntnis, dass mein kleines Mädchen heranwächst.

»Kommt doch alle drei auf eine heiße Schokolade mit zu mir nach Hause«, schlug Nora vor. Ben wusste, was es bedeutete, wenn er mit seiner Mutter und Gracie zu ihr ging.

Nora war achtunddreißig, geschieden und einsam. Sie war auch sanft und freundlich und weiblich. Sie war alles, wonach er sich sehnte und noch viel mehr.

Er war achtundvierzig, Witwer und hatte sein Leben ruiniert. Also tat er das Einzige, was er konnte: Er sagte ja.

Mrs. Cavanaugh vergewisserte sich, dass alle Kostüme eingesammelt worden waren, ehe sie die Weihnachtskarten und Süßigkeiten verteilte. Gracie und Noah warteten zusammen mit Laquita und Mary Ellen, bis sie an der Reihe waren. Don und Tim hatten sich wie üblich nach vorn gedrängt und jeder wollte sich zwei Tüten grapschen, als Mrs. Cavanaugh kurz wegschaute, doch sie ertappte die beiden. Gracie hätte es den beiden gegönnt, denn die Brüder bekamen nicht so viel zu essen wie andere Kinder. Außerdem machte ihr das Warten nichts aus, denn sie genoss jeden Augenblick dieses Abends.

Wie schön die Aula mit der leuchtend roten und grünen Weihnachtsdekoration und der Weihnachtsbaum in ihrem Klassenzimmer aussahen. Gracie liebte es, sich als Schäfer zu verkleiden und auf der Bühne ihren Text aufzusagen. Kurz vor ihrem Auftritt hatte sie Angst gehabt, vor Lampenfieber keinen Ton herauszubringen, doch dann wurde sie wie durch ein Wunder zu einem echten Schäfer in Bethlehem, der vom Stern und der Geburt Christi kündete.

Zunächst hatte sie Daddy und Grandma Del nicht im Publikum gesehen, doch als ihr suchender Blick dann plötzlich die beiden entdeckte, hatte sie geglaubt, ihr Herz würde vor Freude platzen. Grandma Del hatte sich mit einem Taschentuch die Augen betupft und Daddy hatte ihr auf eine Weise zugelächelt wie seit langem nicht mehr. Nora Fahey hatte in einer der hinteren Reihen gesessen und Gracie fragte sich, ob Miss Fahey auch nicht mehr mit Daddy redete. Das kam nämlich öfter vor.

Wenn er nur jemanden wie Noahs Mutter heiraten würde, dachte Gracie verträumt und gleichzeitig traurig. Warum fand Daddy keine Frau, die kleine Mädchen mochte?

»Fröhliche Weihnachten, Graciela«, sagte Mrs. Cavanaugh und gab ihr eine kleine Tüte mit Bonbons und eine Weihnachtskarte. Gracie bedankte sich und lief dann zu den anderen Kindern, die ihre Bonbons gegen andere eintauschten. Sie wusste, dass sie nicht mehr lange bleiben durfte, denn Grandma Del und Daddy warteten draußen auf sie. Und Daddy wurde immer böse, wenn Gracie herumtrödelte. In letzter Zeit hatte er sich allerdings gebessert. Er roch nicht mehr nach Bier und war noch wach, wenn sie und Grandma Del abends nach Hause kamen. Einmal hatte er sogar den Hackbraten im Herd aufgewärmt und den Tisch gedeckt. Grandma Dels Freude war offensichtlich gewesen, aber sie hatte nur gesagt, er solle bloß nicht auf etwas Selbstverständliches stolz sein.

Die letzten Wochen waren die schönsten in Gracies kurzem Leben gewesen. Es gefiel ihr noch immer in der Vorschule, und dass sie bei den Kindern beliebt war, hatte sich gestern gezeigt, als Mrs. Cavanaugh den Weihnachtspostkasten geöffnet hatte. Nach Noah hatte sie die meisten Karten bekommen. Jedes Mal, wenn Mrs. Cavanaugh ihren Namen rief, war ihr Herz vor Glück angeschwollen. Noah war knallrot im Gesicht geworden, als er ihre Karte geöffnet hatte. Grandma Del hatte ihr geholfen, aus grüner Pappe einen Weihnachtsbaum auszuschneiden, den sie mit goldenen, roten und silbernen Sternen aus dem Kaufhaus verziert und an den unteren Rand geschrieben hatte: «Fröhliche Weihnachten, Noah. Liebe Grüße, Gracie.»

Er hatte ihr eine echte Hallmark-Karte im Drugstore neben dem Verlagshaus der *Gazette* gekauft und darauf stand: «Liebe Grüße, Noah.» Bei dem Wort Noah hatte er sich verschrieben, es durchgestrichen und noch einmal geschrieben. Gracie hatte sich geschworen, die Karte ihr Leben lang aufzuheben.

Da tauchte Laquitas Mommy mit dem neu geborenen Baby im Arm in der Tür auf und sagte, es sei Zeit, nach Hause zu gehen. Don und Tim waren schon wie die meisten anderen Kinder gegangen. Schließlich drängte auch Mrs. Cavanaugh mit dem Hinweis, sie sollten ihre Eltern nicht länger warten lassen, zum Aufbruch. Noah und Gracie zogen sich gerade ihre Mäntel und Handschuhe an, als Mrs. Chase zur Tür hereinkam. Mit ihrem blonden Haar, das wie ein Heiligenschein ihren Kopf umgab, sah sie wie ein Weihnachtsengel aus. Sie trug einen weißen Wollmantel, dazu einen weichen weißen Schal mit kleinen goldenen Sternchen, die zu dem goldenen Stern auf ihrem Mantelkragen passten. Als sie sich hinunterbeugte, um Gracie zu begrüßen, hob Gracie die Hand und berührte zart ihre Wange. Mrs. Chase lachte leise und umarmte sie. Gracie barg ihr Gesicht in den weichen, nach Zimt und Schokolade duftenden Falten des Mantels und wünschte, sie könnte für immer dort bleiben.

»Wie schön, dass du noch da bist, Gracie«, sagte Mrs. Chase, »denn ich habe ein Geschenk für dich.« Aus ihrer ledernen Schultertasche nahm sie ein in glänzendes rotes Papier und mit einer großen grüngoldenen Schleife verziertes Päckchen.

Gracie wollte sofort die Schleife aufziehen, doch Mrs. Chase hielt sie davon ab.

»Nein, nicht jetzt«, sagte sie. »Ich möchte, dass du das Päckchen erst am Weihnachtsmorgen öffnest.«

Gracie versprach es. Sie wusste jedoch, dass sie, sobald sie im Wagen ihres Daddys saß, der Versuchung, das Päckchen zu öffnen, nicht würde widerstehen können. Während sich Mrs. Chase mit Mrs. Cavanaugh unterhielt, alberten Gracie und Noah hinter dem Rücken ihrer Lehrerin herum und die beiden wollten gerade ihre Stiefel ausziehen und über den Korridor schlittern, als Grandma Dels Stimme ertönte.

»Graci-*el*-a! Komm sofort nach draußen!«

Das Herz wurde Gracie schwer. Grandma Dels Stimme klang, als wäre sie schlecht gelaunt, was bedeutete, dass sie sich entweder mit Daddy gestritten hatte oder wusste, dass Gracie bei Noah und seiner Mutter war.

»Oh«, sagte sie zu Noah, schnappte sich ihre Weihnachtsgeschenke und lief zur Tür.

»Beeil dich«, sagte Grandma und nahm ihre Hand. »Wir fahren zu Nora Fahey. Sie hat uns zu einer Tasse Kakao eingeladen und wir müssen hingehen, ob uns das nun gefällt oder nicht.«

Gracie mochte Nora Fahey nicht besonders, aber Nora hatte viele Katzen und das tröstete sie darüber hinweg, dass Nora vielleicht ihren Daddy heiraten würde. Seit Sam, das Kätzchen, bei ihr lebte, war sie weniger einsam. Sam teilte alles mit ihr. Wenn sie im Fernsehen Zeichentrickfilme anschaute, lag er auf ihrem Schoß und nachts ruhte sein winziges Köpfchen neben ihr auf dem Kissen. Sie erzählte Sam alle ihre Geheimnisse und Träume. Grandma Del war nicht glücklich gewesen, als sie am Tag der Geburt von Laquitas Schwester, Cheyenne, mit Sam in der Manteltasche nach Hause gekommen war. Doch Mrs. Chase hatte ein gutes Wort für sie eingelegt und Grandma umgestimmt. Solange das Kätzchen in ihrem Zimmer bleibe und ihr nicht zwischen den Füßen herumlaufe, dürfe sie Sam behalten, hatte ihre Großmutter gesagt. Und Noahs Mommy hatte hinzugefügt: «Das ist eine große Verantwortung für ein so kleines Mädchen. Kannst du dich wirklich gut um so ein Kätzchen kümmern?«

Gracie hatte geschworen, dass sie das tun würde.

Jeden Tag nach der Schule erkundigte sich Mrs. Chase nach Sam. »Gracie, ich habe gestern Abend in der Zeitung einen Artikel über Katzen gelesen. Weißt du, dass sie keine Schokolade essen dürfen? Katzen trinken gern frisches Wasser. Wusstest du das, Gracie? Und du musst das Katzenklo immer sauber halten, sonst suchen sie sich ein neues Plätzchen ...«

Gracie versuchte, sich alle Ratschläge von Mrs. Chase zu merken, indem sie sie in ein Notizbuch schrieb, das sie jeden Tag mit zur Schule nahm, aber sie konnte alle Wörter noch nicht richtig buchstabieren.

Mrs. Chase war Noahs Mommmy, doch sie schien auch Gracie zu lieben – ein bisschen zumindest. Ihr besonderes, nur für Gracie bestimmtes Lächeln gab ihr das Gefühl, gemocht zu werden. Und dieses Weihnachtsgeschenk war ein Beweis dafür! Gracie setzte sich auf die Rückbank des Trucks und streifte die Schleife von dem Päckchen, als ihr Daddy losfuhr.

»Was machst du da?«, fragte Ben, als er das Geräusch des zerreißenden Papiers hörte.

»Nichts«, sagte Gracie.

»Sie öffnet ein Päckchen«, sagte Grandma Del. »Mrs. Cavanaugh ist wirklich sehr großzügig. Sie schenkt Gracie Bonbons und ein Päckchen.«

»Ooooh!« Gracies Herz machte einen Sprung. »Grandma, schau mal!«, sagte sie, nahm den Pullover aus dem Karton und drückte ihn an ihre Wange. Die Wolle fühlte sich kühl und weich auf ihrer Haut an und roch nach Zimt und Schokolade, genau wie Noahs Mommy. Jetzt hatte auch sie einen Mommy-Pullover, wie alle anderen Kinder in der Schule; einen Pullover, den sie ebenso stolz in der Garderobe aufhängen konnte.

Grandma Del beugte sich zu ihr und betastete die feinen Nähte und die weißen Perlenknöpfe. »Deine Lehrerin hat dir diesen Pullover gestrickt?«, fragte sie ungläubig.

Gracie wusste, dass ihrer Großmutter die Antwort nicht gefallen würde, aber ihr war beigebracht worden, immer die Wahrheit zu sagen.

»Nicht Mrs. Cavanaugh hat ihn mir geschenkt«, sagte sie trotzdem stolz, »sondern Noahs Mommy.«

»Was hast du da eben gesagt, Graciela?«, mischte sich ihr Daddy jetzt ein. Er klang nicht erfreut.

Gracie umklammerte nur stumm ihren Pullover.

»Ich habe dich etwas gefragt, Graciela.«

Grandma Del stupste sie an, aber Gracie sagte kein Wort.

»Mrs. Chase hat deiner Tochter einen Pullover geschenkt«, antwortete Grandma Del in einem Ton, den Gracie an ihr nicht kannte und der wie zerbrechendes Glas klang.

»Dieser Scheißkerl!« Ben trat so heftig auf die Bremse, dass der Truck über die vereiste Straße schlitterte. Gracie schloss die Augen. So wütend war ihr Daddy lange nicht gewesen und das machte ihr Angst. Als der Wagen stand, drehte er sich um und schaute seine Tochter an. »Zeig mir diesen Pullover!«

Gracie umklammerte ihr Geschenk noch fester. »Er gehört mir.«

Grandma Del stupste sie wieder an. »Zeig ihn deinem Daddy.

»Nein«, sagte Gracie. »Noahs Mommy hat ihn mir geschenkt. Er gehört mit.«

»Von wegen, verdammt noch mal«, fluchte Ben, beugte sich nach hinten und riss Gracie den Pullover aus der Hand. Sie stieß einen hohen, klagenden Schrei aus. Dann gab er Vollgas, wendete und fuhr in die Richtung zurück, aus der sie gekommen waren.

»Wo fahren wir hin?«, fragte Grandma Del ängstlich.

»Wohin, zum Teufel, glaubst du wohl?«, belferte Ben. »Wir bringen diesen verdammten Pullover zurück.«

Ruth wollte gerade Kuchen und Plätzchen servieren, als an der Haustür geläutet wurde. Sie stellte das Tablett auf den Tisch, wischte sich die Hände an einem Geschirrtuch ab und ging rasch über den langen Korridor zur Tür. Sie hörte Simon im Vorderzimmer ihren Gästen Geschichten über Noahs glänzenden Auftritt als Joseph im Krippenspiel erzählen. Lächelnd registrierte sie den zu Recht stolzen Unterton in seiner Stimme. Noah war das

Licht im Leben seines Vaters, der Grund, warum er frühmorgens aufstand und lange Stunden in der *Gazette* arbeitete, um eine Zukunft für den Jungen aufzubauen, der seinen Namen trug.

Über die finsteren Jahre vor Noahs Geburt wollte Ruth nicht nachdenken. Was geschehen war, war geschehen. Doch jetzt waren sie eine Familie und nichts und niemand würde daran etwas ändern. Aus schrecklicher Qual war große Freude entstanden und Ruth glaubte, dass ihr Glück die Jahre des Kampfes wert war.

Noah war ein so beliebter kleiner Junge. Mit jubilierendem Herzen hatte sie beobachtet, wie sich die Kinder um ihn scharten. Er war der geborene Anführer. Vielleicht hätte sie Gracie Taylor nicht so bevorzugt behandeln dürfen, aber wahrscheinlich hatte niemand gesehen, dass sie ihr das Weihnachtspäckchen zugesteckt hatte. Dieses kleine Mädchen hatte etwas so Rührendes an sich. Jeden Nachmittag klammerte sich Gracie an ihre Hand, als wollte sie sie nie wieder loslassen. Das arme Ding hungerte nach Mutterliebe und Ruth konnte sich nur schlechten Gewissens ihres Glücks erfreuen, denn ihr Leben hatte an jenem Tag neu begonnen, als Mona Taylor starb – ein schrecklich hoher Preis für das Kind.

Wieder läutete es und Ruth verspürte einen leichten Anflug aufkommenden Ärgers. Manche Menschen besaßen überhaupt keine Geduld. Doch sie hatte gelernt, geduldig zu sein, hatte sich fast ihr ganzes Leben darin geübt, geduldig zu warten. Schnell fuhr sie sich mit der Hand durchs Haar und pries insgeheim die Künste Almas vom Beauty-Salon. Dann öffnete sie die Tür.

Ben Taylor stand im Schneegestöber vor ihr. Er wirkte so bedrohlich, dass Ruth unwillkürlich einen Schritt zurücktrat. »Ben«, sagte sie mit überaus höflicher und beherrschter Stimme und hoffte, dass Simon die Türglocke nicht gehört hatte. »Was kann ich für dich tun?«

Er schleuderte ihr den Pullover vor die Füße.

»Graciela lebt nicht von der Fürsorge!«, stieß er wütend hervor. »Steck dir deine Geschenke sonst wohin ...«

»Gibt's ein Problem?«, fragte da Simon. Er war so plötzlich neben Ruth aufgetaucht, dass sie weiche Knie bekam.

»Haltet euch von Graciela fern«, sagte Ben und starrte Simon drohend an.

Simon musterte erst mit ausdrucksloser Miene den Mann auf seiner Türschwelle, dann den im Schnee liegenden Pullover und schließlich Ruths kreidebleiches Gesicht.

»Du hast dreißig Sekunden Zeit zu verschwinden«, sagte Simon freundlich. »Sonst rufe ich die Polizei.«

»Es hat ein Missverständnis gegeben«, sagte Ruth, hob den Pullover auf und wischte mit zitternder Hand den Schnee ab. »Dieses Geschenk ist nur eine kleine Geste der Freundschaft von Noah. Mehr nicht.«

»Haltet euch von Graciela fern«, wiederholte Ben, »oder, ich schwöre bei Gott, ich werde ...« Ben brach mitten im Satz ab und Ruth murmelte stumm ein Dankesgebet. Sie kannte ihren Mann. Noch ein Wort und Simon hätte Ben Taylor hinter Gitter gebracht.

»Fünfzehn Sekunden«, sagte Simon, noch immer überaus freundlich.

»Sie gehört mir«, sagte Ben. »Vergesst das nicht. Mir und Mona.«

Diese Worte trafen ins Mark. Simons Maske verrutschte für einen Augenblick, sodass Ruth seine Qual sehen konnte. Nicht einmal der Tod hatte den Bann von Mona Taylor über diese beiden Männer brechen können.

Ruth ging ins Haus zurück. Sie wusste, dass es noch lange dauern würde, bis sich Ben und Simon mit ihrem Tod abfinden würden.

4. Kapitel

Noah war den ganzen Sommer über mit seinen Eltern verreist und Gracie zählte die Tage bis zum Schulbeginn und seiner Rückkehr.

»Wo ist er denn?«, fragte sie Grandma Del, als sie erfuhr, dass Noah nicht nach Idle Point zurückkehren würde. »Warum kommt er nicht nach Hause, wenn die Schule wieder anfängt?«

Und Grandma Del antwortete wie immer:«Weil ihn seine Eltern in ein Internat in New Hampshire schicken, kleines Fräulein.«

Diese Antwort ergab für Gracie keinen Sinn. Warum sollte Noah so weit weg eine Schule besuchen, wo er doch zu Hause ein riesiges, eigenes, mit Spielzeug von Sears voll gestopftes Zimmer hatte? Wochenlang ließ Gracie ihrer Großmutter keine Ruhe und fragte immer wieder, warum Noah hatte fort gehen müssen, bis Grandma Del schließlich sagte:«Weil er reich ist«, und sich wieder dem schmutzigen Geschirr in der Spüle zuwandte.

Gracie vergass Noah nie. Die Jahre vergingen, doch die Erinnerung an die Nachmittage mit dem blauäugigen Jungen mit dem blonden Haar, der in dem großen Haus auf dem Hügel lebte, verblasste nie. Manchmal, wenn sie auf dem Weg zur High School daran vorbeifuhr, sah sie sich und Noah die Zufahrt hinauflaufen, während Mrs. Chase ihnen lachend folgte und Grandma Del an der Hintertür wartete.

Auch ihre Liebe zur Schule hatte nie nachgelassen, also lernte sie gern und war mit dem Herzen dabei – so wie sie alles andere auch tat. Ihr Eifer wurde mit Einser-Noten belohnt. Stunden verbrachte sie – Sam auf ihrer Schulter – an dem Schreibtisch in ihrem Zimmer. Und Sam war ihr bester Lehrer. Ein Heft nach dem anderen hatte sie mit Beobachtungen über Sams Verhalten voll geschrieben und diese Notizbücher waren der erste Schritt auf dem Weg zur Verwirklichung ihrer Träume.

Gracie hatte viele Freunde an der Schule, doch es herrschte ein stillschweigendes Einverständnis, dass sie niemanden zu sich nach Hause einlud, denn in einer Kleinstadt wie Idle Point kannte jeder die Lebensumstände des anderen. Gut an dieser Situation war, dass sie nichts zu erklären brauchte. Die Bewohner von Maine stellen nie Fragen, hauptsächlich wohl, weil die Antworten auf der Hand liegen. Jeder wusste von Ben Taylors Trunksucht und seinem Geschick, immer wieder die falsche Frau zu heiraten. Darüber musste Gracie kein Wort verlieren. Ihre Freunde luden sie zu Partys und Muschelessen am Strand ein, an denen sie so oft wie möglich teilnahm, doch ihre Freizeit war beschränkt.

Denn wenn sie nicht lernte, arbeitete sie für Dr. Jim in der Tierklinik. Schon mit zehn hatte Gracie angefangen, die Käfige zu reinigen, weil sie sich in der Gesellschaft von Tieren schon immer wohler gefühlt hatte als unter Menschen. Mit Ausnahme von Grandma Del waren Tiere zuverlässiger. Sie tranken nicht, noch schrien sie oder vergaßen, Rechnungen zu bezahlen. Auch ihre Gefühle waren beständiger und nie von Stimmungen abhängig – die Liebe der Tiere war absolut.

Gracie behandelte Tiere sanft und nahm ihre Verantwortung sehr ernst. Dr. Jim merkte bald, dass sie die Gabe besaß, sowohl mit den Tieren als auch mit deren Besitzern gut umzugehen. Er neckte sie zwar wegen ihres ständig bereitliegenden Notizbuchs, schenkte ihr jedoch jedes Jahr zu Weihnachten ein halbes Dutzend davon. Er sagte auch, er kenne kein Mädchen, das in diesem Alter so ehrgeizig und zielstrebig sei, was stimmte. Grandma Del musste sie nie ermahnen, ihr Zimmer aufzuräumen, ihre Kleider aufzuhängen oder ihre Hausaufgaben zu machen. Es gab ihr ein Gefühl der Sicherheit, sich inmitten des Chaos', in dem sie lebte, eine Oase der Ordnung und Verlässlichkeit schaffen zu können.

So überraschte es niemanden, als Gracie verkündete, sie wolle Tierärztin werden. Ein Studium der Veterinärmedizin kostete Geld und Gracie hatte immer gewusst, dass sie entweder selbst dafür aufkommen oder ein Stipendium bekommen musste. Deshalb arbeitete sie, während andere Kinder im Sommer auf Hidden Island vor dem Hafen zum Schwimmen gingen.

»Du bist früh dran«, sagte Dr. Jim am Montagmorgen. »Ich hatte noch nicht einmal Zeit, Kaffee zu kochen.«

»Das ist auch nicht Ihre Aufgabe«, entgegnete Gracie und schlüpfte in ihren hellblauen Arbeitskittel. »Dafür werde ich doch von Ihnen bezahlt.«

»Ich wünschte, ich könnte dich dafür bezahlen, dass du dir mal etwas Freizeit gönnst, Gracie. Du bist nur einmal jung. Du solltest draußen am Strand bei deinen Freunden sein und nicht hier drin eingepfercht mit einem alten Trottel wie mir und verhätschelten Haustieren.«

»Ich liebe verhätschelte Haustiere«, sagte Gracie.

»Du liebst alles, was Flossen, Pelz oder Federn hat«, entgegnete Dr. Jim kopfschüttelnd. »Ich weiß nicht, womit ich dieses Glück verdient habe.«

Gracie machte sich an die Arbeit: Sie zog die Jalousien hoch, schaute die Post durch und fütterte den Goldfisch im Wartezimmer. Ähnliche Gespräche hatten sie und der Doc schon oft geführt. Aber sie brauchte das Geld und die Erfahrungen, die sie hier sammeln konnte, die waren ihr wichtiger als jede Strandparty. Damit legte sie den Grundstein für ihre Zukunft.

»Eine Frau muss sich etwas Eigenes schaffen«, hatte ihr Grandma Del von klein auf gepredigt. Ein eigenes Heim. Eigenes Geld. Eine Zukunft in Idle Point als Partnerin von Dr. Jim.

Was Dr. Jim nicht wusste, war, dass sie manchmal in der Mittagspause ihren geheimen Zufluchtsort, eine halbmondförmige Bucht unterhalb des Leuchtturms aufsuchte, wo niemand außer Gracie hinging. Ihre Freunde ruderten über die Hafeneinfahrt zur Hidden Island oder fuhren die Küste hoch zu einem der schicken Badeorte, in welche sich allmählich die ursprünglichen Fischerdörfer verwandelten. Die Erwachsenen breiteten ihre Decken auf dem weichen Sand des Strands vor der Stadt aus. Niemand interessierte sich für die Felsenküste, die Gracie für sich beanspruchte. Dort war die Strömung so stark und die Felsen waren so glitschig und zerklüftet, dass Gracie diesen Ort immer für sich allein hatte. Auf einem Felsvorsprung sitzend, die Arme um ihre Knie geschlungen, schweifte ihr Blick dann bis zum Horizont. Manchmal brachte sie ein Buch oder ein Sandwich mit, doch meistens genoss sie nur dieses tiefe Gefühl der Zugehörigkeit.

Idle Point war ihre Heimat.

Beim letzten Mal, als Noah einen Sommer wie ein gefangenes kleines Tier in Idle Point verbracht hatte, war er fünf gewesen und hatte nichts anderes gekannt.

Doch jetzt war er siebzehn. Während der vergangenen Jahre hatte er die Sommerferien in Florida, Arizona, Paris, London, Los Angeles, Hawaii und Montana verbracht, und das war erst der Anfang gewesen. Hätte sein Vater im Mai nicht einen zweiten Herzinfarkt erlitten, wäre er jetzt auf einer Ranch in Colorado, anstatt auf dem Weg zur Tierklinik, um dort den Hund seiner Mom abzuholen.

Was für eine Heimkehr. Noch keine fünf Minuten zu Hause, hatte ihn Mary Weston zum Chauffeur eines Köters befördert. Nicht, dass er etwas gegen Hunde hatte. Während seiner ganzen Kindheit hatte er sich nach einem Hund oder irgendeinem Tier – ob Katze, Hamster oder Frettchen – gesehnt, aber ein Hund war etwas Besonderes. Doch immer hatte es einen Grund gegeben, warum er keinen haben durfte: Die Allergie seines Vaters. Die Sorgen seiner Mutter, ob die Hausangestellte das Tier akzeptierte. Und dann hatte sich die Angelegenheit von allein erledigt, weil er ins Internat gesteckt worden war.

An seine ersten Jahre im Internat St. Luke in Portsmouth dachte er nicht gern. Damals war er kleiner als alle anderen Schüler gewesen und hatte sogar Angst vor seinem eigenen Schatten gehabt – ein Muttersöhnchen, das noch nicht trocken hinter den Ohren war. Von der ersten bis zur dritten Klasse war er ständig verprügelt worden, bis er schlauer geworden war und gelernt hatte, zurückzuschlagen.

Und das hatte er vielleicht zu gut gelernt.

Dieses Schuljahr hatte er mit einer Probezeit begonnen – eigentlich handelte es sich um eine Strafaussetzung auf Bewährung –, denn man hatte ihn beim Stehlen in der Buchhandlung erwischt.

»Du verfügst doch über genügend Geld«, hatte ihm der Direktor der Privatschule während einer dieser intensiven »wir-stehen-das-gemeinsam-durch-Gespräche« vorgehalten, die Noah so gehasst hatte. »Du musst doch nicht stehlen.« Ein strenger Blick und dann: «Hast du etwas zu deiner Verteidigung zu sagen?«

»Nein«, hatte Noah entgegnet. Und weder eine Erklärung für sein Verschwinden über ein ganzes Wochenende geliefert, noch für den unerlaubten Ausflug mit dem Auto eines Physiklehrers.

Er war hart bestraft worden, hatte den Speisesaal putzen müssen und ihm war der Verweis von der Schule angedroht worden. Doch das alles hatte nicht geholfen. Allein ein zusätzlicher Scheck von der Chase Bank hatte garantiert, dass Noahs Leben in St. Luke wieder zu dem wurde, was die reichen rotzfrechen Kids als normal ansahen.

Dieses Mal hatte er jedoch Erfolg gehabt. Die Party außerhalb der Stadt würde in die Annalen von Portsmouth eingehen.

Und die Festnahmen.

Die Jungen wussten, wie sie das System in St. Luke manipulieren mussten: vertuschen, fälschen, vernichten. Bis sie es schließlich so weit trieben, dass sogar St. Luke, das von den Schmiergeldern der Wohltäter existierte, die Nase von ihnen voll hatte. Und Noah hatte jetzt den ganzen Sommer Zeit, seinen Eltern beizubringen, dass er vom Internat geflogen war.

Noch immer machte es ihn maßlos wütend, dass seine Mutter jetzt einen Hund besaß, während er nicht einmal einen Hamster hatte halten dürfen. Als kleiner Junge hätte er sogar lieber einen Hund gehabt, als den Quarterback bei den Patriots zu spielen.

»Nein«, pflegte sie damals zu sagen. »Dein Vater duldet keine Tiere im Haus.« Er hatte geweint, gefleht und war ihr auf die Nerven gegangen, aber seine Mutter hatte nicht nachgegeben, und auch nicht, als es damals um die Kätzchen gegangen war. Die Wünsche seines Vaters waren Gesetz, doch seit wann bot seine Mutter seinem alten Herrn die Stirn?

Eigentlich war das jetzt egal. Wenn es nach ihm ginge, würde er sowieso nur vorübergehend zu Hause bleiben.

Verdammt, er war die meiste Zeit seines Lebens nur vorübergehend hier gewesen. Seine Eltern hatten ihn schon ins Internat gesteckt, als er noch seine Milchzähne hatte. Er würde ein paar Wochen bleiben, bis sein alter Herr seine täglichen Gewohnheiten wieder aufnehmen und vielleicht ein paar Tage in der Redaktion der *Gazette* arbeiten würde, und dann den Rest des Sommers auf dieser Farm in Colorado verbringen, ehe seine Eltern erfuhren, dass er von der Schule geflogen war. Sie konnten ihn nicht aufhalten. Er war siebzehn, fast ein Mann. Sie würden nachgeben. Er wollte ein anderes Leben führen, an einem Ort, wo sich die Leute einen Teufel darum scherten, dass er in dem großen Haus auf dem Hügel lebte, dessen Ur-Ur-Großvater die Stadt gegründet und nach seiner Vorstellung gebaut hatte.

Er fuhr über die gewundene Straße aus dem Stadtzentrum hinaus. Dieser Ort war alt, müde, tot – obwohl es die Bewohner noch nicht wussten. Niemandem in Idle Point käme je in den Sinn, etwas zu ändern. Und darauf waren die Menschen auch noch stolz. Fragte man sie nach dem Grund, lautete die Antwort stets: «Weil es schon immer so gewesen ist.» Hätte er für diese Phrase jedes Mal einen Dollar bekommen ...

Noah fuhr an Hummerreusen, Fischerhütten, der Bank, der High School, dem Postamt und einem Laden vorbei, der nur Hummer-Bojen zu verkaufen schien. Die meisten Gebäude waren von der Salzluft und dem Wind zu einem ausgeblichenen Grau verwittert. Fischerkaten, Häuser im Kolonialstil und einfache Wohnhäuser säumten die Straße. In den Fenstern der meisten größeren Häuser an der Main Street hingen Schilder mit der Aufschrift: «Zimmer belegt». Er konnte es kaum glauben, dass Touristen aus New York, Boston oder anderen Städten für ein Zimmer ohne Bad, Telefon und Kabel-TV in dieser öden Stadt viel Geld bezahlten. Von Mai bis November fielen sie in Idle Point und in anderen Küstenorten unter dem Vorwand ein, dem Stadtleben entrinnen und zu den Grundbedürfnissen menschlichen Lebens zurückkehren zu wollen. »Ein Hummersandwich ist mir alle Mal lieber als eine Pastete«, hatte er eines Tages eine gepflegte ältere Lady in der Imbissstube neben der *Gazette* sagen hören.

Von wegen. Er kannte diese Art von Leuten jetzt seit Jahren – denn er hatte mit ihnen im Internat gelebt – und wusste, dass sie keinen Winter in Maine überstehen würden, sondern schon nach ein paar Tagen in ihren aufgemotzten Schlitten zurück in ihre großen Städte kurven würden. Was kein Vorwurf sein sollte. Denn er war sich nicht einmal sicher, ob er diese eine Woche durchstehen würde.

Mit diesem Hund konnte sich Gracie Ruth Chase einfach nicht vorstellen. Zu Ruth passte vielleicht ein perfekt gestylter Pudel oder eine unnahbare Siam-Katze, die sich selten dazu herabließ von jemandem Notiz zu nehmen, aber ganz gewiss nicht dieser sabbernde Labrador-Schäferhund-Mischling mit den großen Pfoten, in den sich Ruth während einer Wochenendaktion »Adoptiere-ein-Haustier« der Tierklinik auf den ersten Blick verliebt hatte. Gracie hatte Wiley aus seinem Käfig geholt, damit sich Tier und Mensch beschnuppern konnten, und sofort gemerkt, dass sich die beiden wie alte Freunde verstanden. Ruth hatte Wiley umgurrt, ihm geschmeichelt, wie wundervoll, prächtig, tapfer und stark er sei, und Wiley hatte jedes ihrer Worte gierig geschluckt. Noch schwerer war es jedoch, sich vorzustellen, dass Simon Chase seiner Frau erlaubte, diesen Hund ins Haus zu holen.

»Du stehst wohl auf seiner Gehaltsliste«, murmelte Gracie, während sie in der Mittagspause Wileys verfilztes Fell sorgfältig kämmte.

»Hast du etwas gesagt, Gracie?«, fragte Martin, Dr. Jims Laborant, der Dias betrachtete.

»Ich stelle mir gerade vor, wie Wiley Simon Chase seine große schmutzige Pfote auf die Schulter legt.«

Martin lachte laut auf.

»Ich meine das ernst«, sagte Gracie und betrachtete zufrieden Wileys glänzendes Fell. »Können Sie sich vorstellen, dass Wiley frei im Haus der Chases rumläuft? Allein bei dem Gedanken wird mir schwindelig.«

»Aber Mrs. Chase liebt doch diesen Hund«, entgegnete Martin, nahm das Dia aus dem Projektor, legte es in den Kasten zurück und griff nach einem anderen. »Es geht das Gerücht um, sie habe gedroht, ihren Mann zu verlassen, sollte er auch nur einmal etwas gegen Wiley sagen.«

»Das glaube ich nicht«, sagte Gracie, umarmte Wiley und hob ihn dann vom Behandlungstisch. »Ruth ist nicht die Frau, die oft ihren Kopf durchsetzen kann.« Die Vorstellung, Ruth Chase könnte ihrem tyrannischen Mann die Stirn bieten, war fast lachhaft.

Doch Gracie musste zugeben, dass Ruth Chase immer nett zu ihr gewesen war. Als kleines Mädchen hatte sie für diese schöne Frau geschwärmt und sich gewünscht, mit ihr in diesem großen Haus auf dem Hügel leben zu können.

»Ich gehe jetzt wohl besser nach vorn«, sagte sie und hakte die Leine in Wileys Halsband. In zehn Minuten wurde die Praxis geöffnet und sie war für diese Woche als Rezeptionistin eingeteilt.

»Lass Wiley doch bei mir«, schlug Martin vor.

»Danke«, sagte Gracie, »aber ich habe ihn gern bei mir. Außerdem ist es gut für einen Hund zu sehen, wie einfache Leute leben.«

Martin lachte noch immer, als Wiley sie den Korridor entlang ins Wartezimmer zerrte. Ein Mann stand mit dem Rücken zu ihr am Fenster. Er war groß und schlank und trug den für Idle Point typischen Sommer-Outfit: abgeschnittene Jeans, T-Shirt und Segelschuhe. Wiley zerrte heftig an der Leine, doch Gracie hielt ihn zurück.

»Entschuldigen Sie bitte«, sagte Gracie, »kann ich Ihnen irgendwie helfen?« Und fügte stumm hinzu: Erklären Sie mir doch erstmal, wie Sie hier reingekommen sind.

»Die Tür war offen«, erklärte er, als habe er ihre Gedanken gelesen. »Ich dachte mir ...« Die Worte blieben ihm im Hals stecken, als er sich umdrehte. »Gracie?«

O Gott, er war das schönste menschliche Wesen, das sie je gesehen hatte. Er strahlte beinahe wie eine goldene Lichtgestalt.

»Gracie Taylor?«

Gracies Welt stand Kopf, als sie erkannte, wer der junge Mann war. »Noah?« Plötzlich war sie wieder fünfeinhalb Jahre alt, an ihrem ersten Tag in der Vorschule, und begegnete Noah – ihrem Schutzengel. »Was machst du denn hier?«

Er deutete auf Wiley und sagte: «Fahrdienst.«

Seine wunderschönen blauen Augen blitzten und Gracie fürchtete, ihr Herz würde stehen bleiben. War es möglich, sich ein zweites Mal auf den ersten Blick in denselben Jungen zu verlieben?

Sie ging in die Hocke, drückte ihr Gesicht in Wileys Fell und stammelte: »Ich kann es nicht fassen! Nie hätte ich geglaubt, dass die Chases eines Tages ...« Sie hielt sich gerade noch zurück und fügte lahm hinzu: «Entschuldige bitte, ich wollte nicht ...«

»He, du brauchst dich nicht zu entschuldigen«, sagte Noah, bückte sich und kraulte Wiley hinterm linken Ohr. »Ich bin ein Chase und kann es auch nicht begreifen.«

Noch immer an Wiley geschmiegt, fühlte sie, wie ihre Wangen heiß wurden. Ich bin noch nie rot geworden, dachte sie, nicht einmal damals, als ich während einer

Schülerversammlung die Treppe hinaufgefallen bin. Das sieht mir doch gar nicht ähnlich.

Wiley schaute mit einem Blick so hingebungsvoller Liebe zu Noah hoch, dass beide lachen mussten.

Gracie fragte ihn über Wileys Hals hinweg: »Magst du Hunde?«

»Ich liebe Hunde«, sagte er und grinste, als Wiley den Kopf fest gegen seine Hand presste. »Als Kind wollte ich ein ganzes Haus voll haben.«

»Ich auch«, sagte Gracie. »Damals habe ich mir oft euer großes Haus angesehen und versucht, mir vorzustellen, wie viele Hunde und Katzen da reinpassen würden.«

»Du arbeitest hier.« Das war eine Feststellung, keine Frage.

»Als Mädchen für alles«, antwortete sie und hoffte, er möge die witzige Bemerkung richtig verstehen. In ihren Augen durfte Noah nur perfekt sein. Bitte, bitte, lass ihn kein verständnisloses Gesicht machen. Er ist schön, wäre es da zu viel verlangt, wenn er auch noch klug wäre?

Wieder blitzten seine Augen auf, und Gracie wusste, dass er sie verstanden hatte. Ein beglückendes Gefühl erfüllte ihr bereits überquellendes Herz.

»Teilzeit-Mädchen für alles oder ganztags?«, fragte er.

»In den Sommerferien arbeite ich ganztags, sonst in meiner Freizeit«, entgegnete Gracie, hockte sich auf die Fersen und ging aufs Ganze. »Ich brauche das Geld fürs College«, sagte sie, »und mir läuft die Zeit davon.« In Gedanken fügte sie hinzu: Du sollst ruhig alles erfahren, Noah. Ich bin hässlich und klug und arm. Also stelle ich eine dreifache Bedrohung dar.

Ohne mit der Wimper zu zucken beugte er sich vor und fragte: »Auf welches College willst du denn gehen?«

Gracie nannte ihm drei Institute ihrer Wahl. »Alle haben großartige veterinärmedizinische Fakultäten. Aber ohne Stipendium kann ich mir kein Studium leisten.«

»Hast du denn entsprechend gute Noten?«

Gracie nickte stolz. »Das Oberstufen-Jahr wird noch hart. Da geht's für mich ums Ganze.«

Als Noah schwieg, fragte sich Gracie, ob sie ihn mit der Aufzählung ihrer Zukunftspläne zu Tode gelangweilt hatte. Jungen hassen derartige Gespräche. Sie hätte lieber über Musik oder Filme reden und belanglose Themen anschneiden sollen. Aber in oberflächlicher Konversation war sie noch nie gut gewesen.

»Und welches College hast du dir ausgesucht?«, fragte sie schnell. »Du hast doch bestimmt freie Wahl unter den besten Unis.«

»Nicht, wenn ich die Aufnahmeprüfung machen muss«, antwortete er. »Ein gutes College nimmt mich nur, wenn das Scheckbuch meines Vaters mir die Tür öffnet.«

»Das ist doch gang und gäbe.«

»Außerdem müsste er den Schulleiter von St. Luke bestechen.«

»Oh«, sagte Gracie. »Du steckst also in Schwierigkeiten.«

»O ja«, äffte er den Down East-Tonfall seines Vaters nach. »Und ich stecke bis zum Hals in der Scheiße, wenn das meine Eltern erfahren.«

»Bei mir ist dein Geheimnis gut aufgehoben.«

»Das weiß ich«, sagte er.

Noah kraulte weiterhin Wileys Ohren und als Gracie das Halsband zurechtrückte, streiften seine Finger leicht ihre Hand. Unwillkürlich schnappte sie nach Luft und hoffte, dass er ihre Reaktion nicht bemerkt hatte. Denn sonst würde sie vor Verlegenheit auf der Stelle tot umfallen. Sie benahm sich, als wäre sie noch nie einem Jungen so nahe gewesen – nahe genug, um den Geruch nach Seife und Sonne auf seiner Haut wahrzunehmen – nahe genug, um die Wärme seines Körpers zu spüren. Seine Berührung war leicht und sanft – nur ein Hauch. Sie verstand so gut, warum Wiley Noah mit diesem hingebungsvollen, an Verehrung grenzenden Blick ansah. Am liebsten hätte sie für den Rest ihres Lebens dasselbe getan.

Noah hatte seit Jahren nicht mehr an Gracie gedacht. Er erinnerte sich nur vage an ein kleines mageres Mädchen mit traurigen Augen, das lesen und schreiben konnte, ehe die anderen Kinder ihre Schuhe zubinden konnten. Gracie war noch immer mager und noch immer klug, doch der traurige Ausdruck in ihren Augen war Entschlossenheit gewichen. Sie würde es zu etwas bringen. Allein fünf Minuten mit ihr hatten ihm gezeigt, dass sie ihr Leben bis ins kleinste Detail geplant hatte.

Während ihre Freunde auf Hidden Island rumbumsten, scheute sie keine Mühe, um ein College besuchen zu können. Kein Wunder, dass sie ihm einen so seltsamen Blick zugeworfen hatte, als er ihr gestand, dass er vom Internat geflogen war. Wahrscheinlich hielt sie ihn für einen echten Versager, einen reichen Schnösel, der noch vor seinem fünfundzwanzigsten Geburtstag sein Treuhandvermögen verprassen würde. Was Menschen betraf, hatte er eine Art sechsten Sinn, deshalb hatte er die Veränderung in ihrer Haltung ihm gegenüber sofort gespürt. Bis zu diesem Augenblick hatte sie sich wirklich für ihn interessiert und als diese Anteilnahme schwand, hatte er das Gefühl gehabt, jemand habe eine Wolke vor die Sonne geschoben.

Danach hatte sie ein Rezept für Wiley geschrieben, die nächsten Impftermine festgelegt, ihn gebeten, seine Mutter zu grüßen und ihr zu sagen, dass Wiley jeden Tag sorgfältig gebürstet werden müsse. Und das war's gewesen. Kein Flirten. Kein Versuch, ihn zum Bleiben zu bewegen – im Gegenteil, sie schien erleichtert zu sein, als er ging.

Er warf Wiley auf dem Beifahrersitz einen Blick zu und sagte: «Ich glaube, dich mag sie lieber als mich.»

Doch Wiley wedelte nur mit dem Schwanz.

Grandma Del ging nicht mehr oft aus ihrem Cottage. Seit die Chases ihr gesagt hatten, sie brauchten ihre Dienste nicht länger, war es langsam aber stetig mit ihr bergab gegangen. Nicht einmal Gracie, die den Gedanken an eine Welt ohne ihre Großmutter unerträglich fand, konnte diese Tatsache leugnen und machte es sich zur Aufgabe dafür zu sorgen, dass Grandma Del ordentlich aß, regelmäßig untersucht wurde und sich mit ihren Freundinnen traf, so oft sie Lust dazu hatte.

Gracie konnte sich, was die Fürsorge für ihre Großmutter betraf, auf Ben nicht verlassen. Entweder war er ständig betrunken oder aber er nützte den nüchternen Zustand, um zum x-ten Mal zu heiraten. Nach der vierten Ehefrau und der achten Verlobten hatte Gracie aufgehört zu zählen. Manchmal hätte sie ihm am liebsten eine der Holzlatten aus seinem Werkzeugschuppen über den Schädel gehauen, nur damit er von ihr Notiz nahm. Sie wusste jedoch, dass die Sache aussichtslos war. Ben war nie grausam zu ihr, jedenfalls nicht direkt. Er verprügelte sie nicht, wie Mary Anns Vater seine Tochter, noch kam er nachts zu ihr, wie Sarahs Vater es bei seiner Tochter tat. Manchmal dachte sie jedoch, dass seine Gleichgültigkeit ihr mehr wehtat als physische Gewalt. Er schaute einfach durch sie hindurch, als wäre sie nur Rauch oder ein Spiegel und nicht sein eigen Fleisch und Blut.

Gracie klopfte an die Tür, öffnete sie einen Spalt und rief: «Großmutter? Bist du wach?» Mit dieser höflichen Geste wahrte Gracie die Intimsphäre und noch verbliebene Selbständigkeit der alten Frau.

»Gleich kommt ›Das Glücksrad‹«, sagte Grandma Del.

»Glaub ja nicht, dass du mit mir reden kannst, ehe ich gesehen habe, was Vanna heute Abend anhat.«

»Ich bringe dir was zu essen«, sagte Gracie und hob den Deckel vom Topf. »Makkaroni mit Käse. Dazu mache ich dir einen Salat und ...«

Der Werbespot einer Auto-Reparaturwerkstatt flimmerte über den Bildschirm und Del wandte kurz den Blick ab. »Isst du mit mir?«

Gracie schüttelte den Kopf. »Nein. Ich habe mir gegen vier ein Hummersandwich geholt.«

»Wer hat die Makkaroni gekocht?«

»Ich«, antwortete Gracie und verkniff sich ein Lachen, als sie den Gesichtsausdruck ihrer Großmutter sah. »Nach deinem Rezept.«

»Na, dann«, sagte Del, als Vanna über den Bildschirm schwebte, »koste ich vielleicht davon.«

Gracie trug den Topf in die Küche, deckte ein Tablett für ihre Großmutter und goss sich dann Eistee in ein Glas. Damit ging sie in das winzige Wohnzimmer zurück und half ihrer Großmutter, sich im Fernsehsessel aufzurichten. Während Del aß, hockte Gracie neben ihr auf dem Boden und kommentierte auf derart witzige Weise Vannas Frisur, Kleid und Schuhe, dass selbst ihre Großmutter lachen musste.

Nach dem Ende der Show schaltete Del den Fernseher aus und wandte sich Gracie zu. »Na, spuck's schon aus, kleines Fräulein.«

Gracie stützte sich auf die Ellbogen und schaute zu Del hoch. »Wie kommst du darauf, dass es etwas zum Ausspucken gäbe?«

»In zweiundachtzig Lebensjahren lernt man die Menschen kennen, Graciela. Und ich merke doch, dass du kurz vorm Zerplatzen bist.«

Gracie hatte ihrer Großmutter noch nie etwas verheimlichen können. »Noah Chase ist wieder in der Stadt.«

Grandma Dels Lächeln gefror und ihre Lippen wurden zu einem schmalen Strich, wie aus Granit gemeißelt. »Er ist wohl nur auf der Durchreise.«

»Nein, das glaube ich nicht«, sagte Gracie langsam. »Wahrscheinlich bleiben wegen Mr. Chases Herzinfarkt dieses Jahr alle zu Hause.«

»Das geht dich überhaupt nichts an«, sagte Del. »Die leben ihr Leben und wir unseres.«

Gracie schluckte krampfhaft. »Er ist zu Dr. Jim gekommen und hat Mrs. Chases Hund abgeholt.«

Grandma Del widmete Gracie jetzt ihre ganze Aufmerksamkeit.

»Schlag ihn dir aus dem Kopf, Graciela.« Güte milderte die strenge Warnung. »Je früher du das begreifst, umso besser.«

»Ich weiß nicht, wovon du redest, Großmutter. Ich erzähle nur, was in der Stadt geklatscht wird.«

»Sieh mich an, kleines Fräulein.«

»Red keinen Unsinn«, sagte Gracie und stieß die Hand ihrer Großmutter beiseite.

»Graciela.«

»Okay, okay«, lenkte Gracie gezwungen lachend ein und versuchte die Forderung ihrer Großmutter als Scherz abzutun. »Ich schau dich an.« Mit schielenden Augen sah sie ihre Großmutter an. »Bist du jetzt zufrieden?«

Grandma Del nahm ihr Gesicht in beide Hände und da sah Gracie mit Entsetzen, dass ihre Großmutter Tränen in den Augen hatte. »Kein Mann auf diesem Planeten ist es wert, dass du seinetwegen deine Träume aufgibst, Graciela.«

»Großmutter!«

»Hör mir gut zu!« Noch immer umklammerte Del mit zitternden Händen das Gesicht ihrer Enkelin. »Du kannst alles erreichen, was du dir wünschst, wenn du nur an deinen Träumen festhältst.«

»Grandma, ich bin seit Monaten nicht mehr ausgegangen. Ich arbeite rund um die Uhr bei Dr. Jim. Ich stehe auf, gehe in die Klinik und komme nach Hause – und das alles nur, weil ich auf einen Traum fixiert bin. Glaubst du etwa, ich lasse zu, dass sich irgendetwas oder irgendwer zwischen mich und meine Zukunft drängt? Da kennst du deine Enkelin aber schlecht.«

Zum ersten Mal hatte Gracie ihre Großmutter belogen, und es sollte nicht das letzte Mal sein.

5. Kapitel

Er ist ein alter Mann geworden, wurde Noah am nächsten Morgen klar, als sein Vater langsam in der Bibliothek auf und ab ging. Im letzten September, als Noah ins Internat zurückkehrte, war Simon Chase noch ein großer, starker Mann im besten Alter gewesen. Jetzt, neun Monate später und nach zwei Herzinfarkten, war er kaum wieder zu erkennen. Simon war ebenso verwittert und grau geworden wie die Stadt. Jeder Schritt kostete ihn viel Anstrengung. Nur seine Stimme, dieser wohl tönende, tiefe Bariton war noch ebenso kräftig wie früher.

»... eine Enttäuschung«, sagte sein Vater gerade. »Deine Mutter und ich erwarten mehr von dir als pubertäre rebellische Reaktionen ...«

Noah schaltete ab. Er kannte diesen schon tausendmal gehörten Sermon auswendig. Und diese Predigt bewirkte gar nichts. Sie bewies Noah nur, dass sich sein Vater nicht im Geringsten für sein Leben interessierte.

»Von einem Chase wird Verantwortungsbewusstsein erwartet ... hervorragende Eigenschaften ... du kannst dich glücklich schätzen, Teil ... wie erklären wir ... du hast mich enttäuscht, Noah ... deiner Mutter wehgetan ... denk an die Zukunft ...«

Als kleiner Junge hätte Noah seinen Schlagarm dafür

geopfert, um einmal die ungeteilte Aufmerksamkeit seines Vaters zu bekommen. Damals war Simon Chase ein viel beschäftigter Mann gewesen, eine Säule der Stadtgemeinde, der Besitzer und Herausgeber der besten Zeitung Neuenglands. Er trug eine weit reichende Verantwortung, wohingegen die Geschehnisse zu Hause unbedeutend waren. Und deshalb hatte er auch keine Zeit, sich die Probleme seines kleinen Sohnes anzuhören.

Trotz seiner Unerreichbarkeit war Simon Chase Noahs Idol gewesen, größer als Superman oder Batman oder sogar Carleton Fisk. Er wollte weder ein Baseball-Spieler noch ein Action-Held sein, sondern ein Zeitungsmann wie sein Vater. Er wollte für die Werte, an die er glaubte, kämpfen und andere durch seine Argumente überzeugen.

Sein Vater besaß diese Gabe. Mit schwarzen Buchstaben auf weißem Papier konnte Simon Chase Berge versetzen. Sein Einfluss in Idle Point war legendär und dank des ihm 1979 verliehenen Pulitzerpreises war dieser Einfluss – wenn auch nur vorübergehend – weltweit zu spüren gewesen.

Die Arbeiter und Angestellten der *Gazette* verehrten ihren Chef. Mit vor Stolz geschwellter Brust hatte Noah gesehen, wie Redakteure und Reporter förmlich an den Lippen seines Vaters hingen und jede seiner Anweisungen prompt befolgten. Die Leute liebten und respektieren ihn.

»Dein Vater ist ein großer Mann«, hatte Wedell Banning nach Simons erstem Herzinfarkt im letzten Winter zu Noah gesagt, als alle fürchteten, Simon könnte sterben. »Wenn aus dir nur ein halb so guter Mann wird, bist du noch immer besser als die meisten.«

Noah leugnete nicht, dass sein Vater als Zeitungsverleger ein bedeutender Mann war, doch die kritiklose Heldenverehrung, die er ihm als Kind entgegengebracht hatte, war der bitteren Erkenntnis gewichen, dass er und

Simon sich nie nahe stehen würden; jedenfalls nicht auf die Weise, die er sich als kleiner Junge erträumt hatte.

Jetzt blieb Simon vor Noah stehen und schaute auf ihn hinunter. »Und was hast du zu deiner Rechtfertigung vorzubringen?«

»Nicht viel«, antwortete Noah schulterzuckend. Sogar noch weniger, als sein Vater gewillt wäre zu hören.

»Und wie sehen deine Pläne für den Sommer aus?«

Okay. Das ist deine Chance. Hol tief Luft und kämpfe, dachte Noah. »Ende nächster Woche soll ich in Colorado mit der Arbeit anfangen.«

»Das hattest du vor, ehe du vom St. Luke verwiesen wurdest. Wie sehen deine neuen Pläne aus?«

»Ich habe keine neuen Pläne.«

»Dann rate ich dir dringend, mir morgen um dieselbe Zeit einen besseren Vorschlag zu unterbreiten.«

»Was hast du gegen Colorado?« Noah wusste, dass er zu weit ging, aber das war ihm egal. Simon hatte sowieso keine Ahnung von seinem Leben.

»Kommt überhaupt nicht in Frage.«

»Warum nicht?«

»Weil ich es sage.«

»Toller Grund«, murmelte Noah und rutschte tiefer in den Sessel.

»Hüte deine Zunge, mein Sohn. Solange du unter meinem Dach lebst, tust du, was ich dir sage.«

Da lachte Noah seinem Vater ins Gesicht. »Seit meinem sechsten Lebensjahr lebe ich nicht mehr unter deinem Dach.«

Simon sah Noah betroffen an und sagte:«Aber du bist doch mein Sohn. Und hier ist dein Zuhause.«

»Von wegen, verdammt noch mal!«, rief Noah, sprang auf und stellte sich seinem Vater in einer Machtprobe, wie er es noch nie zuvor gewagt hatte. »Diese Zelle in St. Luke war mehr mein Zuhause, als dieser Ort es je sein wird.«

»Du redest dummes Zeug.«

»Glaubst du etwa, ich wollte ins Internat? Ich war so allein, dass ich mir vor Angst in die Hosen geschissen und mich im ersten Jahr jeden Abend in den Schlaf geweint habe.«

»Du bist darüber hinweggekommen.«

»Und warum hast du mich dann fortgeschickt? Dieses Haus ist so groß wie ein verdammtes Hotel – aber du hattest für mich keinen Platz darin.«

»Solange du unter meinem Dach lebst, toleriere ich diese Ausdrucksweise nicht.«

»Keine Angst, Pop«, sagte Noah. »Ich lebe nicht mehr lange unter deinem Dach.«

Mit Noahs Geburt waren damals für Simon Chase alle Wünsche in Erfüllung gegangen. Die öde Wüste ihrer unfruchtbaren Ehe war mit der unerwarteten Geburt dieses Jungen plötzlich erblüht, und ihr Haus war zum ersten Mal zu einem Zuhause geworden. So viele Enttäuschungen hatten seinen Weg gesäumt. So viele Fehler hatte er gemacht, so viele Geheimnisse in die dunklen Ecken seines Herzens verbannt. Er konnte sich noch gut an die erdrückende Last der Reue erinnern, an das Leid, die Verzweiflung, die ihn fast erdrückte. Lange Zeit schien nicht einmal die Hoffnung, die ihr Sohn in sein Leben brachte, auszureichen, um ihn zu retten. Und in dieser Hinsicht ähnelte Simon Ben Taylor mehr als er jemals zugegeben hätte.

Doch Ruth war immer an seiner Seite gewesen – unerschütterlich, resolut und verlässlicher als die Gezeiten des Meeres. Einmal hatte er sie zu weit von sich gestoßen. Da hatte sie einen Weg gewählt, den sie beide nicht für möglich gehalten hätten. Wie konnte er behaupten zu wissen, was richtig und was falsch war? Nie war er sich sicher gewesen, ob sie ihm seine Missetaten verziehen oder nur eine Möglichkeit gefunden hatte, damit zu leben. Er hatte sie nie danach gefragt. Ruth liebte ihn – hatte ihn immer geliebt. Und weil sie ihn liebte, war sie zu ihm zurückgekehrt.

Früher einmal – es war noch nicht so lange her – war auch er bereit gewesen, für die Liebe alles aufzugeben: seine Arbeit, seine Familie und seine Selbstachtung. Alles, was ihm lieb und teuer war. Er wäre einfach gegangen, hätte nicht zurückgeblickt, nicht einmal seinem Sohn zuliebe, auf den er so lange gewartet hatte.

Ruth schaute zur Tür herein. Ihr sanftes Gesicht war vor Sorge verhärmt.

»Ist alles in Ordnung?«, fragte sie. Ruth strahlte nur Harmonie aus, nichts an ihr war laut oder vulgär. Sie war durch und durch eine Lady. »Ich habe Noah die Zufahrt hinunterrasen hören.«

Simon erzählte seiner Frau, was vorgefallen war. Nach fast vierzigjähriger Ehe hatte Ruth ein feines Gespür für die Untertöne in der Ausdrucksweise ihres Mannes entwickelt. Noah hat mich doch geliebt, Ruthie. Er hat zu mir aufgeschaut. Was ist passiert? Ab wann ist alles schief gelaufen? Warum stoße ich ihn immer wieder von mir?, hatte er sagen wollen.

»Die Reise nach Colorado würde ihm gut tun«, sagte sie und tätschelte Simons linken Unterarm. »Bei der Arbeit könnte er sein Mütchen kühlen.«

»Soll ich ihn etwa noch dafür belohnen, dass er aus dem Internat geflogen ist?«

»Harte Arbeit kann man wohl kaum als Belohnung bezeichnen«, betonte Ruth.

»Nein«, sagte Simon. »Aber ist ein Sommer zu Hause denn eine so grausame Strafe?«

»Noah hat sich so auf die Arbeit auf der Ranch gefreut.«

»Hier kann er doch auch arbeiten.«

»Du weißt, das ist nicht dasselbe, Simon. Seine Freunde erwarten ihn auf der Ranch.«

»Aber hier ist seine Zukunft. In Idle Point.«

Ruth seufte. »Dafür ist doch noch Zeit«, sagte sie versöhnlich.

»Nein. Die Zeit drängt, Ruth«, widersprach Simon. »Unser Sohn muss jetzt zu Hause bleiben.«

Ruth konnte sich eines ungutes Gefühls – einer Art Vorahnung – nicht erwehren. Simon ging nach oben; er musste sich ausruhen. Doch sie schlenderte rastlos durchs Haus und war nicht fähig, ihre Korrespondenz zu erledigen, zu lesen oder irgendetwas Sinnvolles zu tun. Zweimal fragte ihre neue Köchin, Greta, ob sie eine Kanne Tee bringen solle, doch jedes Mal lehnte Ruth kopfschüttelnd ab. In Gedanken war sie woanders.

Seit über zehn Jahren träumte sie davon, ihren Sohn endlich bei sich zu Hause zu haben, doch jetzt musste sie feststellen, dass die Realität ihr Unbehagen bereitete.

Gracie.

Mona Taylors Tochter, das Mädchen mit den traurigen Augen. Wer hätte je gedacht, dass Ruths strahlender Sohn ein Auge auf dieses unscheinbare Mädchen werfen würde? Gestern Abend auf der Veranda hatte er nur von Gracie geschwärmt. Wie hart sie arbeite, wie tüchtig sie sei, wie klug und witzig. Noah hatte Monas Tochter mit einer derart unschuldigen Naivität gepriesen, dass Ruth entsetzt war.

So grausam durfte das Leben doch nicht sein!

Ruth hatte Gracie immer geliebt. Noch heute spürte sie Gracies winzige, zerbrechliche Hand in ihrer, als sie die Kinder vor Jahren von der Vorschule abgeholt hatte – damals, als Del noch für die Chases arbeitete. Wie Ruth es geliebt hatte, Gracie über einem Malbuch am Küchentisch sitzen zu sehen, während Noah zu ihren Füßen einen Wolkenkratzer baute. Manchmal redete sie sich dann ein, alle beide seien ihre Kinder, und ihre Freude bei diesem Gedanken war so groß, dass es ihr fast den Atem raubte.

Immer mehr junge Leute hatten damals Idle Point verlassen, weil sie in Boston, Hartfort oder vielleicht sogar in New York leben wollten. Die *Gazette* verlor dadurch Abonnenten und Simon wirkte zerstreut und besorgt, was bedeutete, dass Ruth ihren Mann kaum noch zu Gesicht bekam. Wenn sie nicht als freiwillige Helferin im Krankenhaus arbeitete, hielt sie sich oft in der Schule auf, um sich um eine der vielen Stiftungen der Chase-Familie zu kümmern. Dort hatte Gracie meistens in einem Ohrensessel gesessen und war in eins der berühmten Kinderbücher von Dr. Seuss oder eines der *Golden Books* vertieft gewesen. Nach dem Zwischenfall mit dem Weihnachtsgeschenk – dem Pullover – fühlte sich Ruth zunächst in Gracies Gegenwart nicht mehr wohl, da sie nicht wusste, wie weit das kleine Mädchen über das gespannte Verhältnis zwischen ihrem Vater Ben und Simon eingeweiht war. Deshalb war sie oft wieder gegangen, ohne Gracie zu begrüßen.

Doch wie hatte Gracie jedes Mal gestrahlt, wenn sie Ruth sah. Das arme kleine Ding sehnte sich nach Liebe – nach einer Mutter. Kurz nach diesem schrecklichen Weihnachtsfest war Ben aus Idle Point geflohen und hatte wieder geheiratet; mit Nora Fahey war er auf der Suche nach Arbeit an die Küste im Norden gezogen und hatte Gracie bei ihrer Großmutter gelassen. Ruth und Del kümmerten sich daraufhin gemeinsam um Gracie, obwohl ihre Anwesenheit im Haus der Chases vor Simon geheim gehalten werden musste.

Manchmal hatte Ruth das Gefühl, unter der Last der Geheimnisse, die beide Familien mit sich herumtrugen, zu ersticken.

Sie dachte an die Briefe, die sie pünktlich jeden Monat abgeschickt hatte; Briefe voller Liebe und Stolz und mehr Schuldgefühlen, als sie manchmal ertragen konnte.

Sei dankbar für das, was du hast, Ruth, ermahnte sie sich, wie schon so oft.

Bedanke dich. Sei zufrieden. Sei dankbar für die Freuden, die dir vergönnt waren, und trauere nicht dem Glück nach, das dir verwehrt wurde.

Sie war eine glückliche Frau, lebte im Luxus und ohne finanzielle Sorgen in dem großen Haus auf dem Hügel. Sie hatte fürsorgliche Freunde, fand Erfüllung in ihrer karitativen Arbeit und hatte einen Sohn, dessen Existenz ihr noch immer wie ein Wunder vorkam.

Und sie hatte auch noch Simon.

Er liebte Noah mehr, als dem Jungen bewusst war. Seinetwegen stand Simon jeden Morgen auf und erhielt die *Gazette* am Leben. Noah verlieh jedem seiner Atemzüge einen Sinn. Nach seinem ersten Herzinfarkt vor Weihnachten war es Noah gewesen, der seinem Vater die Kraft gegeben hatte, gegen seine Krankheit anzukämpfen. Jetzt trugen die beiden einen klassischen Vater-Sohn-Konflikt aus. Zwei Löwen kämpfen um die Vorherrschaft im Rudel – der alternde Patriarch gegen den jungen wilden Jäger. Beide brauchten jetzt eine gewisse Distanz und Zeit, dann würde sich dieser Streit ganz von allein legen.

Sollte Simon den Jungen jedoch zwingen, diesen Sommer in Idle Point zu verbringen und für die *Gazette* zu arbeiten, würde nichts Gutes dabei herauskommen. In diesem Punkt irrte sich Simon, und nach ein paar Tagen, wenn sich die Situation abgekühlt hätte, würde sie ihm das mit aller Deutlichkeit sagen. Dann blieb immer noch Zeit genug, Noah nach Colorado zu schicken.

Doch bis zu Noahs Abreise würde Ruth keine Ruhe finden.

Alle Leute schlafen noch oder arbeiten schon, dachte Noah, als er die Hauptstraße entlang in Richtung Highway fuhr. Nur Laquita Adams hatte er aus dem alten Motel neben Ebs Tankstelle kommen sehen. Während seiner Weihnachtsferien zu Hause waren ihm Geschichten über Laquita zu Ohren gekommen, die er gar nicht hatte glauben wollen. Noch im Abendkleid und mit verschmiertem Make-up sah er sie jetzt aus dem Motel zu ihrem Auto wanken, was ihm gar nicht gefiel.

Er hatte sie als sanftes Mädchen mit rundem Gesicht und dunklem Haar in Erinnerung – klug und zurückhaltend. Ständig hatte sie sich um ihre vielen Brüder und Schwestern kümmern müssen, die anscheinend allein ihrer Fürsorge überlassen waren. Es hieß, ihre Eltern seien zwar nette, aber pflichtvergessene Leute. Kaum war ein Baby den Windeln entwachsen, wandten sie ihre ganze Aufmerksamkeit dem nächsten in der Reihe zu.

»Ich frage mich, wie die beiden mit ihrer Horde Kinder ohne Laquita zurechtkämen?«, hatte Don neulich Abend bei einem Treffen in der Bowlinghalle gesagt.

Für Noah jedoch hatte es den Anschein, als würde Laquita nicht ihre ganze Zeit der Familie widmen, da sie die Nacht mit Rick vom Haushaltwarengeschäft verbracht hatte. Was, verdammt noch mal, dachte sie sich eigentlich dabei? Der Kerl war alt genug, um ihr Vater zu sein.

Gestern Abend hatte er sich wieder mit Don und anderen alten Freunden in der Bowlinghalle getroffen. Don hatte ihn, was die Klatschgeschichten in der Stadt betrafen, auf den neuesten Stand gebracht. Demnach schien Laquita mit jedem Mann zu schlafen, der hinter ihr her war, aber das ging nur sie etwas an, selbst wenn sie damit ihren Ruf ruinierte. Komische Sache, dass sich Noah um die Reputation eines anderen Menschen kümmerte. Schließlich hatte er sich seit seinem Weggang aus Idle Point größtmögliche Mühe gegeben, seinen eigenen Ruf zu ruinieren. Tim und Joe arbeiteten im Supermarkt. Terri und Joann brieten Burger im Schnellimbiss, während Ethan Bestellungen in Patsys Imbissstube entgegennahm. Alle taten so, als würden sie sich freuen, Noah wieder zu sehen. Sie betrachteten ihn aber inzwischen als Außenseiter. Was er ihnen nicht verübeln konnte, denn er hatte kaum noch eine Beziehung zu seinen alten Freunden.

Dons Eltern besaßen einen Fischkutter und Don fuhr während der Sommerferien jeden Morgen mit seinem Vater aufs Meer hinaus. Er sagte Noah, er könne mitfahren, wenn er früh um vier am Hafen wäre. Noah mochte Don, vor allem, weil es Don egal zu sein schien, dass er Simon Chases Sohn war. Don kümmerte sich nicht um Kleinkram, wie zum Beispiel welchen Beruf wessen Vater hatte. Er arbeitete hart, amüsierte sich gern und glaubte, alle anderen täten dasselbe.

»Wir fahren fast jede Nacht zur Hidden Island rüber«, hatte er Noah erzählt, als die beiden nach Schließung der Bowling-Halle zu ihren Autos gingen. »Bring ein Sixpack mit, dann gehörst du dazu.«

Noah hatte grinsend über diesen Vorschlag nachgedacht. Sein Vater wäre stocksauer, erführe er, dass sich sein Sohn und Erbe mit den einheimischen Jungs auf dem berüchtigtsten Knutschplatz zwischen Idle Point und Kittery rumtrieb. Schlimmer wäre nur, wenn sich Noah einen schlecht bezahlten Job in der Stadt suchen würde, anstatt für die *Gazette* zu arbeiten.

Zweifelsohne wäre das für Noah eine Fahrkarte erster Klasse – und zwar raus aus Idle Point.

Er könnte auch bei Eb in der Tankstelle arbeiten, oder vielleicht die Einkaufstüten der Touristen in dem neuen Supermarkt *Food Basket* an der Ecke Main und Dock Street tragen. Oder den Caddie für die alten Säcke im Golfclub mimen oder – noch besser – Hundekacke wie Gracie zusammenschaufeln. Dieser Gedanke gefiel ihm.

Nicht die Hundkacke, sondern weil er Dr. Jim mochte. Und in der Nähe von Gracie zu sein, klang nicht schlecht.

Außerdem wäre er in zwei Wochen sowieso auf dem Weg nach Colorado.

Als Dr. Jim plötzlich etwas sagte, zuckte Gracie zusammen.

»Was ist denn mit dir los, junge Dame«, fragte er, bückte sich und hob die Spritze auf, die sie hatte fallen lassen. »Du bist ja nervöser als Jasper Dawsons Jagdhund kurz vor der Operation.«

»Ich war wohl nur ungeschickt«, entgegnete Gracie, legte die Spritze in einen Behälter und griff nach einer neuen. Die Siam-Katze auf dem Behandlungstisch miaute ängstlich. »Tut mir Leid, Lady«, sagte sie und küsste die Katze auf den Kopf. »Du kannst dich freuen, dass dir Dr. Jim die Spritze gibt.«

»Wüsste ich es nicht besser«, sagte Dr. Jim und nahm ihr die Spritze aus der Hand, »könnte man meinen, du wärst verliebt.«

Gracies Lachen klang nicht so überzeugend, wie sie sich das wünschte. »Habe ich dafür etwa Zeit?«, konterte sie. »Sie halten mich hier doch ständig auf Trab.«

Gracie murmelte beschwichtende Laute ins Ohr der sich wehrenden Katze, während Dr. Jim das Medikament injizierte.

»Der junge Chase ist richtig erwachsen geworden, nicht wahr?«

Gracie nahm Lady in die Arme und stellte sich vorübergehend taub.

»Wie ich höre, herrscht unter den Mädchen der Stadt höchste Aufregung, seit er wieder da ist.«

»Wie schön, dass sie Zeit dafür haben«, sagte Gracie bissig. »Mir sind andere Dinge wichtiger.« Schnell wandte sie sich ab, damit Dr. Jim nicht sehen konnte, dass sie rot wie eine Tomate geworden war. »Ich bringe Lady in ihren Käfig zurück.«

Mit der Katze im Arm ging Gracie zur Pflegestation im rückwärtigen Teil der Tierklinik. Hätte Dr. Jim gewusst, dass Noah Chase sie vorhin in der Praxis angerufen und sie gebeten hatte, sich mit ihm in der Mittagspause zu treffen, wäre diese Diskussion wohl endlos weitergegangen. Wahrscheinlich hätte Dr. Jim diese Verabredung zu einem Rendezvous oder was ähnlich Blödem hochstilisiert.

Aber es ist kein Rendezvous, redete sie sich ein. Wäre es ein Rendezvous, hätte Noah ein paar Tage vorher angerufen, käme zu dir nach Hause und würde dich abholen. Er riefe nicht um zwanzig nach zehn Mittwoch vormittags an und schlüge vor: «Könnten wir uns nicht bei Andy ein Hummersandwich kaufen und uns auf die Felsen am Strand setzen?« Lächelnd hatte sie registriert, dass er noch immer mit einem leichten Maine-Dialekt sprach.

»Mir ist es egal, ob es nun ein Rendezvous ist oder nicht«, sagte sie zu Lady, legte die Katze in ihren Käfig und schloss ihn sorgfältig ab. Sie würde mit Noah zu Mittag essen, allein das war wichtig.

Punkt zwölf Uhr stand Gracie vor der Tür und bat den Laboranten: «Sperren Sie bitte für mich ab, Martin? Ich muss etwas Dringendes erledigen.«

Ihre Hand zitterte, als sie im Auto Lidschatten und Wimperntusche auftrug. Mit der Bürste fuhr sie sich durchs Haar und wünschte, sie wäre blond und schön und hätte blaue Augen. Warum hatte sie heute nicht etwas Schickeres als die verwaschenen Jeans und den grünen Pullunder angezogen? Da ihre Sneakers ausgetreten und fleckig waren, schleuderte sie die Schuhe von sich. Viel hatte sie zwar nicht vorzuweisen, aber sie hatte hübsche Füße. Aus dem Handschuhfach kramte sie eine Flasche grellrosa Nagellack. Vielleicht konnte sie Noah mit ihrer Pediküre blenden. Kurz überlegte sie, ob noch genug Zeit sei, um nach Hause zu fahren und sich umzuziehen, entschied sich jedoch dagegen. Ganz gleich, was sie tat, nie würde sie sich in den Typ Mädchen verwandeln, den ein Junge wie Noah attraktiv fand.

In Dr. Jims Praxis war sie in ihrem Element. Ihre Kraft schöpfte sie aus dem Umgang mit Tieren, aus ihrer Fürsorge für diese Geschöpfe und dem Studium ihrer Verhaltensweisen. Menschen waren viel problematischer. Würde man Gracie aus der Tierklinik holen und in Noahs Welt versetzen, käme sie in größte Schwierigkeiten.

»Das ist kein Rendezvous«, sagte sie laut und startete den Motor.

»Das ist kein Rendezvous«, wiederholte sie während der Fahrt zu Andy's Dockside Shack.

»Das ist kein Rendezvous«, füsterte sie und fuhr in eine Parklücke.

Dann sah Gracie Noah und wieder war sie verloren.

Als Gracie aus ihrem Auto stieg, fiel Noah als Erstes ihr Lächeln auf. Sie hatte schöne, regelmäßige, weiße Zähne und ihr Lächeln war breit und natürlich. Er hatte viele andere Menschen lächeln sehen und kannte den Unterschied.

Als Zweites nahm er ihren Körper wahr. Gracie war groß, schmal und anmutig – stark, aber trotzdem weiblich. Ihm gefiel ihre schlanke Taille, die in etwas breitere Hüften überging. In ihrem glänzenden, dunkelbraunen Haar schimmerten rotgoldene Lichter – gestern in der Tierklinik war ihm gar nicht aufgefallen, was für schönes Haar sie hatte. Ihr Busen war klein und rund und wippte leicht bei jedem Schritt. Er nahm sie mit einer derartigen Intensität wahr, dass es ihn zutiefst erschütterte.

Gewiss war Gracie nicht das schönste Mädchen, das er kannte, aber sie bewirkte etwas in ihm, was noch keinem Mädchen gelungen war: Sie machte ihn unsicher, so als müsste er sich noch größere Mühe geben, sie glücklich zu machen. Als wäre plötzlich nur noch eins auf der Welt wichtig: Gracies Glück.

Dann fing er sich wieder.

Das ist kein Rendezvous, du Trottel. Du willst sie doch nur nach einem Job fragen.

Irgendwie hatte er bei ihrem Anblick und während sie vom Auto zu Andys Imbissstube ging, sein Anliegen ganz vergessen.

»Entschuldige, dass ich zu spät komme«, sagte sie dann. »Mrs. Daggett tauchte mit einer ihrer Siamkatzen auf und ...« Ihre Worte verloren sich in einem leisen Lachen und Noah lachte unwillkürlich mit, obwohl er den Witz nicht begriff.

Noch nie war ihm ein Mädchen wie Gracie begegnet. Ihre Jeans waren geflickt, ihre Füße nackt, aber ihre Zehennägel grellrosa lackiert. Sie roch nach Seife und Shampoo und leicht nach Siamkatze. Und diese Duftmischung verwirrte ihn.

»Ich habe dir schon ein Hummersandwich bestellt«, sagte er und zuckte zusammen, als er hörte, wie stark sein Maine-Dialekt noch war. In St. Luke hatten ihn die anderen Jungen ständig damit aufgezogen. »Weil ich mir dachte, dass du wenig Zeit hast«, fügte er hinzu.

»Prima«, sagte Gracie und lächelte ihn an, als gäbe es nichts Besseres als ein Hummersandwich. »Kriege ich auch eine Limonade?«

»Wenn du willst.«

»Einen großen Becher, mit viel Eis«, sagte sie.

»Sonst noch was?«, fragte er grinsend.

»Im Augenblick nicht, aber man kann ja nie wissen.«

Joey Anderson, dessen Mutter Lehrerin an der Grundschule von Idle Point war, hatte Noahs Bestellung aufgenommen. »Bist du mit Gracie Taylor zusammen?«, fragte er und tippte den Betrag in die Kasse.

Noah grunzte nur unverbindlich und gab Joey eine zehn-Dollar-Note.

»Gracie ist ein gutes Mädchen«, sagte Joey, »nimmt aber alles sehr ernst. Wenn du dich amüsieren willst, solltest du abends mal zur Hidden Island rüberrudern. Dort triff sich die ganze Clique. Bring nur ...«

»... ein Six-pack mit«, ergänzte Noah den Satz und steckte das Wechselgeld ein. »Das hat mir Don schon gesagt.«

»Hey, Joey.« Gracie gesellte sich zu den beiden und nahm die Getränkebecher und Papierservietten von der Theke. »Wie geht's denn so?«

»Ich könnte ein paar freie Tage brauchen, wirklich«, sagte Joey und grinste Gracie an. Noah rückte unwillkürlich einen Schritt näher an sie ran. »Wie sieht's aus? Kommst du morgen Abend zu Joanns Party?«

Gracie schüttelte den Kopf. »Nein. Ich habe morgen Spätschicht, aber ich denke an euch.«

»Du bist auch eingeladen«, sagte Joey zu Noah. »Bring jemanden mit, wenn du willst.« Sein Blick schweifte von Gracie zu Noah, dann fügte er schulterzuckend hinzu:«Oder auch nicht. Wie auch immer.«

Gracie zeigte keine Reaktion.

Noah folgte Gracie über den Parkplatz zum Strand. Die Ebbe hatte die von den Gezeiten rund geschliffenen Felsbrocken im Sand frei gelegt. Diese Felsen waren schon seit ewigen Zeiten, lange vor den Chases oder irgendjemand anderem, der Idle Point entdeckt hatte, da gewesen. Und das gefiel Noah am besten: Der Strand gehört niemandem, nur sich selbst.

»Sei vorsichtig«, rief Gracie ihm über ihre Schulter hinweg zu. »Die Felsen sind glitschig.«

»Ja«, antwortete er, »das habe ich auch schon gemerkt.« Bereits zweimal wäre er fast auf seinem Hintern gelandet.

Doch Gracie fand mit ihren nackten Füssen festen Halt auf dem glatten Untergrund und ging darüber, als wäre dies ihr persönliches Reich. Im frischen Seewind beugte sie ihren schlanken Körper wie eine Weide. Kein Fehltritt, keine Unbeholfenheit. Noah wäre am liebsten stehen geblieben, um in Ruhe ihre anmutigen Bewegungen zu beobachten. Bei diesem Gedanken wurde ihm ganz heiß vor Verlegenheit und noch etwas anderem, etwas zutiefst Beunruhigendem, das er nicht benennen konnte. Oder nicht wollte. Solche Gedanken hatte er sonst nie. Für ihn war ein Mädchen hübsch oder nicht. Es hatte einen tollen Körper oder nicht. Es machte Spaß mit ihr zusammen zu sein, oder es ödete ihn total an. Doch noch nie hatte er die Zeit anhalten wollen, um einem Mädchen beim Spaziergehen in der Sonne zuzusehen.

Gracie wählte einen Felsblock auf halbem Weg zwischen Andys Imbissstube und dem Wasser aus.

»Hier willst du bleiben?«, fragte Noah, nicht sehr begeistert.

»Na klar«, entgegnete sie, und setzte sich auf die dem Wind abgewandte Seite. »Wenn wir uns still verhalten, landen die Möwen in der Nähe und brechen Muscheln auf, während wir unsere Sandwiches essen.«

»Und das findest du gut?«

»Na klar«, sagte Gracie grinsend. Komisch, dass sie hier am Strand viel selbstbewusster war als vorhin auf dem Parkplatz. »Ich liebe die Ebbe«, fügte sie hinzu, als er sich neben sie setzte. »Dann enthüllt das Meer all seine Geheimnisse.«

»Ich sehe nur tote Fische.«

»Ja, aber es gibt viel mehr zu entdecken, wenn man weiß, wo man hinschauen muss.« Plötzlich hielt sie inne und schüttelte den Kopf. »Entschuldige bitte. Dich interessieren bestimmt nicht meine Gedanken über die Gezeiten in Idle Point.«

»Vielleicht doch«, sagte er mit einem Unterton, der ihr Herz höher schlagen ließ. »Ich weiß nicht viel darüber.«

Noahs tiefe Stimme weckte in ihr Gefühle, die sie sonst nur in Vollmondnächten hatte. Dann war sie ein bisschen wild. Ein bisschen verrückt – nicht die achtsame, vorsichtige Gracie. So wie jetzt hatte sie sich noch nie gefühlt, und das machte ihr Angst. Sie war lebenserfahren genug, um zu wissen, in welche Schwierigkeiten ein Mädchen geraten konnte, wenn es sich von seinen Gefühlen leiten ließ. Ihr Vater war so ein Mensch; er folgte spontan den Eingebungen seiner Dämonen, die ihr immer fremd geblieben waren. Wie viele Frauen hatte er mit nach Hause gebracht und vergeblich nach dem Glück gesucht, das er mit ihrer Mutter erlebt hatte.

Aber sie war nicht wie ihr Vater. Sie stand fest mit beiden Beinen auf der Felsküste in Idle Point. Sie würde keine Überraschungen in ihrem Leben dulden. Sie hatte Pläne für die Zukunft und wusste, wie sie ihre Träume verwirklichen konnte. Sie wusste auch, dass sie jetzt einen riesigen Schritt weg von Noah Chase machen sollte. Aber sie war unfähig, sich zu bewegen. Oder sie wollte sich vielleicht auch nicht bewegen. Nicht solange der Junge, den sie schon mit fünfeinhalb Jahren geliebt hatte, nur einige Zentimeter von ihr entfernt saß.

Noah stellte ihr Fragen über den Hafen und die Fischerei, und Gracie ertappte sich dabei, dass sie nicht nur darüber redete, sondern ihm auch die historische Entwicklung der Leuchttürme erklärte. Er erinnerte sich sogar noch an Sam, die Katze, und lachte, als Gracie ihm sagte, ihr offizieller Name sei jetzt Samantha, Königinwitwe von Idle Point.

»Du lebst gern hier«, sagte er.

»Ja, das ist meine Heimat.«

»Meine auch«, sagte er, »aber ich empfinde nicht viel für diese Stadt.«

»Das wundert mich nicht«, entgegnete Gracie und nippte von ihrer Limonade. »Seit der Vorschulzeit lebst du ja eigentlich nicht mehr hier.«

»Weißt du noch, wie wir nach der Schule zu mir nach Hause gegangen sind und ich dir mein Spielzeug zeigen wollte, aber ...«

»... dein Vater es dir verboten hatte.« Sie biss in ihr Hummersandwich und kaute langsam.

»Das hast du gewusst?«

»Grandma Del hat's mir erzählt, weil ich sie ständig genervt habe, warum ich deine elektrische Eisenbahn nicht sehen durfte.« Mit den Zehen stupste sie leicht gegen seinen Knöchel. »Das muss dir doch nicht peinlich sein. Schließlich war es kein Geheimnis oder so was.«

»Ich habe das nie verstanden. So ein großer Snob ist mein alter Herr doch auch wieder nicht.«

»Da wäre ich mir nicht so sicher«, entgegnete Gracie lachend.

»Ich habe doch andere Kinder zu mir nach Hause eingeladen und ...« Er murmelte einen Fluch. »Entschuldige, Gracie, ich wollte dir nicht wehtun.«

»Das ist alles Schnee von gestern«, sagte sie. »Ich weiß nicht, woran es liegt, aber meine Familie kann deine ebenso wenig leiden wie deine unsere.« Wen kümmerten schon deren Probleme? Das alles kam ihr so weit entfernt und unwichtig vor wie der Teepreis in China. Wichtig war, dass Noah wieder in Idle Point war und an diesem sonnigen Juni-Nachmittag neben ihr saß.

Dann beobachteten beide schweigend eine Möwe, die

nur ein paar Meter von ihnen entfernt gelandet war und mit ihrem langen, scharfen Schnabel auf eine Muschel einhackte. Da die Schale nicht zerbrach, packte die Möwe die Muschel, kreiste träge über dem Felsen und ließ die Muschel fallen. Die Schale zerbrach und der Vogel kam zurückgeflogen, um den Leckerbissen zu verspeisen.

Lachend sah Gracie zu, wie eine zweite Möwe die Beute stehlen wollte, jedoch mit viel Gekreisch und Flügelschlagen vertrieben wurde.

»Als ich klein war, ist Grandma Del oft mit mir an den Strand gegangen. Dann sind wir die Küste entlangspaziert und sie hat mich die Namen der Vögel und Schalentiere gelehrt.«

»Und mir hat sie die Mondphasen erklärt«, sagte Noah, »und die Gezeiten. Ohne Del ist es im Haus nicht mehr wie früher.«

»Sie will nicht, dass wir Freunde werden«, sagte Gracie und bedauerte ihre Worte sofort.

»Und ich dachte, sie mag mich.« Das klang so gekränkt, dass ihm Gracie unwillkürlich die Hand auf den Unterarm legte.

»Sie hat dich auch gemocht«, sagte Gracie. »Jetzt glaubt sie aber, du könntest Ärger machen.«

»Womit sie vielleicht Recht hat.«

»Sie könnte sich aber auch irren.«

»Verlass dich nicht darauf.«

Bei diesen Worten sah er so traurig aus, dass Gracie erklärend hinzufügte:«Grandma Del macht sich eben Sorgen. Sie will nicht, dass ich meine Zeit mit irgendwelchen Jungs vergeude.«

»Das wäre mir auch nicht recht.«

Daraufhin schwiegen beide. Er betrachtete ihre Finger, die leicht auf seinem Arm lagen. Sie wollte ihre Hand zurückziehen, tat es aber nicht. Sanft streichelte die Meeresbrise ihre nackten Arme und Füße. Lange saßen sie so da, bis sich Noah über Gracie beugte und sie näher zu ihm rutschte. Dann waren Limonade, Hummersandwiches und Leuchttürme vergessen.

Er küsste sie auf eine Weise, wie sie es sich immer erträumt hatte: mit einer Intensität und Zärtlichkeit und Sehnsucht, die ihren Gefühlen entsprachen. Ihre Lippen öffneten sich leicht. Er berührte mit seiner Zunge ihre, zart ... so süß, dass ihr Körper an seinem zerschmolz, obwohl sie sich keinen Zentimeter bewegt hatte.

Dieser Kuss dauerte nur ein paar Sekunden, aber diese Sekunden veränderten ihr Leben für immer.

6. Kapitel

Noch nie in ihrem Leben hatte Gracie Grandma Del belogen, aber jetzt blieb ihr keine andere Wahl. Sie konnte ihrer Großmutter unmöglich erzählen, dass sie sich mit Ruth Chases Sohn traf, denn fiel der Name Chase in Dels Gegenwart, regte sie sich derart auf, dass sich Gracie wegen des schwachen Herzens ihrer Großmutter Sorgen machte. Außerdem war sie jetzt siebzehn und hatte ein Recht auf ein eigenes Leben. Die Tage, in denen die beiden alles geteilt hatten, waren vorbei und diese Erkenntnis trübte Gracies Glück.

Noahs Plan, in der Tierklinik zu arbeiten, wurde von Simon Chase kategorisch abgelehnt, denn er bestand darauf, dass sein Sohn den Sommer über das Zeitunggeschäft von der Pike auf lernte. Darüber war Gracie froh, weil ihr Denkvermögen in Noahs Nähe aussetzte. Jedes Mal, wenn sie ihn sah, mit ihm redete oder auch nur seine Anwesenheit ahnte, schlug ihr Herz schneller und ihre Hände zitterten. Ihr Verstand flog zum Fenster raus wie der Wellensittich des alten Horvath, dessen Vogel ständig ausriss. Ihr ganzes Leben wurde jetzt von ihren Treffen mit Noah bestimmt und ihrer Sehnsucht nach seinen Küssen.

In der Stadt wurde viel über Noah geredet. Jeder hatte

eine andere Geschichte zu erzählen: Er sei auf dem Rücksitz von Laquita Adams' Toyota gesehen worden und mit der Tochter des Rektors in der Nähe des Fußballplatzes; bei Partys auf Hidden Island, er mache heimliche Abstecher nach Portland oder tauche im Verlag nicht auf, wenn sein Vater nicht da war. Doch Gracie kümmerte dieses Gerede nicht, denn sie kannte den wahren Noah.

»Setz dich, kleines Fräulein«, sagte Grandma Del eines Abends Mitte Juli, als Gracie besonders erpicht darauf war, in Noahs Arme zu eilen. »Du schlingst dein Essen so schnell runter, dass dir schlecht werden wird.«

»Entschuldige«, sagte Gracie beschämt und versuchte krampfhaft, nicht auf die Uhr auf der Anrichte zu schauen. »Aber ich habe einen Bärenhunger.«

Gracie aß jeden Tag mit ihrer Großmutter zu Abend, es sei denn, Dr. Jim brauchte sie länger in der Tierklinik. Grandma Dels Gesundheit war sehr angegriffen, doch ihr Geist und ihr Lebensmut waren ungebrochen. Sie strickte Schals und Fäustlinge für den Winterbazar der Kirche und spielte Karten mit ihren Freundinnen, alles Frauen, mit denen sie in Idle Point aufgewachsen war und die sich rührend um Del kümmerten. Gleichzeitig behielten sie auch Gracie im Auge, was diese sehr verdross, denn ihr bisher untadeliger Lebenswandel wurde zunehmend durch Notlügen und Halbwahrheiten getrübt. Sie hasste Heimlichkeiten, aber es gab keine andere Möglichkeit, mit Noah zusammen zu sein.

Wenigstens musste sich Gracie keine Sorgen darüber machen, wie Ben darüber dachte. Ihr Vater und seine jetzige Frau arbeiteten für eine Schiffsbaufirma in der Nähe von Calais, an der kanadischen Grenze. Bisher hatte er jeden Monat Geld nach Hause geschickt, was bedeutete, dass er nicht trank. Gracie hatte gelernt, nicht zu viel von ihrem Vater zu erwarten. Vorbei waren die Tage, an denen sie mit einem Zeugnis voller Einser und Auszeichnungen nach Hause gekommen war und vor Aufregung beinahe tanzend darauf gewartet hatte, dass ihr Vater endlich begriff, was für ein Prachtstück seine Tochter war. Natürlich war das nie geschehen. Ben schien nach wie vor keine Beziehung zu Gracie zu haben, aber ihr tat es jetzt nicht mehr so weh wie früher.

Gracie hatte sich damit abgefunden, dass sie nie eine glückliche Familie haben würde, wie sie es sich erträumt hatte.

»Du bist für das Versagen deines Vaters nicht verantwortlich«, hatte ihre Studienberaterin an der High School letztes Jahr zu ihr gesagt, als Ben nicht zur Feier nach Idle Point gekommen war, bei der Gracie der New England Merit Students Award of Excellence verliehen wurde. »Vergeude deine Zeit nicht damit, sein Leben in Ordnung bringen zu wollen, sondern lerne, dein Leben in vollen Zügen zu genießen. Vollkommenheit ist eine Utopie, Gracie. Aber vorzügliche Leistungen kann man erreichen.«

An diese Worte dachte sie jedes Mal, wenn sie jemanden um etwas beneidete, was sie nicht hatte. Und manchmal half ihr dieser Rat.

»Mit diesem Schmorbraten hat sich Marie selbst übertroffen«, sagte Grandma Del und streckte die Hand nach dem Salzstreuer aus.

»Er schmeckt so gut wie deiner«, sagte Gracie und schob das Salz außer Reichweite.

»Aber nur, weil sie endlich nach meinem Rezept gekocht hat.« Grandma Del wusste, dass sie die beste Köchin in Idle Point war und stellte ihr Licht nicht unter den Scheffel. »Ich weiß nicht, warum diese Frau so lange gebraucht hat, um das zu kapieren.«

Beide lachten, als Sam, die Katze, miauend auch ihre Portion verlangte.

Gracie liebte jede Minute, die sie mit ihrer Großmutter verbrachte. Sie hatte zwar keine normale Familie, aber in Grandma Del die liebevollste, verlässlichste Beschützerin, die sie sich vorstellen konnte. Vor ein paar Jahren hatte Del ihre Enkelin zu einem Al-Anon-Treffen mitgenommen, wo Gracie allmählich begriff, dass sie weder am Unglück noch an der Trunksucht noch an den gescheiterten Ehen ihres Vaters schuld war. Damals hatte Del ihren Stolz zurückgesteckt und war während der Sitzungen an der Seite ihrer Enkelin geblieben, denn derart öffentliche Bekenntnisse widersprachen allen ihren Prinzipien. Und Gracie wusste, dass sie ihrer Großmutter nie genug für dieses Opfer würde danken können.

Wie sehr sie sich wünschte, ihrer Großmutter von Noah erzählen zu können! Dann wäre ihr Leben vollkommen. Wie gern hätte sie ihr Glück mit jemandem geteilt. Ihrem Vater durfte sie davon nichts erzählen. Die Erinnerung an jenen Abend, als Ben nach dem Krippenspiel Mrs. Chase den Pullover vor die Füße geworfen hatte, war noch sehr lebendig in ihr. Nie würde sie Mrs. Chases zuerst verblüfftes und dann resigniertes Gesicht vergessen. Und noch immer herrschte Feindschaft zwischen beiden Familien. Vor ein paar Jahren hatte Gracie ihren Vater auf diesen Abend angesprochen, aber er hatte sie nur verständnislos angestarrt und gesagt: «Graciela, ich weiß nicht, wovon du redest.» Und sie hatte es dabei belassen. Ihr Vater hatte riesige Gedächtnislücken, aber sie wusste nicht, ob diese auf den Alkohol zurückzuführen waren oder weil ihr Vater keine Lust hatte, über bestimmte Dinge zu reden. Wahrscheinlich spielte das keine Rolle, denn die Wahrheit würde sie nie erfahren.

Es gab so viele Geheimnisse. So viele verbotene Themen. Oben im Speicher versteckt, im Keller vergraben, in Schränken verstaut, unter Matratzen und hinter verschlossenen Türen. Stell keine Fragen. Was auch immer du tust, Familienangelegenheiten bleiben in den eigenen vier Wänden. Als kleines Mädchen hatte sie Grandma Del mit Fragen über ihre Mutter bombardiert. War sie hübsch? Sehe ich aus wie sie? Wie hat ihre Stimme geklungen? Hat sie mich geliebt? Hat sie mir vorgesungen? Würde sie mich mögen, wenn sie mich heute sähe? Und Grandma Dels Antworten waren immer kürzer und verschwommener geworden, bis sie eines Tages Gracie auf ihren Schoß gesetzt und gesagt hatte: «Es wird allmählich Zeit, dass wir deine Mutter ruhen lassen und über andere Dinge reden, Kind.» Und irgendwann hatte Gracie aufgehört, Fragen zu stellen, die nicht beantwortet wurden. In Gedanken beschäftigte sie sich jedoch noch immer mit ihrer Mutter.

Oh, sie kannte Bruchstücke der Geschichte. Idle Point war eine kleine Stadt und die Leute redeten. Vielleicht nicht so viel, wie sich Gracie gewünscht hätte, aber genug, damit sie das Puzzle zusammensetzen konnte. Immer hieß es: »Armer Ben«, wenn von ihrer Mutter die Rede war. Und diese Worte wurden mit kummervollen Blicken und schmalen Lippen ausgesprochen. Dann wandten sich die Leute von Ben und Monas Tochter ab, als würden sie bereuen, überhaupt so viel gesagt zu haben.

»Er hat deine Mutter mehr geliebt, als ein Mann eine Frau lieben sollte«, hatte Grandma Del eines Tages erzählt. Und an diese Aussage hatte sich Gracie geklammert, sie von allen Seiten und in jedem Licht geprüft. Eine zu große Liebe hatte sie wildromantisch gefunden – wie die in dem Roman *Sturmhöhe* von Emily Brontë, wo Heathcliff seine Qual über das windgepeitschte Moor schreit.

Bin ich wie meine Mutter, Grandma? Werde ich einen Mann innig und für immer lieben? Oder bin ich wie dein Sohn? Sag's mir, Grandma. Erzähl mir, wie sie war. Hat sie Daddy so sehr geliebt wie er sie? Hat sie vor ihrem Tod seinen Namen geflüstert? Hat sie mich so geliebt, wie

Mrs. Chase Noah liebt? Nach all den Jahren des Wartens, habe ich sie dann glücklich gemacht?

Könnte sie Grandma Del doch nur von Noah erzählen und wie wundervoll es war, wiedergeliebt zu werden. Von allen Träumen ihrer Kindheit war ausgerechnet dieser Traum wahr geworden, an dessen Erfüllung sie nie geglaubt hatte.

Er ist so wundervoll, Grandma. Du hast ihn geliebt, als er ein kleiner Junge war. Und ich weiß, du würdest ihn auch heute lieben. Du arbeitest doch nicht mehr für die Chases. Warum bist du dagegen, dass ich mich mit ihrem Sohn treffe? Er ist so gut zu mir, Grandma. Er sieht toll aus, ist lieb und gibt mir das Gefühl, eine Prinzessin in einem Märchen zu sein. Aber ich weiß, dass unsere Geschichte wahr ist und ein glückliches Ende haben wird.

Doch Gracie sprach ihre Gedanken nie aus. Grandma Del hatte nur Augen und Ohren für das *Glücksrad*, und so sehr sich Gracie auch anstrengte, sie fand nicht die richtigen Worte.

Idle Point war eine typische Kleinstadt. Neuigkeiten verbreiteten sich schnell und wurden gewöhnlich im Café neben der *Gazette* in allen Einzelheiten erörtert. Als Noah noch klein war, hatten sich die Männer in Nate's Barber Shop versammelt, doch als Nate seine Dienste auch Damen anbot, verlagerten die Männer in einem Akt männlicher Solidarität ihren Treffpunkt ins Café. Doch die Zeiten ändern sich, und jetzt bestand die Clique der fröhlichen Klatschmäuler aus Männern *und* Frauen. Voraussetzung für die Zugehörigkeit waren eine Vorliebe für Koffein und schlüpfrige Skandalgeschichten.

Bevor Noah von seinen Eltern ins Internat geschickt worden war, hatte Simon ihn jeden Samstagmorgen zum Pfannkuchenessen mit in Patsy's Imbissstube genommen. Und Noah gefiel es damals, dass alle Gespräche verstummten, wenn er an der Hand seines Vaters das Lokal betrat.

»Der Junge kriegt einfach nicht genug von deinen Blaubeerpfannkuchen«, hatte Simon jedes Mal gesagt, obwohl jeder wusste, dass Simon nur in die Imbissstube ging, um seinen Sohn vorzuzeigen – seinen Augapfel und Stammhalter.

Im Laufe der Jahre hatte Noah jedoch gemerkt, dass mehr als Stolz dahinter steckte, wenn sein Vater mit ihm angab. In seinem Stolz schwang stets eine gewisse Provokation mit, so als wollte Simon Idle Point herausfordern, ihm zu widersprechen. Noah sprach einmal mit seiner Mutter darüber, doch sie antwortete nur, er bilde sich das ein. »Wir haben so lange auf dich gewartet, Noah«, hatte sie hinzugefügt. »Du darfst deinem Vater nicht vorwerfen, dass er manchmal etwas übertreibt.«

Noah akzeptierte diese Erklärung, doch vergaß er nie den Ausdruck in den Augen seiner Mutter, mit dem sie sich abwandte. Er wollte nicht wissen, warum sie so traurig reagierte. Und er wollte auch nicht wissen, warum sein Vater ihn nie geliebt hatte.

Noahs Rückkehr nach Idle Point war bald zum Stadtgespräch geworden und die Leute schienen zu wissen, was er vorhatte, ehe er überhaupt etwas tat. Die Männer im Verlag zogen ihn wegen seiner Zeit im Internat auf, spotteten über seinen schicken Haarschnitt und ergingen sich in Spekulationen über die Anzahl seiner Freundinnen. Wenn er mit einer Sekretärin redete, stupsten sie sich gegenseitig augenzwinkernd an. Sah er morgens müde aus, wurde über ausschweifende Nächte getuschelt. Und es entging niemandem, dass Noah während der Pausen nie in Patsy's Imbissstube ging.

Auch Simon nicht.

Ein paar Männer hatten an diesem Tag Noah eingeladen, die Mittagspause mit ihnen zu verbringen, doch da er schon auf dem Weg zu seinem Auto und in Gedanken bei Gracie gewesen war, hatte er nur kopfschüttelnd abgelehnt. Für ihn war das keine große Sache gewesen, aber er hatte sich geirrt, denn Simon las ihm beim Abendessen gehörig die Leviten.

»Das sind gute Leute«, sagte sein Vater zu ihm. »Die wirst du eines Tages brauchen, wenn du die *Gazette* übernimmst.«

»Ich brauche diese Leute nicht auf meiner Seite«, entgegnete Noah, »weil ich die *Gazette* nie übernehmen werde.«

»Das sagst du jetzt, aber du wirst deine Meinung ändern.«

»Ich verbringe doch nicht den Rest meines Lebens in diesem Kaff.« Noah hatte eigene Pläne und wollte nicht in die Fußstapfen seines Vaters treten.

»Du tust, was ich dir sage!«, herrschte ihn sein Vater an.

»Du kannst mir nicht befehlen, wie ich mein Leben leben soll.«

»Du weißt gar nicht, wie viele Opfer wir für dich gebracht haben. Ich ...«

»Simon.« Ruth legte beschwichtigend ihre Hand auf den Arm ihres Mannes. »Das ist überflüssig.«

Noch nie hatte Noah erlebt, dass sein Vater seine Mutter derart wütend angesehen hatte. »Vielleicht ist es höchste Zeit, dass er erfährt, wie viele Opfer wir gebracht haben, damit er ...«

»Jetzt reicht's!« Eine fast greifbare Angst schwang in Ruths Worten mit.

Noah wollte plötzlich nur noch so weit wie möglich und so schnell wie möglich fort aus seinem Elternhaus.

»Wo willst du hin?«, fragte sein Vater in scharfem Tonfall, als Noah den Stuhl zurückschob und aufstand.

»Nur weg hier.«

»Wir sitzen noch beim Abendessen.«

»Bleib doch«, drängte seine Mutter. »Iss deinen Nachtisch.«

»Wartet nicht auf mich«, sagte Noah. »Bei mir wird's spät.«

Fünf Minuten später raste er über die Küstenstraße zum Leuchtturm und zu Gracie.

Noah parkte immer hinter der Kurve an der Straßengabelung, im Schatten des Leuchtturms. Gracie stellte ihren alten Mustang in die Lücke zwischen seinem Auto und dem Zaun. Dann lief sie über die Felsen zu dem schmalen Streifen Strand, wo er wartete. Er lag mit unter dem Kopf verschränkten Händen auf ihrer verschlissenen blauen Decke und schaute zu den Sternen empor.

Gracie legte sich neben ihn auf die Decke und küsste ihn. »Entschuldige, dass ich so spät komme«, sagte sie und schmiegte sich in seine Arme, »aber Grandma hat mich aufgehalten und …« Ihre Worte verloren sich, denn sie wollte nicht darüber reden. »Jedenfalls bin ich froh, endlich bei dir zu sein.«

Er zog sie an sich. Sein Körper war warm, muskulös und stark.

»Ich dachte schon, du würdest es nicht schaffen«, sagte Noah, nachdem sie sich ein paar Mal geküsst hatten. Und diese leidenschaftlichen Küsse erregten sie.

»Nichts könnte mich je von dir fern halten«, sagte Gracie, obwohl sie wusste, dass man einem Jungen nicht sagen durfte, wie sehr man ihn liebte. »Nicht einmal der schlimmste Nordwest-Sturm.«

Daraufhin sah er sie lange auf eine seltsame Weise an. Ein Schatten lag auf seinen blauen Augen.

»Was ist denn?«, fragte sie schließlich und lachte gezwungen. »Warum siehst du mich so an?«

Er ließ seinen Blick über ihr Gesicht schweifen, als

hätte er sie noch nie gesehen und müsste sich nun jeden Zentimeter davon einprägen.

Mit dem Zeigefinger fuhr er über ihre rechte Wange bis zu den Lippen. Noch nie hatte jemand sie auf diese Weise angesehen, so als wolle er ihre Seele berühren.

»Ich liebe dich, Gracie.«

Ihr stockte der Atem, als diese Worte vor ihr aufleuchteten und wie die Sterne am Himmel funkelten. »Ich träume wohl«, flüsterte sie. »Sag das noch einmal.«

Er tat es, noch zärtlicher. Dann hob er ihr Kinn, bis sie ihm direkt in die Augen sehen musste, und in diesem Augenblick wusste sie, dass er es ernst meinte. Für den Rest ihres Lebens würde sie sich an diesen Moment erinnern, als alle Sterne im Sommerhimmel herabstürzten und sie höher und höher trugen, bis sie glaubte, den Mond berühren zu können.

»Gracie«, sagte er mit tiefer, drängender und gleichzeitig unsicherer Stimme. »Lass mich nicht zu lange warten ...«

»Ich liebe dich.« Gracie wusste, dass sie nie in ihrem Leben diese Worte je wieder zu einem Mann sagen würde.

»Wirklich?«, fragte er mit freudestrahlenden Augen.

Gracie küsste sein Kinn, seine Wange, seinen Hals. »Ja.« Dann ein Kuss auf den Mund, scheu und gleichzeitig kühn, ehe sie hinzufügte: «Du hast mir gesagt, ich solle meinen Pullover in der Garderobe aufhängen, sonst würde Mrs. Cavanaugh böse mit mir sein und da habe ich auf der Stelle beschlossen, dass du mein Schutzengel bist.«

»Daran kann ich mich nicht erinnern.«

»Aber ich«, sagte Gracie. »Du hast mir sogar einen Platz frei gehalten. Und weil du mich mochtest, haben auch die anderen Kinder mich gemocht. Das werde ich nie vergessen.«

»Du hattest einen roten Pullover an«, sagte er nachdenklich, als ihm alles wieder einfiel, »und eine Kette mit einem kleinen goldenen Kreuz um den Hals.« Er berührte leicht das Goldkettchen in ihrem Blusenausschnitt. »Ist das etwa noch dasselbe?«

»Ja.« Das winzige Filigrankreuz war alles, was Gracie von ihrer Mutter hatte und sie nahm es nie ab.

Er streichelte den Ansatz ihrer Brüste. »Deine Haut ist noch warm von der Sonne.«

»Das kann nicht sein«, sagte sie und erschauderte bei seiner sanften Berührung. »Ich habe den ganzen Tag in der Klinik gearbeitet.« Er presste seinen Mund auf ihren Hals und die Welt fing an, sich um sie herum zu drehen. »Bei eingeschalteter Klimaanlage.«

Er schob seine Hand unter ihre Bluse und zog mit den Fingern die Linien ihrer Rippen nach. »Warm und weich.«

»Wir sollten nicht ...« Wie eine magische Kraft lähmte seine Berührung ihren Widerstand. »Wenn uns jemand sieht ...«

»Niemand wird uns sehen.« Seit fast zwei Monaten trafen sie sich hier jeden Abend und niemand in der Stadt hatte auch nur eine Ahnung.

Es war ein großer Schritt – der größte, den sie je gemacht hatte und die Konsequenzen könnten ihr Leben für immer verändern.

»Ich habe Angst, Noah«, flüsterte sie, presste ihre Stirn an seine Schulter und schloss die Augen.

»Ich auch.«

»Mach dich nicht über mich lustig. Ich meine es ernst«, sagte sie und sah ihn stirnrunzelnd an.

»Da«, sagte er und nahm ihre Hand. »Fühl mal.« Er drückte ihre Hand auf sein Herz. »Spürst du's? Es schlägt vor Angst wie wild.«

»Ich mache dir Angst?«

»Im Augenblick schon.«

Gracie holte tief Luft und legte Noahs Hand auf ihre Brust, damit er ihren Herzschlag spüren konnte.

»Ich möchte, dass es schön für dich wird«, sagte er.

»Und ich möchte dich nicht enttäuschen«, entgegnete sie. »Ich habe noch nie ...«

»Ich weiß«, flüsterte er. »Deshalb habe ich ja Angst.«

Gracie wollte ihm tausend Fragen stellen. Wer und wo und wie oft, aber die Antworten hätten alles zerstört. Die Welt war voller schöner Mädchen, die Spaß hatten, ohne ihn zu zerreden. Mädchen, die nicht jeden Schritt vorausplanten oder sich Sorgen um die Folgen machten. Warum konnte sie nicht wie eines dieser Mädchen sein? Stattdessen war sie unscheinbar, klug, vorsichtig und wortgewandt.

»Du Armer«, sagte sie sanft. »Du könntest es viel besser haben, bei den anderen auf Hidden Island ...«

Er packte sie bei den Schultern. »Sag so was nicht!«, sagte er zornig. »Etwas Besseres als dich gibt es für mich nicht.«

Seine Worte ergossen sich wie Honig über Gracie. Sie bedeutete ihm mehr, als er sich je erträumt hatte ... Sie gab ihm das Gefühl, etwas erreichen zu können ... Ihretwegen wollte er sich bessern. Sie war wie geblendet, wie trunken von seinen Worten.

»Ich wünschte, ich wäre schön«, sagte sie. »Ich wünschte, ich wüsste, wie ich dich glücklich machen kann. Ich ...«

Er verschloss ihr den Mund mit einem Kuss, der heiß und süß war. Sie wollte ihn wie Champagner schlürfen. Obwohl sie noch nie Champagner getrunken hatte, wusste sie, dass er nicht besser schmecken konnte als Noahs Küsse.

Gracie war so zerbrechlich in seinen Armen, dass er Angst hatte, ihr wehzutun. Seine Hände kamen ihm groß und plump vor, als er ihr den Jeansrock über die Hüften schob und ihr den Slip auszog. Sie war so schön, so unglaublich verletzlich und vertrauensvoll, wie sie da im Mondlicht lag, dass ihm Tränen in die Augen traten und er sein Gesicht in ihrem dichten braunen Haar vergrub und um Selbstbeherrschung rang.

Natürlich hatte er schon mit Mädchen geschlafen. Schließlich war er nicht vom Internat geflogen, weil er wie ein Chorknabe gelebt hatte. In Portsmouth gab es genug Mädchen, die einfach nur Spaß haben wollten und an den Wochenenden hatten sie Partys mit viel Bier gefeiert und sich mit Mädchen vergnügt. Er war klug genug gewesen, immer ein Kondom zu benutzen, doch außer dem Bier und dem Spaß war ihm nichts wichtig gewesen.

Deshalb war er völlig unvorbereitet auf die Gefühle, die Gracie in ihm weckte.

In ihrer Gegenwart kam er sich tölpelhaft vor, wie einer der Jungs, die sich krampfhaft bemühen, Eindruck zu schinden und dabei ständig über ihre eigenen Füße stolpern. Ehe er merkte, wie ihm geschah, hatte sie alle seine Abwehrmechanismen durchbrochen und Träume in ihm geweckt, die er schon vergessen glaubte. Vor langer Zeit hatte er Journalist werden wollen, ein Auslandskorrespondent, der von Stadt zu Stadt reist und nirgends zu Hause ist. Er hatte Gracie von Paris erzählt, und dass er eines Tages dort leben und einen Roman wie Hemingways *Paris – ein Fest fürs Leben* schreiben wolle. Er würde Austern essen und dazu perlenden Weißwein trinken. Gracie glaubte an ihn und seine Träume, so wie er an ihre glaubte. Allerdings wusste sie nicht, dass Paris in seinen Augen ohne sie an seiner Seite nur eine x-beliebige Stadt war.

Er kannte niemanden wie Gracie. Sie war die Einzige, die er unbedingt beeindrucken wollte und nicht wusste wie. Seine Eltern liebten ihn um seiner Existenz willen und weil er ihr Geschöpf war. Gracie liebte ihn um seinetwegen. Das hatte noch nie jemand getan. Er war wegen seines Aussehens, seiner Herkunft und seines Treuhandvermögens geliebt worden. Gracie liebte ihn wegen seiner Träume. Gracie war weder gefühllos noch gerissen. Sie erwartete von niemandem außer sich selbst etwas. Wenn er sah, wie hart sie arbeitete, um ihr Ziel zu erreichen, schämte er sich, dass er mit den Privilegien, die er besaß, so wenig anzufangen wusste.

Gracie streichelte seinen Rücken, zaghaft zuerst und dann selbstsicherer. Er schnappte nach Luft und versuchte an etwas anderes als den süßen Geruch ihres Körpers unter seinem zu denken. Ihre Fingerspitzen glitten über seine Schultermuskeln, trippelten das Rückgrat entlang nach unten und schnell wieder nach oben, als würde sie spüren, dass diese Berührungen beinahe zu viel für ihn waren.

In seinem Kopf hörte er Meeresstosen. Seine Muskeln waren angespannt, als würde er sich auf einen Kampf vorbereiten. Ihre Berührungen erregten alle seine Sinne, Worte und Bedürfnisse verglühten bis auf das Verlangen, in ihrem Körper zu sein und zu fühlen, wie sie ihn fest in sich hielt. Jetzt konnte er sich nicht mehr zurückhalten, auch wenn er es gewollt hätte.

Er war hart wie eine Fels, härter als je zuvor und Gracie keuchte, als er mit einer sanften, stoßenden Bewegung zu ihr kam und beinahe zum Orgasmus gekommen wäre. Da er wusste, dass er der erste und einzige Junge war, der ihr auf diese Weise nahe sein durfte, hatte er in einem anderen Leben wohl ziemlich Großartiges geleistet, um ein solches Glück zu genießen. Ganz gleich, was in ihrer beiden Leben noch passieren würde, ganz gleich, wo das alles hinführte, sie würde ihn immer in Erinnerung behalten.

Und ein Teil ihres Herzens würde ihm für immer gehören.

Gracie weinte danach. Noah hatte sie gewarnt, dass es kurz wehtun würde und er hatte Recht gehabt. Aber dieser Schmerz war nicht der Grund für ihre Tränen. Sie war so voller Gefühle, so überwältigt von der Macht der Liebe, dass sie entweder weinen oder tanzen oder ihr Glück in die schlafende Welt hinausschreien musste. Alles um sie herum hatte sich verändert. *Sie* hatte sich verändert. So lange sie zurückdenken konnte, hatten rauhe Kanten und schmerzliche Trauer ihr Wesen geprägt, die Angst, dass sie immer allein sein würde – all das war verschwunden und einem Gefühl der Zufriedenheit gewichen. Sie fühlte sich auf eine ihr bisher unbekannte Weise mit der Welt verbunden. Die Luft roch süßer. Die Sterne funkelten heller. Und alles nur, weil Noah sie liebte. Nie hätte sie geglaubt, dass ihr magerer, unansehnlicher Körper zu derartigen Gefühlen fähig sei.

»Es tut mir Leid«, murmelte Noah an ihrer Brust. »Ich wollte dich nicht so sehr verletzen. Nächstes Mal wird es ...«

Gracie umfasste sein geliebtes Gesicht mit beiden Händen und sagte unter Tränen lachend:«Ich liebe dich. Ich liebe dich, ich liebe dich, ich liebe dich ...«

Wieder brachte er sie mit einem Kuss zum Schweigen. »Nächstes Mal wird es besser, Gracie. Das schwöre ich dir.«

»Besser kann es gar nicht sein. Es war perfekt, wundervoll, erstaunlich ...« Sie bedeckte seinen Kopf, seinen Hals und seine Schultern mit Küssen. »Warum tun das die Menschen nicht die ganze Zeit? Wieso passiert überhaupt etwas auf der Welt, wenn man doch die ganze Zeit Liebe machen könnte?«

Er versuchte ihr zu erklären, dass es für manche Menschen nur Sex war, aber sie glaubte ihm nicht. Wie konnte das sein? Zwei Körper vereinen und trennen sich dann wieder. Keine Magie. Kein Wunder. Nur eine schnelle

Erlösung. Gracie versuchte vergeblich, sich den Akt ohne dieses überwältigende Gefühl der Freude vorzustellen. Sie wusste, dass die Berührung seiner Hand für sie immer wunderbar sein würde.

»Ich bin froh, dass du der Erste warst«, flüsterte sie.

»Für mich gibt es nur dich, Gracie. Nie werde ich eine andere Frau lieben.«

»Das kannst du doch nicht wissen. Wir sind noch so jung ... Und wenn du dieses Jahr eine andere Frau kennen lernst oder auf dem College ...« Lächelnd fügte sie hinzu:« ...oder in Paris ... Alles Mögliche kann passieren.«

»Ich liebe dich, Gracie«, wiederholte Noah. »Nichts und niemand kann daran etwas ändern.«

»Da kannst du dir nicht so sicher sein. Die Liebe kommt, die Liebe geht. Das passiert immer wieder, obwohl die Menschen es nicht wollen.« Ihr Vater war dafür das beste Beispiel.

»Uns wird das nicht passieren. Unsere Liebe wird nie vergehen.« Er gab ihr einen Stups unters Kinn. »He, solltest nicht du das sagen?«

»Ach, Noah«, entgegnete Gracie. »Ich bin so glücklich, dass mir Angst und Bange wird.«

»Gewöhn dich lieber daran, glücklich zu sein«, sagte er, »weil es von jetzt an nämlich immer so sein wird.«

Ihr Widerstand brach nun endgültig in sich zusammen. »Versprich mir, dass nie etwas zwischen uns kommen wird«, flehte sie angesichts der ungewissen Zukunft. »Versprich mir, dass es immer so sein wird wie jetzt.«

»Ich verspreche es dir«, sagte er. Und weil Gracie jung und grenzenlos verliebt war, glaubte sie ihm.

Es sah Ruth Chase gar nicht ähnlich, so spät abends noch mit dem Auto unterwegs zu sein, denn sie war am liebsten zu Hause und ging selten nach Einbruch der Dunkelheit aus, es sei denn, sie begleitete Simon zu einer gesellschaftlichen Veranstaltung. Aber ihr Mann hatte schon lange nicht mehr den Wunsch geäußert, irgendwohin gehen zu wollen.

Der Arzt hatte gesagt, dass Patienten nach einem Herzinfarkt oft unter Depressionen leiden würden und wochenlang mutlos und verzweifelt seien. Der Juni und der Juli vergingen und plötzlich war es Mitte August und Ruth konnte sich nicht mehr erinnern, wann Simon zum letzten Mal gelächelt hatte. Trotz der Erlaubnis des Arztes ging er weder in den Verlag noch zeigte er Interesse an seiner Arbeit. Er las nicht, sah nicht fern und ging auch nicht segeln. Er weigerte sich, zum Frühstücken zu Patsy zu fahren oder mit Ruth in den Club zu gehen. Stattdessen saß er in der Bibliothek und starrte aus dem Fenster. Gespräche beschränkten sich auf Einsilbigkeiten. Ruth versuchte alles, um Simon aus seiner melancholischen Stimmung aufzurütteln – umsonst.

»Bei seinem nächsten Termin können wir über Antidepressiva sprechen«, sagte der Arzt zu Ruth. »Sein Körper hat eine Tortur durchgemacht. Herzinfarkte können sowohl psychische als auch physische Traumata auslösen. Aber Simon ist ein starker Mann. Warten wir noch ein Weilchen, vielleicht wird er selbst damit fertig.«

Simons Depression stand in einem seltsamen Widerspruch zu Noahs offensichtlichem Glück. Ihr Sohn strahlte förmlich vor Lebenslust und Freude.

»Wer ist sie?«, hatte Ruth an diesem Morgen beim Frühstück gefragt. »Dieses Mädchen muss etwas ganz Besonderes sein, sonst würdest du nicht jeden Abend so spät nach Hause kommen.«

Noah errötete leicht und senkte den Blick auf seinen Stapel Pfannkuchen. Da er weder einen Namen nannte noch irgendwelche Einzelheiten erzählte, bildete sich ein Knoten aus Angst in Ruths Magen, der im Verlauf des Tages immer größer wurde.

»Wollen wir heute Abend nicht in den Club gehen?«, schlug sie Simon und Noah beim Dinner vor. Manchmal kam es ihr so vor, als würde nur noch der Klang ihrer Stimme die Familie zusammenhalten. Weder Simon noch Noah gaben sich Mühe, wenigstens den Anschein einer Gemeinsamkeit aufrechtzuerhalten. »Dort spielt heute Abend ein Jazz-Quartett und es wird getanzt. Es würde uns allen gut tun, einmal zusammen auszugehen.«

Simon schüttelte nur den Kopf. Noah sagte, er habe etwas anderes vor.

»Begleite deine Mutter«, befahl Simon. »Sie muss hier mal raus.«

»Könnten wir das nicht ein andermal machen?« Noah ignorierte seinen Vater und richtete die Frage direkt an seine Mutter.

»Na gut«, stimmte Ruth sofort zu, um weiterem Streit aus dem Weg zu gehen. »Wir sprechen das noch ab.«

»Was ist denn so wichtig, dass du keine Zeit für deine Mutter hast?«, beharrte Simon. Er liebte seinen Sohn, das wusste Ruth genau. Warum musste er den Jungen immer wieder mit schroffen Befehlen vor den Kopf stoßen?

»Bitte, Simon«, sagte Ruth ruhig und beschwichtigend. »Ich bin mir nicht einmal sicher, ob das Quartett wirklich heute Abend spielt. Wir gehen ein andermal aus.«

Leider war Simon mit Noah noch nicht fertig. »Ich habe heute Morgen mit dem Direktor von St. Luke telefoniert«, sagte er und griff nach seiner Kaffeetasse. »Nach eindringlichem Zureden habe ich seine Zusage erhalten, dass Noah ins Internat zurückgehen und zusammen mit seinen Klassenkameraden die Abschlussprüfung machen darf.«

»Ich gehe nicht ins Internat zurück«, sagte Noah. »Ich wollte die High School hier in Idle Point beenden.«

»Ja«, meinte Ruth vorsichtig. »Darüber haben wir gesprochen, mein Lieber. Es wäre doch schön, Noah eine

Weile zu Hause zu haben, ehe er aufs College und in die Welt hinausgeht.«

Simons Gesundheitszustand war prekär und sie wollte Frieden stiften, ehe es zu spät war.

»Mein Entschluss steht fest: Der Junge geht ins Internat zurück.«

»Warum hast du mich nicht gefragt?«, wollte Noah wissen. »Habe ich kein Recht, über mein Leben zu bestimmen?«

»Nein«, sagte sein Vater und sah ihn streng an. »Du hast kein Recht, dein Leben zu ruinieren. Ich weiß, was am besten für dich ist.«

»Du weißt, was am besten für *dich* ist«, konterte Noah, »und das ist die *Gazette*.«

»Hast du eine Ahnung, wie viele Arbeitsplätze verloren gingen, würde die *Gazette* nicht mehr erscheinen? Denk mal darüber nach. Die Hälfte der Familien in der Stadt müsste in Wohnwagen wie diese Adams-Hippies unten am Fluss leben. Manchmal muss man für wichtigere Aufgaben persönliche Opfer bringen ...«

»Scheißdreck!«, schrie Noah, stieß seinen Stuhl zurück und stand auf. »Nur weil dein Leben nicht den Verlauf genommen hat, den du dir gewünscht hast, muss ich doch nicht dafür gerade stehen.«

Simons Gesicht wurde hochrot. Noahs Worte hatten ihn mitten ins Herz getroffen. Ruth stand auf und stellte sich neben ihren Mann. »Er hat es nicht so gemeint«, sagte sie, als die Haustür hinter ihrem Sohn laut ins Schloss fiel. »Er ist noch so jung und wird es sich anders überlegen. Er weiß nicht wovon er redet ... er kann es nicht wissen.«

Simon schaute nur stumm zu seiner Frau hoch.

Nach dem Abendessen wanderte Ruth rastlos durchs Haus. Simon nahm ein Beruhigungsmittel und ging zu Bett. Es war unnatürlich still im Haus.

Kurz nach zehn sagte sie Simon schließlich, sie wolle noch im Supermarkt am Stadtrand Beruhigungsmittel kaufen und setzte sich hinters Steuer ihres Chryslers. Langsam fuhr sie an der *Gazette* vorbei und winkte den Angestellten zu, die draußen in der warmen Luft saßen. Patsy's Imbissstube war geschlossen. Schon während Ruths High School-Zeit war Patsy's ein beliebter Treffpunkt der Schüler gewesen. Und jedes Mal, wenn Mona Webb mit ihren glänzenden dunklen Locken, den rubinroten Lippen und dem strahlenden Lächeln zur Tür hereingekommen war, hatte es den Schülern die Sprache verschlagen.

Seitdem waren vierzig Jahre vergangen, aber die Erinnerung an diese Zeit lebte in Ruth weiter. Nie hatte sie Mona wegen ihrer Schönheit gehasst – genauso gut hätte sie den Sonnenaufgang hassen können. Mona war strahlend wie die Sonne gewesen, Ruth kühl wie der Mond. Mona war geliebt worden und es hatte eine Zeit gegeben, da hätte Ruth ihre Seele verkauft, um nur einen Tag Mona zu sein. Wie hatte sie sich danach gesehnt, nur einmal im Mittelpunkt zu stehen, dieses Gefühl zu haben, die große Liebe eines Mannes zu sein.

Ruth zwang sich, wieder mehr auf den Verkehr zu achten. Im Verlauf der Jahre hatte sie gelernt, ihre Gefühle zu analysieren, dunkle und beängstigende Erinnerungen zu verstecken, damit sie ihr nicht mehr weh tun konnten. Am besten kommt man durchs Leben, wenn man sich an die Hauptstraßen hält. Auf Hauptstraßen kann man sich nicht verirren, dachte sie.

Simon liebte sie. Daran zweifelte sie nicht. Sie war eine gute und loyale Ehefrau, eine gute Mutter und eine sozial engagierte Bürgerin. Nie brachte sie ihn in Verlegenheit. Sie war eine kompetente Hausfrau und sorgte dafür, dass sein Leben glatt und reibungslos verlief. In guten wie in schlechten Zeiten hatte sie ihm beigestanden und Simon hielt ihr das zugute, obwohl er sich einmal von ihr abgewandt hatte. Das war lange her, damals wäre ihre Ehe fast zerbrochen und sie dachte, ihr würde alles, was sie liebte, genommen werden. Aber irgendwie hatten sie auch diese Krise gemeistert.

Sie und Simon waren Partner, Partner fürs Leben. Und daran würde sich nichts ändern.

Warum also litt sie unter dieser inneren Unruhe, diesem Gefühl der Bedrückung, das sich schwer auf ihre Brust legte?

Sie hatte Simon wegen des Beruhigungsmittels belogen. In ihrem Arzneischrank lagen genug Medikamente. Sie war auf der Suche nach ihrem Sohn. Irgendetwas stimmte nicht, und das ließ ihr keine Ruhe. Den ganzen Sommer über hatten sie irgendwelche Stücke eines Puzzles beunruhigt, doch erst heute Abend hatte sie den Mut aufgebracht, sich Gewissheit zu verschaffen. Es kam ihr seltsam vor, dass Noah nie Freunde zum Schwimmen im Pool oder zum Fernsehen nach Hause eingeladen hatte. Sie wusste, wie schwer es für ihn war, einen Sommer lang in einer Stadt verbringen zu müssen, an die er kaum Erinnerungen hatte. Wie wenig wusste sie über sein Leben, außer dass er jetzt in der *Gazette* volontierte.

Er ist praktisch ein erwachsener Mann, Ruth, ermahnte sie sich. Er hat über zehn Jahre im Internat gelebt. Ist es nicht ein bisschen spät, jetzt wie eine alternde Glucke über ihn wachen zu wollen?

Sie hoffte inständig, dass Noah nicht mit dieser Laquita, der ältesten Tochter der Adams-Familie, zusammen war. Laquita war ein wildes Mädchen, das häufig bei Tagesanbruch beim Verlassen des einzigen Motels der Stadt gesehen worden war. Im Schönheitssalon war Ruth zugetragen worden, Noahs Auto habe eines Nachts neben Laquitas Van in der Nähe des Motels gestanden, aber Ruth hatte das als Irrtum abgetan. Es bedurfte keiner seherischen Kräfte, um zu wissen, dass das arme Mädchen auf dem besten Weg war, in größte Schwierigkeiten zu kommen und Ruth war egoistisch genug zu hoffen, dass ihr Sohn da nicht mit hineingezogen wurde.

Bisher hatte sich in ihrem Leben alles um Simon gedreht, und jetzt kam es ihr vor, als wäre ihr kleiner Sohn über Nacht erwachsen geworden. Wie wenig sie doch über Noah wusste! Wie sehr sie jetzt diese verlorenen Jahre seiner Internatszeit bedauerte.

Damals hatte sie geglaubt, keine Wahl zu haben. Sie war so dankbar gewesen, dass Simon bei ihr geblieben war, so dankbar für die Geburt ihres Sohnes, so dankbar, dass aus Leid Freude geworden war, dass sie die Umstände, die zu ihrem Glück geführt hatten, nicht in Frage gestellt hatte.

Ruth blieb vor der Ampel an der Kreuzung Main Street und Beach Road – ein paar hundert Meter vom Leuchtturm entfernt – stehen. Wie ein Schlag ins Gesicht wurde ihr plötzlich das Absurde ihrer Situation bewusst. Warum, um Himmels willen, fahre ich mitten in der Nacht durch die Gegend und suche meinen Sohn und seine geheimnisvolle Freundin? Was war denn schon dabei, wenn er sich mit einem Mädchen traf? Er war erst siebzehn und sicherlich zu jung, um Entscheidungen fürs ganze Leben zu treffen – oder überhaupt darüber nachzudenken.

Wiley presste seine feuchte kalte Nase an ihre Schulter und sie zuckte erschreckt zusammen. »Du hast ja Recht«, sagte sie zu dem Hund. »Ich mache mich lächerlich.« Nächsten Monat würde Noah nach St. Luke zurückkehren und seinen Abschluss machen. Darauf folgten das College, die Universität und dann würde er den Platz seines Vaters bei der *Gazette* einnehmen. Der Sommer, in dem er siebzehn gewesen war, würde nur noch eine Erinnerung sein.

Ruth warf einen prüfenden Blick über die Kreuzung und wollte gerade wenden, als Wiley sie wieder anstieß und dreimal bellte. Ruth schaute in Richtung Leuchtturm und sah im Schatten am Zaun einen Sportwagen stehen. Was hatte Noah hier draußen beim Leuchtturm zu suchen? Sie spähte in die Dunkelheit, als zwei Gestalten vorbeihuschten. Da entdeckte sie einen verbeulten alten Mustang neben Noahs schickem Flitzer. Dieses Auto hatte sie oft auf dem Parkplatz vor der Tierklinik stehen sehen.

Ihr Sohn und Monas Tochter. Bei diesem Gedanken wurde ihr schwindelig. Sie legte die Stirn aufs Lenkrad und schloss die Augen. Das durfte nicht wahr sein. Es konnte nur ein schlechter Scherz sein, dass sich ausgerechnet diese zwei jungen Menschen gefunden hatten, wo es doch unzählige andere Möglichkeiten gab. Für die beiden gab es keine gemeinsame Zukunft. Das mussten sie doch wissen. Simon würde diese Verbindung niemals zulassen und Ben Taylor auch nicht. Zwischen ihren Familien stand die Vergangenheit. Die Beziehung dieser beiden Kinder war zum Scheitern verurteilt, ehe sie überhaupt begonnen hatte. Sie könnte jetzt aus dem Auto steigen, zu den beiden gehen und ihnen sagen, sie müssten ihre Beziehung sofort abbrechen, bevor jemand darunter leiden musste. Die beiden wussten noch nicht, dass die Liebe Fangzähne und scharfe Krallen hat, sie würden es jedoch früh genug erfahren.

Mit Tränen in den Augen erinnerte sich Ruth an die kleine Gracie, die so vertrauensvoll ihre winzige Hand in ihre gelegt hatte. Und an Gracies freudestrahlendes Gesicht, als sie ihr das Weihnachtsgeschenk gegeben hatte – den Pullover, ein so bescheidenes Geschenk, im großen Zusammenhang gesehen. Dass sie ein Kind damit so glücklich machen konnte, hatte Ruth physische Schmerzen bereitet. Sie liebte es, Gracie jeden Nachmittag im Haus zu haben und war noch lange nach Simons Verbot böse auf ihren Mann gewesen. Nie hatte das kleine Mädchen Mühe oder Ärger gemacht. So vieles war Gracie verwehrt worden – und an so vielem war Ruth schuld.

Gracie war eine fleißige, hart arbeitende junge Frau. Im Schönheitssalon erfuhr Ruth regelmäßig, wie viele Schulpreise Gracie einheimste. Noah könnte davon profitieren, wenn er mit einem so disziplinierten und motivierten Mädchen wie Gracie ging. Der Sommer war fast vorbei. In ein paar Wochen würde Noah nach St. Luke zurückkehren und Gracie ihr Studium aufnehmen. Und ihre Romanze würde nur noch eine süße Erinnerung sein.

Vor langer Zeit hatte Ruth Schicksal gespielt, um ihre Ziele zu erreichen – und eine Tragödie heraufbeschworen. Diesen Fehler würde sie nicht noch einmal begehen.

7. Kapitel

Die Götter meinten es gut mit Noah und Gracie während der nächsten Jahre. Ihre Sommer-Romanze entwickelte sich zu einer viel tieferen Beziehung, als beide erwartet oder vielleicht sogar gewollt hatten – aber es geschah einfach.

Mit Noah konnte Gracie über alles reden, jeden noch so abstrusen Gedanken mit ihm teilen – sogar ihre Sorgen, die beträchtlich waren. Noah nahm das Leben wie es kam, aber Gracie war von Natur aus ein Mensch, der sich Sorgen macht. Sie sorgte sich um Grandma Del, ihren Vater, um jedes Tier, das ihr anvertraut war. Sie hatte Angst, als Tierärztin zu versagen, weil ihr Mitgefühl in Krisensituationen oft die Überhand gewann und ihre Handlungsfähigkeit beeinträchtigte. Einer ihrer Professoren hatte sie scharf zurechtgewiesen, weil sie während einer besonders schwierigen Konsultation in Tränen ausgebrochen war. Gracie hatte sich entschuldigt und versprochen, ihre Emotionen besser unter Kontrolle zu halten. Doch manchmal hatte sie Angst, dadurch ihr Mitgefühl und ihre Menschlichkeit zu verlieren. Noah zog sie deswegen manchmal auf und sagte, Sorgen seien ihr Hobby. Darüber konnte sie überhaupt nicht lachen, zumal er damit wohl Recht hatte.

Gracie wiederum war der Fels in Noahs Leben. Allerdings sagte er ihr das nicht, zumindest nicht mit Worten. Seine Gefühle für Gracie waren so tief und stark, dass sein Herz schier überquoll. Nichts war von Bedeutung für ihn, bis er es mit ihr teilen konnte. Vor dem Einschlafen und beim Erwachen galten seine letzten und ersten Gedanken ihr. Gracie war stark, unerschütterlich – Noah unsicher, unbeständig. Sie hatte einen festen Lebensplan, während er nur wusste, dass er sie liebte und brauchte. Ihm gefiel ihr Ernst. Und wenn es ihm gelang, sie zum Lachen zu bringen, hatte er das Gefühl, die höchsten Gipfel der Welt erobert zu haben.

Ein paar Mal die Woche rief er Gracie in der Uni an. Ihre Stimme und ihr Lachen waren sein Lebenselixier. Er hätte alles hingeschmissen – sein Studium, seine Familie und alle seine Träume –, um bei ihr in Philadelphia sein zu können, wäre von ihr nur die leiseste Ermutigung gekommen. Aber das tat sie nicht. Nicht seine Gracie.

Er vernachlässigte sein Studium und verbrachte die meiste Zeit beim Skifahren oder beim Surfen am Cape. Wann er das letzte Mal eine Arbeit eingereicht oder eine Prüfung gemacht hatte, wusste er nicht mehr. Der Stapel Briefe von verschiedenen Seminarleitern diente wohl dem Zweck, ihn auf sein miserables Studienergebnis hinzuweisen. Noah wusste nicht, warum er sich wieder alles versaute und sich selbst Knüppel in den Weg legte. Ein Studienberater hatte ihm gesagt, seine Verweigerungshaltung sei eine Art Rache an seinem Vater. Wenn er Simons Träume nicht verwirkliche, hoffe er, die Machtprobe zwischen ihnen beiden zu gewinnen. Diese Aussage machte Noah so wütend, dass er aufsprang und aus dem Raum stürmte. Darin war er gut – vor Gesprächen davonzulaufen, die ihm unter die Haut gingen. Warum, zum Teufel, sollte alles, was er tat, seine Beziehung zu Simon reflektieren? Denn er begriff sich nicht nur als Sohn seines Vaters, sondern als ein eigenständiges, komplexes Wesen.

Gracie war der einzige Mensch, in dessen Gegenwart er nicht unsicher war und der ihn folglich auch nicht wütend machte. Was seine Zukunft betraf, hatte sie sogar noch größere Träume als er. In ihren Augen konnte er alles erreichen, was er sich in den Kopf gesetzt hatte. Und in ihrer Gegenwart glaubte er das auch. Manchmal ängstigte es ihn, wie sehr er von ihrer Meinung abhängig war. Aber er wollte in jeder Hinsicht ihr Held sein.

Wenn Gracie Noahs Stimme am Telefon hörte, war sie glücklich – ein Gefühl, das sie vor jenem paradiesischen Sommer mit Noah in Idle Point nicht gekannt hatte. Sie konnte es sich nicht leisten, Noah oft anzurufen, aber sie schrieb ihm jeden Tag – lange Briefe, in denen sie jedes Thema anschnitt – wie es ihr gelungen war, einen verletzten Hund zu retten, bis zu der Zahl der Kinder, die sie haben würden, wenn sie erst einmal verheiratet waren. Zwar waren sie noch nicht offiziell verlobt – beide scheuten davor zurück, ihre Familie einzuweihen –, aber ihre Liebe zueinander war tief und unerschütterlich.

Gracie widmete sich ihrem Studium mit derselben absoluten Hingabe, wie sie alles tat. Da ihr im Leben nichts geschenkt worden war, nahm sie diese Tatsache als gegeben hin. In gewisser Weise war sie froh, dass Noah in Boston lebte, denn wäre er in ihrer Nähe, hätte sie sich nicht ausschließlich auf ihr Studium konzentrieren können.

Noah hingegen zählte zu den glücklichen Menschen, denen das Lernen leicht fiel und Gracie musste sich mehr als einmal auf die Zunge beißen, wenn er davon schwafelte, dass er sein Studium hinwerfen und sich einen Job in Philadelphia suchen wolle. »Geschwätz reicher Jungs«, hatte sie dieses Gerede einmal genannt, aber nie wiederholt, nachdem sie den Ausdruck in Noahs Gesicht gesehen hatte. Der Gedanke setzte sich jedoch in ihrem Kopf fest.

Gracie wusste, dass sie in diesem Punkt Recht hatte. Nur jemand, der mit den Privilegien der Reichen geboren war, konnte sein Studium vernachlässigen und jederzeit wieder aufnehmen, wenn ihm danach war. Als Stipendiatin konnte sie sich diesen Luxus nicht leisten.

Manchmal fuhr Noah am Wochenende von Boston nach Philadelphia. Dann kam Gracie in Gewissenskonflikte und musste sich zwischen ihrer Liebe zu Noah und ihrem Arbeitseifer entscheiden. Normalerweise hielt sie sich an einen strikten Studienplan, denn sie wollte mit einem vorbereitenden Einführungskurs für das Studium der Venterinärmedizin ein Jahr früher anfangen. Dafür waren allerdings exzellente Noten die Voraussetzung. Und da ihr Stipendium nicht alle Kosten deckte, arbeitete sie nebenbei als Serviererin in einem Café.

Noah neckte sie manchmal wegen ihrer Arbeitsmoral. Deshalb fiel es ihr oft schwer, sich nicht abfällig über seine Faulheit zu äußern. Er hatte leicht reden, denn er war sozusagen mit einem goldenen Löffel im Mund geboren worden. Er hatte Eltern, die ihn liebten. Ein wunderschönes Zuhause. Und Aussicht auf eine Karriere, wie man sie nur mit Geld und Beziehungen erreichen kann. Da konnte man es ihr doch nicht verübeln, dass sie manchmal ein bisschen neidisch war, oder? Doch Noah schien alles zu verachten, wovon sie nicht einmal zu träumen wagte.

Die beiden sahen die Welt aus ganz verschiedenen Blickwinkeln, doch zu Hause, unter »ihrem« Leuchtturm, existierten diese Unterschiede nicht mehr. Wenn sie bei Mondlicht am Strand lagen, waren sie eins in einem magischen Kreis, der nur sie beide umschloss.

Das musste Magie sein. Keine andere Erklärung war für die Intensität ihrer Beziehung möglich. Ihre Körper passten so perfekt zusammen, dass Gracie manchmal glaubte, mit Noah zu verschmelzen. Sie liebte es, ihm mit ihrer Hand über seine nackte Brust zu streichen, seine Finger, die über ihren Oberschenkel glitten. Sie wusste um ihre Qualitäten, aber allein Noah gab ihr das Gefühl, auch schön zu sein. Sie passten so gut zusammen, dass Gracie überzeugt war, sie seien füreinander erschaffen worden. Die Zeit, die sie miteinander verbringen konnten, war so kostbar und ihre Gefühle so intensiv, dass es keinen Platz für etwas oder jemand anderen gab.

Das Erstaunlichste war jedoch, dass niemand von ihrer Beziehung wusste. Idle Point war eine Kleinstadt, in der sich Gerüchte schnell verbreiten. Beide Familien, die Chases und die Taylors hatte im Lauf der Jahre immer wieder im Mittelpunkt lokaler Klatschgeschichten gestanden. Doch Noah und Gracie hatten es irgendwie geschafft, dieses Radarsystem zu unterlaufen. Laquita Adams hatte sie einmal aus einem Motel in einer Nachbarstadt kommen sehen, doch da Laquita in Begleitung eines verheirateten Lehrers gewesen war, hatte sie allen Grund, den Mund zu halten. Die beiden Mädchen hatten sich nur verlegen gegrüßt und nie über diese Begegnung geredet.

Gracies alte Clique hatte sich zerstreut. Don arbeitete im Sommer auf einem Fischkutter vor Key West. Joe und Tim reisten durch Texas. Joann besuchte eine Sommer-Schule in New York; Terri arbeitete als Beraterin in einem Seebad in Boothbay Harbor. Alle ihre alten Schulfreunde waren irgendwo – nur nicht in Idle Point.

Noah beklagte sich über das eintönige Leben in Idle Point, doch Gracie fühlte sich in dieser Monotonie wohl. Alles um sie herum schien sich in Lichtgeschwindigkeit zu verändern, und die Tatsache, dass Idle Point so beständig wie die Felsenküste war, vermittelte ihr ein Gefühl der Sicherheit und Zugehörigkeit, das ihr sonst nur Grandma Del gab. So war es ihr wichtig, dass das Bankgebäude an der Ecke Main Street und Promontory Point schon Ende letzten Jahrhunderts dort gestanden hatte und auch noch zu Beginn des neuen dort stehen würde.

Gracie hatte immer geglaubt, dass auch ihre Großmutter bis ins nächste Jahrhundert bei ihnen sein würde. Doch am ersten Tag der Sommerferien vor ihrem letzten Studienjahr musste Ben sie darauf vorbereiten, dass damit nicht zu rechnen sei.

»Deiner Großmutter geht es gar nicht gut«, sagte ihr Vater. Ben hatte sich im Winter scheiden lassen und war nach Idle Point zurückgekehrt. Er arbeitete jetzt für die Kirche und kam knapp über die Runden. Gracie hätte ihren alten Mustang darauf verwettet, dass er die Stelle nur Grandma Del zu verdanken hatte. »Der Arzt sagt, es könnte jederzeit zu Ende gehen.«

Gracie hatte seit Monaten mit dieser schlimmen Nachricht gerechnet, doch diese Worte aus Bens Mund zu hören, machten sie zur Realität. Ben war jetzt seit einiger Zeit trocken, doch das Leben und der Alkohol hatten ihn gezeichnet. Erschrocken stellte Gracie fest, dass er ein alter Mann geworden war. Sein früher dunkelbraunes Haar war grau geworden, sein Gesicht voller Falten. Den gut aussehenden Vater, den sie so geliebt hatte, gab es nur noch in ihrer Erinnerung – wie ihre Träume von einer perfekten Familie.

Wann hatten sie eigentlich das letzte Mal zusammengelebt? Gracie wusste es nicht mehr und war sich nicht einmal sicher, ob das eine Rolle spielte. Ob es ihr nun gefiel oder nicht, ihr Vater und Grandma Del waren ihre einzigen Blutsverwandten. Doch trotz eines Lebens voller Enttäuschungen hatte sie ihren Vater früher einmal geliebt und sich danach gesehnt, von ihm wiedergeliebt zu werden.

»Ich brauche Mittwochabend deine Hilfe«, sagte Ben beinahe entschuldigend. »Die Treffen der Anonymen Alkoholiker wurden auf einen anderen Tag verlegt, und Großmutters Kirchenfreundinnen können nicht ...«

Gracie hob die Hand. »Natürlich springe ich für dich

ein«, sagte sie und er dankte ihr. Der höfliche, wie zwischen Fremden übliche Umgangston tat ihr weh. Am liebsten hätte sie gesagt: Ich mache mich gut an der Uni, Pop. In allen Prüfungen habe ich hervorragend abgeschnitten und kann schon im September anstatt erst nächstes Jahr an dem Einführungskurs zum Studium der Veterinärmedizin teilnehmen. Wusstest du, dass letzten Monat im *Philadelphia Inquirer* ein kleiner Artikel über mich stand? Ich gehöre zu den drei besten Studentinnen meiner Klasse, Pop. Und ich bin die Einzige, die nebenbei noch arbeitet. Bist du stolz auf mich? Glaubst du, meine Mutter wäre stolz auf mich? Ich stehe direkt vor dir. Warum siehst du mich nicht an? Du bist doch jetzt nüchtern. Warum hörst du mich nicht?

»Dein Vater tut sein Bestes mit dem, was ihm noch geblieben ist«, hatte Grandma Del gestern Abend zu ihr gesagt, »und wenn dir das nicht genügt, ist dir nicht zu helfen.«

Del klammerte sich noch immer mit eigensinniger Entschlossenheit ans Leben, was von großer Tapferkeit zeugte.

»Manchmal benimmt er sich, als würde er mich gar nicht kennen«, hatte Gracie entgegnet und versucht, Grandma Del ihre Gefühle zu erklären. »Ich wollte ihn umarmen, da ist er einen Schritt zurückgewichen.«

»Setz dir bloss nicht in den Kopf, einen Mann ändern zu wollen«, hatte ihre Großmutter gewarnt. »Niemand ist perfekt, damit musst du dich abfinden.«

Doch Gracie klammerte sich an den Gedanken, zu ihrem Vater durchdringen zu können, jetzt, da er sich so verändert hatte. Ihn nüchtern und verantwortungsbewusst zu erleben, weckte in ihr die Sehnsucht nach allem, was ihr bisher gefehlt hatte.

»Wenn er sich doch einfach hinsetzen und mit mir reden würde«, klagte sie Noah an einem Abend Mitte August ihr Leid. »Ich möchte ihm so viele Fragen über meine Mutter stellen und ...«

Noah brachte sie mit einem Kuss zum Schweigen. »Vielleicht will er diese Fragen gar nicht beanworten, Gracie. Er hat lange gebraucht, um über den Tod deiner Mutter hinwegzukommen.«

»Das stimmt«, gab Gracie zu, »und ich werde *nie* darüber hinwegkommen, wenn ich mit ihm nicht einmal über sie reden kann.«

»Lass ihn in Ruhe. Zum ersten Mal seit Jahren kommt er einigermaßen zurecht. Mach ihm das nicht kaputt.«

Gracie starrte Noah an. »Du redest wie Grandma Del.«

»Danke für das Kompliment«, sagte er. »Deine Großmutter ist einer der Menschen, die mir viel bedeuten.«

Gracie schob ihn von sich, setzte sich auf und lehnte sich mit dem Rücken gegen das felsige Fundament des Leuchtturms. Heute war eine dieser dunklen, diesigen Spätsommernächte, in denen man merkt, warum Leuchttürme noch immer so wichtige Wegweiser sind. Das kreisende Licht strahlte etwas Tröstliches aus. »Ich wünschte ...« Gracie brach abrupt ab.

»Was wünschst du dir?«

»Ach, das war nur ein alberner Gedanke«, sagte sie kopfschüttelnd.

»Sag's mir.«

»Nein«, entgegnete sie bestimmt. »Es ist einfach unmöglich.«

»Geht es um Grandma Del?«

Wie gut Noah sie doch kannte. Er hatte eine Art, Licht in die dunkelsten und geheimsten Ecken ihrer Seele zu bringen.

»Ich möchte, dass sie von uns beiden erfährt«, platzte Gracie dann heraus. »Meine Großmutter hat nicht mehr lange zu leben, Noah, und ich will ihr von unserer Liebe erzählen, ehe sie stirbt.«

Gracie war es nie leicht gefallen, ihre Großmutter anzulügen und jetzt schuldete sie ihr die Wahrheit.

»Das halte ich für keine gute Idee, Gracie. Du kennst doch ihre Einstellung meiner Familie gegenüber.«

»Aber dich hat sie immer geliebt, Noah. Und deine Mutter geachtet. Ich möchte, dass sie weiß, was du mir bedeutest. Ich möchte, dass sie dich sieht, wie du heute bist, so wundervoll ...« Gracie blinzelte ihre Tränen weg. »Wenn sie dein Gesicht sieht, wird ihr alles wieder einfallen ... ihre Gefühle für dich. Sie wird glücklich sein, Noah – unseretwegen. Davon bin ich überzeugt.«

»Gracie, ich ...«

»Ich möchte ihren Segen haben, Noah«, sagte sie und drückte seine Hand.

Noah wusste zwar, dass sie dabei waren, einen Fehler zu begehen, aber er gab schließlich nach, weil er Gracie liebte und ihre Großmutter achtete. Grandma Dels Leben neigte sich dem Ende zu, da wollte er nicht zwischen diesen beiden Frauen stehen. Er stand auf, klopfte sich den Sand von seinen Jeans und sagte: »Also, komm.«

Gracie schaute zu ihm auf. »Was? Jetzt?«

»Es gibt keinen besseren Zeitpunkt.« Oder schlechteren, fügte er in Gedanken hinzu, hielt Gracie seine Hand hin und zog sie hoch. »Wir fahren mit deinem Auto, sonst weiß bald die ganze Stadt Bescheid.«

Gracie warf sich in seine Arme und bedeckte sein Gesicht mit Küssen. »Das wirst du nie bereuen«, sagte sie, als beide zu ihrem verbeulten Mustang gingen. »Großmutter wird uns ihren Segen geben. Endlich werden wir wenigstens einen Menschen aus einer Familie auf unserer Seite haben.«

Noah hatte nicht gewusst, dass Gracie das Einverständnis ihrer Großmutter so viel bedeutete. Er liebte Gracie auch ohne die Zustimmung seiner Eltern, auf die er seit seinem fünften Lebensjahr hatte verzichten müssen. Natürlich wäre das Leben leichter, hätte er sich in ein reiches, standesgemäßes Mädchen verliebt, aber er hatte es nie leicht gehabt. Er brauchte Gracie und plötzlich hatte er das Gefühl, als würde sie ihm entgleiten.

»Wir könnten durchbrennen«, sagte er, als sie sich dem Hafen und dem Cottage näherten, in dem Gracie aufgewachsen war.

»Das ist nicht dein Ernst, oder?«, entgegnete sie und warf ihm einen Blick zu.

»Doch«, sagte er. »Ich glaube schon.« Er sah sie direkt an. »Fahr jetzt einfach immer weiter, Gracie.«

»Mir geht das Benzin aus, noch ehe wir in Portland sind«, sagte sie und lachte beklommen.

»Ich habe Geld.« Noah griff in seine Taschen und zog eine Hand voll Kreditkarten heraus. »Mit diesem Plastikgeld können wir uns ein Jahr lang über Wasser halten.« Er bedeutete ihr mit einer Geste, an den Straßenrand zu fahren. Gracie hielt an. »Wir gehen nach New York«, sagte er, »oder nach Paris oder San Francisco. Wohin du willst.«

Ihr Blick war ernst und eindringlich. Er deutete diesen Ausdruck als Ermutigung.

»Noah, das ist verrückt. Wir müssen an unser Studium denken. An Jobs, an unsere Zukunft. Wir können nicht einfach davonlaufen.«

»Nenn mir einen Grund, der dagegen spricht.«

»Mein Stipendium.« Mit dem rechten Daumen trommelte Gracie aufs Lenkrad. »Du kannst es dir leisten, einfach alles hinzuschmeißen, Noah, aber ich nicht. Wenn ich dieses Stipendium verliere, verliere ich alles.«

»Leg eine Pause ein.«

»Dann komme ich nicht mehr in Fahrt.«

»Wir heiraten«, sagte er, »und ich unterstütze dich.«

»Womit denn? Du bist doch auch nur ein Student, Noah«, entgegnete Gracie lachend.

Als er mit den Kreditkarten wedelte, verzog sie das Gesicht. »Ich habe Ersparnisse«, sagte er. »Treuhandvermögen. Bücher, die ich versetzen kann. Wir können es schaffen, Gracie. Verdammt, lass uns nach Paris gehen.«

»Wir könnten aber auch hier in Idle Point bleiben.«

»In Paris steht der Eiffelturm.«

»In Idle Point steht der Leuchtturm.«

»Heirate mich, Gracie«, sagte er noch einmal. Dieses Mal eindringlich, fast verzweifelt und er umfasste ihre Hände. »Noch dieses Wochenende. Wir fahren nach Portland, beantragen eine Heiratserlaubnis, suchen uns einen Friedensrichter und heiraten.«

»Noah!«, sagte sie atemlos und erfreut, aber nicht so begeistert, wie er gehofft hatte. »Wie kommst du nur plötzlich auf diese Idee? Wir können doch nicht einfach abhauen und heiraten.«

»Doch, wir brennen durch. Wir lieben uns schon seit Jahren, Gracie. Damit wird unsere Beziehung offiziell.«

Gracie zögerte, und dieses leichte Zögern brachte Noahs Welt ins Wanken und veränderte sein Leben für immer.

»Noah, ich ...«

»Vergiss es«, sagte er und lehnte sich zurück. »Du hast Recht. Es würde nicht klappen.«

»Ich habe nicht gesagt, dass es nicht klappen würde.«

»Hör mal, wenn du darüber nachdenken musst, ist es nicht richtig.«

»Aber du bittest mich, von einem Augenblick auf den anderen, alle meine Pläne über Bord zu werfen. Ich habe keinen reichen Vater. Ich kann mein Stipendium nicht aufgeben. Eine zweite Chance bekomme ich nicht.«

Ihre Worte taten weh, obwohl das nicht ihre Absicht war. Noah wusste, dass sie ihm klar machen wollten, wie wichtig ihr das Studium war. Er hätte nicht von Heirat reden dürfen. Ein Teil von Gracies Persönlichkeit war für ihn unerreichbar. Je mehr er sie drängte, umso weiter zog sie sich zurück. Er musste verrückt gewesen sein zu glauben, sie würde alles hinwerfen und mit ihm davonlaufen. Die Universität bedeutete ihr alles. Verdammt, sie würde nicht mal einen Kurs schwänzen, um sich einen Film anzuschauen.

Ganz gleich, wie sehr er sich auch bemühte, er war einfach nicht fähig sich vorzustellen, wie es ist, wenn man Geldsorgen hat. Er käme auch ohne Arbeit gut durchs Leben. Darüber machte er sich nie Gedanken, doch für Gracie war das ein wichtiges Thema.

»Fahr weiter, sonst geht deine Großmutter zu Bett und wir können nicht mehr mit ihr reden.«

Gracie wischte seine Worte beiseite. »Noah, du weißt, dass ich dich liebe. Und schon geliebt habe, als wir beide fünf waren. Aber ich ...«

Ein grässliches Geräusch schnitt ihr das Wort ab. Dieses durchdringende Heulen, bei dem sich einem die Haare im Nacken aufstellen. Gracie schaute ihn mit großen Augen an, doch ehe er etwas sagen konnte, traf sie das Licht der Scheinwerfer. Eine Ambulanz und ein Streifenwagen näherten sich ihnen rasend schnell. Gracie griff nach dem Schalthebel, aber Noah hielt sie zurück.

»Warte«, warnte er. »Die kommen nicht unseretwegen. Lass sie vorbeifahren.«

»Sie fahren in Richtung Hafen«, sagte Gracie und er sah, dass ihre Hände zitterten.

»Wahrscheinlich ist irgendein Säufer ins Wasser gefallen«, scherzte Noah und verfluchte sich für diese taktlose Bemerkung. »Du weißt schon, wie ich's meine, Gracie«, fügte er lahm hinzu.

Gracie ging darauf gar nicht ein, sondern stammelte: »Es geht um Grandma Del, das fühle ich.«

»Vielleicht ist ein Unfall passiert«, sagte Noah. »Die Straßenlaterne hinter Bigelows Kneipe funktioniert noch immer nicht. Wahrscheinlich ist jemand in den Zaun bei Fogartys Farm gerast und ...«

»Nein«, sagte Gracie schluchzend, »Grandma Del ist gestorben.«

Nach einem Treffen bei den Anonymen Alkoholikern fühlte sich Ben meist stark wie ein Bär. Hätte ihm jemand vor fünf Jahren gesagt, dass er beinahe jeden Abend vor einem Haufen Trunkenbolde sein Innerstes nach außen kehren würde, hätte er demjenigen ins Gesicht gelacht und noch einen Whiskey gekippt. Und verdammt, genau das tat er jetzt.

Leider war das Treffen heute Abend für ihn nicht gut gelaufen. Die anderen hatten zu tief gebohrt und er war sich völlig entblößt vorgekommen. Die Fragen hatten Widerhaken gehabt und die Kommentare waren voller versteckter Andeutungen gewesen. Und als der Gruppenleiter erwähnt hatte, sie stünden mit Simon Chases Zeitungsverlag wegen eines Treffpunkts im Untergeschoss in Verhandlung, hätte Ben am liebsten geschrien: Leckt mich doch alle am Arsch! und wäre davongelaufen.

Er wollte sich betrinken.

Seit fast sechs Monaten nahm er jetzt an den Treffen in Boothbay Harbor teil und seit sieben Monaten war er trocken. Jeden Tag, einen nach dem anderen. Das war die Devise. Ein quälender, beunruhigender Tag nach dem anderen. Reihe diese Tage einfach aneinander und betrachte nichts als selbstverständlich. Es gibt keine Garantien. Niemand kann dir garantieren, dass du nie wieder trinkst. Das liegt allein bei dir.

Als er zum ersten Mal an einem Treffen teilgenommen hatte, war er schockiert gewesen, wie viele vertraute Gesichter er unter den Anwesenden entdeckte. Er hatte gewusst, dass Bill Minelli und Richie Cohan gern einen tranken, aber nicht gedacht, dass die beiden ein Problem damit hätten. Sie waren fröhliche Trinker, die auf plumpvertrauliche Weise jede Bar in Schwung brachten. Auch Mitzi Baines und ihre verheiratete Tochter Tabitha waren da und versuchten sich in einer Ecke des Raums unsichtbar zu machen. Mitzi war Grundschullehrerin für die zweite Klasse. Tabitha arbeitete als Sekretärin für die *Gazette*. Als Mr. Hennessey von der Bank den Raum betrat und alle wie verloren geglaubte Freunde begrüßte, hätte Ben beinahe der Schlag getroffen. Hennessey? Immer wie aus dem Ei gepellt mit Anzug und Krawatte – immer korrekt, distanziert und beherrscht. Und kein mitleiderregender Säufer wie Ben.

Die Tatsache, dass ein paar der angesehensten Bürger der Stadt dasselbe Problem hatten, ließ die eigenen weniger unüberwindbar erscheinen. Die Welt mit klaren Augen zu sehen – daran musste man sich erst gewöhnen. Und dafür brauchte man Hilfe. Ohne Alkohol, der dein Hirn vernebelt und dich vergessen lässt, quälen dich Scham und Schuldgefühle ständig.

Doch selbst wenn Ben volltrunken gewesen war, sein Hass auf Simon Chase war stets präsent gewesen. Dieser Hass hatte als einziges Gefühl alles überlebt – sowohl seine Blackouts als auch seine Phasen extremer Hellsichtigkeit. Wie es diesen Bastard wohl amüsiert hatte, dass Del für ihn arbeiten musste! Ben war so tief gesunken, dass seine Mutter für den Mann kochen musste, der seine Familie zerstört hatte. So weit treibt einen der Alkohol. Er nimmt dir deinen Stolz, demütigt deine Familie und lässt dich vergessen, warum du auf dieser Welt bist.

Doch jetzt kam das alles in ihm hoch. Jeden Tag holte ihn ein Teil seiner Vergangenheit ein. Manchmal brachen die Erinnerungen wie die vom Nordwestwind gepeitschten Wellen über ihn herein. Und er musste sie ertragen. Er hatte alles getan, um seine Erinnerungen an die ersten Jahre mit Mona – die schönen Jahre – auszulöschen, doch jetzt überfielen sie ihn mit einer Intensität, die er längst verloren geglaubt hatte. Er war nicht der Mann ihrer Wahl gewesen, trotzdem hatte sie es gut bei ihm gehabt. Denn seine Liebe hatte gereicht, dass er sich mit dem zufrieden gab, was sie ihm schenkte. Auch Mona war damit zufrieden gewesen und sie beide hatten eine Zeit lang glücklich gelebt. Sie wollten viele Kinder haben, Söhne und Töchter. Im alten Haus am Hafen würde es nur Liebe und Lachen geben. Und sie würden für den Rest ihres Lebens zusammenbleiben.

So viele Träume.

Die Jahre vergingen und die Träume von einem Haus voller Kinder waren ausgeträumt. Mona und Ben hatten sich auseinander gelebt und gerade, als sie sich scheiden lassen wollten, hatte Mona ihm gesagt, sie sei schwanger. Und ihre Beziehung erwachte zu neuem Leben.

Doch er hätte wissen müssen, dass ein solches Glück nicht von Dauer sein konnte.

Es tat weh, über diese Jahre nachzudenken. Ben litt und er sehnte sich nach einem Trost spendenen Drink. Nach dem süßen Feuer des Alkohols, damit er langsam seine wunde Seele heilte. Ein Drink konnte doch nicht schaden. Nur ein Drink, damit konnte er umgehen. Eine schwache Betäubung, um den stechenden Schmerz der spitzen Reißzähne aus Reue und Scham nicht zu fühlen. Niemand kann durchs Leben gehen und Schläge einstecken, ohne deren Wucht zu lindern.

Du bist ein Säufer, mein Freund. Ein Alkoholiker. Du kennst die Wirkung eines einzigen Drinks. Ein Glas, eine Flasche – und du wachst nächste Woche erst wieder auf und hast dir wieder einmal alles versaut, was du dir in den letzten sieben Monaten aufgebaut hast. Du bist nach Hause gekommen, um Ordnung in dein Leben zu bringen. Vermassele es dir jetzt nicht.

Manchmal gab es nur diese kleine Stimme in seinem

Kopf als einzige Barriere zwischen Bewusstsein und Bewusstlosigkeit.

Doch er machte Fortschritte und war fest entschlossen, trocken, ledig und in Idle Point zu bleiben. Wenn er diese drei Dinge schaffte, konnte er vielleicht einige der Schäden wieder gutmachen, die er im Laufe der Jahre bei seiner Mutter und Gracie angerichtet hatte. Vor allem bei Gracie. Sie verdiente so viel mehr, als er ihr hatte geben wollen. Verdammt noch mal, welcher Mann konnte ein Kind hassen, nur weil es lebte? Und genau das hatte er getan. Zwanzig lange Jahre hatte er Gracie gehasst, allein weil sie lebte und Mona gestorben war.

Sie war ein gutes Mädchen. Klug, vernünftig und großzügig. Er sollte stolz auf Gracie sein, doch das würde voraussetzen, dass er an ihrer Entwicklung teilhatte. Doch das Gegenteil war der Fall. Nur seiner Mutter hatte er es zu verdanken, dass Gracie hart arbeitete. Und seine Tochter verlangte nichts von ihm – eine ideale Lösung für ihn. Es war nicht fair, dass er seinem Kind seine Last aufgebürdet hatte, aber genau das hatte er Gracie angetan.

Als Ben an der Main Street abbog, dankte er Gott dafür, dass ihm noch Zeit blieb, wenigstens ein bisschen wieder gutzumachen, dass er noch jung genug war, um sich zu ändern und einen neuen Versuch zu wagen. Er sah die letzten sechs Monate, in denen er trocken geblieben war, als Geschenk für seine Mutter an, doch das würde Del nie mehr anerkennen. Er hatte sie zu oft und zu tief enttäuscht. Der Kummer hatte ihn zu lange nach unten gezogen und ihn blind für das gemacht, was ihm geblieben war. Wann war aus diesem Kummer Wut geworden? Und wann war der Moment gekommen, als Trauer und Wut eins geworden waren und er getrunken hatte, um sich zu erinnern und gleichzeitig zu vergessen?

Alles verschwamm wie in einem Nebel. Fehlende Tage

in seinem Leben. Fehlende Wochen. Und sein gebrochenes Herz. Doch Del war der unerschütterliche Fels der Familie und ihretwegen würde es Gracie zu etwas in dieser unsicheren Welt bringen. Gracie würde überleben, weil Del sie gelehrt hatte, wie man das macht.

»Gracie«, sagte Noah. Er stand in Grandma Dels Schlafzimmertür. »Die Männer müssen sie jetzt wegbringen.«

»Nein.« Gracie schlang die Arme um ihren Oberkörper und schloss die Augen. Sie saß seit zwei Stunden neben dem Bett ihrer Großmutter auf dem Boden.

»Sag ihnen, sie sollen gehen. Ich brauche mehr Zeit.«

»Der Mann von Walker's Bestattungsinstitut ist hier. Sie wollen sich um deine Großmutter kümmern.«

Noahs Füße machten ein leises, kratzendes Geräusch auf dem Fußboden aus Fichtenholz, als er zu ihr ging.

Schlepp mir keinen Sand in mein schönes sauberes Haus, Graciela! Wasch dir die Füße, ehe du hier reinmarschierst!, hörte Gracie ihre Großmutter sagen.

»Putz dir die Füße ab«, sagte Gracie. »Grandma ist sehr eigen, was ihre Fußböden angeht.«

Noah kauerte sich neben sie und legte ihr den Arm um die Schultern. »Lass die Männer ihre Arbeit machen, Gracie. Ich bleibe bei dir.«

»Nein!« Gracie schob ihn von sich. »Sie schläft, weil sie aus Versehen zu viele von ihren Tabletten genommen hat. Diese Leute könnten sie wecken, wenn sie sich noch mehr bemühen.«

»Sie haben bereits alles Menschenmögliche getan«, entgegnete Noah unendlich müde und traurig. Gracie hätte sich am liebsten die Ohren zugehalten, um den Kummer in seiner Stimme nicht länger hören zu müssen. »Deine Großmutter ist nicht mehr, Baby. Und jetzt müssen sich diese Leute um sie kümmern. Das weißt du. Es ist Zeit, Abschied von ihr zu nehmen.«

»Das kann ich nicht«, sagte sie mit tränenüberströmtem Gesicht. »Was soll denn ohne sie aus mir werden?«

Noah hielt sie ganz fest. Dann führte er sie hinaus in den Garten, damit sie weder sehen noch hören konnte, was in Grandmas Schlafzimmer passierte.

»Hier«, sagte er und zog sein Hemd aus. »Zieh das an. Sonst stechen die Mücken.«

Das Baumwollhemd war warm und weich und roch nach ihm. »Danke«, sagte Gracie. Sie zitterte. »Es ist kalt heute Abend.«

Als der Leichenwagen rückwärts zur Haustür fuhr, geleitete Noah Gracie zum Hafen hinunter. Sie wollte nicht mehr an Grandma Del denken, konnte das Bild der alten Frau in ihrem schmalen Bett mit dem herabbaumelnden Telefonhörer in der Hand nicht mehr ertragen. Noch eine Minute länger und sie wäre ohnmächtig geworden. Allein wegen Grandma Del war ihr Vater nach seiner letzten Scheidung nach Idle Point zurückgekehrt. Und kurz nach Noahs und Gracies Ankunft hatte er ebenfalls das Haus betreten und gesehen, wie seine Tochter weinend in Noahs Armen gelegen hatte, und auch gesehen, wie böse ihn die Cops, die Sanitäter und der Notarzt angeschaut hatten. Zu spät, er kam immer zu spät.

Doch Gracie hatte sich ihrem Vater zugewandt, um ihn zu trösten und von ihm getröstet zu werden. Er aber hatte durch sie hindurchgesehen als existiere sie überhaupt nicht, als wäre sie aus Glas. Jetzt gab es niemanden mehr, der die Familie zusammenhalten würde, denn Ben kümmerte sich nicht um Gracie. So war es immer gewesen. Nur jahrelang Versprechungen gemacht. In einem Monat, Gracie. In einem Monat kannst du kommen, dann leben wir alle zusammen. In einem Monat. In einem Jahr. In zehn Jahren. Doch Bens Leben war wechselhaft. Er zog von einer Stadt in die nächste und wechselte seine Jobs wie seine Frauen, und niemals in seinem Leben hatte es darin einen Platz für seine Tochter gegeben.

Warum sollte er das jetzt ändern? Grandma Del war tot und somit sein letztes Band an Idle Point gekappt. Wahrscheinlich würde er die beiden winzigen Häuser verkaufen und in den warmen Süden ziehen. Dann müsste sich Gracie in den Sommerferien ein Zimmer bei fremden Leuten mieten.

Dieser Gedanke erfüllte sie mit solcher Angst, dass sie kaum sprechen konnte. Sie wollte nicht eines Tages zu jenen Menschen gehören, die freiwillig Urlaubsvertretungen machen, damit ihre Kollegen samt Familien feiern konnten.

»Halt mich fest«, flüsterte sie, als der Leichenwagen auf die Hauptstraße fuhr. Halt mich fest und lass mich nie wieder los, dachte sie.

Gracie presste sich verzweifelt an Noah – verzweifelt in ihrem Bedürfnis festgehalten, geliebt zu werden, bis sie nicht mehr denken musste, nur noch fühlen, nichts als diese Hitze fühlen, die in ihr aufwallte, jedes Mal, wenn er sie berührte.

»Ich brauche dich«, sagte sie und erklärte ihm dann mit schonungsloser Offenheit, auf welche Weise und warum sie ihn brauche. Er musste ihr bestätigen, dass sie nicht allein war.

Dagegen war Noah machtlos, obwohl er wusste, wie riskant es war, Gracie am Kai hinter ihrem Haus zu lieben. Aber Gracie war ausgehungert nach Liebe, sie war warm und voller Verlangen und wunderschön. Also gewann auch sein Verlangen über seinen Verstand die Oberhand. Zudem wusste er nie, woran er mit Gracie war, ganz gleich, was sie sagte, ganz gleich, wie oft sie ihm ihre Liebe zeigte, er hatte immer das Gefühl, einen Teil von ihr nie berühren zu können.

Doch heute Abend existierten diese Schranken nicht.

Sie war nackt, nicht nur körperlich. Ihr langer schlanker Körper glänzte im Mondlicht. Sie saß mit geschlossenen Augen auf ihm und bewegte sich auf eine Weise, die beide überraschte. Er kam fast sofort, aber sie schien es nicht zu merken, sondern bewegte sich weiter, bis er sie auf den Rücken rollte und sein Gesicht zwischen ihren Schenkeln vergrub. Als er sie mit Zunge und Lippen fand, schrie sie auf, aus tiefster Seele schrie sie und dann weinte sie. Er schützte sie mit seinem Körper und wiegte sie in seinen Armen.

Gracie bat ihn, sie niemals loszulassen und Noah schwor ihr da zu sein bis zum Ende der Welt. Sie gehörte ihm. Endlich glaubte er es. Das war viel mehr als körperliche Liebe, das war eine Zwiesprache, ein Sakrament ihrer Körper. Jetzt würde sie niemals etwas trennen können.

Gewisse Umstände aber trugen dazu bei, dass bald jedermann in Idle Point von Noahs und Gracies Verhältnis wusste.

Pete Walker, der Sohn des Bestattungsunternehmers, arbeitete in jener Nacht am Hafen und sah die beiden hinter dem Cottage von Gracies Großmutter. Er hatte den Eindruck, dass sich Noah seine Jeans anzog und Gracie ziemlich derangiert wirkte. Da er mit Jake Horowitz befreundet war, dessen Bruder Paul in der Redaktion der *Gazette* arbeitete, kam es, wie es kommen musste. Simon Chase las in der Klatschspalte seiner *Gazette* die Nachricht beim Frühstück.

Nichts seit Monas Tod hatte ihn schwerer getroffen. Nicht einmal sein dritter Herzinfarkt, der ihn fast das Leben gekostet hatte, bereitete ihm so viel Schmerz.

Simon war im Grunde seines Herzens ein Moralist und ein gottgläubiger Mann, der versuchte, sein Leben allgemein gültigen Regeln zu unterwerfen, wenn es ihm auch nicht immer glückte.

Man hielt ihn für einen guten Menschen. So nannten die anderen ihn. Ein guter Mensch. Er bezahlte seine Angestellten angemessen für ihre harte Arbeit. Er hörte ihnen zu, wenn sie Probleme hatten. Arbeitete jemand für Simon Chase, wusste er, dass er eine Lebensstellung hatte. Mach deine Arbeit gut, behalte eine reine Weste und dann brauchst du dich nie nach einem anderen Job umzusehen. Loyalität belohnte Simon mit Geld.

Er war wohlhabend und wurde respektiert. Er hatte eine gute Frau, ein schönes Heim und Freunde, bei denen sein Wort etwas galt.

Dennoch hätte ein einziger Fehltritt beinahe sein ganzes Leben zerstört.

Er hatte Jahre gebraucht, um seine Ehe zu kitten und das Vertrauen seiner Frau wieder zu gewinnen. Selbst heute – viele Jahren nach dem Vertrauensbruch – sah er in den Augen seiner Frau manchmal das Leid, das er ihr angetan hatte.

Das Schlimmste aber war, dass er immer noch keine Sekunde zögern würde, könnte er mit Mona Webb Taylor ein neues Leben beginnen. Bis zum Wahnsinn hatte er diese Frau geliebt und dieser Wahnsinn schlummerte nach all den Jahren seit sie tot war weiter in ihm, jeden Augenblick bereit auszubrechen. Und das war seine Strafe.

Simon begrüßte seinen Sohn am Frühstückstisch mit dieser Ruhe, die charakteristisch für seinen inneren Aufruhr war und ihn kaschierte. Als er Noah die Karaffe mit Orangensaft reichte, sagte er nur: »Du wirst sie nicht wiedersehen.«

»Wen wiedersehen?«, murmelte Noah und wurde rot.

»Die kleine Taylor. Ich verbiete es dir.«

»Wer sagt denn, dass ich mich mit Gracie Taylor treffe?«

Zu schnell, mein Junge, dachte Simon. Du bist sofort in die Defensive gegangen. Hätte er noch irgendwelche Zweifel bezüglich des Gerüchts gehabt, jetzt waren sie zerstreut. Die Klinge bohrte sich noch etwas tiefer in sein Herz.

»Wir diskutieren hier nicht, mein Junge. Ich befehle dir, Gracie Taylor in Ruhe zu lassen. Es ist vorbei.«

Noahs anfängliche Verlegenheit verwandelte sich in Zorn. »Ich liebe sie«, sagte er bestimmt.

Simon war von der Leidenschaft seines Sohnes beeindruckt. Es überraschte ihn, dass Gracie Taylor derartige Gefühle wecken konnte. Sie ähnelte ihrer Mutter, Mona, mehr, als er vermutet hatte. Er bewunderte auch Noahs Aufrichtigkeit, denn er hatte weder mit Leidenschaft noch mit Ehrlichkeit gerechnet und mit einer Liebeserklärung am allerwenigsten. Aber jetzt war es da, das Gespenst.

»Ich denke nicht daran, mich von ihr zu trennen, verdammt noch mal.«

»Ich hatte gehofft, du wärest vernünftiger.«

»Halt dich aus meinem Leben raus!«, warnte Noah seinen Vater. »Ich bin kein Kind mehr. Du kannst mich nicht ständig kontrollieren.«

»Solange du unter meinem Dach lebst und ich dein Leben finanziere, tust du, was ich sage.«

»Steck dir doch dein Geld sonst wohin.«

»Leicht gesagt, aber schwer getan«, entgegnete Simon und kratzte etwas Margarine auf seinen Toast.

»Pass nur auf, dass dir deine Worte nicht im Hals stecken bleiben und du daran erstickst«, sagte Noah und stürmte aus dem Zimmer.

Vielleicht tue ich das, dachte Simon, aber das wäre ein geringer Preis dafür, dass Gracie Taylor für immer aus dem Leben meiner Familie verschwindet. Noah würde darüber hinwegkommen. Das ganze Leben lag noch vor ihm und es gab viele schöne junge Frauen. Eine Menge junger Männer verliebten sich unsterblich, ehe sie erwachsen waren. Genau das war Simon passiert, doch er hatte dieses Geschenk nicht zu würdigen gewusst und sein Glück mit Füßen getreten. Als er seinen Fehler eingesehen hatte, war es für sie alle zu spät gewesen.

Ich verstehe mehr von diesen Dingen als du ahnst, mein Sohn, dachte Simon. Ich weiß, wie dein Herz schlägt, wenn du ihr Gesicht siehst oder ihre Stimme hörst. Ich weiß, wie es ist, wenn sie dir weggenommen wird und deine Welt sich verfinstert ...

Er würde alles für seinen Sohn tun, Himmel und Erde in Bewegung setzen, um ihm das Beste auf dieser Welt zu geben. Er würde den Rest seines Lebens dafür opfern, Noahs Glück zu sichern. Selbst den Zorn seines Sohns würde er, falls nötig, deswegen ertragen. Nur eins würde er niemals tun, nicht einmal für seinen Sohn – er würde nie erlauben, dass Gracie Taylor ein Mitglied seiner Familie würde.

8. Kapitel

»Es tut uns unendlich Leid, Liebes«, sagte Mary Townsend und drückte Gracie an ihren mächtigen Busen. »Cordelia war eine der Besten in unserer Kirchengemeinde.«

Gracie wollte sich aus der Umarmung lösen, aber Mrs. Townsend hielt sie mit eisernem Griff fest.

»Danke«, murmelte sie über den Helm rot gefärbten Haars der Matrone hinweg. »Grandma war sehr dankbar für alles, was Sie und die Gemeinde in den letzten Jahren für sie getan haben.«

»Das war doch selbstverständlich«, sagte Mrs. Townsend und entließ Gracie endlich aus ihrer Umarmung. »Cordelia war immer die Erste, wenn andere Hilfe brauchten.«

Cordelia. Der Klang des Vornamens ihrer Großmutter war für Gracie ungewohnt. Sie hatte sie immer nur Grandma Del genannt, nie Cordelia. Und nun waren alle ihre Geheimnisse und Geschichten ebenfalls mit ihr gegangen und somit viel von Gracies Lebensgeschichte. Mrs. Townsend gesellte sich wieder zu den anderen älteren Damen, alle fromme Kirchgängerinnen, die in der Nähe des Portals standen. Viele waren mit Grandma Del zur Schule gegangen und hatten mit ihr die Sorgen und Freuden eines ganzen Lebens geteilt. Und jetzt schien die gemeinsame Erinnerung an alte Geschichten ihnen Kraft zu verleihen.

Gracie wünschte, auch sie könne Trost in Erinnerungen finden, aber ihr Schmerz war noch zu groß. Der Anblick des verlassenen, im Dunkel liegenden Cottages brach ihr das Herz. Ohne Grandma Del war das kein Heim mehr für sie.

Sobald der Notarzt ihrem Vater gesagt hatte, dass seine Mutter nicht mehr lebe, war Ben gegangen und seitdem hatte Gracie nichts mehr von ihm gehört.

Gracie hätte gern Verständnis für sein Verhalten aufgebracht und ihm ihre Unterstützung angeboten, war aber unfähig, das zu tun. Irgendetwas war seit dem Tod ihrer Großmutter in ihr zerbrochen. Wenn sie an ihren Vater dachte, dann nur voller Zorn. Am liebsten hätte sie ihn angeschrien und geschlagen und ihm gesagt, dass mit dieser Famlie etwas nicht stimme. Er war der Vater. Er hätte *sie* trösten müssen, für sie sorgen müssen. Das wäre bereits seine Pflicht gewesen, als sie noch ein kleines Mädchen war, als sie in einer dunklen und unheimlichen Welt ohne mütterliche Liebe leben musste.

Doch Kinder sind anpassungsfähig. Sie können sich an fast alles gewöhnen – außer an fehlende Liebe.

Als Gracie noch in die Vorschule ging, stellte sie sich vor, wenn sie abends schlaflos im Bett lag, wie es wäre, wenn sie bei der Adams-Familie unten am Fluss leben würde. Sie hatten so viele Kinder, dass eins mehr oder weniger keinen Unterschied machte. Sie sah sich, wie sie heimlich durchs Fenster in eins der Schlafzimmer stieg und sich an Laquita oder eine ihrer Schwestern schmiegte, sich einfach unter der Decke einigelte, als ob sie dazugehörte. Morgens würde sie mit den anderen vor der Badezimmertür, ihre Zahnbürste in der Hand, Schlange stehen, bis sie an der Reihe wäre. Und wenn sie dann in der Küche ihre Schale mit Cornflakes äße, würde sie schon zu der ganzen Rasselbande gehören.

Wie sie sich nach einer Familie, nach Brüdern und Schwestern gesehnt hatte! Nach einer Mutter, die sie bedingungslos liebte und nach einem Vater, der nicht jedes Mal den Blick abwandte, wenn sie das Zimmer betrat. Ohne Grandma Del hätte sie nicht überleben können.

Ruth Chase knöpfte ihre Jacke zu und musterte sich im Schlafzimmerspiegel. Alt, dachte sie. Sie sah alt, müde und traurig aus.

»Ach, Del«, sagte sie, ihr Spiegelbild betrachtend. »Du hast immer behauptet, Schwarz stehe mir nicht. Und du hattest Recht.«

Del Taylor hatte nie mit ihrer Meinung hinter dem Berg gehalten. Wie Ruth diese einstigen Nachmittage in der Küche vermisste, wenn sie mit Del schwatzte, während die Köchin Gemüse putzte und Gracie ihre Schularbeiten machte. Da Noah bereits im Internat war, brachten Del und Gracie als Einzige Leben in das große Haus.

Hatte sie Del jemals gesagt, wie sehr sie sie liebte? Ruth wusste es nicht. Sie hatten sich sehr nahe gestanden, aber ebenso groß waren ihre Differenzen gewesen. Ruth trug schwer an der Schuld bezüglich Del und Gracie, und jedes Mal, wenn sie die beiden sah, wurde sie noch etwas schwerer.

Sie hatte ein paar Tage bei ihrer Schwester Laura in Boston verbracht und war völlig unvorbereitet auf die Erschütterung gewesen, die dieser Tod in ihr ausgelöst hatte.

In zwei Stunden würde der Sarg mit den sterblichen Überresten von Cordelia Taylor vor dem Altar der katholischen Kirche abgestellt und die Totenmesse gelesen werden. Und dann würden ihr die Trauernden das letzte Geleit zu dem kleinen Friedhof geben und sich von ihr verabschieden.

Ruth kannte keine Frau, die härter in ihrem Leben für ihre Familie gekämpft und gearbeitet hatte. Und Gracie war der lebende Beweis dieser Anstrengungen. Obwohl das Schicksal es mit dem kleinen Mädchen nicht gut gemeint hatte, war es Del gelungen, ihrer Enkelin die Kraft zu geben, die man braucht, um im Leben erfolgreich zu sein. Es gab niemanden in Idle Point, der nicht daran glaubte, dass Gracie es schaffen würde. Darauf waren sie alle stolz, auch Ruth.

Wie sie sich jetzt wünschte, sie hätte diese Dinge Del gesagt. Und sie hatte Recht gehabt, dieses nächtliche Rendezvous zwischen Noah und Gracie vor ein paar Jahren einfach zu ignorieren. Wahrscheinlich hatte es sich nur um eine flüchtige Affäre gehandelt. Und darüber war sie froh, denn obwohl sie sich keine bessere Ehefrau für ihren Sohn vorstellen konnte, haftete ihr ein entscheidender Makel an: Sie war Monas Tochter ... Und sogar noch jetzt, viele Jahre nach ihrem Tod, hatte Mona Taylor die Macht, Ruth Chases Leben zu zerstören.

Als sich Ruth vom Spiegel abwandte, betrat Simon ihr Schlafzimmer.

»Hast du vielleicht meine Lesebrille gesehen?«, fragte er. Er trug noch immer seinen Schlafanzug und darüber einen leichten Morgenrock.

»Solltest du dich nicht anziehen?«, fragte Ruth und versuchte, nicht allzu beunruhigt zu klingen.

»Um die *Gazette* zu lesen?«

»Um auf Dels Beerdigung zu gehen.«

Lass ihn nicht merken, wie sehr du dich ärgerst, dachte Ruth. Das macht ihn nur noch bockiger und regt ihn auf. Seit des letzten Herzinfarkts war Simon nicht mehr derselbe und sie sorgte sich um seine Gesundheit.

Simon nahm etliche Bücher zur Hand, die auf seinem Nachttisch lagen. »Wir haben doch Blumen geschickt, oder nicht?«

»Natürlich haben wir das, aber ...«

»Das reicht.«

»Sie hat fast zwanzig Jahre für uns gearbeitet, Simon. Wir sollten wenigstens zum Trauergottesdienst gehen.«

»Kommt überhaupt nicht infrage.«

»Simon, das sind wir Del und ihrer Enkelin schuldig.«

»Und was ist mit ihrem Sohn? Glaubst du etwa, dass es Ben Taylor gefällt, wenn wir zur Beerdigung seiner Mutter gehen?«

»Wie ich erfahren habe, sollte es von seiner Seite keine Probleme geben. Denn er ist seit Dels Tod wie vom Erdboden verschwunden.«

»Trotzdem gehen wir nicht hin.«

»Tut mir Leid, Simon, aber ich gehe.«

»Das verbiete ich dir.«

»Verbieten?«, sagte Ruth mit leicht erhobener Stimme. »In vierzig Jahren hast du mir noch nichts verboten.«

»Das ist mein voller Ernst, Ruth. Ich will nicht, dass du zur Beerdigung dieser Frau gehst.«

»Das Kind muss wissen, dass die Menschen, die ihre Großmutter geliebt haben, jetzt für sie da sind.«

»Gracie geht uns nichts an, Ruth.« Simon wandte sich zur Tür. »Und außerdem ist sie kein Kind mehr.«

Die Cops fanden Ben Taylor auf halbem Weg zwischen Idle Point und Boothbay Harbor schnarchend hinter dem Steuer seines Jeep Cherokee, wo er seinen Zweitagesrausch ausschlief. Der Manager eines McDonald's hatte sie angerufen und berichtet, dass ein alter Mann nach der Sperrstunde seinen Wagen noch immer nicht von ihrem Parkplatz gefahren habe und der alte Mann war natürlich Ben. Wen sonst würde man in diesem Zustand einen Tag vor der Beerdigung der eigenen Mutter aufsammeln?

Die Cops brachten ihn aufs Revier und steckten ihn für ein paar Stunden in die Ausnüchterungszelle, bis ihm sein eigener Gestank nach Dreck und Kotze derart widerwärtig wurde, dass er davon langsam nüchtern wurde. Einer der jungen Beamten hatte Mitleid mit dem Säufer und erlaubte ihm zu duschen. Als der Morgen anbrach, sah Ben fast wieder respektabel aus. Er bedauerte nur, dass die Cops ihn nicht in seinem Unrat auf dem Parkplatz hatten verrotten lassen.

Seine Scham und seine Selbstvorwürfe waren größer als seine Trauer. Er war ein Feigling, ein elendes Stück Scheiße, der kein Recht hatte, auf dieser Welt zu sein. Er hatte versagt und versagt und wieder versagt. Nur für eins war er dankbar: Seine Mutter würde niemals von diesem letzten Versagen erfahren. Sie war in dem Glauben gestorben, dass er den Alkohol besiegt habe und für immer trocken bleiben würde.

»Wir haben Ihren Wagen abgeschleppt«, sagte der junge Beamte zu Ben, nachdem der fertig angezogen war. »Das macht zweihundertfünfzig Dollar. Sie können auch mit Visa oder MasterCard zahlen.«

»Nehmen Sie auch einen Schuldschein?«

Der Junge hatte nicht viel Humor, aber dafür viel Herz. »Hören Sie mal«, sagte er. »In einer halben Stunde ist meine Schicht zu Ende. Dann fahre ich Sie zur Beerdigung Ihrer Mutter zur Kirche und das andere regeln wir später.«

Wie sich herausstellte, kamen sie zum Gottesdienst zu spät. Ben hätte fast vor Erleichterung geweint. Er hatte einen Riesenkater und fühlte sich ausgebrannt, unfähig, Graciela gegenüberzutreten.

»Vielen Dank«, sagte er zu dem jungen Cop. »Von hier aus gehe ich nach Hause. Es ist nicht mehr weit.

»Das ist doch überhaupt kein Problem«, sagte der Beamte stattdessen in einem Anfall reiner Nächstenliebe, den Ben weder verdient noch gewollt hatte. »Dann fahre ich Sie eben zum Friedhof.«

Grandma Del, du solltest die Blumen sehen!, sprach Gracie stumm mit ihrer Großmutter. Man könnte meinen, alle Blumengeschäfte in der näheren Umgebung wären geplündert worden. Überall Rosen, gelbe und cremefarbene, die du so liebst. Und die Fresien! Ich wünschte, du könntest sie riechen. Und die vielen Menschen, die dich geliebt haben. Aber das wusstest du doch, oder nicht? Und du wusstest auch, dass ich dich von allen am meisten geliebt habe.

Der Friedhof war schwarz vor Menschen. Alle waren gekommen, Grandma Del die letzte Ehre zu erweisen, nicht nur ihre ehemaligen Klassenkameradinnen oder Freundinnen aus der High School, sondern auch die Belegschaft der Tierklinik, samt Dr. Jim. Sogar Noahs Mutter war in der Kirche gewesen und hatte Gracie nach dem Gottesdienst kurz umarmt, ehe sie gegangen war. Gracie hatte keine Fragen gestellt. Sie war nur dankbar gewesen, dass Mrs. Chase ihr kondoliert hatte. Denn das war mehr als ihr Vater getan hatte.

Die Männer vom Bestattungsinstitut hatten ihr erzählt, dass ihr Vater, kurz nachdem sie mit Noah zum Hafen gegangen war, nach einem kurzen Blick auf den Leichenwagen förmlich geflohen sei. Danach war er hier und da in einer Bar gesehen worden. Gracie wusste, was das bedeutete. Sie redete sich ein, dass sie nicht enttäuscht sei und nichts anderes von Ben erwarten könne. Aber sie machte sich etwas vor.

Sie hatte gehofft, dass er es dieses Mal schaffen würde. Seit fast einem halben Jahr war er nüchtern geblieben, arbeitete jeden Tag und half bei der Renovierung des Pfarrhauses. Sie wusste, dass er einen schweren Kampf ausfocht, aber er war noch nie so lange ohne Alkohol ausgekommen, seit sie sich erinnern konnte. Und als sie Grandma Del davon erzählte, hatte die alte Frau nur genickt und weiter »*Das Glücksrad*« angeschaut.

Jetzt war Gracie zornig. Unbändiger Zorn erfüllte sie wegen all dieser verlorenen Jahren, in denen ein kleines Mädchen zu seinem Vater aufschaute, der sie wegen seines vom Whisky umnebelten Hirns nicht einmal wahrgenommen hatte. Sie war zornig wegen Grandma Del, die viel mehr verdient hatte, als ihr Sohn ihr jemals gab. Wenn Ben es auch nur wagte, hier zu erscheinen, würde sie ihm ...

Gracie hörte ihren Vater, ehe sie ihn sah. Er musste einen Trauergast angerempelt haben, denn sein lautes »Entschuldigung« hallte schrill über den Friedhof. Es klang wie zerbrechendes Glas unter Schlittenkufen. Sie schaute zu Noah auf. Sein Blick war auf einen Punkt dicht hinter ihr geheftet und als sie sich umdrehte, wusste sie, wen sie sehen würde.

Ben ging langsam auf seine Tochter zu. Und Gracie sah nichts als ihren Vater. Er trug dunkle zerknitterte Hosen, ein weißes Hemd und einen dunkelblauen Schlips. Seine Augen waren blutunterlaufen. Seine Mundwinkel hingen herab. Selbst aus der Entfernung konnte sie die geplatzten Äderchen auf seiner Nase und seinen Wangen sehen. Dass er nach einem zwei Tage dauernden Besäufnis die Frechheit hatte, am Grab seiner Mutter aufzutauchen, war zu viel für Gracie.

»Verschwinde!«, sagte sie, als er näher kam.

Ben blieb kurz stehen und ging dann einen Schritt weiter.

»Es tut mir Leid, Graciela. Entschuldige.«

»Verschwinde!«, wiederholte sie, sich Noahs an ihrer Seite nur vage bewusst.

»Ich habe ein Recht, hier zu sein«, sagte ihr Vater.

»Dieses Recht hast du verwirkt, als du nach Großmutters Tod verschwunden bist.«

»Ich habe einen Fehler gemacht.«

»Du hast viele Fehler gemacht.«

»Ja, das stimmt. Aber ich möchte sie wieder gutmachen. Deine Großmutter hat es verdient, dass ich mich in angemessener Form von ihr verabschiede.«

»Daran hättest du vorher denken sollen. Du warst nicht einmal in der Kirche.«

»Gracie, ich entschuldige mich. Ich ...« Er unterbrach sich abrupt und starrte Noah an. »Du bist doch der Junge von Chase, oder?«

Noah nickte und trat verlegen von einem Fuß auf den anderen.

»Noah«, sagte er und streckte die rechte Hand aus.

Ben ignorierte sie. »Du hast hier nichts zu suchen«, sagte er so laut, dass jeder es hören konnte. »Verdammt noch mal, verschwinde von hier, sonst mache ich dir Beine.«

Noah wurde rot, wich aber keinen Zentimeter zurück. »Ich erweise Mrs. Taylor die letzte Ehre, auch aus Achtung vor Gracie«, sagte er ruhig und mit klarer Stimme.

Und zum ersten Mal sah Gracie in ihm nicht den Jungen, den sie von Anfang an geliebt hatte; sie erkannte ihn als Mann.

»Deine Eltern haben es nicht für nötig gehalten, zur Beerdigung zu erscheinen. Warum kreuzt du dann hier auf?«, fragte Ben wütend und stieß Noah seinen Zeigefinger vor die Brust.

»Mrs. Taylor ist immer gut zu mir gewesen, diese Geste bin ich ihr einfach schuldig.«

»Verschwinde!«, rief Ben und stieß Noah wieder. »Wir brauchen weder was von dir noch von deiner Familie.«

»Bitte!« Gracie trat zwischen die beiden Männer. Sie zitterte so stark, dass sie sich einer Ohnmacht nahe glaubte. »Er ist wegen Großmutter gekommen. Das darfst du ihr nicht nehmen, nur weil du einen dummen Groll gegen die Chases hegst.«

»Steck deine Nase nicht in Dinge, die dich nichts angehen, Graciela«, sagte Ben. Sein Atem roch nach Zahnpasta und Whisky. »Du hast ja keine Ahnung, was früher passiert ist.«

»Das ist mir auch egal. Ich weiß nur, dass du getrunken hast und ...«

Sie hätte es wissen müssen. Aber sie war außer sich vor

Zorn und Trauer und Schmerz und konnte sich nicht mehr beherrschen.

Ben schlug sie ins Gesicht; und der Schlag hallte in ihrem Kopf wider, produzierte aber nichts als Leere. Die Trauernden starrten sie schweigend an – fassungslos – auch ihre Freundinnen von der High School. Mein Gott, dachte Gracie, das ist noch nie passiert ... ich schwöre es. Starrt mich nicht so an!

Noah löste sich als Erster aus seiner Erstarrung. Er packte Ben beim Revers seines Jacketts und hob ihn hoch. Gracie fürchtete, er würde ihren Vater umbringen.

»Lass ihn los! Das ist er nicht wert«, sagte sie so kühl und distanziert, dass sie kaum ihre Stimme wieder erkannte. »Er ist doch nichts als ein alter Säufer.«

Dann drehte sie sich um und ging mit so viel Würde, wie unter den gegebenen Umständen möglich, über den Rasen zu ihrem Wagen auf dem Parkplatz. Ihr Verhalten wäre noch eindrucksvoller gewesen, wäre sie bei ihren letzten Worten nicht in Tränen ausgebrochen.

Noah war hinter Gracie hergelaufen und packte sie am Arm, ehe sie ihren Mustang erreichte.

»Hat er dir wehgetan?«

»Selbst wenn er es wollte, er könnte mir nicht mehr wehtun«, antwortete Gracie und wischte sich mit dem Handrücken lachend über ihr Gesicht. »Nichts, was er tut, kann mich noch verletzen.«

»Lass mich dein Gesicht sehen.«

»Ich bin okay«, sagte sie und wandte sich ab.

»Deine Backe ist ganz rot.«

»Das macht nichts.«

»Er weiß von uns, Gracie. Deshalb hat er sich so aufgeführt.«

»Das ist doch lächerlich.«

»Die ganze Stadt weiß es«, sagte Noah und erzählte Gracie von der Auseinandersetzung mit seinem Vater.

»Ich verstehe das alles nicht. Warum hasst mich dein Vater? Was haben wir ihnen denn getan?«

»Und warum hasst dein Vater mich?«, fragte Noah zurück. »Das alles macht überhaupt keinen Sinn.«

»Ich habe Grandma Del mindestens ein dutzend Mal diese Fragen gestellt und nie eine Antwort bekommen.«

»Und ich weiß nur, dass unsere Eltern früher einmal befreundet waren und ...«

»Und was?«, fragte Gracie. Sie hatte das Gefühl, ihre ganze Welt sei aus den Fugen geraten. »Sag das noch mal! Worüber redest du?«

Dass ihre Eltern einmal Freunde waren, konnte sie sich nicht vorstellen.

»Damals, auf der High School, gehörten sie alle zur selben Clique und deine Mutter ging mit meinem Vater.«

»Das kann nicht wahr sein.«

»Doch. Es stimmt. Ich dachte schon länger, dass es da eine Verbindung geben müsse und habe einmal heimlich in der Bibliothek meines Vaters herumgestöbert. Da fand ich das Jahrbuch der Idle Point High School aus dem Jahr neunzehnhundertzweiundfünfzig. Deine Mutter und mein Vater, Mona Webb und Simon Chase waren Ballkönigin und Ballkönig der Oberstufe.«

Gracie versuchte, sich ihre schöne junge Mutter an der Seite des mürrischen alten Simon Chase vorzustellen. Ihr schauderte bei dem Gedanken.

»Und was passierte dann?«, fragte sie. »Warum haben die beiden nicht geheiratet? Wer hat Schluss gemacht?«

»Das weiß ich nicht«, antwortete Noah.

»Vielleicht hat meine Mutter deinem Vater den Laufpass gegeben. Das würde erklären, warum er meine Familie so hasst.« Gracies Eltern hatten drei Monate vor Noahs Eltern geheiratet.

»Aber dann wissen wir immer noch nicht, warum dein Vater meine Familie hasst.«

»Mein Vater ist Alkoholiker und deswegen unberechenbar. Es steckt keine Logik in seinem Handeln.«

Gracie lehnte ihren Kopf an Noahs Schulter und schloss die Augen. Ihre Mutter und Simon Chase. Sie versuchte, sich die beiden als ein Liebespaar vorzustellen. Es gelang ihr nicht. Die Welt kam ihr dunkel und rätselhaft vor, voller gefährlicher Geheimnisse, wie verborgene Landminen. Sie sprachen über vierzig Jahre zurückliegende Ereignisse. Und warum sollten alte Leidenschaften und Eifersüchteleien Noahs und ihr Leben bestimmen? Das alles machte überhaupt keinen Sinn.

»Wir hätten durchbrennen sollen, als wir die Gelegenheit dazu hatten«, flüsterte sie.

»Noch ist es nicht zu spät, Gracie. Du brauchst nur ja zu sagen.«

Sie sah ihn an. Er war die Liebe ihres Lebens, seit sie beide fünf Jahre alt gewesen waren. Und sie würde ihn bis ans Ende ihres Lebens lieben. *Das wollte ich dir erzählen, Grandma Del. Und ich weiß, dass du mich verstanden hättest, wenn du Noah jetzt kennen gelernt hättest. Eine solche Liebe – wenn überhaupt – gab es nur einmal im Leben.* Und Noah war der einzige Mensch, den sie noch hatte – ihre Familie.

Laquita Adams nahm Ben Taylors Arm und sagte leise: »Sie müssen sich setzen.« Fürsorglich geleitete sie ihn zu einem Stuhl in der Nähe des Pfarrers. »Atmen Sie tief durch.«

Ben war aschfahl und seine Hände fühlten sich kalt und feucht an. *Der Mann steht kurz vor dem Zusammenbruch*, dachte Laquita. *Und der verdammte Stuhl steht am Kopfende des Sarges – keine gute Idee. Diese zusätzliche emotionale Belastung hält er nicht aus.*

»Cheyenne!«, rief sie ihrer Schwester zu. »Bring den Stuhl hierher.«

Was war nur mit den Leuten los? Sie standen alle wie die Ölgötzen rum. Sah denn niemand, dass dieser Mann in Schwierigkeiten steckte oder bekam man nach einjähriger Ausbildung zur Krankenschwester einen besonderen Blick dafür, so wie man gelernt hatte, schmerzfrei Injektionen zu geben?

Cheyenne stieß Ben den Stuhl etwas unsanft in die Kniekehlen, worauf er auf den Sitz plumpste.

»Tief durchatmen!«, befahl Laquita. »Bald geht's Ihnen besser.«

Cheyenne stupste ihre Schwester in die Seite. »Er hat Gracie geschlagen.«

»Das weiß ich doch«, sagte Laquita und legte Ben beruhigend eine Hand auf den Nacken. »Dafür muss er gerade stehen, wenn er sich etwas erholt hat.« Bist du es wert, gerettet zu werden, Ben Taylor? Oder mache ich einen großen Fehler?, fragte sich Laquita.

Noch nie war ihr jemand so verloren und einsam vorgekommen wie Ben Taylor, als er neben dem Sarg seiner Mutter stand und zusehen musste, wie seine Tochter wegging. Niemand hatte mit ihm geredet. Die Trauernden standen in kleinen Gruppen beisammen, wie Pilze im Wald, und taten nichts. Über diesen Mann konnte man sagen, was man wollte, aber in diesem Sarg lag seine Mutter. Mit Alkohol konnte man den Schmerz zwar betäuben, aber nicht zum Verschwinden bringen, das wusste Laquita. Und deshalb musste sie sich in diesem Augenblick um Ben kümmern.

»Du musst dich nicht um mich kümmern«, sagte Ben da mit erstickter Stimme, als hätte er ihre Gedanken gelesen.

»Klar muss ich das«, entgegnete Laquita, die Hand noch immer auf seinem Kopf. »Ich bin Lernschwester und sammle praktische Erfahrungen.«

Ben grunzte etwas, aber sie achtete nicht darauf, denn

die Trauergäste steckten flüsternd die Köpfe zusammen und schnalzten missbilligend mit den Zungen – die üblichen Reaktionen, wenn sie zusammen mit einem Mann gesehen wurde. Laquita nahm es den Menschen nicht übel, denn sie hatte ihnen über die Jahre hinweg genügend Gründe zum Klatschen gegeben. Nicht, dass sie sich wegen irgendetwas entschuldigte. Ihre Entscheidungen traf sie allein und was sie tat, ging niemanden etwas an.

»Wo ist Gracie?«, fragte Ben. »Ich will mit Gracie reden.«

»Ihre Tochter ist gegangen«, sagte Laquita leise. »Haben Sie wirklich geglaubt, sie würde bleiben, nachdem Sie sie geschlagen haben?«

Bens qualvolles Aufstöhnen tat ihr im Herzen weh. »Ich muss zu ihr ... mich entschuldigen ...«

»Das hat Zeit. Gracie ist nicht mehr da und in Ihrem Zustand sind Sie gar nicht fähig, sich auf die Suche nach ihr zu machen. Außerdem glaube ich nicht, dass Ihre Tochter Sie jetzt sehen möchte.«

Ben schüttelte Laquitas Hand ab und schaute blinzelnd zu ihr hoch. »Wer, verdammt noch mal, bist du überhaupt?«

»Ich bin Laquita Adams«, sagte sie ruhig. »Das älteste von Rachel und Darnells elf Kindern.«

»Von der Hippie-Familie, die unten am Fluss wohnt?«

Laquita seufzte. Sie müsste nach Timbuktu fliehen, um dem Ruf ihrer Familie zu entkommen. »Wir bezeichnen uns lieber als Heimstättenbesitzer.«

»Heimstättenbesitzer«, wiederholte Ben. »Und ich bin ein geselliger Trinker.«

Laquita konnte nicht anders – sie musste lachen. Leise, um nicht noch mehr Aufmerksamkeit auf sich zu lenken, aber sie lachte. Vielleicht trog sie ihre Intuition doch nicht und in diesem Mann steckte etwas, das noch zu retten war.

9. Kapitel

Drei Tage nach Grandma Dels Beerdigung fuhren Gracie und Noah nach Portland und beantragten eine Heiratserlaubnis.

Ausgestattet mit ihren Geburtsurkunden und Führerscheinen warteten sie geduldig in der Schlange anderer glücklicher Paare, bis sie an der Reihe waren. Dann füllten sie Formulare aus, bezahlten die Gebühr und sahen den Beamten, der ihre Zukunft in den Händen hielt, erwartungsvoll an.

»Die Wartezeit beträgt achtundvierzig Stunden«, sagte der Mann, warf noch einen Blick auf ihre Anträge und legte sie beiseite.

»Du kannst deine Meinung immer noch ändern«, sagte Noah, als sie in die Sonne hinaustraten. »Wir haben nur die Heiratserlaubnis beantragt – noch sind wir nicht verheiratet.«

»Was dich betrifft, werde ich meine Meinung nie ändern«, sagte Gracie und küsste ihn zum Beweis direkt auf den Mund.

Drei Büroangestellte, die ihre Mittagspause in der Sonne verbrachten, klatschten begeistert in die Hände. Noah griff nach Gracies Hand, dann liefen beide fröhlich die Treppe hinunter und machten sich auf die Suche nach einem preiswerten Imbissstand, denn sie mussten jeden Cent für ihre Flugtickets nach Paris sparen.

Seltsamerweise glaubte Gracie noch immer an Noah. Ganz gleich, wie oft er etwas vermasselte – ihr Vertrauen in ihn war unerschütterlich, obwohl er selbst nicht an sich glaubte. Also musste Gracie diesen Glauben für beide aufrechterhalten.

An einem Fischstand in der Nähe der Docks bestellten sie Schellfisch mit Chips und setzten sich mit ihren Papptellern an einen Picknicktisch. »Schmeckt fast so gut wie zu Hause«, sagte Gracie, worüber Noah lachen musste, denn für Gracie war in Idle Point sowieso alles besser. Geschäftsleute in feinem Zwirn verschlangen über Stehtische gebeugt – um sich nicht mit Mayonnaise zu bekleckern – Hummer-Sandwiches. Drei junge Frauen in Shorts und rückenfreien Tops beäugten die Männer, während sie auf ihre Sandwiches warteten. Wahrscheinlich waren sie in Noahs und Gracies Alter, sahen aber wegen ihrer wohl unbeschwerteren Kindheit und Jugend viel jünger aus.

Beide aßen schweigend, da sie sich der Bedeutung des Formulars, das wohl verwahrt in Gracies Umhängetasche steckte, bewusst waren.

Die vergangenen Tage hatte Gracie in einer Art Schwebezustand zwischen Entsetzen und Hochstimmung verbracht. Von einem Augenblick zum nächsten hatte sie ihren Traum von einer glücklichen Familie begraben und sich mit der Realität ihres Lebens abfinden müssen. Grandma Del war für immer von ihr gegangen. Ben war es scheißegal, ob seine Tochter lebte oder starb. Er liebte eine Flasche Schnaps mehr als sein eigen Fleisch und Blut. Idle Point war nicht mehr ihr Zuhause. Und die Uni konnte die Leere in ihrem Herzen nicht ausfüllen.

Das konnte nur Noah.

Sie liebte ihn schon so lange, dass sie sich nicht erinnern konnte, wann er kein Teil ihres Lebens gewesen war. Noah kannte alle ihre Geheimnisse und verstand ihre Träume. Er glaubte an sie wie niemand außer Grandma Del es getan hatte. Ihre Träume würden nicht wie die anderer Paare am Alltag scheitern. Auf dieser Welt gab es für ihrer beider Träume Platz genug. Sie waren jung und hatten Zeit, sie wahr werden zu lassen. Wie konnte man etwas verkehrt machen, wenn man seinem Herzen folgte?

»Passen Sie doch auf, Chase«, sagte Joe von der Herstellung mit einem Unterton der Verzweiflung in der Stimme. »Tippen Sie die Zeilen ein, so wie ich es Ihnen gezeigt habe. Die Codierung erfolgt automatisch.«

Joe hatte Noah bestimmt schon zum zehnten Mal gesagt, wie er seinen Artikel eintippen sollte.

»Tut mir Leid«, sagte Noah. »Jetzt habe ich es kapiert.«

»Verdammt noch mal, was ist denn mit Ihnen los? Sie sind mit dem Kopf überhaupt nicht bei der Sache.«

»Heute ist wohl nicht mein Tag«, murmelte Noah und starrte mit geheucheltem Interesse auf den Bildschirm. Was kümmerte ihn das vom Kiwanis Club ausgerichtete 32. Fest am Tag der Arbeit, da er und Gracie in weniger als sechs Stunden heiraten würden?

Alles war minutiös geplant. Ein paar Freunde von Gracie aus ihrer High School-Zeit bereiteten am Strand eine Party zur Feier ihres ersten Studienjahrs der Veterinärmedizin vor. Irgendwie hatte Gracie es geschafft, auch als Einzelgängerin beliebt zu sein, was Noah nie ganz verstanden hatte. Und während ihre Freunde den Barbecue-Grill aufbauten und die Kästen mit Bier zum Strand brachten, würden er und Gracie schon auf dem Weg zu ihrer Trauung sein.

Er war mit Gracie um fünf Uhr auf dem Motelparkplatz am Rand der Stadt hinter dem Leuchtturm verabredet. Von dort würden sie nach Norden zu einer kleinen Unitarier-Kirche fahren, wo ein Geistlicher namens Bo, der Bruder von Noahs Zimmergefährten an der Brown University of Rhode Island, die Trauung vollziehen würde.

Gracie gab so viel auf, um bei ihm sein zu können, dass Noah Angst und Bange wurde. Sie hatte seine Träume wahr werden lassen. Jetzt lag es an ihm, sich für den Rest ihres Lebens dafür zu revanchieren.

Gegen drei Uhr war Gracie mit dem Packen fertig. Ihre Lieblingsbücher mit Fotos von Grandma Del und ihrer Mutter Mona hatte sie in die Ecken des Rucksacks gesteckt und zuunterst in den Koffer gelegt. Von Ben wollte sie nichts mit in ihr neues Leben nehmen. Die Erinnerungen an ihn waren schon schlimm genug.

Er war wieder verschwunden und wahrscheinlich auf einer neuen Sauftour. Seit er sie auf dem Friedhof geschlagen hatte und damit der letzte Rest Mitgefühl in ihr gestorben war, hatte sie ihn nicht wieder gesehen. Damit war für Gracie dieses Kapitel beendet. Jetzt war sie davon überzeugt, dass es keine Hoffnung mehr gab, in ihm mehr als einen Fremden zu sehen. Er würde und konnte ihr nie der Vater sein, nach dem sie sich ein Leben lang gesehnt hatte.

Sie hatte sich davor gefürchtet, von dem einzigen Heim, das sie je gehabt hatte, Abschied nehmen zu müssen. Doch sie empfand weder Trauer noch Freude – nicht einmal das bittersüße Gefühl des Bedauerns. Ohne Grandma Del war es nur ein Cottage und sie konnte es kaum erwarten, endlich von hier fortzukommen. Sie versuchte, nicht an die Universität und ihr Stipendium zu denken, an ihre Pläne, nach dem Studium nach Idle Point zurückzukehren und mit Dr. Jim als Partner in der Tierklinik zu arbeiten. Sie redete sich ein, dass alles so sein würde, wie es sein sollte. Wichtig war allein, mit Noah zusammen zu sein.

Sam, die fast fünfzehn Jahre alte Katze, strich miauend

um Gracies Knöchel. Sie konnte nicht mehr gut sehen und bei kaltem Wetter schmerzten ihre alten Knochen. Sam war während der letzten Jahre Grandma Dels Gefährtin gewesen und hatte die sonnigen Nachmittage eingerollt neben Del auf dem Federbett beim Fenster verbracht. Gracie stellte mit Entsetzen fest, dass sie überhaupt nicht an ihre alte Freundin gedacht hatte.

»Oh, Sammy!« Sie bückte sich, hob die Katze auf und drückte sie fest an sich. »Ich war so mit meinem Leben beschäftigt, dass ich dich ganz vergessen habe.«

Sie konnte die arme Katze nicht allein im Haus zurücklassen und darauf hoffen, dass Ben sie mit Futter und Wasser versorgen würde. Und sie konnte Sam auch nicht in die Tierklinik bringen, ohne einen Haufen Erklärungen abgeben und sich mit Schuldgefühlen quälen zu müssen. Sie konnte Sam einfach nicht zurücklassen.

»Na, was hältst du von Paris?«, fragte Gracie. »Ich weiß nicht, ob dir das Katzenfutter dort schmecken wird, aber das können wir uns unterwegs überlegen.« Gracie war noch nie gut darin gewesen, spontane Entscheidungen zu treffen. Und Sam brachte ihre genau ausgearbeiteten, doppelt geprüften Pläne und alle Eventualitäten einschließenden Ersatzpläne – falls etwas schief ging – durcheinander.

In Grandma Dels Speisekammer fand Gracie ein Dutzend Dosen mit Katzenfutter und zwei Schachteln Trockenfutter. Der Katzenkorb hatte im Geräteschuppen gestanden, ehe Ben ihn für seine Werkzeuge und andere Utensilien genutzt hatte. Nachdem Gracie den Korb nirgends im Cottage fand, lief sie zum Haus, um im Keller nachzusehen. Kaum hatte sie die Tür aufgesperrt und war eingetreten, hörte sie ein Auto näher kommen. Gracie wusste, dass es nicht Noah war. O Gott, bitte lass es nicht Vater sein, betete sie stumm. Auf keinen Fall wollte sie sich jetzt auf eine Auseinandersetzung mit ihm einlassen. Ihr ging es nur darum, aus Bens verkorkstem Leben zu verschwinden und mit Noah eine schöne und dauerhafte Zukunft aufzubauen.

Gracie ging zum Küchenfenster und spähte durch die orangegelben Vorhänge hinaus. Ein gepflegter silbergrauer Lincoln hielt hinter ihrem schäbigen Mustang. Was für ein Kontrast! Sie kannte nur eine Person in dieser Stadt, die einen solchen Wagen fuhr.

Ihr Herz hämmerte wie wild in ihrer Brust, sie konnte sogar das Schlagen in ihren Ohren dröhnen hören. Sie atmete tief ein, zitterte aber dabei. Ein Zufall, das war alles. Simon Chase konnte nichts von ihren Plänen wissen. Noah und sie hatten niemanden eingeweiht. Nicht einmal der allmächtige Herausgeber der *Gazette* konnte die Wahrheit ausspioniert haben.

Noah! Wenn Noah nun etwas passiert war? Vielleicht hatte er einen schrecklichen Unfall gehabt wie damals ihre Mutter? Und Simon war gekommen, um sie davon in Kenntnis zu setzen? Was spann sie sich da zusammen? Sie musste doch nur die Tür öffnen und ihn fragen, was er wollte.

»Guten Tag, Graciela«, sagte Simon. Er war ein großer, hagerer Mann mit vollem weißem Haar, das im Sonnenlicht glänzte. Doch in seinen braunen Augen konnte Gracie nicht einen Funken von Noahs Güte entdecken.

Wieder atmete sie tief ein und machte sich schnell in Gedanken Mut: Vergiss nicht, Graciela, dass du genauso gut wie alle anderen Mädchen in dieser Stadt bist.

»Was kann ich für Sie tun, Mr. Chase?«

»Es tut mir Leid, dass Cordelia gestorben ist.«

»Danke.«

»Sie war eine gute Frau.«

»Ja, das war sie«, sagte Gracie.

»Hast du unsere Blumen bekommen?«

»Das habe ich, Mr. Chase«, antwortete sie, »und Ihnen heute eine Danksagung geschickt.«

Meine Manieren sind tadellos, dank meiner Großmutter, Mr. Chase, setzte sie in Gedanken hinzu.

»Willst du mich nicht ins Haus bitten, Graciela?«

Nur, wenn es unbedingt nötig ist, dachte sie. »Wollen Sie telefonieren?« Dann bringe ich Ihnen das Telefon nach draußen.

»Ich muss mit dir reden, Graciela. Und ich kann die Sonne nicht mehr vertragen«, antwortete Simon.

»Dann kommen Sie bitte herein«, sagte Gracie und trat beiseite.

Simon nickte, doch sein Gesichtsausdruck änderte sich nicht. Für einen herzkranken Mann hatte er sich perfekt unter Kontrolle.

»Nehmen Sie bitte Platz«, sagte Gracie und deutete auf die Couch. »Darf ich Ihnen etwas Eistee anbieten? Oder eine andere Erfrischung?«

»Ein Glas Wasser, danke.«

»Einen Moment, bitte.«

Kurz darauf kehrte Gracie mit einem Glas Eiswasser zurück. Sie wollte nicht, dass er in ihrer Abwesenheit hier herumschnüffelte.

»Bitte.«

»Danke.« Er trank einen Schluck und stellte das Glas dann auf den Couchtisch vor sich. »Bitte, setz dich, Graciela.«

»Ich stehe lieber.«

»Ich würde mich wohler fühlen, wenn du während unserer Unterredung sitzt.«

Genau deshalb möchte ich stehen bleiben, dachte Gracie, setzte sich dann aber widerstrebend auf die Armlehne des Sessels ihm gegenüber. Sam, die Katze, kam ins Wohnzimmer. Sam war von Natur aus sehr friedlich, aber um Simon Chase machte sie einen großen Bogen. Kluge Katze, dachte Gracie. Simon strahlte eine ungewöhnliche Kälte aus und obwohl er der Gast war, fühlte sich Gracie in seiner Gegenwart als Fremde im eigenen Haus. Sie faltete die Hände im Schoß, damit er nicht merkte, wie sie zitterte. »Worüber möchten Sie mit mir reden?« Es war schon fast halb vier und sie hatte noch viel zu erledigen, ehe sie sich mit Noah vor der Stadt treffen würde.

»Du hast es im Leben nicht leicht gehabt, oder, Graciela?«

»Soll das eine Frage sein?«, entgegnete Gracie stirnrunzelnd.

»Vielleicht«, sagte Simon. »Aber ich behaupte, es ist eine Tatsache. Das Leben war nicht besonders nett zu dir.«

»Ich beklage mich nicht«, sagte sie, obwohl es ihr die Kehle zuschnürte und sie sich zu einer Antwort hatte zwingen müssen.

»Nein, du hast nie geklagt, das stimmt. Ein bewundernswerter Charakterzug.«

»Meine Großmutter lehrte mich, mein Ziel nie aus den Augen zu verlieren.«

»Cordelia war eine bemerkenswerte Frau«, entgegnete Simon nickend.

»Ich weiß nicht, was das alles soll, Mr. Chase«, sagte Gracie und rutschte auf der Lehne herum. »Ich meine ... wenn Sie über etwas reden wollen ...«

»Ich kenne eure Heiratspläne.«

Simons Worte trafen Gracie härter als Bens Ohrfeige. Plötzlich existierten nur noch diese Worte, alles andere wurde bedeutungslos. Vielleicht blufft er nur, dachte sie dann. Vielleicht ahnt er nur etwas und stellt mir eine Falle. Er hofft, dass ich unbedacht mein Geheimnis preisgebe.

Deshalb schwieg sie.

»Ich habe Freunde in Portland«, fuhr Simon fort. »Einer meiner Freunde rief mich heute Morgen an. Weißt du, wo dieser Freund arbeitet?«

Gracie schwieg noch immer.

Simon beugte sich vor und griff in die Innentasche seines marineblauen Blazers. Er zog ein Blatt Papier heraus und entfaltete es.

»Das ist die Kopie einer Heiratserlaubnis für Graciela Marie Taylor und Noah Marlow Chase, die vor zwei Tagen für eine Gültigkeitsdauer von neunzig Tagen für den Bundesstaat Maine ausgestellt wurde.«

»Ich liebe Noah«, antwortete Gracie ruhig. Was sonst konnte sie einem Mann sagen, den sie kaum kannte und der ihr Schwiegervater werden würde?

Simon sah sie mit einer Mischung aus Kummer und Abneigung an. Sie wusste nicht, welches Gefühl sie mehr beunruhigte.

»Das Ganze ist natürlich ein schrecklicher Fehler.«

»Wir beide sind da ganz anderer Meinung.«

»Ihr seid noch sehr jung«, sagte Simon, lebhaft mit seinen schlanken, gebräunten Händen gestikulierend, »viel zu jung für die Ehe.«

»Auch in diesem Punkt sind wir nicht Ihrer Meinung.«

»Das kann ich gut verstehen«, sagte Simon und schenkte Gracie ein Lächeln. »Deshalb bin ich ja hier, Graciela. Um es dir zu erklären.«

»Ich denke, Sie sollten jetzt gehen«, sagte Gracie und stand auf.

»Ich bin noch nicht fertig«, sagte er ungerührt und blieb sitzen.

»Entschuldigen Sie, Mr. Chase, aber ich möchte nichts mehr hören. Sollten Sie noch etwas zu sagen haben, wäre es besser, Sie sagten es uns gemeinsam.«

»Du bist eine intelligente junge Frau«, entgegnete er. »Du scheinst zu wissen, was du im Leben willst.«

»Ich bin ehrgeizig, wenn Sie das meinen.«

»Das ist mein Sohn nicht.«

»Ich weiß das.«

»Solltet ihr beiden zusammen durchbrennen, bekommt er von mir keinen Cent mehr.«

»Sehen Sie sich hier doch mal um, Mr. Chase«, sagte Gracie mit erzwungenem Lachen. »Armut ist für mich wahrhaftig nichts Neues.«

»Aber für Noah würde es etwas Neues sein.«

»Ich glaube, Sie unterschätzen ihn, Mr. Chase.«

»Sehr überzeugt klingt das nicht.«

»Sie sollten jetzt gehen«, wiederholte Gracie. »Ich will mit Ihnen nicht weiter diskutieren.«

»Das will ich auch nicht, Graciela. Aber es muss sein.«

Simon griff noch einmal in die Innentasche seines Jacketts und zog diesmal einen Umschlag hervor.

»Da«, sagte er. »Das ist für dich.« Ihr Name stand in dicken schwarzen Lettern auf dem Kuvert.

»Nein, danke«, sagte Gracie und schlang die Arme um ihren Oberkörper.

»Zehntausend Dollar«, sagte er. »In bar.«

»Ein Hochzeitsgeschenk?«

»Du hast Sinn für Humor. Ein Dankeschön dafür, dass du Noah nicht heiratest.«

»Wollen Sie mich auszahlen?«

»Ja«, sagte er. »Das will ich. Nimm das Geld und studiere. Ich kümmere mich um den Rest.«

»Und was ist mit Noah?«, fragte Gracie. »Hat er denn dazu überhaupt nichts zu sagen?«

»Nein. In dieser Angelegenheit hat er nichts zu sagen. Sie geht nur dich und mich etwas an, Graciela.«

Gracie machte einen Schritt rückwärts. Das hatte sie nicht tun wollen, es war automatisch geschehen – aber er verriet sie. Denn sie fühlte sich, als stünde sie am Rand eines Abgrunds und könnte jeden Moment hinunterstürzen.

»Ich glaube, es ist wirklich an der Zeit für Sie zu gehen.«

»Ich bin noch immer nicht fertig mit dem, was ich zu sagen habe.«

»Doch, das sind Sie, Mr. Chase. Ich hätte Sie gar nicht

so lange reden lassen dürfen. Sie haben bereits zu viel gesagt.«

Simon Chase schwitzte. Mein Gott, dem kühlen, distanzierten Yankee-Patriarch standen Schweißperlen auf der Stirn. Irgendwie machte Gracie das mehr Angst als alles, was er bisher gesagt hatte.

»Es gibt Dinge, die in der Vergangenheit geschehen sind, über die du nichts weißt.«

»Ich weiß alles, was ich wissen muss.«

»Du weißt so gut wie gar nichts über deine Mutter.«

Gracie stockte der Atem. »Noah erzählte mir, dass Sie und meine Mutter in der High School ein Paar waren.«

»Ich liebte sie«, sagte Simon mit veränderter Stimme. Sie klang jetzt weicher, voller Trauer, viel menschlicher.

»Und sie? Liebte sie Sie auch?«

Simon lächelte. Doch sein Lächeln galt nicht Gracie, sondern der Toten, der Frau, die er nie vergessen hatte – der Liebe seines Lebens. Er brauchte nicht mehr zu antworten; Gracie hatte verstanden und sie wandte sich ab.

»Ja, sie liebte mich«, antwortete er schließlich, als sie in die Küche ging. »Sie liebte mich, wie jeder Mann träumt, geliebt zu werden: mit jeder Faser ihres Herzens.«

Er war aufgestanden und ihr gefolgt. »Liebst du meinen Sohn auf dieselbe Weise? Würdest du ihm überallhin folgen, alles für ihn tun?«

»Ja«, flüsterte Gracie, den Rücken Simon zugewandt.

»Ich sehe Mona in dir«, sagte Simon. »Dein Gang, deine Haltung, das alles erinnert mich an sie.«

»Aber ich sehe ihr nicht ähnlich.«

»Das habe ich nicht behauptet. Deine Mutter war eine schöne Frau ...«

»Vielen Dank. Wie taktvoll von Ihnen, mich daran zu erinnern«, unterbrach sie ihn scharf.

»Du hast einen ganz eigenen Charme, Graciela. Vielleicht ist er unaufdringlicher, leiser, aber er ist da.«

Gracie konnte dem Drang zurückzuschlagen nicht widerstehen. »Sie hat Sie doch verlassen, nicht wahr, Mr. Chase? Sie verliebte sich in meinen Vater und ließ Sie sitzen«, sagte Gracie. Sie war verwirrt und zutiefst verunsichert, so als würde ihr tiefstes Inneres angegriffen.

»Das war nicht so.«

»Doch. Genauso war es«, sagte Gracie und drehte sich abrupt um. Sie wollte, dass er ihr Gesicht sah, sich an die Frau erinnerte, die ihm den Laufpass gegeben hatte. »Sie liebte Sie nicht mehr und verließ Sie wegen meines Vaters.«

»Nein. Sie hat mich nicht verlassen, Graciela. Ich verließ sie.«

»Das macht doch keinen Sinn. Sie liebten sie. Warum hätten Sie sie dann verlassen sollen?«

»Weil ich zu jung war.« Simon stützte sich auf den Küchentisch; seine Hände fest gegen das abgenutzte Holz gepresst. Sein linker Arm zitterte leicht. »Ich wollte mehr als Mona mir geben konnte ... Deine Mutter war so schön, und die Männer ... mein Gott, wie sie hinter ihr her waren! Ich lebte in ständiger Angst, sie zu verlieren ... immer war ich auf der Hut ... Aber ich brauchte eine Frau, auf die ich mich verlassen konnte, weil ich meine ganze Kraft in die Arbeit stecken musste, um die *Gazette* wieder auf Erfolgskurs zu bringen.«

»Und deshalb haben Sie Ruth geheiratet.«

»Ich habe Ruth zwar geheiratet«, sagte er, »aber nie aufgehört, deine Mutter zu lieben.« Das bislang verschwommene Bild nahm schärfere Konturen an. Jetzt verstand Gracie Grandma Dels manchmal geheimnisvollen Andeutungen, Bens Verzweiflung und Simons Zorn.

»Aber meine Mutter liebte Sie nicht mehr, oder? Sie liebte meinen Vater.«

»Sie liebte mich.«

»Nein!«

Wasser lief ins Spülbecken. Warum hatte sie es nicht abgedreht?

»Das stimmt nicht. Sie lügen. Meine Mutter liebte meinen Vater und er liebte sie. Sie waren glücklich zusammen.«

»Wir erneuerten unsere Beziehung, denn unsere Ehen waren damals noch kinderlos«, widerlegte Simon Chase. »Wir waren beide einsam und konnten so unserer Einsamkeit entfliehen. Und unsere alte Liebe flammte wieder auf ...«

»Halten Sie den Mund!«, befahl Gracie mit harter Stimme und trat wütend gegen einen Stuhl.

»... und als Noah und du auf der Welt wart, beschlossen wir durchzubrennen. Noch waren wir jung genug, nicht einmal vierzig, und hatten noch viele Jahre vor uns. Wir wollten uns von unseren jeweiligen Ehepartnern scheiden lassen. Ich wollte die *Gazette* verkaufen und dann wären wir für immer aus Idle Point verschwunden. Nach Paris, London, Rom, Florenz, Kairo und Tokio. Ich wollte Mona die Welt zeigen.

»Ich will nichts mehr davon hören!«, rief Gracie. Alle ihre schönen Geschichten lösten sich in nichts auf, wurden zerstört. »Bitte, hören Sie auf ...«

»Wir hatten alles vorher geplant. Ich hätte Ruth und Noah gut versorgt verlassen. Mona wollte Ben die Nachricht so schonend wie möglich beibringen und du ...«

»Nein! Bitte ...«

»... wärst bei uns geblieben.«

Gracie wollte aus der Küche gehen, aber Simon verstellte ihr den Weg. Sie waren gleich groß, beide schlank, und beide hatten braune Augen.

»Begreifst du jetzt, Graciela?«

Sie versuchte, ihn wegzuschieben, aber er rührte sich nicht. »Mir ist egal, was Sie sonst noch sagen. Das alles ist Vergangenheit, es ist nicht mehr wichtig.«

»Wir drei wären eine Familie geworden, und das genau an dem Tag, als Mona starb.«

»Das hätte meine Mutter nie getan. Sie hätte mich nie meinem Vater weggenommen.«

Damals hatte Ben noch nicht getrunken. Zu jener Zeit waren sie eine glückliche Familie gewesen.

»Sie nahm dich nicht deinem Vater weg, Graciela. Im Gegenteil, sie brachte dich zu ihm.« Simon sah ihr in die Augen. »Denn ich bin dein Vater.«

Geschafft, dachte Simon, als er aus Gracies Cottage trat. Er hatte mit eigenen Augen gesehen, wie ihr Lebenstraum zerplatzt war.

Er wartete auf ein Gefühl der Hochstimmung, doch es wollte sich nicht einstellen. Jetzt endlich hatte er es ihr heimgezahlt – sich dafür gerächt, dass Mona hatte sterben müssen, während ihre Tochter lebte ... mehr als Ungerechtigkeit war das gewesen ... undenkbar ... dieses Mädchen hatte alles ruiniert ... besser wäre es gewesen, Graciela wäre nie geboren worden ... nur deshalb hatte sich Mona von diesem Säufer Ben nicht getrennt ... wegen des Kindes ... wegen dieses hässlichen Kindes ...

Heiß. Warum war es so heiß im Auto? Simon hantierte mit den Knöpfen der Klimaanlage herum. Schweißbäche rannen über sein Gesicht und tropften auf seinen Schoß. Sein Hemd klebte ihm am Rücken. Er hasste die Hitze ...

Ich fühle mich viel wohler, wenn es draußen kühl ist, dachte er ... mir wird übel ... bin wie benommen ... habe Mühe, die Straße zu erkennen ... fahre wohl besser rechts ran ... muss Ruth anrufen ... das Autotelefon ... muss hier irgendwo sein ... ja, telefonieren ... muss Luft holen ... Luft ... holen ... Luft ...

Beeil dich, Gracie. Leg das Gepäck in den Kofferraum. Leg die Hausschlüssel mit dem Brief an Ben auf den Küchentisch. Jetzt weißt du, warum er trinkt, warum er alles tut, um vergessen zu können – außer eine Waffe an seine Schläfe zu setzen ... Natürlich kannst du ihm das nicht erzählen. Du kannst niemandem etwas erzählen, denn wenn du das tätest, wärst du gezwungen, es zu glauben, und das könntest du im Moment nicht verkraften. Dir wurde bereits das Herz gebrochen, ist das denn nicht genug?

Denk nicht mehr darüber nach.

Denn wenn du darüber nachdenkst, wirst du verrückt.

Vergiss all die schönen Geschichten. Vergiss deine Mutter, die du zu kennen glaubtest. Von der du geträumt hast. Vergiss den Vater, der dein Herz gebrochen hat. Denk nicht über seinen Schmerz nach, denn wenn du das zulässt, wirst du dich nie wieder davon befreien können. Vergiss alles, was dich zu dem gemacht hat, was du bist, denn das alles war eine Lüge.

Schreib Noah. Du kannst den Brief hier auf den Küchentisch legen, weil er hier nach dir suchen wird. Doch du kannst noch so um die Worte ringen, was sollst du ihm schreiben? Lass ihn gehen. Belaste ihn nicht mit Fragen. Schreib ihm, dass alles allein deine Schuld ist, dass du glaubtest, alles hinter dir lassen zu können – das College, deine Arbeit und alle deine Träume, eine eigene Zukunft aufzubauen. Dass das aber nicht geht. Wünsch ihm Glück in Paris, mit seinen Straßencafés und den köstlichen, mit Knoblauch gewürzten Mahlzeiten und viel Wein, über denen Hemingways Geist schwebt. Schreib ihm, du wünschst dir, es wäre anders gekommen, aber vielleicht seist du von Anfang an zu naiv gewesen.

Und dann wünsch ihm einfach Lebewohl.

Es wurde fünf Uhr.

Viertel nach fünf.

Viertel vor sechs.

Um sechs war Noah überzeugt, dass Gracie etwas passiert sein musste. Er klemmte sich hinters Lenkrad seines Sportwagens und fuhr zu ihr. Verdammt! Warum hatte er nicht darauf bestanden und sie zu Hause abgeholt, wie er es unsprünglich geplant hatte? Was sollte er machen, wenn Ben nun betrunken und ein Bild des Jammers bei seiner Tochter aufgetaucht war und sie gebeten hatte, bei ihm zu bleiben und ihm zu helfen? Das hatte sie nicht verdient. Oder ihr altes Auto hatte seinen Geist aufgegeben und sie hoffte, er würde kommen.

Die Straßen waren frei. Der Sommer neigte sich dem Ende zu und die Leute fuhren langsamer als gewöhnlich. Die Badegäste blieben bis nach Sonnenuntergang am Strand. Und die Einheimischen fuhren nach Hidden Island zu einem der geheimen Plätze. Er hatte weder zu der einen noch zu der anderen Gruppe gehört – ein Fremder überall. Und so hatte er sich auch zu Hause gefühlt, mehr als Besucher, denn als Familienmitglied.

Aber nun hatte er ja Gracie und das spielte keine Rolle mehr. Sie war seine Familie, sein Heim. Sie beflügelte ihn, mehr aus sich zu machen, als er jemals für möglich gehalten hätte. Und er wünschte sich, sie würde eines Tages nur halb so stolz auf ihn sein, wie er bereits jetzt auf sie war.

Er wollte gerade von der Hauptstraße in Richtung Hafen und Gracies Haus abbiegen, als er das Stadtauto seines Vaters schräg im Grasstreifen auf der gegenüberliegenden Straßenseite stehen sah. Simons Kopf lehnte am Seitenfenster und der Motor lief noch. Noah spürte, wie sich sein Magen verknotete.

Hau einfach ab, sagte er sich. Du solltest bereits auf dem Weg zu deiner Hochzeit sein. Du hast ihn nicht gesehen.

Noah fuhr noch bis zur nächsten Kurve, ehe er wendete, zurückfuhr und direkt hinter dem Lincoln hielt. Er hupte. Keine Antwort. Okay, vielleicht machte sein alter Herr ein Nickerchen. Simon nahm im Moment viele Medikamente, die Nebenwirkungen hatten, die ein Pferd umgehauen hätten. Er würde sich vergewissern, dass es Simon gut ging und weiterfahren. Das schuldete er seinem Vater.

»Dad.« Er klopfte zweimal ans Fenster. »Dad, bist du okay?«

Er klopfte wieder. »Sag was, Dad! Mach's Fenster auf!«

Noch immer nichts.

»Mist.« Er wollte die Tür öffnen. Sie war verriegelt. Er lief zur Beifahrertür, probierte diese. Auch sie war verriegelt. Simons Gesicht war totenbleich. Ein dünner Schweißfilm bedeckte seine eingesunkenen Wangen. »Oh, mein Gott.«

Kein Mensch war in Sicht. Es gab auch kein Telefon in der Nähe. Simons Autotelefon lag auf dem Beifahrersitz. Nutzlos, denn die Fenster waren hochgekurbelt, der Wagen verschlossen. Gracies Haus war drei Minuten von hier entfernt. Er konnte die Cops von dort aus anrufen, sie würden den Notarzt alarmieren. Wenigstens das musste er für seinen Vater tun. Gracie würde das verstehen, denn sie würde dasselbe tun. Mist. Ihr Haus schien so weit weg. Was sollte er tun, wenn sein Vater starb? Denk nicht darüber nach. Das passierte einfach nicht. Das durfte nicht passieren. Bis der Notarzt eintraf, wusste er, was zu tun war. Das war schon mal passiert. Und jetzt passierte es wieder. Der Notarzt würde ihn behandeln.

Doch wenn Simon starb, während er Hilfe holte? Er musste jetzt etwas tun. Er kannte die Erste-Hilfe-Maßnahmen. Er würde die Mund-zu-Mund-Beatmung und Herz-Druck-Massage durchführen. Alles andere wäre Zeitverschwendung.

Noah trat das Beifahrerfenster ein, öffnete die Tür und beugte sich sofort über seinen Vater, während er dessen Hemd aufknöpfte. Dann rief er über das Autotelefon den Notarzt an. Die Sekunden krochen quälend langsam dahin, während er auf die Verbindung wartete.

»Nein!«, sagte da Simon schwach. Noah schrak zusammen.

»Alles ist okay. Ich bin bei dir. Und der Notarzt ist gleich da.«

»Nein!«, wiederholte Simon. Diesmal lauter und verzweifelt. Er fuchtelte kraftlos mit den Armen.

»Er hilft dir«, sagte Noah und versuchte, seinen Vater zu beruhigen. »Du wirst wieder gesund.«

»Graciela ...«

»Was?« Noah beugte sich dicht über seinen Vater, damit er ihn verstehen konnte. »Sag's noch mal.«

»Graciela ... nein ... nein ...«

»Du darfst nicht sprechen«, sagte Noah. »Entspann dich.«

»Fort ... endlich ... fort ...«

»Hör nur!« Das Heulen der Sirene wurde immer lauter. »Gleich ist der Rettungswagen da.«

»... ihr Fehler ... sie hat alles ruiniert ...«

Ein Schauder lief Noah über den Rücken. »Was hat sie ruiniert? Worüber redest du, Dad?«

Simons Augen schlossen sich. Sein Atem stand still.

»Komm schon, komm«, flüsterte Noah. »Komm, verdammt noch mal.« Wo, zum Teufel, blieb der Notarzt? Sein Vater starb ihm unter den Händen weg und er konnte ihm nicht helfen.

»Verdammt noch mal, Dad!«

Verzweifelt begann Noah mit der Herz-Druck-Massage. Aber es war zu spät. Es war schon an dem Tag zu spät gewesen, als Noah geboren wurde.

»Es tut mir wirklich Leid, Noah«, sagte Pete Winthrop, der Sohn des Polizeichefs. »Der Notarzt hat gesagt, dass du alles Menschenmögliche getan hast.«

Noah war erschöpft. Ausgelaugt. Er konnte nicht weinen, nicht trauern. Das Gewicht alles Unausgesprochenen war zu groß. Er wünschte, Gracie wäre bei ihm. Er brauchte sie mehr als je zuvor. Er wollte ihr Gesicht sehen, sie berühren, sich vergewissern, dass sie ihre gemeinsam geträumte Zukunft noch immer verwirklichen konnten.

»Noah.«

Er schrak zusammen. »Entschuldige«, murmelte er und zwang sich, in die Realität zurückzukehren. »Was hast du gesagt?«

»Du willst sicher deine Mutter benachrichtigen, ehe sie es von anderen Leuten erfährt.«

»Ach, du lieber Himmel.« Am liebsten hätte er geweint. Simon war der Mittelpunkt ihres Lebens gewesen. Alles drehte sich um ihn. Was würde sie ohne ihn tun?

»Ja, ich sage es ihr.«

Er musste mit Gracie reden. Seine Mutter mochte Gracie und Gracie achtete seine Mutter. Diese Nachricht konnte er ihr nicht alleine überbringen. Am liebsten hätte er sich in sein Auto gesetzt und wäre davongerast – nur weit weg von hier. Darin war er Meister: im Davonlaufen vor Schwierigkeiten. So etwas lernt man schnell, wenn man erst sechs Jahre alt ist und nicht mehr daheim und fern von allen geliebten Menschen leben muss.

Er musste Gracie finden. Gracie würde mit dieser Situation fertig werden. Sie würde die richtigen Worte für seine Mutter finden.

»Noah«, unterbrach Pete Winthrop seine Gedanken. »Kannst du fahren?«

»Ja. Mir geht's gut«, antwortete er und nickte.

Pete trat näher. »Du siehst nicht besonders gut aus.«

Noah schob ihn beiseite und ging zu seinem Auto. Er musste hier weg. Er musste Gracie finden. Zuerst zu ihr fahren. Er kam zu spät. Schon vor Stunden hätten sie sich treffen sollen. Gracie dachte logisch, vernünftig. Sie war sicher nach Hause gefahren und wartete entweder auf seinen Anruf oder auf ihn. Er musste zu ihr. Das alles würde wieder einen Sinn bekommen, wenn er sie endlich sah, sie in den Armen hielt.

Kurz darauf bog er in die Auffahrt ihres Hauses ein. Ihr Auto war nirgendwo zu sehen, aber das hatte nichts zu bedeuten. Vielleicht hatte sie sich von Gabe's Cab Service hinfahren lassen oder ihren Wagen auf dem Parkplatz mit einer Nachricht unter dem Scheibenwischer geparkt. Vielleicht würde alles wieder Sinn machen, wenn er nur weiter nach ihr suchte.

Sein Herz schlug so schnell und kräftig, dass es wehtat. Du lieber Himmel, was war da los? Er hämmerte gegen die Tür. Keine Antwort. Er drückte die Klinke hinunter. Das Haus war unverschlossen. Er ging hinein.

»Gracie?«, rief Noah im Weitergehen. »Mr. Taylor?« Seine Schritte hallten unnatürlich laut wider. Die Räume waren sauber und aufgeräumt. Nirgends ein Lebenszeichen, nicht einmal Sam, die Katze, war da.

Noah ging in die kleine Küche. Alles war blitzblank. Noah sah, dass die hellen Fussbodenfliesen noch vom Wischen feucht waren. Auf dem Küchentisch entdeckte er zwei Briefumschläge. Der eine war an ihn adressiert.

Er öffnete den Umschlag und entfaltete den Brief. Das Blatt war mit Gracies ordentlicher Handschrift bedeckt – ein sehr formelles Schreiben ... es tue ihr Leid ... sie liebe ihn, aber ... die Uni ... die Zukunft ... es tue ihr wirklich sehr Leid ...

Lange stand er wie versteinert da. Und dann, als die Welt um ihn herum wieder Gestalt annahm, ging er aus dem Haus, verließ Idle Point, ließ Maine hinter sich, die Welt, in der er bisher gelebt hatte und die er kannte, lief vor dem erträumten Leben und der geliebten Frau davon und den Lügen, die sie ihm erzählt hatte. Und es sollten acht lange Jahre vergehen, ehe er wieder zurückschaute.

10. Kapitel

New York City, acht Jahre später

Während der vergangenen Woche hatte Gracie mehr als einmal gedacht, dass sie absolut verrückt sein müsse, auch nur in Erwägung zu ziehen, zur Hochzeit ihres Vaters nach Idle Point zurückzukehren. Normalerweise ging sie nie zu Bens Hochzeiten – er hatte so oft geheiratet und nicht eine Ehe hatte gehalten –, aber dieses Mal heiratete ihr Vater eine ihrer ehemaligen Mitschülerinnen. Das war ungewöhnlich.

Hätte Ben sie nicht an jenem Tag angerufen, als die Leitung der Tierklinik sie vom Dienst suspendiert hatte – wahrscheinlich hätte sie den Neuvermählten nur Blumen und eine Glückwunschkarte geschickt.

Aber das Telefon hatte gerade in dem Augenblick geläutet, als sie voll bepackt und mit einer alten Katze namens Pyewacket im Arm die Tür zu ihrem Apartment aufschloss.

»Graciela«, hörte sie Ben in seinem flachen Maine-Dialekt sagen, als sie abhob, »hier spricht dein Vater.«

»Hallo, Dad«, hatte sie geantwortet und die aufkommende Rührung unterdrückt, denn nur Ben nannte sie Graciela. Und er war ihr Vater, nicht Simon Chase –

auch wenn eine DNA-Analyse das Gegenteil bestätigen sollte.

Seit jenem schrecklichen Tag, an dem Grandma Del beerdigt worden war, hatten sie beide viel durchgemacht. Ben hatte nie etwas von Simons Besuch bei Gracie erfahren. In dem Brief an Ben hatte Gracie nur geschrieben, dass sie ihr Studium eine Woche früher als geplant aufgenommen habe.

Als Gracie Monate später erfuhr, dass Simon am selben Nachmittag nicht weit von ihrem Haus entfernt einen Herzinfarkt erlitten habe und gestorben sei, war sie schockiert. Traurig war sie nicht. Sie bedauerte nur, ihm nie die vielen Fragen stellen zu können, die sie seitdem quälten.

Noch ein paar Stunden zuvor hatte ihr und Noahs Leben ganz anders ausgesehen. Und wenn das stimmte, was Simon ihr erzählt hatte – sie hatte keinen Grund, daran zu zweifeln –, wäre ihr Leben mit Noah von Anfang an zum Scheitern verurteilt gewesen.

An diesen Gedanken klammerte sich Gracie seitdem täglich.

Ganz allmählich hatte sie zu ihrem Vater über die Jahre eine neue Beziehung aufgebaut, angefangen mit Grußkarten, dann gelegentlichen Telefonaten sonntags, wenn die Gebühren niedrig waren. Zu ihrer Überraschung fing sie an, sich auf diese Anrufe zu freuen. Ben war der einzige Mensch, der von ihrer Familie übrig geblieben war und er war ihr wichtig. Vor drei Jahren hatte er sie in Manhattan besucht; die beiden hatten sich zusammen alle Sehenswürdigkeiten angesehen und als sie sich voneinander verabschiedeten, hatte Gracie Tränen in den Augen gehabt.

Sie hatte sich deshalb Vorwürfe gemacht und ermahnt, allein auf sich zu bauen – aber sie musste auch anerkennen, dass Ben sich geändert hatte. Seit sieben Jahren ging er wieder regelmäßig zu den Treffen der Anonymen Alkoholiker. Einmal hatte sich Ben bei ihr für alle seine Verfehlungen am Telefon entschuldigt und Besserung gelobt.

Am liebsten hätte sie ihm geantwortet: Ich kenne die ganze Geschichte und weiß von der Affäre meiner Mutter mit Simon Chase. Ich weiß, was sie dir angetan hat ... was die beiden dir angetan haben. Und ich weiß, dass ich nicht deine leibliche Tochter bin.

Trotz Gracies wachsendem Verständnis für Bens Verhalten wussten beide, dass er die Jahre der Vernachlässigung seiner Tochter nie ungeschehen machen konnte. Aber sie hätte ihm gern zu verstehen gegeben, dass sie viel mehr begriffen hatte als er auch nur ahnte.

Es ist seltsam, welche Wendung die Dinge machmal nahmen. Simon Chase hatte an jenem Nachmittag ihre Zukunft mit Noah zerstört, aber seine Enthüllungen hatten sie in die Lage versetzt, ihren Vater auf nie gekannte Weise zu verstehen. Simon hatte sie gelehrt, Mitgefühl mit ihrem Vater zu haben. Und sie verstand vieles in ihrem Leben, was ihr vorher verschlossen gewesen war – dass Ben sie immer auf Distanz gehalten und kaum über ihre Mutter gesprochen hatte. Und den tiefen Hass zwischen ihm und Simon. Die Bitterkeit und Verzweiflung ihres Vaters.

Manchmal fragte sich Gracie, ob Ben die Wahrheit kannte oder nur ahnte. Sie konnte sich nicht durchringen, ihm diese Frage zu stellen. Ihre Mutter war schon lange tot. Simon und Grandma Del waren ebenfalls gestorben. Doch ihr Vater – und daran würden Simons Worte nie etwas ändern – war endlich auf dem richtigen Weg und machte etwas aus seinem Leben. Was wäre gewonnen, wenn sie ihn wieder in einen Abgrund stürzte? Lass die Vergangenheit ruhen, sagte sich Gracie.

Und mit den Jahren war sie im Begraben der Vergangenheit perfekt geworden.

An jenem Abend erzählte er ihr, dass die Baumblüte vorbei sei und Gracie entgegnete, in New York sei es kalt und regnerisch. Dass sie von ihrer Arbeit suspendiert worden war, verschwieg sie, das ging Ben nichts an. Dann bat er sie um Grandma Dels Makkaroni-Rezept. Nachdem sie es ihm auswendig diktiert hatte, kam Ben zur Sache.

»Ich heirate wieder, Graciela.«

»Meinen Glückwunsch«, sagte sie und sah ihren Stapel Post auf dem Tischchen im Flur dabei durch. Pyewacket hatte sich inzwischen selbstständig gemacht und beschnupperte argwöhnisch die Tür des Wandschranks. Eigentlich war Gracie solche Ankündigungen gewohnt, aber sie wunderte sich trotzdem. Schließlich hatte ihr Vater während der letzten neun Jahre allein gelebt.

»Kenne ich die Glückliche?«

»Ja. Darnells und Rachels Tochter Laquita.«

Eine Ausgabe von *Cat Fancy* fiel zu Boden. »Laquita *Adams*?«, fragte Gracie mit schriller Stimme.

»Bingo!«, antwortete Ben.

Sie nahm den Hörer vom Ohr und starrte ihn fassungslos an. »Doch nicht die Laquita, mit der ich zur Schule gegangen bin?«

Das stille kleine Mädchen, das unten am Fluss wohnte. Das stille große Mädchen, das jedes Motel zwischen Idle Point und Boston kannte.

»Genau die«, sagte Ben in das Schweigen seiner Tochter hinein. »Wir lassen uns in der alten Kirche am Hafen trauen. In vierzehn Tagen, von gestern an gerechnet.«

Gracies Schweigen wurde noch undurchdringlicher. Sie wollte etwas sagen, der Schock hatte sie aber vollständig gelähmt.

Ihr Vater räusperte sich, es klang, als würden Steine über eine Straße geschleift. »Ich möchte gern, dass du dabei bist.«

Sie lehnte sich gegen die Wand. Sie litt unter Sauerstoffmangel, ihr wurde schwindelig. »Würdest du das bitte noch einmal sagen, Dad?«

»Zur Hochzeit«, antwortete er – und sie wusste, wie schwer ihm das fiel. »Kommst du?«

Er wisse, dass sie einen guten Job in New York habe und mehr Veranwortung als die Hälfte aller Männer in Idle Point trage, aber Laquita und er wären glücklich, wenn sie für ein paar Tage käme und auch länger, wenn sie das wünsche. Es würde ihnen beiden viel bedeuten, sie dabei zu haben.

Als Nächstes konnte sich Gracie nur noch erinnern, zu allem ja gesagt zu haben.

In der Sekunde, als sie auflegte, bereute sie ihre Zusage schon. Seit sie Noah verlassen hatte, war sie nie wieder nach Idle Point zurückgekehrt. Und eine Rückkehr, beziehungsweise ein Besuch, würde nur schmerzliche Erinnerungen wecken.

»Ich muss verrückt sein«, sagte sie zu Pyewacket, als sie Sams alten Katzenkorb aus dem Wandschrank holte und nach passenden Futter- und Trinkschälchen suchte. Schon lange hatte sie sich nach einer Katze in der Wohnung gesehnt. Einer Katze konnte man alles in der Gewissheit anvertrauen, dass sie nichts weitererzählte.

»Ich will nicht nach Hause fahren«, sprach Gracie weiter. »Wir können uns ja mal in Boston treffen, dann wünsche ich den beiden alles Gute.«

Diese Verbindung kam ihr so sonderbar vor, dass sie nicht einmal darüber nachdenken wollte. Sie wusste, dass Laquita ebenfalls zu den Treffen der Anonymen Alkoholiker ging und dass sich die beiden in ihrem Bemühen nüchtern zu bleiben, gegenseitig unterstützten. Doch sie hätte nicht im Traum daran gedacht, dass Ben eine ihrer früheren Klassenkameradinnen heiraten könnte. Wie redet man seine neue Stiefmutter an, die einem früher die Buntstifte gemopst hat?

Doch Ben hatte am Telefon zuversichtlich und glücklich geklungen, deshalb hoffte Gracie inständig, dass die Verbindung dieses Mal von Dauer wäre. Er ging bereits auf die Siebzig zu und hatte nicht mehr viel Zeit, ein glückliches Zuhause zu schaffen, nach dem er sich seit dem Tod ihrer Mutter gesehnt hatte. Schön wäre es gewesen, es hätte schon früher geklappt, dachte Gracie, denn merkwürdigerweise tun oft die kleinen Dinge am meisten weh.

So hatte sie Weihnachten und Sylvester immer gearbeitet, damit ihre Kollegen die Feiertage mit ihren Familien verbringen konnten. Zu Thanksgiving Day war sie aus Mitleid eingeladen worden und ihre Geburtstage feierte sie allein. Die Jahre vergingen immer schneller, ohne dass sie ihrem Wunsch, eine Familie zu gründen, auch nur einen Schritt näher gekommen war.

Sie fütterte Pyewacket, richtete ein provisorisches Katzenklo her und ging zu Bett. Morgen früh würde sie ihren Vater anrufen und die Einladung zur Hochzeit absagen.

Als sie erwachte, schien die Sonne und Pye saß schnurrend auf ihrer Brust. Da verschob sie den Anruf auf den nächsten Tag. Und auf den nächsten. Und den übernächsten. So geschah es, dass Gracie eine Woche später ihre Wohnung ihrer Mitarbeiterin Tina zeigte, weil sie sich nun doch zur Reise nach Idle Point entschlossen hatte.

»Der Wasserhahn im Bad ist kaputt«, sagte Gracie, als sie über den Flur zum Wohnzimmer ging. »Du musst ihn ganz fest zudrehen, sonst riskierst du eine Überschwemmung.«

Tina war ein Blondine mit Löwenmähne und einem ebenso großem Selbstbewusstsein. »Hab's kapiert, ganz fest zudreh'n. Roger.«

Gracie sah ihre ehemalige Assistentin an. »Das habe ich dir schon mal erklärt, oder?«

»Schon dreimal«, sagte Tina und klappte ihr Notizbuch zu. »Nicht, dass ich mir das aufschreibe oder so.«

»Habe ich dir gesagt, wie das Radio im Schlafzimmer funktioniert? Du musst es nur ...«

»... eine halbe Stunde früher stellen«, antwortete Tina grinsend und presste ihr in grünes Leder gebundenes Notizbuch liebevoll an ihren mächtigen Busen. »Ich glaube, das steht auf Seite sechsundsiebzig in *Taylors Handbuch für Apartment-Sitter*.« Sie machte eine kleine Pause und fügte dann hinzu: »Band eins.«

»Ach, wie komisch«, entgegnete Gracie, musste aber grinsen. »Ich will doch nur sicher gehen, dass ich nichts vergessen habe.«

»Vertrau mir«, sagte Tina, »du hast nichts vergessen. Ich bin über deine Badezimmerabflussrohre besser informiert als über meinen Blutdruck, Cholesterinspiegel und meine Östrogene.«

»Das Haus ist alt und der Besitzer ist noch älter. Er hasst es, wenn man untervermietet, selbst für kurze Zeit. Deshalb musst du die Macken kennen, sonst fliegen wir beide hier raus.«

»Bitte«, flehte die junge Frau, »mehr kriege ich nicht in meinen armen Kopf. Das ist das schönste Apartment, das mir jemals untergekommen ist, auch wenn der Wasserhahn spinnt. Ich werde hier so glücklich sein, dass du mich wahrscheinlich nie wieder los wirst.«

Gracie machte den Mund auf und wollte etwas sagen, doch Tina kam ihr zuvor.

»Fahr jetzt endlich. Nimm deine Katze, steig in dein Auto und fahr los. Du fährst zum Thanksgiving Day nach Hause, mein Mädchen. Du solltest dich freuen.«

Gracie öffnete das Fenster und schaute zum Himmel empor. »Es sieht nach Regen aus«, sagte sie und schloss das Fenster wieder. »Vielleicht sollte ich bis morgen warten.«

»Das hast du gestern schon gesagt.«

»Ich fahre nicht gern im Regen.«

»Im Wetterbericht wurde Sonne vorhergesagt. Du wirst jeden Geschwindigkeitsrekord nach Maine brechen.«

»Du redest, als wolltest du mich loswerden.«

»Das tue ich«, bestätigte Tina. »Denn ich habe Greg heute Abend zum Dinner eingeladen und nicht geplant, für drei zu decken. Du verstehst schon, was ich meine.«

»Etwa der Greg mit dem hinreißenden Charme ...«

»Genau der. Ist das nicht die einzige Art und Weise, meine erste Nacht ohne eine Zimmergenossin zu feiern?«, schwärmte Tina und warf einen sehnsüchtigen Blick in Richtung Schlafzimmer.

Tina und Greg, nackt in ihrem Bett. So etwas hatte Gracies altes Himmelbett noch nicht erlebt. Ihre einzigen männlichen Besucher waren bisher nur Ben und Jerry, die Lieferanten vom Supermarkt, und jetzt Pyewacket gewesen.

»Jetzt hab ich's kapiert«, sagte Gracie. »Ich hole die Katze und verschwinde.«

»Das ist Musik in meinen Ohren«, entgegnete Tina. »Denn ich möchte ein Schaumbad nehmen und eine Pediküre machen. Und wenn du sofort gehst, reicht es auch noch für eine Gesichtsmaske.«

»Pye!«, rief Gracie und schnalzte mit der Zunge. Sie wartete und rief dann wieder.

»Deine Wohnung ist doch nicht so groß«, meinte Tina, »und Pyebucket ...«

»Pyewacket.«

»Wie auch immer ... ist ja nicht gerade schlank.«

»Pye ist nicht dick«, entgegnete Gracie pikiert. »Er hat starke Knochen.«

»Ja«, sagte Tina. »Und ich habe echtes blondes Haar.«

Tina suchte ein Zimmer nach dem anderen nach dem Kater ab und hielt Gracie einen Vortrag über die Gefahren von Dosenfutter und die Vorzüge einer kargen, natürlichen Ernährung.

»Kein Wunder, dass dir alle deine Katzen weggelaufen sind«, sagte Gracie, als sie Pyes buschigen Schwanz unter dem Wohnzimmersofa entdeckte. »Sie waren alle am Verhungern.«

»Du solltest es doch besser wissen«, entgegnete Tina vorwurfsvoll. »Schließlich bist du die Tierärztin. Ich bin nur eine Helferin.«

»Eine arbeitslose Tierärztin«, sagte Gracie. »Seit acht Tagen, elf Stunden und dreiunddreißig Minuten.«

»Mach dir doch darüber keine Sorgen«, sagte Tina. »Du bist nur suspendiert. In drei Monaten ist das alles vergessen.«

»Darauf würde ich nicht wetten, Tina. Ich stecke in Schwierigkeiten. Und es sieht nicht so aus, als wären die Probleme bald vom Tisch.«

»Sie haben doch gesagt, dass sie dich für drei Monate suspendieren und die Sache damit erledigt ist.« Tina gab sich alle Mühe, zuversichtlich zu klingen, obwohl beide wussten, dass die Lage viel ernster war.

»Sie sagten, dass sie es sich nach den drei Monaten noch einmal überlegen würden. Das ist ein großer Unterschied ...«

»Seit wann bist du denn so pessimistisch?«, fragte Tina. »Wie können sie dich feuern, weil du das Leben eines Tiers gerettet hast? Das ist doch deine Aufgabe als Ärztin.«

Gracie kroch inzwischen auf dem Boden zum Sofa und spähte darunter. »Du weißt doch, wie das läuft, Tina. Wenn der Besitzer sein altes oder krankes Tier einschläfern lassen will, müssen wir das tun. Wir können versuchen, ihn durch ein Gespräch davon abzubringen, aber wir dürfen nicht eigenmächtig handeln.«

»Das ist unfair.«

»Wem sagst du das.«

Als Pyewackets Besitzer ihn zum Einschläfern in die Tierklinik gebracht hatten, hatte Gracie das Ehepaar zu überzeugen versucht, dass ihr Kater trotz seines Alters noch ein paar glückliche Jahre gesunden Lebens vor sich habe. Sie hatte geglaubt, dass die Leute froh über ihre Diagnose wären, und war entsetzt gewesen, als sie auf der Tötung ihres »geliebten« Haustiers bestanden hatten.

Nach einem Streit mit dem Leiter der Klinik hatte sie zur Spritze gegriffen und sich eingeredet, auch das gehöre zu ihrer Arbeit. Sie sprach mit dem Kater, kraulte ihn hinterm Ohr und als sie ihm die tödliche Injektion verabreichen wollte, hatte sie an ihre gute alte Sam gedacht und dass sie alles getan hätte, um ihr Leben zu verlängern. Da wusste sie, dass sie das nicht tun konnte. Sie hatte die Spritze weggelegt, die Katze genommen und war gegangen – und seitdem suspendiert.

Das Seltsamste an der Geschichte war, dass ihr die Arbeit in dieser Klinik überhaupt nicht fehlte, obwohl sie einen hohen Posten in der renommiertesten privaten Tierklinik der Ostküste innehatte. Sie verdiente viel Geld, die Arbeitszeiten waren angenehm, doch jetzt, als sie nicht mehr da war, stellte sie fest, dass sie auf all das verzichten konnte.

Nachdem sie mit Pyewacket im Arm aus der Tür marschiert war, hatte sie sich zum ersten Mal seit langer Zeit wieder so wie in Idle Point gefühlt, als sie noch für Dr. Jim arbeitete. Er behandelte alle Tiere, die ihm gebracht wurden, und er hatte sie gelehrt, zuallererst an das Wohl des Tiers zu denken. Alles andere müsse hinter dieser Forderung zurückstehen. Finanzielle Interessen spielten kaum eine Rolle, geschweige denn eine Profitmaximierung, wie dies vom East Side Tierhospital vertreten wurde. Gracie fragte sich, was Dr. Jim wohl von der Frau hielt, die sie geworden war.

Aber darüber konnte sie nachdenken, wenn sie erst einmal Pyewacket in seinem Reisekorb verstaut hatte. Er entwischte ihr noch ein paar Mal, ehe sie ihn einfangen konnte und unter jämmerlichem Geschrei in den Korb sperrte.

Die beiden Frauen sahen sich an, dann brach Tina in Tränen aus. »Ohne dich in der Klinik wird alles anders sein«, sagte sie und umarmte Gracie. »Du warst der einzige wirkliche Mensch dort.«

Gracie musste wider Willen lachen. »Ich bin Tierärztin, Tina. Soll das ein Kompliment sein?«

»Du weißt schon, was ich damit meine«, sagte Tina und wischte sich die Tränen ab. »Ach, zum Teufel!«, fügte sie hinzu und umarmte Gracie noch einmal ganz fest. »Ich werde dich vermissen.«

»Und ich wäre glücklich, wenn ich hier bleiben und mit dir und Greg zu Abend essen könnte.«

»So sehr werde ich dich nun auch wieder nicht vermissen«, entgegnete Tina und warf Gracie einen schrägen Blick zu.

Gracie nahm den Katzenkorb, ihre riesige Ledertasche und ihre Autoschlüssel. Dann betete sie noch einmal ihre Instruktionen für das Apartment herunter. Dann endlich verabschiedete sie sich.

»Gute Reise«, rief ihr Tina von der Tür hinterher. »Bis in zwei Wochen dann.«

»Vielleicht sehen wir uns schon eher«, entgegnete Gracie. »Kommt drauf an, wie ich mich mit Dad verstehe.«

Aber Tina hatte schon die Tür hinter sich zugemacht. Gracie hörte, wie die Schlösser einschnappten.

»Okay, Pye«, sagte sie, als sie zum Lift ging. »Sieht ganz so aus, als gäbe es keine Umkehr mehr.«

Pyewacket war weise und schwieg.

»Wir werden Sie sehr vermissen, Dr. Taylor«, sagte Jim, der Portier, als er ihr half, Pye und das restliche Gepäck in ihrem Jeep zu verstauen. »Ohne Sie wird's nicht mehr dasselbe hier sein.«

»Ich bin nur ein paar Wochen weg«, sagte Gracie. »Sie werden nicht einmal merken, dass ich nicht da bin.«

»Es gibt nichts Schöneres als heimzukehren«, sagte Jim und hielt ihr die Wagentür beim Einsteigen auf. »Ich stamme aus Rockport. Essen Sie eine Portion Hummer für mich, okay?«

Gracie versprach es ihm und Sekunden später fuhr sie nach Norden – heimwärts.

Idle Point

Die weißhaarige Lady in dem grauen Schneiderkostüm sah Noah streng an und sagte: »Tut mir Leid, Noah, aber sie beißt.«

Noah hatte sich gerade gewundert, dass die mehr als zwanzig Jahre an seiner ehemaligen Vorschullehrerin spurlos vorübergegangen zu sein schienen – denn sie sah noch genauso aus wie er sie in Erinnerung hatte. Jetzt beugte er sich auf seinem Stuhl vor und sagte: »Würde es Ihnen etwas ausmachen, das zu wiederholen.«

»Ich sagte, deine Tochter beißt. Ihretwegen hatten wir allein diese Woche zwei Beschwerden. Sie ist ein Störfaktor in der Klasse.«

»Sophie tritt manchmal, aber sie beißt nicht, Mrs. Cavanaugh.« Das wusste Noah aus eigener Erfahrung. Während des Flugs hatte sie ihn vors linke Schienbein getreten; der blaue Fleck begann erst langsam zu verblassen.

»Auf das Treten wollte ich nachher zu sprechen kommen, wenn wir den ersten Punkt diskutiert haben«, entgegnete Mrs. Cavanaugh mit noch finsterer Miene. »Denn das Beißen ist noch gravierender.«

»Sie hat gewisse Anpassungsschwierigkeiten«, gab Noah zu und bewunderte seine Kunst der Untertreibung.

»Die unterschiedlichen Kulturen, das alles. In ein paar Wochen wird sich das ...«

»Ein Kind, das beißt, können wir nicht tolerieren«, unterbrach ihn Mrs. Cavanaugh entschieden. »Die anderen Kinder haben ein Recht auf körperliche Unversehrtheit und einen Schulbesuch ohne die Angst, verletzt zu werden.«

»Übertreiben Sie da nicht etwas?«, fragte er und spürte Zorn in sich aufsteigen. »Sie ist doch erst fünf.«

»Die Verhaltensmuster der Kindheit sind prägend für die Verhaltensmuster Erwachsener«, zitierte Mrs. Cavanaugh.

»Was soll ich denn nur machen?«, fragte er, am Ende mit seinem Latein. »Sie vielleicht in den Keller sperren, bis sie einundzwanzig ist? Die Kleine hat im letzten halben Jahr viel durchgemacht. Sie braucht nur etwas Zeit, um sich hier einzugewöhnen.«

Noah wusste, wie sich seine Tochter fühlte. Seit er aus dem Ausland zurückgekehrt war, um die *Gazette* zu verkaufen, hatte er sich wie ein Fisch auf dem Trockenen gefühlt.

»Ich versuche, nicht allzu streng zu sein, Noah. Aber ich bin nicht nur für Sophie, sondern auch für die anderen Kinder verantwortlich. Je eher wir das Problem in den Griff bekommen, umso eher können wir Sophie in die Klasse integrieren.«

»Darf sie nun nicht mehr kommen?«, fragte Noah geradeheraus, weil er auf den Kern der Sache kommen wollte.

»Nein«, sagte Mrs. Cavanaugh nach langem Zögern, »aber nur zwei Tage lang nicht. Doch du musst Verständnis dafür haben, dass ich gezwungen bin, härtere Maßnahmen zu ergreifen, sollte sie einer Mitschülerin oder einem Mitschüler auch nur die Zähne zeigen.«

Was für Maßnahmen wollte sie denn ergreifen?, fragte sich Noah. Wie sollte man mit einem kleinen Mädchen umgehen, das durch den Spruch eines Richters auf einmal seine Mutter, sein Zuhause und sein Heimatland verloren hatte?

»Gut«, sagte Noah, schob seinen Stuhl zurück und stand auf. »Vielen Dank, dass Sie sich so viel Zeit für mich genommen haben.«

Mrs. Cavanaugh stand ebenfalls auf, wenn auch etwas mühsam. »Es tut mir Leid, dass es deiner Mutter nicht gut geht«, sagte sie und streckte ihm ihre knotige Hand hin. »Ich dachte, sie würde sich schneller erholen. Bitte, grüß sie von mir.«

Noah gab ihr die Hand und ging.

Sophie saß im Flur vor der Tür und wartete auf ihren Vater. Sie war klein und zierlich wie ihre Mutter, hatte ein herzförmiges Gesicht und ein winziges, spitzes Kinn. Doch damit hörte die Ähnlichkeit auch schon auf. Denn Catherine war eine dunkle Schönheit von lasziver Trägheit, deren Bewegungen die fließende Anmut einer Raubkatze besaßen, während Sophie hellblond war – wie ihr Vater als Kind – und sich mit präziser Hektik bewegte, gleich einem auf seine Beute zustoßenden Raubvogel. Man hörte sie schon von weitem kommen. Sie wehrte sich gegen den Schlaf und gab sich ihm nur hin, wenn sie völlig erschöpft war. Auch hierin glich sie ihrem Vater. Noah hatte den Schlaf immer als Zeitverschwendung betrachtet. Nur mit Gracie in seinen Armen hatte er ihn geliebt und …

Er schaltete geistig ab. Inzwischen konnte er solche Gedanken schon im Keim ersticken. Darin hatte er sich schließlich jahrelang geübt.

»Können wir jetzt gehen, Papa?«, fragte seine kleine Tochter und sah ihn mit ihren großen blauen Augen an – Augen, die eines Tages eine große Gefahr für die Männerwelt sein würden. Seine Sophie sollte andere Kinder beißen? Unmöglich.

»Ja«, sagte er, »wir können jetzt gehen.«

Sie streckte ihm ihre kleine Hand hin und sein Herz machte einen Sprung. Das alles war so neu für ihn, das alles hatte er so lange abgelehnt, dass er kaum noch wusste, was es war. Liebe, dachte er. Solche Gefühle hat man, wenn man liebt.

Und genauso war es mit Gracie gewesen.

Hier, in Idle Point, musste er einfach an sie denken, denn sie war überall: in Dr. Jims Praxis. Sie saß auf der Mole am Hafen und ließ ihre schlanken Füße ins Wasser baumeln. Sie stand neben dem Leuchtturm, in der Nähe der Schule, in der Küche im Haus seiner Mutter, er sah sie an jeder verdammten Stelle in diesem Ort.

Noah hatte gewusst, dass es so sein würde. Auch aus diesem Grund hatte er Idle Point all die Jahre gemieden. Wie hätte er vergessen können, wenn er an jeder Straßenecke an sein verlorenes Glück erinnert wurde?

Wenigstens litt er nicht mehr unter diesem dumpfen Zorn, der ihm sein ganzes Leben vergällt hatte. Wann sich diese Wut in Bitterkeit verwandelt hatte, wusste er nicht mehr, auch nicht, wann die Bitterkeit zu einer Art latenter Trauer geworden war, mit der er leben konnte.

Doch er war froh, diesen Prozess durchgemacht zu haben, ehe Sophie in sein Leben kam, denn von Kindererziehung verstand er so gut wie gar nichts. Er wusste nur, dass Sophie viel Liebe brauchte und ein Gefühl der Sicherheit. Jemanden, auf den sie sich verlassen konnte. Denn das hatte sie in ihrem bisherigen Leben kaum gekannt. Also war es an ihm, ihr das Gegenteil zu beweisen.

Mit Sophie an der Hand machte er sich an jenem Novembernachmittag auf den Weg nach Hause. Trotz des bedeckten Himmels leuchtete das Herbstlaub in prächtigen Farben. Schon immer hatte er jemanden fragen wollen, warum das so ist. Vielleicht wegen des besonderen Lichts. Er sollte sich um eine Antwort kümmern, denn im nächsten Jahr würde ihn Sophie mit ihren langbewimperten blauen Augen anschauen und ihm eben diese Fragen stellen. Väter müssen so etwas doch wissen, oder? Sie beantworten Fragen, bezahlen Rechnungen und fangen Schrecken erregende Spinnen.

Manchmal dachte Noah über seinen Vater nach und versuchte herauszufinden, welche Fehler Simon gemacht hatte. Aber seine Erinnerungen bestanden fast nur aus Heldenverehrung, Einsamkeit und Zorn. Deshalb wusste er nicht, wo die Wahrheit endete und wo seine Fantasie ins Spiel kam. Sein Vater liebte ihn. Sein Vater war ihm gegenüber gleichgültig. Sein Vater kontrollierte ihn. Sein Vater hätte nicht einmal gemerkt, wenn er plötzlich verschwunden wäre. Sein Vater war stolz auf ihn. Sein Vater hielt ihn für einen Versager. Das alles stimmte und stimmte nicht. Und Noah wusste nicht, wie er die Stücke dieses Puzzles zu einem Bild zusammenfügen konnte.

»Dein Vater hat das Bestmögliche getan«, war alles, was seine Mutter zu diesem Thema sagte. »Du darfst nie an seiner Liebe zweifeln, Noah.«

Aber genau das tat er. Jetzt, da er selbst ein Kind hatte, wusste er, was Liebe war. Allein durch Sophies Existenz hatte er das Gefühl, seine Brust sei zu klein für die Größe seines Herzens. War auch er im Alter von fünf Jahren derart klein und verletzlich gewesen? Bei dem Gedanken, ein solches Wesen allein zu lassen, wurde ihm schwindelig. Wie hatte sein Vater ihn damals nur ins Internat schicken können?

Ehe Sophie in sein Leben getreten war, hatte er ohne Ziele gelebt. Sie aber hatte ihn in Raum und Zeit verankert. Denn der Verlust von Gracie war ebenso schmerzlich gewesen, als hätte er einen wesentlichen Teil seines Selbst verloren. Ohne sie war sein Traum von Paris bedeutungslos, diese Stadt zu einer x-beliebigen geworden.

Seitdem hatte er auf ein Zeichen gewartet, irgendetwas, das ihn aufrüttelte und ihm den rechten Weg wies. Dass sich dieses Zeichen in Gestalt eines kleinen Mädchens manifestieren würde, hätte er sich niemals träumen lassen.

Die letzten acht Jahre war er durch Europa gebummelt und hatte trotz seines gebrochenen Herzens sein Studium in London abgeschlossen, dann einen Job als Werbetexter für einen internationalen Zeitungsverlag gefunden. Wie man eine Zeitung bis zum Redaktionsschluss konzipiert, hatte er bereits während seiner Volontärzeit über viele Sommer in der *Gazette* gelernt. Er schrieb gut und schnell und wurde für seine Artikel anständig bezahlt. Wenn ihm manchmal der Gedanke kam, er könne mehr aus seinem Talent machen, schob er ihn schnell wieder beiseite, denn er hatte die Erfahrung gemacht, sehr gut leben zu können, ohne den Dingen immer auf den Grund zu gehen. In dieser Hinsicht hatte Gracie nicht Recht behalten.

Letztendlich hatten dann Sophie und die *Gazette* ihn bewogen, wieder nach Idle Point zurückzukehren. Ruth ging es in letzter Zeit gesundheitlich nicht mehr so gut und sie wollte die Leitung der Zeitung ihrem Sohn übergeben.

Zur großen Überraschung aller hatte sie nach Simons Tod die *Gazette* weitergeführt, anstatt sie zu verkaufen, denn sie hatte erkannt, dass ein Verkauf des Blattes an eines der großen Verlagshäuser den Verlust vieler Arbeitsplätze bedeutet hätte. Klug und umsichtig, wenn auch in letzter Zeit finanziell wenig erfolgreich, hatte sie seitdem die Geschicke der Zeitung gelenkt und sich die unerschütterliche Loyalität ihrer Angestellten – leider zur wachsenden Verzweiflung ihrer Buchhalter – erworben.

Das alles wusste Noah. Seit er vor einem Monat in seine Heimatstadt zurückgekehrt war, hatte er Bilanz gezogen. Die *Gazette* machte täglich Verluste; und wenn er nicht bald verkaufte, würde nichts mehr zum Verkaufen übrig sein.

Er war auch heimgekehrt, damit seine Mutter ihre Enkelin kennen lernte und Sophie endlich in einer familiären Umgebung aufwuchs, was ihr bisher fremd geblieben war. Und wenn er ehrlich zu sich selbst war, lebte er jetzt hier, weil sein Herz trotz aller Reisen und Erlebnisse noch immer leer war.

Er wollte, dass seine Tochter über dieselben Straßen ging, über die er als Kind gegangen war. Er wollte das Gesicht seiner Mutter sehen, wenn sie entdeckte, dass Sophie seine Augen hatte, die auch Ruths Augen waren, die sie wiederum von ihren Vorfahren geerbt hatte.

Und schließlich wollte er, dass die *Gazette* – verdammt noch mal – im Familienbesitz blieb. Noch vor einem Jahr hätte ihm das alles nichts bedeutet – jetzt aber bedeutete es ihm alles.

11. Kapitel

Gracie empfand es wie eine Ironie des Schicksals, als ihr kurz vor Ebs ehemaliger Tankstelle das Benzin ausging. Eb war vor ein paar Jahren gestorben. Während eines Ausflugs auf das Meer, wo er Wale beobachtet hatte. Ihr gefiel die Tatsache, dass er mitten im Leben, während er noch voller Freude und Neugier gewesen war, hatte gehen müssen.

Auf dem großen roten Schild stand jetzt Gas-2-Go und auf einem kleineren darunter, dass es hier auch Getränke, Zigaretten, Zeitungen und Zeitschriften zu kaufen gebe. Neben dem Parkplatz befand sich jetzt eine automatische Waschanlage und das schäbige Motel hinter Ebs Tankstelle war prächtig renoviert worden.

Und das war noch nicht alles. Gracie war bereits der nagelneue Apartmentblock am Hafen mit den Booten vor der Haustür – alle am Privat-Pier verankert – aufgefallen. Wahrscheinlich waren das nicht die einzigen neuen Eigentumswohnungen, die in der Stadt gebaut worden waren.

Idle Point platzte vor Wohlstand aus allen Nähten und sie kam sich in ihrem Jeep mit dem New Yorker Kennzeichen und ihrem New Yorker Aussehen fast wie eine Fremde vor. Sofort fragte sie sich, ob wohl auch Noah dasselbe empfunden hatte, jedes Mal, wenn er zu den Sommerferien heimgekommen war.

Sie streckte die Hand aus und kraulte Pyes Kopf durch die Stäbe seines Tragekorbs. Der Kater öffnete nur ein grünes Auge, gähnte und ließ sich wieder in seinen Traum gleiten.

Du glückliche Katze, dachte sie, als sie aus ihrem Auto stieg und sich streckte. Wenigstens brechen dir deine Träume nicht das Herz. Das Schlimmste, was ihm passieren konnte, war Thunfisch zum Abendessen statt Makrele.

Von der achtstündigen Fahrt ohne Unterbrechung waren ihre Glieder steif. Eine klügere Frau hätte wohl eine Pause gemacht und etwas gegessen. Aber vielleicht wäre eine klügere Frau gar nicht erst hierher gefahren.

Wo sie auch hinschaute, wurden Erinnerungen in ihr wach. Sie sah den alten Eb vor sich, mit Tränen in den Augen, als er ihr alles Gute zum Abschied wünschte. Grandma Del mit ihren Freundinnen beim Kirchen-Bazar in Fireman's Park, auf der gegenüberliegenden Straßenseite. Und Noah in seinem schicken roten Sportwagen, wie er über die Main Street raste.

Noah.

Verdammt noch mal! Sie hatte sich geschworen, keine Erinnerungen zuzulassen. Als sie jetzt aber hier in der Meeresbrise stand und das Salz auf ihren Lippen schmeckte, war es unmöglich, die Vergangenheit zu verdrängen. Wenigstens würde sie während ihres Aufenthalts hier Noah nicht begegnen. Er war noch irgendwo in Europa, wie sie gehört hatte, und lebte das Leben, von dem er geträumt hatte. Ein Leben, das Gracie nie gefallen hätte, wenn sie ehrlich war. Sie hätte ihn nur begleitet, weil sie ihn liebte, aber sie hätte ständig Heimweh gehabt. Sie hatte immer in Idle Point leben und sich hier niederlassen wollen – als zweitbeste Tierärztin nach Dr. Jim.

Warum drehst du nicht um und kehrst nach New York

zurück?, fragte eine innere Stimme, als sie zu dem Mann schlenderte, der vor der Zapfsäule stand. Noch hat dich niemand erkannt. Du bist hier eine Fremde. Tank voll und verschwinde. Lauf um dein Leben.

Der dunkelhaarige Mann mit der beginnenden Stirnglatze sah ihr entgegen. Erstaunen machte sich auf seinem Gesicht breit. Er kam Gracie bekannt vor. Sie blieb stehen und musterte ihn.

»Don?«, fragte sie dann. »Bist du das, Don Hasty?«

»Gracie! Der Teufel soll mich holen! Gracie Taylor, bist du jetzt endlich heimgekommen?«

»Du machst dir zu viele Sorgen«, sagte Laquita zu Ben. Er marschierte ruhelos in dem kleinen Wohnzimmer des Hauses am Hafen auf und ab. »Es gibt überhaupt keine Probleme«, fügte sie hinzu und tätschelte seinen Arm. »Das verspreche ich dir.«

Eigentlich glaubte Ben das auch, aber ganz überzeugt war er nicht. »Es ist so lange her, seit Gracie zum letzten Mal hier war. Und es hat sich viel verändert.«

»Die größte Veränderung bin wohl ich«, entgegnete sie lächelnd. »Und dass wir heiraten, hast du ihr bereits erzählt, Ben. Der Rest ist nebensächlich.«

Ben setzte sich auf die Sofalehne. Laquita hatte es letztes Jahr aufpolstern und neu beziehen lassen – in einem Stoff aus cremefarbenen, zartgelben und hellgrünen Streifen. An die Farbe des alten Bezugs konnte sich Ben gar nicht mehr erinnern – vielleicht hatte er wie Kaffeesatz ausgesehen. Hätte ihm jemand vor zehn Jahren gesagt, er würde einmal in einer so hübschen Umgebung leben, hätte er ihn für verrückt erklärt. Auf schönes Wohnen hatte er nie Wert gelegt – Alkoholikern ist so etwas egal, für sie zählt nur die nächste Flasche Schnaps.

Alkoholiker kümmern sich auch nicht um ihre Kinder. Sie kommen nie zu Familienfesten wie Geburtstagen,

Kommunions- oder Abiturfeiern. Sie merken nicht, dass ihre Kinder größer werden – dass zum Beispiel aus einem Baby eine junge Frau mit großen, traurigen Augen geworden war. Und sie merkten auch nicht, dass diese junge Frau nie mehr nach Hause kam. Nicht, wenn sie tranken. Ben hätte immer noch getrunken, wäre Laquita nicht gewesen. Er hätte noch immer in seine Hosen gepinkelt und in seinem Erbrochenen geschlafen und sich gefragt, warum seine Tochter ihn nicht so liebte, wie andere Töchter ihre Väter liebten.

»Ich hab gesehen, was du mit Mas Cottage gemacht hast«, sagte Ben. »Es sieht prima aus.«

»Besser als prima«, entgegnete Laquita lächelnd. »Es sieht verdammt gut aus.«

»Ich glaube, dass es Gracie dort bequem haben und sie sich wohl fühlen wird.«

Ben hatte das kleine Häuschen vom Dach bis zum Keller gesäubert und dann hatte Laquita mit Farben, Tapeten und Stoffen ein kleines Wunder vollbracht, bis das Cottage wie ein Schmuckkästchen aussah.

»Ich glaube, sie wird es lieben. Wir alle brauchen unsere Freiräume, vor allem, bis wir uns an ein Familienleben gewöhnt haben.«

Laquita griff nach ihrem Mantel, der an einem Haken neben der Tür hing, und zog ihn an. »Weiß sie, dass Grandma Dels altes Cottage ihr gehört?«

»Ja. Aber das hat sie nie interessiert«, antwortete Ben und nickte.

»Das kann ich irgendwie verstehen«, sagte Laquita, ging zu ihm und gab ihm einen Kuss. »Als sie hier lebte, war sie ja nicht besonders glücklich.«

Ben zuckte innerlich zusammen. Am liebsten hätte er Laquita korrigiert, aber das würde sie nicht zulassen. Absolute Ehrlichkeit war ein Teil des Behandlungsprozesses, damit er sein Leben wieder voll in den Griff bekam. Laquita stellte sich furchtlos ihren Dämonen, also durfte auch Ben nicht mit der Wimper zucken, wenn er den seinen gegenüberstand. Doch das war eine der vielen Eigenschaften, die er an ihr liebte.

»Ich muss jetzt leider gehen«, sagte sie, und er begleitete sie zur Haustür, »weil Tammy krank geworden ist und ich ihren Nachtdienst übernehmen muss. Aber da ich ja bald Urlaub habe ...«

»Graciela versteht das. Schließlich bist du Krankenschwester und musst arbeiten, wenn du gebraucht wirst.«

»Grüß sie von mir, Ben. Ich habe ihr einen Zettel geschrieben, aber ...«

Er küsste sie. »Mach dir keine Sorgen. Fahr vorsichtig. Diese nassen Blätter sind ...«

»... glatt wie Eis. Ich bin hier aufgewachsen, falls du das nicht mehr weißt«, entgegnete Laquita freundlich, aber bestimmt und erinnerte ihn daran, dass sie eine erwachsene Frau war.

Er stand in der Haustür und sah ihr zu, wie sie langsam rückwärts die Auffahrt hinunterfuhr, zweimal hupte und dann auf der Straße verschwand. Er blieb stehen, bis er die Rücklichter ihres Autos nicht mehr sehen konnte. Dann ging er ins Haus, brühte sich eine Tasse Kaffee auf und wartete auf seine Tochter.

Laquita lächelte noch immer, als sie in die Sheltered Rock Road einbog. Erst dann entspannte sie sich.

Es war also geschehen. Sie hatte Ben angelogen, obwohl sie sich geschworen hatte, gerade das niemals zu tun. Aufrichtigkeit innerhalb einer Beziehung war lebenswichtig. Aber wie sollte sie dem Mann, den sie in ein paar Tagen heiraten würde, klar machen, dass sie lieber über glühende Kohlen gegangen wäre, als seiner Tochter zu begegnen?

Sie lief davon. Schamlos hatte sie am Tag von Gracies

Rückkehr – ihrem freien Tag – den Dienst mit einer Kollegin getauscht. Hätte das nicht geklappt, sie wusste nicht, was sie in ihrer Verzweiflung getan hätte.

Denn Gracie war das einzige Mädchen in der Schule gewesesn, das Laquita eingeschüchtert hatte. Gracie war groß, schlank, hübsch, klug, ehrgeizig und fest entschlossen, trotz aller Widerstände das sich gesetzte Ziel im Leben zu erreichen. Neben Gracie war sich Laquita immer wie eine dicke, fette Schnecke vorgekommen, wie ein Faulpelz. Und sie hatte Gracie unendlich beneidet, weil sie ein Einzelkind war, ihr eigenes Zimmer hatte und Platz für sich allein.

Nur ein einziges Mal hatte sie sich Gracie fast ebenbürtig gefühlt. An einem frühen Morgen, als sie sich zufällig auf einem Motel-Parkplatz außerhalb der Stadt begegneten. Du bist also doch ein Mensch, dachte Laquita damals, als sie sah, wie rot Gracie vor Verlegenheit wurde, als sie Noahs Hand umklammerte. Aber Noah war auch der begehrenswerteste junge Mann in der Stadt – reich, charmant, gut aussehend. Ein ungleiches Paar, aber für Laquitas Verständnis eine zwangsläufige Verbindung. Wenn auch nicht von Dauer.

Vor Ben hatte Laquita nur flüchtige Abenteuer gehabt. Männer, denen sie in Bars begegnet war, Begegnungen, die in Motelzimmern und auf Rücksitzen von Autos stattfanden. Manchmal hatte Sex eine Rolle gespielt, aber meistens suchte sie in den Armen älterer Männer oder bei einer Flasche Wodka nur Trost und Sicherheit.

Kurz nachdem sie und Ben schon zusammengezogen waren, war Laquita zu einem Psychiater gegangen; ein Versuch, eine Erklärung für ihr Verhalten zu finden. Der Arzt meinte, sie sei auf der Suche nach einem Vater.

»Ich habe einen Vater«, hatte sie gesagt. Darnell war ein liebevoller Mann und Vater – allen seinen elf Kindern.

»Aber Sie müssen ihn mit zehn Geschwistern teilen«, hatte der Arzt betont. »Ihre anderen Männer mussten Sie nicht teilen.«

Natürlich hatte sie auch diese Männer teilen müssen – mit deren Frauen oder anderen Geliebten. Erst von Ben Taylor erfuhr sie eine absolute Liebe, mit einer Ausschließlichkeit, die sie ihm voll und ganz zurückgab. Ihre Gefühle für Ben waren neu und ganz anders als sie jemals Männern gegenüber gehabt hatte. Sie fühlte sich nicht nur von ihm sexuell angezogen und bei ihm geborgen, sondern hatte den Wunsch, absolut alles im Leben mit ihm zu teilen – das Gute und das Schlechte. Ben kannte ihre dunkelsten Geheimnisse, so wie sie die seinen kannte. Die beiden hatten gegen ihre Dämonen gekämpft und gesiegt.

Laquita wollte, dass Gracie das alles wusste. Denn durch Bens Trunksucht hatten die beiden nie eine normale Beziehung entwickeln können. Als Vater hatte er versagt – trotzdem war aus Gracie etwas geworden, ein Verdienst, das allein ihr gebührte. Aber Ben hatte sich geändert, veränderte sich noch immer, und Laquita wünschte sich sehnlichst, dass Gracie diese Veränderung wahrnahm und anerkannte, ehe es zu spät war.

Die Zeit verging so schnell. Und jedes Mal, wenn sie Ben ansah, fragte sie sich, wie viel ihr davon mit ihm noch übrig blieb und sie wusste, es würde nicht annähernd genug sein.

Ihre Familie neckte Laquita und nannte sie »eine alte gute Seele«, was stimmte. Schon immer war sie ein für ihr Alter reifer Mensch gewesen, die das Ende von irgendetwas sah, wo andere nur den Anfang sahen. Teilweise aus diesem Grund hatte sie sich in der Gesellschaft von Männern ihres Alters auch nie richtig wohl gefühlt. Denn sie begriffen nicht, wie kostbar Zeit war und wie schnell sie verging.

Doch Ben verstand diese Dinge. Aus diesem Grund und noch vielen anderen liebte sie ihn.

Aber sie sorgte sich auch um ihn. Ben war so glücklich, weil Gracie nun zur Hochzeit kam; er setzte so viel Hoffnung in die Zukunft, dass sie drei nun zu einer richtigen Familie zusammenwachsen würden, dass es Laquita Angst machte. Sie hatte ihm gesagt, er dürfe keine Wunder erwarten, vielleicht könne Gracie nicht mehr geben, als sie bereits gegeben habe.

Doch insgeheim betete Laquita dafür, dass dieses Wunder geschehen möge.

Am Anfang ihrer Beziehung hatten alle Leute gemunkelt, dass sie nicht von Dauer sein würde. Aber die Leute hatten sich geirrt. Auch das war ein Wunder gewesen. Und jetzt wünschte sie sich nur noch, Ben seine Tochter zurückgeben zu können – ein weiteres Wunder.

»Kann ich Ihnen noch irgendetwas bringen, Mrs. Chase?«, fragte Rachel Adams und wischte ein Stäubchen von dem blitzblanken Fenster in der Bibliothek des Hauses auf dem Hügel. »Noch eine Kanne Tee oder eine Scheibe Kürbisbrot?«

Ruth Chase schüttelte lächelnd den Kopf. »Nein, danke, Rachel. In bin rundum zufrieden und brauche bis zum Dinner nichts.«

»Essen Noah und Sophie mit Ihnen zu Abend?«

Ruths Lächeln wurde noch breiter und Rachel erwiderte ihr Lächeln. Ihr neues Leben als Großmutter gefiel ihr mit jedem Tag mehr. »Sophie isst so gern Ihren griechischen Salat. Wenn wir noch Feta im Haus haben, könnten Sie vielleicht ...«

»Schon geschehen«, sagte Rachel. »Es ist so schön, wenn das Kind wieder lächelt, nach all dem, was es durchgemacht hat.«

»Sehen Sie mal da drüben«, sagte Rachel und deutete

auf einen Stapel Bücher neben der Tür. »Ich habe für Storm ein paar schöne Bücher über die Renaissance herausgesucht. Sie kann sie so lange wie nötig behalten.«

Rachel bedankte sich und sagte: »Sobald sie aus der Schule zurückgekommen ist, schicke ich sie zu Ihnen.«

»Es eilt nicht«, entgegnete Ruth. »Die Bücher laufen nicht weg.«

Storm war Rachels und Darnells elftes und letztes Kind, eine wunderschöne Vierzehnjährige mit umwerfendem Charme. Ruth freute sich, dass dieses Mädchen in ihrem Haus lebte. Eigentlich genoss sie die Anwesenheit des gesamten großen Adams-Clans unter ihrem Dach, das ständige Kommen und Gehen der Brüder, Schwestern, Nichten, Neffen und anderen angeheirateten Verwandten.

Nachdem vor drei Jahren eine verheerende Überschwemmung die Häuser am Fluss über Nacht weggespült und den gesamten Besitz der Anwohner vernichtet hatte, war Ruth der Rettungsengel der Familie geworden. Darnell und zwei seiner Kinder waren schwer verletzt worden, als er sie gerettet hatte. Doch glücklicherweise waren alle mit dem Leben davongekommen. Andere waren in der Flutwelle ertrunken.

Natürlich hatte die Stadt sofort geholfen. Aber es gab nirgendwo genug Platz, um eine so große Familie wie die Adams' zu beherbergen. Als Ruth von der Misere hörte, hatte sie sofort ihr Haus angeboten.

»Was soll ich allein in diesem riesigen Haus?«, hatte Ruth geantwortet, als Darnell ihr Angebot nicht akzeptieren wollte. »Dann habe ich endlich Gesellschaft und diese vielen Räume stehen nicht mehr leer.«

Schließlich hatten Rachel und Darnell unter der Bedingung zugestimmt, alle anfälligen Arbeiten im und um das Haus herum zu erledigen. Dieses als Provisorium gedachte Konzept klappte jedoch so gut, dass es zur großen Zufriedenheit aller Beteiligten zum Dauerzustand wurde.

Hätte jemand Ruth vor zwanzig Jahren gesagt, dass eines Tages eine Hippie-Familie vom Fluss in ihr Haus einziehen würde, hätte sie schallend gelacht. Und hätte ihr jemand gesagt, ihr Sohn würde mit einer süßen, kleinen Tochter aus Europa zurückkehren, wäre sie höchst erstaunt gewesen. Doch Ruth hatte gelernt, die Überraschungen des Lebens schätzen zu lernen, sonst war es langweilig.

Dazu gehörte auch die Tatsache, dass Rachels Älteste, Laquita, Ben Taylor heiratete. Zwar konnte Ruth in ihrem Alter kaum noch etwas erschüttern, aber allein der Altersunterschied zwischen den beiden gab ihr zu denken. Sah man einmal von den Gerüchten ab, von denen Ben wie Laquita zeitlebens umgeben gewesen waren, so schienen sich die beiden gut zu verstehen und zu ergänzen. Gemeinsam hatten sie wohl mehr Chancen, mit den Schwierigkeiten des Lebens fertig zu werden.

Von Rachel wusste sie, dass Ben seine Tochter zur Hochzeit eingeladen habe. Vor langer Zeit hatte Ruth Gracie und Noah unten, beim Leuchtturm, einmal gesehen. Dieser Anblick war ihr sehr zu Herzen gegangen – berührte sie noch heute schmerzlich. Denn die beiden hatten natürlich nie eine Chance gehabt – dafür hätte Simon schon gesorgt –, aber schon damals ahnte sie wohl die Stärke dieser Liebe.

Ruth war jetzt seit etwas mehr als acht Jahren Witwe und hatte in dieser Zeit viel über sich erfahren. Der anfangs schier unerträgliche Schmerz über Simons Tod war über die Jahre schwächer geworden, bis er zu einem Teil ihrer selbst wurde, wie ihr Herzschlag oder ihre Atmung. Dass man mit einem Schmerz leben konnte, war neu für sie. Und dass man sogar etwas Neues schaffen konnte, eine Überraschung.

Das Gefühl, etwas bedauern zu müssen, war völlig anders. Ruth bedauerte vieles, sie bereute auch vieles – und diese beiden Gefühle wurzelten zutiefst in ihr.

Das erste Jahr ohne Simon war sehr schwer gewesen. An einem Tag hatte sie Mann und Sohn verloren und sich um alles alleine kümmern müssen. Bis dahin hatte Simon die unangenehmen Dinge des Lebens von ihr fern gehalten. Er bezahlte die Rechnungen, kümmerte sich um die Versicherungen oder eventuelle Reparaturen am Haus, schrieb Artikel für die *Gazette* und hielt sie am Leben, obwohl die Abonnements immer weniger wurden.

Als sie kurz nach Simons Beerdigung mit Ed Hinkemeyer über die finanzielle Situation der Zeitung gesprochen hatte, war seine Antwort gewesen: »Verkaufen Sie das Blatt, Ruth.«

Er hatte ihr das letzte Angebot eines Bostoner Zeitungskonzerns gezeigt und hinzugefügt: »Wenn Sie meinen Rat wissen wollen, verkaufen Sie so schnell wie möglich. Ein besseres Angebot kriegen Sie nie.«

Fast hätte sie auf Ed gehört. Die *Gazette* war bei den Lesern längst nicht mehr so beliebt wie früher; der Ruf, den sie genoss, als Simon den Pulitzer-Preis gewonnen hatte, war verblasst. Sie war zu einer x-beliebigen Boulevard-Zeitung verkommen, wie es zahllose in den Kleinstädten Neuenglands gab. Sie also zu verkaufen, schien vernünftig. Und genau das wollte Ruth tun – bis zu jenem Tag, als sie in die Redaktion ging, um mit den Angestellten zu reden. In diesem Augenblick wurden aus nüchternen Zahlen Gesichter, Menschen mit Schicksalen und Ruth wusste, dass sie keine Wahl hatte, außer die *Gazette* weiter am Leben zu erhalten.

Dieser Entschluss brachte sie Simon näher, so als würde sie die Fehler eines ganzen Lebens wieder gutmachen können. Im Fehlermachen waren sie beide sehr gut gewesen. Und Ruth war froh, dass Simon gestorben war, ehe er von den ihren erfahren hatte.

Im Frühjahr hatte sie sich bei einem Sturz die Hüfte gebrochen und musste seitdem etwas kürzer treten. Doch ihren Pflichten kam sie immer noch nach. Sie ließ Noah in dem Glauben, es gehe ihr schlechter als sie sich fühlte, rechtfertigte diese Notlüge aber mit den gegebenen Umständen. Denn dieses Mal wollte sie alles richtig machen. Unheil hatte sie bereits genug angerichtet.

Sie hatte ihren Sohn gefragt, ob er während seines Aufenthalts in Idle Point einen Teil ihrer Aufgaben übernehmen könne und Noah hatte zugestimmt. Denn er brauchte jetzt für sich und seine Tochter einen Ort, an dem er sich wohl fühlte und das konnte genausogut seine Heimat sein. Es würde ihm gut tun, morgens Sophie zur Schule zu bringen, dann in die Redaktion zu gehen und seine Tochter am Nachmittag wieder abzuholen und ihr zu zeigen, wo er in den Weihnachtsferien Schlitten gefahren war. Das Familienleben würde ihnen allen wieder gut tun.

»Setz dich, Graciela«, sagte Ben, nachdem seine Tochter ihren Mantel ausgezogen und einen argwöhnischen Pyewacket aus seinem Reisekorb gelassen hatte. »Ich mache dir eine Tasse Kaffee.«

»Lass mich das tun. Ich kann ...«

»Setz dich«, wiederholte er und deutete auf das schöne cremefarbene Sofa vor dem Fenster. »Du hast acht Stunden hinterm Steuer gesessen und bist müde.«

Gracie hatte den Eindruck, in einer anderen Welt gelandet zu sein. Sonst fand sie keine Erklärung für die Veränderungen. Wäre der Boden im Flur nicht immer noch so uneben und die Zimmerdecke schief gewesen, hätte sie glauben können, dass ihr Vater das alte Haus abgerissen und ein neues gebaut hätte. Alles hier strahlte eine heitere Ruhe aus. Weiße Wände, helle Vorhänge, das beigefarbene Sofa mit den freundlichen Akzenten. Tische aus gebleichter Eiche. Der Fußboden war abgezogen und frisch lasiert worden. Das Häuschen strahlte Glück und Zufriedenheit aus, wie ihr Vater. Seine Brille lag auf dem Couchtisch neben einem aufgeschlagenen Roman. Sie hatte ihren Vater noch nie lesen sehen. Nur Gracie hatte immer ihre Nase in Bücher gesteckt und war in ihrer Vorstellung in andere Welten entflohen.

Sollte sich Gracie die Frage gestellt haben, ob Ben sich wirklich geändert habe oder nur für ein paar Tage den Anschein erwecken wollte, so hatte sie jetzt ihre Antwort bekommen. Diese heitere, ruhige Oase erzählte ihr alles, was sie wissen musste.

Sie sah sich um und suchte nach Zeichen von Laquitas Anwesenheit. Auf einem Bücherregal neben dem Fernseher entdeckte sie ein Handbuch für Krankenschwestern, einen Frauenroman, einen Lippenstift und drei Ausgaben der Zeitschrift *U.S. News and World Report*. Sie wusste, dass Laquita für all die Veränderungen in Bens Leben verantwortlich war und fragte sich, welche Veränderungen Ben in Laquitas Leben bewirkt hatte.

Er sah so glücklich aus. Wenn Laquita ihn nur halb so sehr liebte wie Ben sie, würden die beiden ein schönes Leben haben. Aber wer konnte schon ein schönes Leben garantieren?

»Laquita hat eine Suppe aus Meeresfrüchten gekocht«, sagte Ben, als er mit einem Teller Plätzchen zurückkam. »Ich bringe dir gleich eine Portion davon. Du siehst ja halb verhungert aus und kannst sicher eine gute Mahlzeit vertragen.«

»Ich habe schon immer so ausgesehen, als könnte ich eine gute Mahlzeit vertragen«, entgegnete Gracie und lachte.

»Du kommst ganz nach deiner Großmutter«, sagte Ben so liebevoll, wie sie ihn noch nie hatte reden hören. »Sie konnte essen, was sie wollte, und war immer dünn wie eine Bohnenstange.«

Bin ich wirklich die Enkelin von Grandma Del, Dad?

Kannst du mir sagen, ob ihr und dein Blut wirklich durch meine Adern fließt?, hätte Gracie am liebsten gefragt, schob den Gedanken aber beiseite. Hatte das jetzt noch eine Bedeutung? Was zählte, war doch, dass sie an diesem kalten Novemberabend hier gemütlich zusammensaßen.

Mehr zu erwarten wäre ihr wie eine Versuchung der Götter vorgekommen.

»Ich esse nicht gern allein«, sagte sie. »Du siehst auch aus, als hättest du Hunger.«

Ben schaute zur Uhr auf dem Kaminsims. »Ja. Es ist nach sechs. Dann esse ich mit dir.«

Gracie begleitete ihren Vater in die Küche, wo er sich ebenfalls einen Teller mit Suppe füllte. Sie holte eine Dose Katzenfutter aus ihrer Reisetasche und servierte es Pyewacket in einem Schälchen. Der Kater verspeiste es mit Appetit.

Zwischen ihr und ihrem Vater gab es so viel Unausgesprochenes, so viel Kummer und Leid, dass dieses gemeinsame Abendessen schon einem kleinen Wunder gleichkam.

Sie setzten sich an den alten Küchentisch, an dem Grandma Del unzählige Mahlzeiten zubereitet hatte, und Gracie sah den größten Teil ihres Lebens an sich vorüberziehen. Diesen Tisch hatte sie zum letzten Mal gesehen, als sie Noah für immer verlassen hatte. Auf diesem Tisch hatte ihr Abschiedsbrief gelegen.

Wie viele Briefe haben hier gelegen, als du heimkamst, Dad? Hat Noah meinen Brief bekommen? Hast du dich jemals gefragt, warum ich nie nach Hause gekommen bin?

Viele Nächte hatte Gracie wachgelegen und sich gefragt, ob es nicht besser gewesen wäre hierzubleiben und Ben und Simon zu zwingen, die Wahrheit zu sagen. Aber das hatte sie nie gelernt: In ihrer Familie wurden Familiengeheimnisse bewahrt.

Also sagte sie sich, es habe keinen Zweck, nach den Sternen zu greifen. Trotzdem wünschte sie sich endlich Antworten auf alle ihre Fragen, die sie nie zu stellen wagen würde.

»... und ihre Eltern arbeiten für Mrs. Chase im Haus. Die Jüngste, Storm, ist vierzehn ... kümmert sich um das Thanksgiving-Dinner ...«

Trotz größter Anstrengung fielen Gracie immer wieder die Augen zu. Das bequeme Sofa, die Wärme, ihr voller Bauch und die allgemeine Erschöpfung forderten ihren Tribut. Schon dreimal war sie eingenickt, während ihr Vater erzählte. Ein viertes Mal durfte ihr das nicht passieren.

»Du solltest zu Bett gehen«, sagte Ben und beugte sich hinunter, um Pye zu kraulen. »Du bist hundemüde, Graciela.«

Gracie wollte protestieren, vergebens.

»Nein. Jetzt ist's genug. Wir haben morgen den ganzen Tag zum Schwatzen. Außerdem ist Laquita dann da.«

Gracie konnte nur mühsam ein Gähnen unterdrücken. »Ich wollte aufbleiben, bis sie zurückkommt.«

»Sie kommt erst gegen zwei Uhr früh. Das ist viel zu spät«, sagte Ben. »So lange kannst du nicht wachbleiben.«

Gracie sah auf die Uhr. Viertel nach zehn. »Du hast Recht. Das schaffe ich nicht«, sagte sie, stand auf und unterdrückte nochmals ein Gähnen. »Es war ein schöner Abend, Dad. Er hat mir sehr gefallen.«

Auch Ben stand auf und gab ihr verlegen einen Klaps auf die Schulter. »Mir auch.«

»Schlafe ich im Nähzimmer?«

»Nein«, antwortete Ben. »Laquita hat Grandmas Cottage für dich hergerichtet. Wir dachten, dass du gern manchmal allein sein möchtest und deine Ruhe haben willst.«

»Das ist wundervoll«, sagte Gracie dankbar. »Wie nett von euch.« Zerbrochenes Porzellan wieder zu kitten, ist harte Arbeit. Ihnen allen würde etwas Distanz gut tun.

»Schließlich ist es dein Cottage.«

»Das hatte ich ganz vergessen.«

»Viele Dinge haben sich geändert, Graciela.«

»Ich weiß.« Gracie zögerte, beugte sich dann vor und küsste ihren Vater auf die Wange. »Und darüber freue ich mich.«

Ben half ihr den Jeep ausladen. Gracie trug den strampelnden Kater über den vom Regen durchweichten Hof und sperrte ihn im Vorderzimmer ein.

»Schlaf gut«, sagte Ben und tätschelte ihr wieder unbeholfen die Schulter.

»Du auch.« Gracie wandte kurz den Blick ab und fügte hinzu: »Bitte, entschuldige mich bei Laquita.«

»Kommst du zum Frühstück rüber?«

»Natürlich«, sagte sie und nickte.

Als Gracie die Tür hinter ihrem Vater abgeschlossen hatte, merkte sie, wo sie war, und lachte leise. Sie war wieder zu Hause, in Idle Point.

Morgens war es immer am schlimmsten. Sophie konnte den Morgen überhaupt nicht leiden. Wie oft Noah ihr auch sagte, nun sei es endlich Zeit aufzustehen, sie grub sich nur noch tiefer in ihr Bett ein und klammerte sich an den Schlaf, als hänge ihr Leben davon ab.

»Komm jetzt, Sophie«, sagte ihr Vater und schüttelte ihre Schulter. »Du begleitest mich heute zur Arbeit und wir dürfen nicht zu spät kommen.«

Das stimmte zwar nicht ganz, denn seiner Familie gehörte die *Gazette*, und deshalb konnte er kommen, wann er wollte.

Sophie öffnete ein Auge. »Ist heute keine Schule?«

»Du hast zwei Tage keinen Unterricht«, antwortete er,

als sie sich aufsetzte und gähnte, die kleinen Fäuste vor den Mund gepresst. »Du bist suspendiert.«

»Was ist das denn?«

»Eine Strafe«, sagte Noah, »weil du deine Klassenkameraden gebissen hast.«

Er erklärte ihr, dass Mrs. Cavanaugh noch immer sehr ärgerlich über ihr Benehmen sei; doch er wusste nicht, wie seine kleine Tochter auf diese Vorhaltungen reagieren würde.

»Kann ich dort mit einem Computer spielen?«

»Natürlich«, antwortete Noah. »Aber du kannst nicht ohne dich anzuziehen ins Büro gehen und mit einem Computer spielen.«

Das ist doch die Höhe!, schalt er sich und sah zu, wie Sophie barfuß ins Badezimmer lief, um sich die Zähne zu putzen. Eine kleine Bestechung, und es klappte. Warum hatte ihm niemand gesagt, dass man mit Logik und gesundem Menschenverstand bei Kindern nichts ausrichtete? Bestechung war der einzige Schlüssel zum Herzen eines Kindes. Na ja, diese Lektion hatte er jedenfalls gelernt.

In Wahrheit kannte Noah Sophie kaum. Jeden Tag lernte er etwas Neues über sie; etwas, das ihn entweder an sich selbst oder an Catherine erinnerte – oder an das Wenige, das er über Catherine wusste. Ihre Beziehung hatte nur ein halbes Jahr gedauert. Und sie hatten sich in aller Freundschaft getrennt, als Catherine wegen ihrer Karriere als Schauspielerin von London nach Sydney ging. Weder er noch sie hatte vorgeschlagen, sie zu begleiten.

Noah nahm ein Paar kleine Jeans aus dem Wandschrank und eine weiße Bluse mit Spitzenkragen, dazu einen rosa Pullover. Die Kleidungsstücke legte er aufs Bett.

Dann klopfte er an die Badezimmertür. »Soll ich dir helfen, Sophie?«

»Geh weg!«

Erst fünf und schon auf die Wahrung ihrer Privatsphäre bedacht. Er hatte die Badezimmertür offen gelassen, bis er zweiundzwanzig war.

»Okay, Sophie«, antwortete Noah und ging. »Ich bin in der Nähe, falls du mich brauchst.«

Er wartete. Und wartete. Und wartete noch etwas länger. Schließlich klopfte er an die Tür und wurde mit einem Wortschwall in derart ausgeprägtem Englisch überschüttet, dass er überhaupt nichts verstand.

Hatte sie ein Problem? Ein speziell weibliches? Oder war das nur ein Temperamentsausbruch?, fragte sich Noah verblüfft. Er und Sophie hatten nicht nur ein Sprachproblem, sondern auch ein Geschlechterproblem.

Das würde ein langer Tag werden.

Da er nicht mit jeder Sophie betreffenden Schwierigkeit seine Mutter um Rat fragen wollte, musste er selbst eine Lösung finden. Das gebot ihm schon sein Stolz. Schließlich war er seit sieben Jahren ein unabhängiger Mann. Außerdem hatte Ruth ihre eigenen Probleme auch ohne ihn gelöst. Dasselbe musste er jetzt für sie tun – und mit seiner Tochter allein fertig werden.

Es sei denn, Storm wäre in der Nähe.

Sophie mochte Storm.

Storm glich Laquita, als sie vierzehn gewesen war: außerordentlich selbstbeherrscht, ruhig, den Schicksalsschlägen des Lebens gegenüber fast stoisch. Storm war das genaue Gegenteil seiner Tochter Sophie, diesem Energiebündel, das dauernd unter Strom zu stehen schien.

Wenn Menschen ihr Haus und all ihr Hab und Gut durch eine Flutwelle verlieren, ist das normalerweise ein verheerendes Erlebnis – bei Storm konnte man da nicht so sicher sein.

Ruth mochte Storm sehr gern. Sie ermutigte das junge Mädchen zum Lesen und erlaubte ihr, jederzeit die Familienbibliothek zu benutzen. Noah hatte sie schon öfter abends dort in ein Buch vertieft sitzen sehen.

Deshalb ging er jetzt auf den Flur und bis zum Treppenabsatz. Als er nach unten schaute, sah er, dass Rachel in der Eingangshalle den Spiegel über dem kleinen Tisch polierte, auf dem immer die Post lag. Sie blickte auf und entdeckte ihn.

»Guten Morgen, Noah. Wenn Sie wollen, können Sie gleich frühstücken.«

»Danke, Rachel«, antwortete er. »Ist Storm da?«

»Leider nicht«, sagte Rachel und schüttelte den Kopf, sodass ihr hüftlanger Pferdeschwanz hin und her schwang. »Sie hat heute früh Probe.« Rachel grinste hoch. »Haben Sie etwa Probleme mit der Kleinen?«

»Haben Sie sie schreien hören?«

»Ja. Verstanden habe ich zwar nichts, aber kapiert, was sie sagen wollte.«

»Ich glaube, sie kommt mit ihrer Frisur nicht zurecht.«

»Na, das fängt ja früh an«, meinte Rachel und unterdrückte nur mühsam ihre Heiterkeit. Dann griff sie in ihre Schürzentasche und zog ein gekräuseltes, rundes, pinkfarbenes Band hervor. »Die Geheimwaffe.«

Noah sprang die Treppe hinunter und nahm das Band. »Hat diese Geheimwaffe vielleicht einen Namen?«

»Fragen Sie Sophie«, antwortete Rachel und putzte weiter.

Rachel hatte Recht. Sowie Sophie das Ding sah, schrie sie: »Prima!« und sprang in die Höhe, um es ihm aus der Hand zu reißen. Noah war erleichtert. Vielleicht war es noch zu früh, die Flinte ins Korn zu werfen.

Gracie wachte kurz nach sechs auf. Sie hatte gehört, wie der Zeitungsjunge das Morgenblatt vor die Haustür warf. Pyewacket schlief zusammengerollt neben ihr. Er schnurrte so laut, dass er fast das Brausen des Meerwinds übertönte.

Sie war erschöpft – noch nicht ganz da –, obwohl sie

fast acht Stunden geschlafen hatte. Sie hatte von Grandma Del geträumt, konnte sich aber nur vage an ihren Traum erinnern.

Du würdest dein Cottage nicht wieder erkennen, Grandma. Laquita hat neue Vorhänge genäht, dein Sofa und deinen Sessel neu bezogen und alle Räume frisch gestrichen. Weiße Wände und pastellfarbene Fleckerlteppiche. Sie hat mir sogar den Kühlschrank mit Milch, Butter, Eiern und Orangensaft gefüllt. Und die Zeitung abonniert. Und einen kleinen Brief geschrieben. Weißt du noch, dass du mir immer eingetrichtert hast, ich solle Dankesbriefe schreiben. Mit Laquita hättest du in dieser Hinsicht keine Probleme …

Du meine Güte! Sie setzte sich aufrecht, plötzlich hellwach. In ein paar Tagen würde Laquita Grandma Dels Schwiegertochter sein – sofern Grandma noch lebte. Und Gracies Stiefmutter, was wiederum bedeutete, dass Rachel und Darnell – die Hippies vom Fluss – die Schwiegereltern ihres Vaters würden. Und sie alle waren dann mit den übrigen Adams-Kindern verwandt und mit deren Partnern. Das alles war sehr verwirrend.

Laquitas Brief lag auf dem Nachttisch. Gracie las ihn noch einmal. Gestern Abend war sie so müde gewesen, dass die Buchstaben vor ihren Augen verschwommen waren. Der Brief war ein Willkommensgruß, herzlich, aber nicht zu herzlich; zurückhaltend, so wie Gracie Laquita in Erinnerung hatte – sah man einmal von ihrem aussschweifenden Sex-Leben ab. Denn sie hatte wohl mit der Hälfte aller Männer in der Stadt geschlafen, als sie jung war. Gracie kam sich etwas schäbig vor, solche Überlegungen anzustellen, fragte sich aber trotzdem, wie das zum Treueideal ihres Vaters passte.

»Das geht dich überhaupt nichts an!«, sagte sie schließlich laut. »Das geht dich einen feuchten Kehricht an.«

Sie stand auf und streckte sich. Dämmerlicht fiel durch die hellen Vorhänge. Gracie zog sie auf und schaute über den Hof zum Cottage ihres Vaters hinüber. Die Rollos waren noch unten und es brannte kein Licht. Neben ihrem Jeep stand ein roter Toyota, wahrscheinlich Laquitas Auto.

Häuslicher Frieden, dachte sie und wandte sich dann vom Fenster ab. Wer hätte gedacht, dass Ben ihn vor seiner Tochter finden würde?

»Der Karren steckt im Dreck«, verkündete Andy Futrello in dem Augenblick, als Noah mit Sophie die Redaktion betrat. »Und Levin hat ihn in die Scheiße gefahren.«

Noah warf einen unzweideutigen Blick auf Sophie und sah dann Andy vorwurfsvoll an. »Geht's auch weniger drastisch?«

»Entschuldigen Sie, aber normalerweise sind hier keine Kinder.«

»Ja, und jetzt sind wir schon zu zweit.« Er half Sophie aus ihrer Jacke und setzte sie an einen leeren Schreibtisch mit ihren Buntstiften und ihrem Malbuch.

»Wo hapert's?«, fragte er Andy.

»Mary Levin liegt wegen eines Herzinfarkts im Krankenhaus«, antwortete Andy. »Und sie wird wohl kaum in der Lage sein, ihre Kolumne rechtzeitig abzuliefern.«

»Wie geht es ihr?«, fragte Noah. Er kannte die Mentalität der Zeitungsmacher und wusste, dass sie Meister des Understatements waren.

»Ich weiß nicht, wie es ihr geht. Ich weiß nur, dass wir auf der Titelseite ein Riesenloch haben, das in der nächsten Dreiviertelstunde gefüllt werden muss, sonst kriegen wir Probleme.«

»Wir haben schon eine ganze Weile Probleme«, sagte Noah. »Mary Levin steigert die Auflage auch nicht besonders.«

»Aber ihr verdanken wir die meisten Anzeigenkunden, Noah. Mindestens die Hälfte. Wenn sie geht, dann gehen die auch.«

»Was schreibt sie denn für Artikel? Für welches Ressort, meine ich?«

»Diese Familien-Scheiße ...« Andy warf Sophie einen erschrockenen Blick zu. »Ich meine, diesen Familien-Kram. Eigentlich überflüssiges Geplapper um nichts. Geschichten über Haus und Garten und so.«

»Und das brachte uns das Geld der betreffenden Inserenten?«

»Ja. Und Buchhandlungen. Darin liegt unser einziges Entwicklungspotenzial. Ohne Levins Artikel und die daraus resultierenden Einkünfte wären wir schon längst tot und begraben.«

»Und diese Leute würden wegen einer einzigen Kolumne nicht mehr bei uns inserieren?«

»Wer kann das schon wisen? Aber riskieren möchte ich es auf keinen Fall. Ich habe dabei kein gutes Gefühl, Noah. Experimente können wir uns nicht leisten, dazu ist unsere Kapitaldecke zu dünn.«

»Wenn meine Mutter an das Granite News Syndicate verkauft, wäre das doch kein Problem, oder?«

»In den vergangenen Monaten ist eine Menge passiert, und Mrs. Chase – verstehen Sie mich nicht falsch, Ihre Mutter ist eine fantastische Frau und versteht ihr Geschäft –, aber seit ihrem Unfall ist sie nicht mehr so kämpferisch. Und jetzt weht ein viel schärferer Wind, das kann ich Ihnen versichern.«

Dann berichtete Futrello, dass Granite News sowieso schon kalte Füße bekäme und nur die geringste Einbuße der Auflagenhöhe den Deal platzen lassen würde.

Irgendwie gefiel dieser Gedanke Noah sogar. Denn Granite News war ein typischer Mischkonzern, mehr an der Rendite als an guter Arbeit von guten Leuten interessiert – Leuten, die das Zeitungmachen liebten. Schon mehrmals hatte er versucht, von Ruth zu erfahren, welche Entscheidung sie treffen wollte und wie hoch ihre Risikobereitschaft war. Aber jedes Mal, wenn er darauf zu sprechen kam, hatte sie das Thema gewechselt.

»Also brauchen wir dringend Storys«, sagte er zu Futrello, »solange Mary krank ist. Sie sind doch Journalist, Andy. Warum schreiben Sie nicht ein paar.«

»Ich schreibe für die Sportkolumne. Diesen Heimchen-am-Herd-Mist kann ich nicht verzapfen.«

»Es muss doch hier jemanden geben, der das übernehmen kann.«

»Die meisten von uns sind Reporter. Wir schreiben über das, was wir sehen. Ihr alter Herr, ja, der konnte schreiben! Er schrieb Artikel, die im ganzen Land Aufsehen erregten. Und Mary kann eben solche schreiben, die uns Geld einbringen.«

»Also steckt unser Karren im Dreck.«

»Ja. So sieht's aus«, entgegnete Andy. Er schwieg und sagte dann: »Sie haben doch auch geschrieben. Drüben, in Europa, oder nicht?«

»Nur ein paar Artikel«, gab Noah zu. »Aber meistens nur Werbetexte. Ein paar Gegendarstellungen habe ich an amerikanische Zeitungen verkauft und ...« Er schwieg abrupt und fügte hinzu: »Ich gehöre nicht zur Redaktion.«

»Die Redaktion *gehört* Ihnen«, entgegnete Andy laut lachend.

»Ja«, sagte Noah und musste ebenfalls lachen. »Das ist wohl so, nicht?«

»Also, warum versuchen Sie es dann nicht mal? Schließlich haben wir nichts zu verlieren.«

Noah warf einen Blick zu seiner kleinen Tochter hinüber. Sie ließ ihr Haarband um einen Buntstift wirbeln und summte leise vor sich hin. Ihm fiel ein, wie hilf- und machtlos er heute Morgen gewesen war, als Sophie nicht aus dem Badezimmer kommen wollte.

Andy hatte Recht. Sie hatten nichts zu verlieren.

Er setzte sich an den Computer und fing an zu schreiben.

In diesem Zeitungsbüro konnten sie anscheinend nur eines – schreien. Sophie hatte an einem der Computer *Go Fish* gespielt und versuchte so zu tun, als wäre es hier drin nicht so laut und unheimlich. Sie hasste Geschrei. Wenn Erwachsene schrien, passierten hinterher immer schlimme Sachen.

Seit Sophie ganz klein gewesen war, hatte sie schon mit vielen verschiedenen Menschen zusammengelebt und deshalb wusste sie, wie solche Dinge abliefen. Zuerst schrien sich die Erwachsenen gegenseitig an, dann schrien sie sie an und dann wurden ihre Koffer gepackt und sie musste in einem neuen Haus leben, wo die Leute sie eigentlich nicht haben wollten.

Sogar ihr neuer Vater schrie. Er und der dicke Mann schrien sich ins Gesicht und das machte Sophie Angst. Sie sprachen schnell dieses komische Amerikanisch. Sie konnte nicht alles verstehen, aber sie war überzeugt, dass die Männer sich ihretwegen anschrien.

»Von Kindererziehung verstehe ich nicht viel. Eigentlich weiß ich gar nicht, wie man mit kleinen Mädchen umgeht«, hatte Noah ihr an jenem Tag in London erklärt, als sie zum Gericht gingen, um die Papiere zu unterzeichnen. »Deshalb hoffe ich, dass du mir dabei hilfst.«

Er hatte sie danach ganz fest umarmt, aber sie war wie erstarrt in seinen Armen geblieben.

»Wir gehören jetzt zusammen, Sophie. Du und ich. Wir sind jetzt eine Familie.«

Er sagte, ihr neuer Name sei Sophie Chase und dass sie nun seine Tochter sei. Für immer.

Sophie glaubte ihm nicht. Wenn er sie so sehr liebte

und so glücklich war, weil sie seine Tochter war, warum schrie er dann die Leute an und hämmerte mit seinen großen Fingern auf die Tastatur des Computers? Wenn sie davonlief, würde er wahrscheinlich vierzehn Tage brauchen, ehe er merkte, dass sie nicht mehr da war.

So sehr Gracie auch suchte, sie fand keine Spuren von Grandma Del in dem Cottage. Außer den alten Kisten auf dem Speicher erinnerte nichts an sie. Das hinterließ ein Gefühl der Desorientierung in ihr, so als wäre dies gar nicht das Haus ihrer Großmutter. Sie blätterte flüchtig die *Gazette* durch, fand aber nichts Interessantes. Die meisten Namen und Gesichter waren ihr fremd, etwas, das ihr in Idle Point nie passieren könne, hatte sie einmal gedacht. Dann zog sie sich an, weil sie einen Spaziergang machen wollte. Ehe sie ihren Führerschein gemacht hatte, war sie immer zu Fuß gegangen.

Gracie fragte sich, ob Gersons Bäckerei noch existierte. Sie sehnte sich nach einem Bagel und diesem cremigen Käse oder einem Biskuit-Teilchen mit süßer Glasur. Sie könnte auch frisch gemahlenen Kaffee kaufen und ihn zum Frühstück mit Ben und Laquita trinken. Der Gedanke gefiel ihr. Schließlich war sie kein Gast, sondern gehörte zur Familie. Und als Familienmitglied trägt man zum Haushalt bei.

In Wahrheit fürchtete sie sich etwas vor der Begegnung mit Laquita nach all den Jahren. Und ein langer Spaziergang würde ihr gut tun, um ihre Gedanken zu klären.

So marschierte sie – trotz des grau verhangenen Himmels – zufrieden dahin, denn sie hatte sich warm eingepackt und trug über ihren Jeans und einem dicken schwarzen Pullover ihre alte Lieblingsjacke mit der Kapuze. Die Jacke war zu groß und altmodisch, aber das hatte Gracie nie gestört. Im Gegenteil: Sie fühlte sich darin zu Hause, und wenn sie die Kapuze überzog, sodass sie ihr Gesicht bedeckte, konnte niemand sie erkennen. Das gefiel ihr.

Die Bäckerei gab es nicht mehr. Ein Sandwich-Laden hatte sich an derselben Stelle etabliert. Auch andere Läden hatten den Besitzer gewechselt und boten andere Waren oder Dienstleistungen an. Sie schlenderte weiter bis zu Patsy's. Und neben Patsy's war die *Gazette*.

Inzwischen regnete es heftig und Gracie fror. Sie war durchnässt und brauchte einen heißen Kaffee. Beim Gedanken an Patsys köstliche Blaubeer-Muffins lief ihr das Wasser im Mund zusammen.

Ein Blaubeer-Muffin, dachte sie, und einen großen Becher Kaffee mit viel Zucker und vielleicht Rührei mit Toast. Warum denn nicht? Simon Chase ist tot und Noah in Europa. Natürlich treffe ich eine Menge Leute, die ich von früher kenne, aber die haben mir nicht das Herz gebrochen. Außerdem bin ich doch hier, um alte Freundschaften wieder aufzufrischen, oder?

Es regnete noch heftiger. Gracie ließ die Kapuze über ihren gesenkten Kopf fallen. Sie konnte nur den Bürgersteig vor ihren Füßen sehen. Sie schmeckte schon den Kaffee, heiß und süß, als ...

Das kleine Mädchen tauchte unvermutet aus dem Nichts auf. Fast hätte das Kind mit dem lockigen Pferdeschwanz sie umgerannt, als es – wie von Höllenhunden gehetzt – aus dem Eingang zur *Gazette* stürmte.

»Halt, Süße!«, rief Gracie und packte das Kind bei den schmalen Schultern. Die Kleine zitterte bereits, kein Wunder, denn sie hatte weder einen Pullover noch einen Mantel an. »Wo willst du denn hin?«

Das Kind sah sie mit dicht bewimperten blauen Augen an. Gracie hatte nur einmal im Leben solche Augen gesehen. Und solches goldblondes Haar. Es sah wie ein Engel aus. Doch dann holte der Engel aus und trat Gracie mit aller Kraft gegen das Schienbein und rannte die Straße hinunter.

»Warte, du kleines ...«

Gracie rannte ebenfalls los. Wenn dieses kleine Biest glaubte, so leicht davonzukommen, hatte es sich geirrt. Das Mädchen war schnell, aber klein. Und Gracie war schnell, aber groß. Sie fing den blonden Teufel nach ein paar Metern wieder ein.

»Wo sind deine Eltern?«, fragte Gracie, als sie mit dem nassen, strampelnden Kind im Arm zur *Gazette* marschierte. »Wie können sie dich in diesem Regen ohne Mantel rumlaufen lassen?«

Das kleine Biest versuchte sie wieder zu treten, aber Gracie hielt sich das Kind vom Leib, so wie sie einmal einen bissigen Foxterrier festgehalten hatte.

»O nein! Das wirst du schön lassen! Einmal genügt.«

»Scheiße!«, schrie das kleine Mädchen. »Warum verpisst du dich nicht?«

Gracie war so schockiert, dass sie den kleinen Teufel fast losgelassen hätte.

»Jemand sollte dir deinen Mund mit einem großen Stück Seife auswaschen.«

Jetzt war das kleine Mädchen schockiert. Es starrte Gracie mit großen Augen an. Dann sagte es kichernd: »Seife!«

»Ja, Seife. Genau das, was ein kleines Biest mit einem schmutzigen Mund nötig hat.«

»Du kannst mir gar nichts sagen.«

»Ich kann dir verbieten, mir vors Schienbein zu treten. Und ich kann dafür sorgen, dass du nicht ungestraft davonkommst.« Sie verstaute das Kind fest unter ihrem rechten Arm. »Also, zu wem gehörst du?«

Das kleine Mädchen streckte angriffslustig ihr Kinn vor und presste die Lippen zu einem schmalen Strich zusammen.

»Ach, wir schweigen?«, murmelte Gracie. »Na, denn. Ich kriege es trotzdem raus.«

Sie stieß die Tür zur Redaktion der *Gazette* auf. Da drin ging es zu wie in einem Bienenkorb voller wütender Insekten.

»Gehört jemandem hier drin dieses Kind?«, rief sie.

Niemand achtete auf Gracie. Die Leute liefen durcheinander, tippten in ihre Computer, beachteten sie nicht.

Die Kleine holte jetzt noch mal aus und trat Gracie so fest, dass sie aufschrie.

»Wenn sich nicht in der nächsten Minute jemand um dieses Kind kümmert, bringe ich es zur Polizei. Sonst bricht es mir noch beide Beine.«

Der kleine Teufel wollte sich freistrampeln, aber Gracie hielt ihn fest.

»Papa!«, schrie das Mädchen plötzlich mit einer Stimme, die einem Marktschreier alle Ehre gemacht hätte. »Hilfe!«

»Sophie?«, hörte Gracie eine Stimme aus dem Hintergrund.

Diese Stimme ... Schweiß brach auf Gracies Stirn aus. Das konnte nicht sein. Das Schicksal würde ihr nicht so einen Streich spielen. Sie hörte Schritte. Sie kannte diese Schrite, den Rhythmus, das Auftreten: rechts, fest; links, weich; rechts, fest. Den Rhythmus seiner Schritte, den Klang seiner Stimme, den Geruch seiner Haut – das alles war ein Teil der Sprache ihrer Seele.

Sie stellte das kleine Mädchen auf den Boden. Jede Faser ihres Körpers sagte ihr, befahl ihr wegzulaufen. Aber sie konnte sich nicht bewegen.

Seit acht Jahren lief sie davon und jetzt konnte sie nicht mehr laufen.

12. Kapitel

Die junge, schlanke und groß gewachsene Frau stand mitten im Büro. Sie trug eine viel zu große Jacke und ihr Gesicht war unter einer Kapuze verborgen, sodass sie wie der Geist der zukünftigen Weihnachtsfeste in Charles Dickens' Märchen *Ein Weihnachtslied* aussah. Neben ihr stand Sophie, pitschnass, wütend und unerklärlicherweise – barfuß.

»Setz dich da drüben hin!«, befahl Noah seiner Tochter und deutete auf einen Stuhl an der Wand. »Ich kümmere mich gleich um dich.«

Sophie murmelte etwas Finsteres und schrecklich Britisches, aber sie gehorchte. Trotzdem ließ sich Noah von ihrer Willfährigkeit nicht täuschen.

Dann wandte er sich an die geheimnisvolle Frau und sagte: »Vielen Dank. Das nächste Mal muss ich meiner Tochter wohl eine Glocke umhängen ...«

»Hallo, Noah.«

Er hatte es gewusst, ehe es ihm bewusst war. »Gracie?«

Mit einer eleganten Bewegung ihres Kopfes ließ sie die Kapuze auf ihre Schultern gleiten. Als er ihr Gesicht sah, existierten die vergangenen Jahre nicht mehr.

Der Teufel soll dich holen!, dachte er wütend. Ich verfluche dich, weil du mich verlassen hast.

»Ich wusste nicht, dass du wieder in Idle Point bist«, sagte Gracie so gelassen, als hätten sie sich erst gestern gesehen. »Seit wann bist du denn schon hier?«

Ach, so willst du das Spiel jetzt spielen, dachte Noah. Du tust einfach so, als hättest du mich nicht an dem Tag verlassen, an dem wir heiraten wollten. Laut sagte er: »Seit ein paar Wochen. Und du?«

»Seit gestern Abend.«

»Weißt du schon, dass Ben und Laquita heiraten wollen?«

»Deswegen bin ich ja hier.«

»Um das zu verhindern?«

»Um mit ihnen Hochzeit zu feiern.«

Er wusste nicht, wie ihr Leben in den vergangenen Jahren verlaufen war, würde es nie wissen.

»Verstehst du dich mit deinem Vater?«

Sie nickte. Und ihr Haar – dasselbe glänzende, weiche, braune Haar, das er immer in seinen Träumen sah – fiel ihr sanft über die Wangen. »Ja, aber es hat lange gedauert«, antwortete sie schließlich.

Das freute ihn. Denn er war jetzt ebenfalls Vater und wusste, wie wichtig das war. Er hätte es ihr gern gesagt, seine Wut aber hinderte ihn daran. Es hat immer nur dich gegeben, Gracie, nie eine andere Frau, dachte Noah.

Gracie warf Sophie einen scheelen Blick zu. »Sie hat mich getreten.«

»Ja, das tut sie«, bestätigte Noah nickend.

»Wer ist sie?«

»Sie ist meine Tochter und heißt Sophie«, antwortete Noah.

Gracie hatte das Gefühl, jemand hätte ihr ein Messer in die Brust gerammt. Noah wusste, was sie fühlte. Der Schmerz breitete sich bis in ihr Herz aus. Atmen und Denken schmerzten. Nichts hätte sie tiefer verletzen können als dieser lebende Beweis, dass er eine andere Frau geliebt hatte.

Sie konnte Sophie nicht fortzaubern. Dieses Kind war der einzige Triumph acht dunkler Jahre.

Noah sah Gracie eindringlich an. Seine Worte hatten ins Schwarze getroffen. Er sah den Schmerz in ihren Augen und er war froh darüber. Jetzt kennst du das Gefühl, Gracie, dachte er.

»Sie ist ein schönes Kind.«

Er nickte und sagte dann: »Sie hat Anpassungsschwierigkeiten. Mrs. Cavanaugh hat sie für zwei Tage von der Schule suspendiert.«

»Weil sie tritt?«

»Und beißt.«

»Sie spricht englisch.«

»Ihre Mutter stammt aus London.«

»Oh.« Gracie ließ ihren Blick durch das Büro schweifen. »Ist deine Frau auch hier?«

Er schüttelte den Kopf, schob die Frage beiseite. »Ich kann das nicht, Gracie.«

Ihre braunen Augen füllten sich mit Tränen – sie hatte ihre Gefühle immer schlecht verbergen können –, und einen Moment lang liebte er sie wieder so wie früher.

O, mein Gott! dachte Gracie. Bitte, lass mich nicht vor ihm in Tränen ausbrechen. Die Begegnung war schon schlimm genug, sie wollte nicht auch noch ihre Würde verlieren.

»Ich auch nicht«, sagte sie. »Pass auf dich auf, Noah.«

»Und du auf dich.«

Noch ehe Noah seine Meinung ändern und Gracie bitten konnte zu bleiben, war sie gegangen.

Gracie war den halben Block hinuntergelaufen, ehe sie feststellte, dass sie keine Luft mehr bekam. Sie rang nach Atem – zwecklos. Der Boden unter ihren Füßen schwankte. Sie lehnte sich gegen das Schaufenster von Samanthas Brautmoden und betete, sich nicht erbrechen zu müssen.

Er hatte eine Frau. Dieses kleine Mädchen war seine Tochter. Noah und seine Frau hatten dieses hübsche, übellaunige kleine Mädchen in die Welt gesetzt, das barfuß durch den Regen lief. Noah und seine Frau hatten sich umarmt und geliebt und aus ihrer Liebe war ihre Tochter entstanden.

Einen solchen Schmerz ertragen zu müssen und trotzdem weiterzuleben, hatte Gracie nicht für möglich gehalten. Der Schmerz brannte glühendheiß in ihr und hatte alle Schutzschichten durchbrochen, die sie jahrelang um sich errichtet hatte.

Noah hatte sein Leben gelebt. Er hatte die Scherben aufgesammelt und das getan, was sie ihm geraten hatte, während sie sich etwas vorgemacht hatte – jeden einzelnen Tag in den vergangenen acht Jahren.

Sophie hätte ihre gemeinsame Tochter sein können. Sie wäre es gewesen, wenn ...

Denk nicht mehr darüber nach. Du kannst nichts tun. Damals musstest du gehen ... Du hattest keine andere Wahl ... Du hattest nie eine Wahl ...

Noah war und blieb ein unerreichbarer Traum, nicht, weil er Frau und Kind hatte, sondern weil Simon Chase ihre Mutter geliebt hatte.

Noah fragte sich seit acht Jahren, was er tun würde, sähe er Gracie jemals wieder. Sie jedoch einfach davonlaufen zu lassen, hatte er nie in Betracht gezogen.

Deshalb schnappte er sich Andy. »Bitte passen Sie auf Sophie auf. Ich muss kurz mal weg.«

»Sie beißt«, sagte Andy und warf Sophie einen unfreundlichen Blick zu.

»Sie sind über fünfzig«, entgegnete Noah, »und das

Kind ist fünf. Eigentlich sollten Sie mit ihr fertig werden. Sarah aus der Buchhaltung soll Ihnen helfen.«

Der morgendliche Verkehr quälte sich langsam über die verregnete Straße. John Templeton und Myrna De-Grassi winkten Noah zu und verschwanden dann zum Kaffee und einem Schwatz bei Patsy's. Ein großer gelber Schulbus wartete an der Ecke und stieß dicke Auspuffwolken in die kalte Luft. Stan Foxworthy nahm sich eine Ausgabe der *Gazette* aus dem Zeitungskasten gegenüber. Tess Moore winkte ihm zu und schloss dann ihr Juweliergeschäft auf.

Und am Ende der Straße stand Gracie vornübergebeugt vor Samanthas Laden mit den Brautmoden. Er kannte jede Linie ihres Körpers, die anmutige Kurve ihres Rückens, ihre schlanken Arme und Beine. Er lief los. Zu ihr. Und mit jedem Schritt wuchs sein Zorn. Acht Jahre Zorn in ein paar Schritte gepackt.

»Tu das nicht, Noah!«, sagte Gracie müde und ohne ihn auch nur anzusehen. Was ihn noch zorniger machte.

»Das bist du mir schuldig.« Er erkannte seine eigene Stimme nicht wieder, diesen Unterton aus Kummer und Schmerz.

Da hob sie den Kopf und sah ihm in die Augen. »Nein«, sagte sie. »Nicht mehr.«

»Natürlich schuldest du mir das.«

»Es ist vorbei, Noah. Es ist schon seit langem vorbei.«

»Dann sag mir warum. Das ist alles, was ich wissen will. Gib mir einen einzigen vernünftigen Grund, und ich gehe.«

Er brauchte diese Antworten. Jahrelang hatte er sich gefragt, was er falsch gemacht hatte; sich gefragt, ob er sich diese Liebe nur eingebildet hatte.

»Ich habe dir einen Brief hinterlassen.«

»Dieser Brief war nichts als Scheiße«, sagte er und schlug mit der Hand gegen die Schaufensterscheibe.

Er wollte sie am Arm packen, doch sie war zu schnell und lief einfach davon. Ihre Flucht hatte nichts Zögerndes. Sie wollte so schnell sie konnte die größtmögliche Distanz zwischen ihnen schaffen.

Er lief ihr ein paar Schritte hinterher. Als er die Absurdität der Situation erkannte, blieb er abrupt stehen. Er hatte Antworten gesucht und welche bekommen. Auch wenn es nicht die gewünschten Antworten waren. So stand er da im strömenden Regen und sah ihr zu, wie sie zum zweiten Mal aus seinem Leben davonlief. Ohne ein Wort zu sagen, hatte sie seine Fragen beantwortet.

Doch dieses Mal war er nicht allein – er hatte Sophie. Sophie würde ihn davor bewahren, wieder in diesem dunklen Loch aus Einsamkeit und Zorn zu versinken. Sophie brauchte ihn ebenso sehr wie er seine kleine Tochter brauchte. Ein Kind fragt nicht danach, ob die ganze Welt eines Erwachsenen zerbricht. Ein Kind verlangt bedingungslose Liebe.

Genau in diesem Moment drehte sich Noah um. Warum, das wusste er nicht. Und er sah, dass Gracie über die Bordsteinkante stolperte, versuchte, ihr Gleichgewicht zu halten und dann auf den Bürgersteig stürzte.

Wenigstens hat er nicht gesehen, wie ich hingefallen bin, war Gracies erster Gedanke. Nicht nur, dass sie beim Anblick seines geliebten Gesichts völlig die Fassung verloren hatte und wie die Heldin in einem kitschigen Liebesfilm kopflos in den Regen hinausgerannt war, jetzt lag sie zu ihrer Beschämung auch noch hilflos auf der Straße. Aber sie hatte schon längst seine Schritte auf dem Pflaster verhallen hören und dafür war sie dankbar.

Sie kniete sich in den Matsch und wollte aufstehen. Vergebens. Ihr rechter Knöchel pochte und schwoll bereits an.

»Verdammter Mist«, murmelte sie, ließ den Kopf auf

ihre Knie sinken und ihren Tränen freien Lauf. Sie war noch nicht einmal vierundzwanzig Stunden in der Stadt und hatte sich bereits zum Narren gemacht. Was sollte sie jetzt tun, mit dem verstauchten Knöchel, ohne Auto und zwei Meilen von zu Hause entfernt? Wen konnte sie bitten, sie heimzufahren? Wenigstens war ihre zukünftige Schwiegermutter Krankenschwester ...

Der Gedanke war in diesem Moment so absurd, dass Gracie laut lachen musste. Ihr Vater heiratete eine ihrer ehemaligen Klassenkameradinnen. Der einzige Mann, den sie jemals geliebt hatte, war der Vater einer kleinen Rotzgöre, die um sich trat. Und Gracie saß mit einem verstauchten Knöchel und einem ramponierten Ego mitten auf der Straße und kapierte endlich, dass es unmöglich war, wieder nach Hause zurückzukehren, auch wenn man sich das noch so sehr wünschte.

Jemand berührte sie an der Schulter und sie schrak zusammen. »Mir geht's gut. Es ist alles in Ordnung«, sagte sie zu der Person, die sich über sie beugte. »Ich muss mich nur etwas ausruhen und ...«

»Dir geht's nicht gut«, antwortete Noah und Gracie wünschte sich einen schnellen Tod, keine Schmerzen und weitere Demütigungen mehr. »Du würdest wohl kaum mitten auf der Straße sitzen, wenn es dir gut ginge.«

»Geh und kümmere dich um deine Tochter«, giftete Gracie, unfähig, ein anderes Gefühl auszudrücken, als möglichst weit von ihm entfernt zu sein. »Mir geht es gut.«

Noah kniete sich neben Gracie, so dicht, dass sie das Shampoo, mit dem er sein Haar gewaschen hatte, riechen konnte. Er berührte ihren Knöchel und sie schrie auf. »Ist er gebrochen?«

»Fass mich nicht an«, sagte sie. »Er ist nicht gebrochen. Das passiert mir dauernd.«

»Du hast geschrien, als wäre er gebrochen.«

»Ich habe nicht geschrien.«

»Doch. Das hast du. Ich habe ihn nur berührt ...«

Gracie schrie wieder. »Macht es dir Spaß, mir wehzutun? Ich habe einen schwachen Knöchel, okay? Die Bänder sind überdehnt. Und das geht dich gar nichts an.«

Er veränderte sich. Sofort. Gracie konnte es förmlich spüren und sie wünschte, sie könnte ihre Worte zurücknehmen.

»Hör mal«, sagte sie, »du bauchst wirklich nicht ...«

»Ich habe dir nie wehgetan, Gracie. Jetzt nicht. Und damals auch nicht.«

Jetzt musste sie ihn ansehen, ob sie wollte oder nicht. Wenigstens das war sie ihm schuldig. Nur einmal hatte sie einen solch großen Kummer in den Augen eines Menschen gesehen: als sie sich selbst im Spiegel betrachtete.

»Das weiß ich«, flüsterte sie. »Entschuldige bitte.«

»Dein Knöchel schwillt an«, sagte Noah, sein Gesicht eine Maske. Er war zu einem Fremden geworden. »Du solltest ihn behandeln lassen.«

»Gebrochen ist er nicht«, entgegnete sie. »Ich muss nur das Bein hochlegen und den Knöchel mit Kompressen kühlen.«

»Du klingst wie eine Ärztin.«

»Ich bin Ärztin«, sagte sie. »Tierärztin.«

»Dann hast du's also geschafft.«

»Ja. Ich hab's geschafft«, sagte Gracie voller Stolz.

»Und wo praktizierst du?«

»In Manhattan«, antwortete sie, ohne ihre Suspendierung zu erwähnen.

»Also hast du dein Ziel erreicht.«

»Hast du nicht eine Frau und eine Tochter, um die du dich kümmern musst?«, fragte sie, weil sie nicht wollte, dass er merkte, wie seine Worte sie getroffen hatten.

»Nur eine Tochter, keine Frau«, sagte er und sah ihr weiter unverwandt in die Augen.

Keine Frau, keine Frau, dachte Gracie und musste sich klar machen, dass das keine Rolle spielte. »Aber deine Tochter ...«

»... Sophie ...«

»Sophie war völlig durchnässt. Du willst sicher nicht, dass sie sich erkältet.«

Bist du geschieden, Noah? Verwitwet? Sieht Sophie ihrer Mutter ähnlich? Liebst du ihre Mutter noch immer?

»Du bist Ärztin. Du solltest wissen, dass man durch Bakterien oder Viren eine Erkältung bekommt, nicht vom Wetter.«

»Trotzdem solltest du dich um sie kümmern.«

»Das macht Futrello. Er hat sechs Kinder und weiß, was zu tun ist.«

»Andy Futrello? Der Hafenarbeiter, der früher für das Red Six Farmteam gespielt hat?«

»Genau der. Er schreibt die Sportkolumne.«

»Dann ist er also noch Idle Point zurückgekommen.«

»Das tun wir doch alle früher oder später.«

»Ich bin nur wegen Dads Hochzeit hier.«

»Und ich bin nur hier, weil ich die *Gazette* verkaufen will.«

»Nach der Feier fahre ich sofort nach New York zurück.«

»Und ich fliege wieder mit Sophie nach London, sobald ich einen Käufer gefunden habe.«

»Nicht nach Paris?«

»Nein, nicht nach Paris«, antwortete Noah und schüttelte den Kopf.

Weißt du noch, Noah, dass wir zusammen nach Paris gehen wollten? Wir hatten so viele Pläne, so viele Träume ...

Er stand auf und streckte ihr die Hand hin. »Wo steht dein Auto? Ich fahre dich nach Hause.«

»Ich bin zu Fuß gekommen«, antwortete Gracie. »Ich konnte ja nicht wissen, dass ich mir den Knöchel verstauchen würde.« Unwirsch wedelte sie seine Hand beiseite. »Ich schaffe das allein. Geh in die Redaktion zurück. Ich bitte jemanden, mich heimzufahren.«

»Solltest du es noch nicht bemerkt haben, so mache ich dich darauf aufmerksam, dass ein Sturm aufzieht. Warum führst du dich so auf? Wir könnten eine Menge Zeit sparen, wenn du mich das einfach tun ließest.«

»Okay«, sagte Gracie einlenkend. »Fahr mich heim. Was soll's.«

Sie beide hatten nichts mehr zu verbergen. Sie waren jetzt erwachsen und jeder hatte sein eigenes Leben und Noah war sogar Vater.

Wieder streckte er ihr die Hand mit dieser vertrauten Geste hin – doch dieses Mal konnte sie nicht mehr dagegen ankämpfen: Sie löste tausend Erinnerungen in ihr aus. Sie beide zusammen am Strand, unter dem Leuchtturm ... Das alles sah Gracie und sie wusste, dass Noah dasselbe Bild vor Augen hatte. Denn sie konnte es in seinem Blick lesen, an der Linie seines Mundes, an der Wärme seiner Hand, als sie sie ergriff.

Sie versuchte zu stehen, konnte aber vor Schmerzen nicht auftreten.

»Stütz dich auf mich«, sagte Noah. Aber Gracie weigerte sich. Eine noch größere Nähe hätte noch mehr Erinnerungen hervorgerufen. Schließlich musste sie nachgeben. Noah war größer als sie gedacht hatte, kein Junge mehr, ein Mann.

Die beiden machten zwei Schritte, zwei mühsame Schritte. Da sagte Noah: »Bleib stehen. Ich versuche, dir möglichst nicht wehzutun«, und hob sie einfach auf.

Zu spät, dachte Gracie. Das kommt ein paar Jahre zu spät.

Sie machte sich steif in seinen Armen und lehnte nicht den Kopf an seine Schulter, wie sie es vor Jahren getan hätte. Trotz ihres erbärmlichen Zustands, schmutzig und durchnässt wie sie war, versuchte sie, möglichst viel von ihrer Würde zu bewahren. Ihr nasse Kapuze klatschte ihm ins Gesicht, doch Noah war das egal. Ihr Duft, die Wärme ihres Körpers, ihre Nähe, das alles wollte er genießen und in sich bewahren, ehe die Wut ihn wieder übermannte. Doch sein Körper erinnerte sich an alle die Dinge, die er so mühsam aus seinem Kopf zu verbannen getrachtet hatte. Als er Gracie so trug, war er wieder achtzehn – aber ohne diese Ungewissheit. Denn dieses Mal wusste er, dass es kein Happy End geben würde.

Als Noah an Patsy's Imbissstube vorbeiging, kamen eine Menge Leute auf die Straße gelaufen.

»Die beiden sehen aus wie in einem alten Film mit Doris Day und Rock Hudson«, verkündete Patsy unter ihrer rotweiß gestreiften Markise. »Willkommen daheim, Gracie. Wir haben uns lange nicht gesehen.«

Gracie war puterrot im Gesicht geworden und erwiderte den Gruß mit einem gequälten Lächeln.

»Kidnapping ist in Maine eine strafbare Handlung«, rief Chester Brubaker. »An deiner Stelle würde ich schnell die Staatsgrenze hinter mir lassen, sonst kriegst du Ärger.«

Noah konnte förmlich spüren, wie empört Gracie war. »Hör einfach nicht hin«, riet er ihr. »Wenn du etwas antwortest, machst du es noch schlimmer.«

»Ich habe mir den Knöchel verstaucht und kein Auto dabei«, rief Gracie und hob demonstrativ ihr rechtes Bein. »Deshalb fährt mich Noah nach Hause.«

Die Leute vor dem Coffeeshop sahen sich an und brachen dann in schallendes Gelächter aus.

Annie Lafferty, eine Kommilitonin Gracies, formte mit den Händen einen Trichter vor ihrem Mund und rief: »Wie schön, euch beide wieder zusammen zu sehen! Das ist ja wie in alten Zeiten.«

»Ich habe dir doch gesagt, du sollst die Meute nicht beachten«, meinte Noah, als sie an der *Gazette* vorbeigingen.

»Warum müssen die Leute denn solche Dinge sagen?«, klagte Gracie. »Haben sie nichts Besseres zu tun?«

Der Lincoln von Noahs Mutter stand auf dem ersten mit »Besitzer« gekennzeichneten Privatparkplatz. Er fummelte mit der Fernbedienung zum Öffnen der Tür herum und hätte Gracie fast fallen lassen. Dann gelang es ihm doch, die Beifahrertür zu entriegeln und sie auf den Sitz zu bugsieren. Schließlich setzte er sich hinters Steuer.

Während der kurzen Fahrt zu Bens Haus herrschte ein angespanntes Schweigen zwischen den beiden, denn diese Situation war vertraut und gleichsam fremd. Wie oft hatten sie schon zusammen in einem Auto gesessen? Damals hatte Noah erfahren, dass ein Mann wunschlos glücklich sein konnte.

Zum ersten Mal in ihrem Leben hatte Gracie Angst vor Noah. Der Wagen schein zu klein für die Gefühle, die in ihr tobten – hässliche Gefühle – und vor denen sie weggelaufen war, seit sie Idle Point verlassen hatte.

Sie hatte Noah zutiefst verletzt. Das konnte sie an der Art und Weise erkennen, wie er das Lenkrad umklammerte, wie er atmete und die Kiefer zusammenpresste.

Damals hatten Simon Chases Enthüllungen den Rest ihres Familiensinns zerstört und fast sie selbst. Deshalb durfte sie weder Noah noch Ben mit dieser Wahrheit belasten und deshalb war sie auch fortgelaufen. Sie hatte geglaubt, Noah die Freiheit wiederzugeben, aber sie waren nicht frei von ihren Erinnerungen. Noch immer verbanden sie vor langer Zeit geflüsterte Schwüre und Versprechen. Und nichts, weder die Jahre noch die Umstände hatten diese Tatsache verändert.

Noah fuhr zu schnell durch eine Kurve und Gracie schaute ihn an. Ihre Blicke trafen sich und als sie in seinen Augen ihre gemeinsame mögliche Zukunft las, fing sie an zu weinen.

»Ich hätte nicht zurückkommen dürfen«, sagte Gracie. »Doch ich habe nicht geahnt, dass du hier bist.«

»Wenn ich das gewusst hätte, wäre ich auch nicht gekommen«, sagte Noah. »Ich wollte dich nie wieder sehen.«

»Es tut mir Leid«, sagte sie. »Das tut mir so Leid ...«

Er ließ den Wagen am Straßenrand ausrollen und hielt.

»Noah ...«

»Halt den Mund!«

Er nahm sie in die Arme, sanft und wild zugleich. Sie hätte sich gegen ihn wehren können, aber da küsste er sie – und sie war verloren. Jahrelange Sehnsucht nach ihm, Jahre der Leere und des Verlangens überwältigten sie. Nur noch eins war von Bedeutung: sein Mund auf ihrem, der Duft seiner Haut, die Hitze seines Körpers unter ihren Händen, dieser köstliche Schmerz tief in ihrem Innern. Sie wollte nicht mehr allein sein, sie wollte nicht mehr in der Fremde leben, sie wollte nicht mehr ohne Noah sein. Denn er war ihre Heimat – mehr als Idle Point, mehr als ein Stück Strand in der Nähe des Leuchtturms, mehr als das kleine Cottage, in dem sie aufgewachsen war – und nichts würde jemals etwas daran ändern.

Noah war allein von ihrem Duft wie betrunken, von dem Berühren ihres seidigen, nassen Haars, von den kleinen Lauten, die sie ausstieß, wenn er sie berührte. Sie war immer für seine Zärtlichkeiten empfänglich gewesen und hatte Lust genommen und gegeben. Und als er sie roch und schmeckte, überwältigten ihn alle diese süßen Erinnerungen. Sie war die andere Hälfte seiner Seele. Und die Zeit hatte nichts daran geändert. O nein. Er war nicht frei von ihr, nicht einmal andeutungsweise. Sie war überall: in seinem Kopf, in seinem Herzen, in seinem Blut, wo sie von Anfang an gewesen war und wo sie immer sein würde – und er hasste sie wegen der Macht, die sie noch immer über ihn besaß.

Er küsste sie leidenschaftlicher, atmete ihren Atem ein, hielt ihr Gesicht zwischen beiden Händen, prägte sich jede Linie ein, die kurze kleine Nase, den üppigen Mund, die warmen, intelligenten, braunen Augen und dann musste er an den Brief auf dem Küchentisch denken und die darauf stehenden Worte »Lebe wohl«. Sofort war der Schmerz wieder da und der Zorn, so frisch wie vor acht Jahren.

Ein Guss eiskalten Wassers hätte nicht ernüchternder wirken können.

Noah setzte sich schwer atmend wieder hinters Lenkrad.

Gracie strich über ihre Jacke und ihr Haar. Ihre Hände zitterten.

Sie schwiegen, bis Noah Gracie vor Grandma Dels Haustür aussteigen ließ. Und dann sagten sie sich nur »Auf Wiedersehen«.

13. Kapitel

Noah ließ Gracie direkt vor Grandma Dels Cottage aussteigen. Er bot ihr an, sie ins Haus zu bringen, aber sie lehnte ab. Erst als sie ihm mit einer Handbewegung bedeutete, er könne fahren, ließ er das Auto rückwärts auf die Straße rollen. Ein Gentleman bis zum letzten Augenblick.

Wenigstens war sie weder Ben noch Laquita begegnet. Für eine oberflächliche Unterhaltung war sie zu aufgewühlt. Sie wollte nur unbemerkt in Grandma Dels Cottage verschwinden und versuchen, mit der Tatsache klarzukommen, dass der Junge, den sie früher geliebt hatte, jetzt ein Mann und Vater war.

Leider war sie nicht schnell genug, denn Laquita öffnete die Haustür von Bens Cottage und lief zu Gracie, als sie sah, dass etwas passiert war.

»Hast du dir das Knie oder den Knöchel verletzt?«, fragte Laquita und passte sich Gracies Humpeln an.

»Den Knöchel«, antwortete Gracie und verzog das Gesicht. »Ich habe ihn mir verstaucht. Manchmal bin ich richtig ungeschickt.«

»Stütz dich auf mich«, sagte Laquita. »Das Bein hochlegen, Eis auf den Knöchel und bald bist du wieder wie neu.«

»Genau das hatte ich vor.«

»So ist's gut«, entgegnete Laquita und schaute Gracie an. »Du bist doch Tierärztin. Was tust du, wenn sich ein Irish Setter den Knöchel verstaucht hat?«

»Das sage ich dir, wenn's passiert ist«, antwortete Gracie.

Laquita stieß die Tür zu Grandma Dels Cottage auf und die beiden traten ein. Pyewacket kam mit der Blasiertheit eines geborenen Gutsherren-Katers angeschlendert. »Ist das etwa Sam?«

»Nein, das ist Pyewacket. Sam ist vor fünf Jahren gestorben.«

Es gab wohl kaum ein Thema, das ein Gespräch schneller im Keim erstickte, als mit der zukünfigten Schwiegermutter über tote Haustiere zu reden.

Laquita deutete auf den Sessel. »Zieh deine nasse Jacke aus, setz dich hin und leg deinen Fuß auf den Couchtisch. Ich hole Eis.«

»Komisch«, sagte Gracie, als sie sich aus ihrer Jacke schälte, »ich kann mich nicht erinnern, dass du während unserer Schulzeit so herrisch gewesen bist.«

»Ach, wirklich?« Laquita kam mit einer großen Tüte tiefgefrorenem Gemüse zurück. »Und ich kann mich nicht erinnern, dass du je ungeschickt warst.«

Gracie lachte, obwohl sie glaubte, einen leicht gereizten Unterton in Laquitas Stimme gehört zu haben. Es konnte aber auch sein, dass ihre eigene Bemerkung so geklungen hatte.

»Es ist kein Eis im Kühlschrank«, sagte Laquita und ging vor Gracie in die Hocke. »Damit geht's wohl auch.«

Gracie zuckte zusammen, als die Tüte mit dem tiefgefrorenen Gemüse ihre Haut berührte. »Es wäre doch viel einfacher, ich würde nach draußen gehen und im Schnee spielen.«

»Vorausgesetzt wir hätten Schnee. Das Wetter ist für diese Jahreszeit unnatürlich warm. So viel ich weiß, hat es noch nie einen Thanksgiving Day ohne Schnee gegeben.« Laquita setzte sich neben Gracie aufs Sofa und Pye sprang auf ihren Schoss.

Verräter, dachte Gracie. Wetterwendischer Freund.

»Habe ich nicht eben Noahs Auto rückwärts die Zufahrt rausfahren sehen?«, fragte Laquita und kraulte geistesabwesend den laut schnurrenden Pye hinterm Ohr.

Gracie nickte. »Er hat mich auf dem Bürgersteig aufgelesen und nach Hause gefahren.«

»Du hättest ihn reinbitten sollen. Ich habe ein paar Plätzchen für Sophie.«

»Du kennst Sophie?«

Laquita zog ihr linkes Hosenbein hoch und deutete auf einen verblassenden blauen Fleck auf ihrem Schienbein. »O ja, ich kenne Sophie. Und zwar sehr gut.«

»Was ist denn mit diesem Kind los?«, fragte Gracie, beugte sich vor und rückte die provisorische Eispackung zurecht. »Ich habe gehört, Sophie beißt auch. Warum tun Noah und ihre Mutter nichts dagegen?«

»Noah tut sein Bestes«, antwortete Laquita. »Aber als allein erziehender Vater hat er's schwer.«

»Augenblick mal«, warf Gracie ein. »Sag das noch mal. Ich dachte Sophies Mutter gehöre zur Familie.«

Laquita warf ihr einen seltsamen Blick zu. »Noah hat dir nicht die ganze Geschichte erzählt, wie?«

Gracie antwortete zögernd: »Er hat mir nur gesagt, dass er nicht mit Sophies Mutter zusammenlebe.«

»Ich dachte, ihr seid alte Freunde.«

»Das war vor langer Zeit«, antwortete Gracie und veränderte ihre Position, obwohl ihr Unbehagen nicht physischer Art war. »Also, erzähl du mir die ganze Geschichte.«

»Anscheinend hat Noah erst vor ein paar Monaten erfahren, dass er eine Tochter hat.«

Laquita erzählte Gracie von einer Urlaubsromanze, die

in aller Freundschaft beendet wurde, als Noah nach London zurückkehrte und die Lady, eine Schauspielerin, nach Sydney reiste. Eine flüchtige Affäre ohne gegenseitige Bindung, bis die Lady feststellte, dass sie schwanger war. Als Katholikin wollte Catherine das Kind unbedingt zur Welt bringen, es aber weder alleine großziehen noch ihre Selbstständigkeit aufgeben und deshalb hat sie keinen Kontakt zu Noah aufgenommen. Nach der Geburt des Mädchens hat Catherine es zu kinderlosen Verwandten gegeben und wieder in ihrem Beruf gearbeitet.

»Ist Sophie von diesen Leuten adoptiert worden?«

»Nicht ofiziell«, sagte Laquita. »Vergiss nicht, diese Informationen habe ich nur aus dritter Hand. Aber ich habe gehört, dass das Baby von Verwandten zu Freunden und wieder zurück gereicht wurde. Kein schönes Leben für so ein kleines Mädchen.«

Verdammt. Das Letzte, was sich Gracie wünschte, waren Gefühle für Noahs Kind. »Die Mutter hat sich überhaupt nicht um ihre Tochter gekümmert?«

»Wer weiß?«, meinte Laquita. »Wahrscheinlich hat sie angenommen, Sophie gehe es gut.«

»Und wie ist Noah dann zu Sophie gekommen?«

»Nachdem Sophie von zu Hause weggelaufen war und auf der Treppe einer Kirche gefunden wurde, haben die Behörden Catherine benachrichtigt und mit der Unterbringung ihrer Tochter in einem Kinderheim gedroht. Da hielt die Mutter es wohl für an der Zeit, Noah mit der Tatsache zu konfrontieren, dass er eine fünfjährige Tochter hat. Noah ist nach England geflogen und hat sofort die Verantwortung für Sophie übernommen.«

»Und deshalb ist er nach Idle Point zurückgekehrt – wegen Sophie?« Gracie fühlte einen dicken Kloß in der Kehle. Bei dem Gedanken, wie Noah seine kleine Tochter zum ersten Mal gesehen hatte, musste sie an die vielen Jahre denken, die sie darum gebetet hatte, ihrem Vater würden endlich die Augen aufgehen und er würde sehen, wer sie wirklich war.

Laquita nickte. »Ihretwegen und wegen der *Gazette*. Noah hat jetzt ziemlich viel um die Ohren.«

»Scheint so«, meinte Gracie. Noah hatte den großen amerikanischen Roman schreiben wollen, anstatt an den Schreibtisch einer Redaktion gekettet zu sein. Ihr lagen tausend Fragen auf der Zunge, die sie jedoch wegen ihrer aufgewühlten Gefühle nicht zu stellen wagte. Der Gedanke an Noah und seine Tochter weckte so viele Erinnerungen in ihr, so viele Träume, die sie verdrängt hatte. Und bei dem Gedanken, dass sie mit seiner Tochter blutsverwandt war, kamen ihr die Tränen. Eine grausame Wendung des Schicksals verband sie und Noah für immer durch dieses aufsässige kleine Kind. Nichts an ihrer Heimkehr war so, wie sie es sich vorgestellt hatte – nicht einmal annähernd.

»Ben würde dir gern Rühreier zum Frühstück machen«, sagte Laquita in das ungehagliche Schweigen hinein, »wenn dir aber nicht danach ist …«

»Mir geht's gut«, fiel ihr Gracies ins Wort. »Ich esse liebend gern Dads Rühreier.« Jetzt war sie fast dreißig und zum ersten Mal wollte Dad etwas für sie tun.

Laquitas ernstes Gesicht strahlte vor Glück. »Wie ihn das freuen wird«, sagte sie und berührte leicht Gracies Arm. »Du weißt gar nicht, wie viel es ihm bedeutet, dass du zu unserer Hochzeit gekommen bist.«

Gracie lächelte nur unverbindlich. Auf keinen Fall konnte sie Laquita gestehen, dass sie Bens Einladung nur angenommen hatte, weil er sie in einem schwachen Moment erwischt hatte. »Wir werden bestimmt viel Spaß haben«, sagte sie lahm.

»Wahrscheinlich sollte ich nicht mit dir darüber reden – Ben bringt mich um, wenn er es erfährt –, aber er will dich um etwas bitten, Gracie. Und solltest du ablehnen, möchte ich ihn darauf vorbereiten.« Laquita holte tief Luft. »Er möchte, dass du seine Trauzeugin wirst.«

»Seine Trauzeugin?«, wiederholte Gracie verblüfft.

»Ja. Du hast keine Ahnung, wie viel ihm das bedeuten würde. Ich weiß, dass du keine schöne Kindheit und Jugend gehabt hast und daran war hauptsächlich Ben schuld. Aber er hat so große Fortschritte gemacht und er liebt dich sehr. Wenn du ihm diesen Gefallen tust, stehe ich für immer in deiner Schuld.«

»Du schuldest mir gar nichts«, sagte Gracie. »Natürlich werde ich seine Trauzeugin.«

Laquita sprang auf und umarmte Gracie. »Prima! Ach, wie mich das freut!«

»Eine Frage möchte ich dir trotzdem stellen«, sagte Gracie. »Liebst du ihn?«

Laquita trat einen Schritt zurück und sah ihr direkt in die Augen. »Ja«, sagte sie. »Ich liebe ihn genug, um ihm treu zu bleiben.«

»Das habe ich nicht gefragt.«

»Aber das wolltest du wissen.«

»Ja«, gestand Gracie. »Das wollte ich wissen.«

»Ich weiß, wir sind ein merkwürdiges Paar, aber wir lieben uns wirklich, und diese Liebe wird nie enden.«

Gracie hütete sich Laquita zu antworten, dass dieses »für immer« manchmal nicht von sehr langer Dauer war.

»Das ist fantastisch!«, sagte der Chefredakteur, ein ausgebuffter Typ namens Doheny, wandte den Blick vom Bildschirm ab und schaute Noah an. »Wie kamen Sie nur auf diese Idee? Das hätte ich Ihnen nie zugetraut.«

»Das ist mir auch ein Rätsel«, sagte Noah wahrheitsgemäß. Die Worte schienen wie von selbst aus seinen Fingern zu fließen. Er hatte sich den ganzen Frust wegen Sophie, seine Wut auf Gracie und seine bittersüßen Erinnerungen von der Seele geschrieben, weil er die Herzen der Leser rühren wollte. Ein ganz anderer Stil als sein üblicher, diese forsche, manipulative Schreibweise der Werbetexter. Der Ton dieser Geschichte klang echt und war voller Gefühl.

»Können Sie für morgen noch so eine Story schreiben?«, fragte der Chefredakteur.

Noah hob die Hand und trat einen Schritt zurück. »He, ich will nicht Marys Job übernehmen, Doheny. Schließlich gehöre ich zum anderen Team, vergessen Sie das nicht.«

»Ich habe mit Marys Mann geredet, und er glaubt, dass sie nicht so bald in die Redaktion zurückkommt.«

»Na gut«, sagte Noah, »dann müssen eben Eileen oder Gregory von der Lifestyle-Kolumne einspringen.«

»Die sind total mit Arbeit eingedeckt. Außerdem tritt Eileen nächste Woche ihren Mutterschaftsurlaub an.«

»Lassen Sie mich eins klarstellen«, sagte Noah, als die beiden Männer in Dohenys Büro gingen. »Ich suche keinen Job als Kolumnist bei der *Gazette*, sondern gehe nach London zurück, sobald ich die Zeitung verkauft habe.«

»Na, großartig«, sagte Doheny, wenig begeistert, »aber das ändert an unserer Lage nichts. Nur für eine hohe Auflage bekommen Sie einen guten Preis. So einfach ist das. Halten Sie die Stellung und schreiben Sie ein paar Kolumnen, bis wir Ersatz für Mary Levine gefunden haben«, schlug Doheny vor.

Noah stimmte widerstrebend zu. Er hatte eine Menge Gefasel in den Computer getippt und der Chefredakteur nannte es eine Kolumne, die in der morgigen Ausgabe erscheinen würde. Wenn Doheny die ersten empörten Anrufe der Abonnenten erhielt, würde sich herausstellen, wer Recht hatte.

Den Rest des Tages verbrachte Noah in einer Besprechung mit seinen Geldgebern. Während über die glorreiche Vergangenheit der *Gazette* geredet wurde, kamen ihm ernsthafte Bedenken über das gesamte Unterfangen.

Die Reputation der *Gazette* war zwar im Augenblick angeschlagen, aber es hatte eine Zeit gegeben, wo die *Gazette* weltweites Ansehen genossen und diesen Erfolg seltsamerweise den volkstümlichen und einflussreichen Leitartikeln seines Vaters zu verdanken gehabt hatte. In jenen Tagen führte Simon eine schockierende Anti-Vietnam-Kampagne durch – Jahre bevor Walter Cronkite seine Meinung zu diesem Massaker äußerte. Ganz allein war Simon für den Frieden eingetreten, indem er mit seinen Artikeln Aufsehen erregte. Zweimal war die *Gazette* Ziel von Bombenanschlägen gewesen. Und Simon hatte unzählige Todesdrohungen erhalten. Einmal schickte er sogar Ruth aus Sicherheitsgründen aus der Stadt. Doch er hatte an seiner Überzeugung festgehalten und die Zeit gab ihm Recht. Letztendlich teilte ein Großteil der Bevölkerung Amerikas seine Meinung.

Der Gedanke, die *Gazette* zu verkaufen, bereitete Noah aus unerklärlichen Gründen Unbehagen. Als Kind liebte und achtete er seinen Vater, doch im Verlauf der Jahre mochte er ihn immer weniger. Denn Simon war im Grunde seines Herzens ein zutiefst verbitterter Mann gewesen und diese Verbitterung zog auch seine Familie in Mitleidenschaft. Es war schwer zu verstehen, warum Simon, der ein privilegiertes Leben geführt und Großes geleistet hatte, so verbittert geworden war. In seinem zweiundsechzigjährigen Leben hatte er nur einen Kampf verloren – den Kampf um Mona Taylors Herz. Es war schwer vorstellbar, dass Simon Chase zweiundvierzig Jahre lang diese Niederlage nicht hatte überwinden können.

Andererseits waren sich Vater und Sohn wahrscheinlich ähnlicher, als sich Noah eingestehen wollte. Der Kuss heute Morgen hatte alle Illusionen, sie vergessen zu haben, in Rauch aufgelöst. Das wusste er eigentlich schon, als er sie in ihrer unförmigen Jacke in der Redaktion der *Gazette* hatte stehen sehen. Kleidung war für sie immer etwas Nebensächliches gewesen. Gerade das hatte er an ihr geliebt. Was ihre äußere Erscheinung betraf, fehlte ihr jede Eitelkeit, deshalb hatte sie auch keine Ahnung, wie schön sie war. Nicht hübsch, sondern schön. Noah kannte den Unterschied. Ihr glatt anliegendes Haar im Regen, die Rundung ihrer Hüften, ihre endlos langen Beine. Ihr geistige Wachheit, ihre Intelligenz, ihr Elan. Aus dem attraktiven Mädchen war eine Frau geworden, deren Wesen so vielschichtig war, dass ein Mann den Rest seines Lebens damit verbringen konnte, die einzelnen Facetten zu entdecken.

Er liebte sie. Er hasste sie. Er begehrte sie. Er hasste sich, weil er sie begehrte. Für sie beide gab es keine gemeinsame Zukunft. Sogar heute Morgen war er verrückt nach ihrer Berührung und nach ihrem Geruch gewesen. Aber das war ihm egal. Er hätte ohne Gracie weiterleben können, doch jetzt hatte er sie wieder gesehen und wusste nicht mehr, wie er es ertragen sollte, sie ein zweites Mal zu verlieren.

Ihm blieb nur eine Möglichkeit: Er musste ihr bis nach Ben und Laquitas Hochzeit aus dem Weg gehen, sich völlig auf seine Arbeit in der *Gazette* konzentrieren und sich um Sophie kümmern. Dann würde er es schaffen. Nach der Hochzeit würde Gracie nach New York zurückkehren. Und wenn die *Gazette* verkauft war, würden er und Sophie wieder in London leben, als wäre nichts von alledem geschehen. In Idle Point hatte er keine Zukunft. Hatte er nie eine gehabt. Nicht ohne Gracie.

Um Viertel vor sieben am nächsten Morgen lag die *Gazette* vor der Cottagetür.

Um fünf vor sieben stand Laquita auf der Schwelle.

Da Gracie glücklicherweise eine Frühaufsteherin war, bat sie Laquita ins Haus. »Der Kaffee ist schon fertig«, sagte sie, »aber den Toast muss ich noch rösten.«

Laquita wedelte Gracies Worte beiseite, fragte: »Hast du das gesehen?«, und hielt ihr die *Gazette* unter die Nase. »Hast du den Artikel schon gelesen?«

»Nein. Ich bin doch erst seit zwanzig Minuten auf«, entgegnete Gracie, »und wollte die Zeitung beim Frühstück durchblättern.«

»Lies ihn!«, befahl Laquita wie eine ältere Schwester. »Ich habe die Kolumne auf Seite achtzehn angestrichen.«

Gracie las Noahs Namen unter der Überschrift des Artikels und schob die Zeitung beiseite.

»Ich lese ihn nach dem Frühstück.«

»Du solltest ihn sofort lesen.«

»Mit leerem Magen bin ich nicht aufnahmefähig. Ich brauche Koffein und Kalorien, um wach zu werden.«

»Mach doch mal eine Ausnahme.«

»Ich habe meine Kontaktlinsen noch nicht eingesetzt.«

»Du trägst keine Kontaktlinsen.«

»Das weißt du doch nicht.«

»Aber richtig geraten. Ich muss zur Arbeit. Bitte, lies den Artikel, Gracie. Du wirst es nicht bereuen.«

Nachdem Laquita gegangen war, zögerte Gracie so lange wie möglich, doch schließlich gewann ihre Neugier Oberhand und sie las den ersten Satz.

Aus dem strömenden Regen marschierte sie hier mit meiner Tochter auf dem Arm herein.

Gracie legte die Zeitung auf den Tisch und schob sie beiseite. Dann goss sie sich eine zweite Tasse Kaffee ein, obwohl ihr Herz bereits derart hämmerte, als hätte sie Koffein pur in ihre Adern gespritzt. Mit den Fingern trommelte sie auf die Tischplatte und versuchte sich einzureden, dass sie nicht weiterlesen wollte. Beinahe hätte sie daran geglaubt, doch da läutete das Telefon und Don Hasty sagte: »Also, wann ist die Hochzeit?« Darauf folgte ein Anruf von Annie Lafferty: »Ich hab's gewusst, als ich euch gestern Vormittag gesehen habe ... ich wusste es einfach!«

Nachdem sich auch Joann, Tim und Patsy über dieses Thema ausgelassen hatten, nahm Gracie den Telefonhörer nicht mehr ab. Dann griff sie wieder nach der Zeitung und zwang sich, die Kolumne zu Ende zu lesen. Dabei kam sie sich wie ein Voyeur vor, denn Noah schilderte die Herzensregungen eines Mannes äußerst einfühlsam. Er war zweifellos ein begabter Autor. Es war ihm gelungen, viel über sie beide und ihre Vergangenheit auszudrücken, ohne eigentlich wirklich etwas zu sagen. Nie nannte er ihren Namen noch gab er ihre Identität durch Hinweise auf ihre Familie, ihre Karriere oder ihre Haarfarbe preis. Trotzdem war der Scheinwerfer direkt auf sie gerichtet.

Die Kolumne war eine Art Liebesbrief, wütend und bittersüß genug, um der Hälfte der Stadtbevölkerung ins Auge zu fallen. Als Gracie den Text jedoch genauer studierte, erkannte sie, dass Noah mehr über seine kleine Tochter und den Tag schrieb, an dem sie Probleme mit ihrem Haar gehabt hatte. Warum las sie dann aus jeder Zeile heraus, dass er sie liebte und hoffte, sie nie wieder zu sehen?

»Er hat's wieder getan«, sagte Laquita am nächsten Morgen neun Minuten vor sieben. Die rührendsten Passagen in Noahs zweiter Kolumne hatte sie mit Leuchtstift markiert. »Lies das, aber halte ein Taschentuch bereit.«

»Ich will das nicht lesen«, sagte Gracie. »Schlimm genug, dass jeder in der Stadt diesen Artikel liest.« Stirnrunzelnd fügte sie hinzu: »Hat Ben die Zeitung schon gesehen?«

»Nein«, sagte Laquita kopfschüttelnd. »Aber er weiß alles darüber. Ben geht nicht mal in die Nähe der *Gazette*.«

»Da ist er wohl der Einzige in der Stadt. Ich weiß

nicht, wie viele Anrufe ich deswegen schon bekommen habe.«

»Er kann es einfach nicht fassen, dass je etwas zwischen dir und Noah gewesen ist. Ich muss zugeben, dass ihn dieser Gedanke nicht besonders glücklich macht.«

»Mich im Augenblick auch nicht.«

Sie schmeckte nach Mondschein und Sommernächten im Schutz des Leuchtturms.

Diese Worte machten sie wütend. Noah hatte kein Recht, ihre Vergangenheit auf diese Weise wieder aufleben zu lassen. Diese Zeit war vorbei. Ihre Beziehung war zu Ende. Musste er sie noch einmal leiden lassen? Das war Rache. Noah rächte sich dafür, dass sie ihn mit dem Herzen in den Händen und dem Ehering in der Tasche verlassen hatte. Er hatte keine Ahnung, was er mit diesem Artikel anstellte, welche Kräfte er entfesselte. Für die Wahrheit war es zu spät. Die Wahrheit würde nur Ben und Ruth, Noah und auch Sophie verletzen. Wenn er diese absurde Artikelreihe weiter schrieb, musste etwas Schreckliches passieren. Man durfte mit Gefühlen nicht auf diese Weise spielen, ohne irgendwann einen Preis dafür zu bezahlen. Im Impressum der *Gazette* stand die Telefonnummer. Sie wählte und hörte zunächst Mailbox-Ansagen, bis Noahs Stimme erklang – allerdings auch von einer Mailbox. Ohne eine Nachricht zu hinterlassen knallte sie den Hörer wieder auf die Gabel.

Er hatte kein Recht, ihr das anzutun. Ihnen war nur das Geheimnis einer Jugendliebe geblieben. Seit über acht Jahren waren sie getrennt. Er hatte Geliebte gehabt. Er hatte eine Tochter der Liebe, während ihr nur ein alter Kater namens Pyewacket und ein paar Erinnerungen geblieben waren. Was wollte er noch von ihr?

Der Sturm zwang Gracie fast den ganzen Tag zu Hause zu bleiben. Laquita hatte Gracies Knöchel bandagiert, sodass sie leicht humpelnd gehen konnte. Nur einmal wagte sie sich vor die Tür und kaufte im Supermarkt Äpfel und braunen Zucker. Dabei musste sie sich ein paar sehr peinliche Kommentare von dem Kassierer Raymond und anderen Angestellten anhören. Obwohl sie weitere Peinlichkeiten befürchtete, fuhr sie zur Tierklinik und wurde von Dr. Jim herzlich empfangen.

»Du bist also wieder daheim«, sagte der Tierarzt, als die beiden Kaffee in seinem Büro tranken. »Wie geht's dir denn in der großen Stadt?«

»Nicht so gut«, antwortete Gracie, weil sie es plötzlich satt hatte, sich ständig zu verstellen. »Ich habe alles vermasselt und bin vom Dienst suspendiert.«

Sie erzählte ihm die ganze Geschichte, ließ kein Detail aus und schonte niemanden. »Was hätten Sie denn getan?«, fragte sie schließlich. »Hätten Sie mich entlassen, weil ich ein gesundes Tier nicht töten wollte?«

»Ja«, sagte Dr. Jim, »und anschließend hätte ich dich zum Abendessen eingeladen und dir gedankt.«

Dr. Jim fragte nicht, warum sie aus Idle Point weggegangen war, aber Gracie sah die *Gazette* aufgeschlagen auf seinem Schreibtisch liegen.

»Sehe ich dich morgen beim Thanksgiving-Dinner bei den Adams?«, fragte er.

»Ja, natürlich«, entgegnete Gracie, verbarg jedoch ihr Erstaunen. Sie hatte keine Ahnung gehabt, dass die Adams mit Dr. Jim und seiner Frau befreundet waren. »Hoffentlich backt Ellen wieder ihre berühmten Süßkartoffeln.« Die hatte sie schon als kleines Mädchen geliebt, wenn alle Frauen für die Wohltätigkeitsveranstaltungen der Kirche backten und kochten.

Ein Schatten fiel über Dr. Jims Gesicht und Gracie wusste, dass sie etwas Falsches gesagt hatte.

»Ellen ist letztes Jahr gestorben«, sagte er, mit Tränen in den Augen. »Sie hat tapfer gekämpft, am Ende aber trotzdem verloren.«

Da Gracie nichts Besseres einfiel, umarmte sie Dr. Jim.

»Komm nach Hause und bleib in Idle Point, Gracie«, sagte er, als sie sich verabschiedete. »Du weißt, dass du hierher gehörst. Warte nicht, bis es zu spät ist.«

Dr. Jims Worte hallten in ihr nach, während sie Äpfel schälte und Teig ausrollte: Warte nicht, bis es zu spät ist. Sie war noch keine dreißig und hatte noch nicht einmal die Hälfte ihres Lebens hinter sich.

»Dr. Jim hat heute etwas sehr Seltsames zu mir gesagt«, erzählte sie ihrem Vater, der für Pyewacket einen Sitz am Fenster zimmerte. Pye lag auf dem Fernseher und beobachtete jede Handbewegung Bens aufmerksam. »Er hat gesagt, ich soll nach Idle Point zurückkommen, ehe es zu spät ist. Hast du eine Ahnung, was er damit gemeint hat?«

Ben senkte den Hammer und dachte über die Frage nach. »Ellens Tod hat ihn sehr mitgenommen, ihm wohl bewusst gemacht, wie schnell die Zeit vergeht.«

»Ich bin doch noch nicht im Rentenalter«, meinte Gracie trocken und griff nach dem Zimt. »Mir bleibt noch viel Zeit.«

»Das habe ich auch mal geglaubt, Graciela. Ich war einundvierzig, als deine Mutter bei diesem Autounfall starb.«

Gracie erstarrte mitten in der Bewegung und hielt den Atem an. Zum ersten Mal in ihrem Leben sprach er vom Tod ihrer Mutter.

Den Hammer in der rechten Hand sah er ihr direkt in die Augen. »Du hast wahrscheinlich im Lauf der Jahre das Gerede der Leute über deine Mutter und mich gehört.«

Gracie lehnte sich Halt suchend an die Theke. »Ja«, sagte sie. »Das habe ich.«

»Das meiste davon stimmt. Wir hatten eine – wie es so

heißt – schwierige Ehe, aber ich habe deine Mutter von ganzem Herzen geliebt und ich weiß, dass sie mich letztendlich auch geliebt hat.«

»B-bestimmt, Dad«, stammelte Gracie und dachte: Du weißt nicht, was Simon mir erzählt hat, Dad. Sie wollte dich verlassen und hat mich mitgenommen. Sie wollte mit einem anderen Mann leben.

»Versteh mich bitte nicht falsch ... natürlich hatten wir unsere Probleme und wollten schon aufgeben und uns scheiden lassen. Doch dann kamst du urplötzlich daher und es war, als hätte Petrus persönlich die Himmelstore geöffnet und uns ins Paradies gebeten.«

Gracie starrte auf ihre Hände hinunter und kämpfte mit den Tränen. Seit fast dreißig Jahren träumte sie von dem Tag, an dem sich ihr Vater endlich öffnen und mit ihr reden würde. Und jetzt, da er es tat, wäre sie am liebsten davongelaufen. Darin bist zu ziemlich gut, nicht wahr, Gracie?, dachte sie. Das hast du doch erst am Montag mit Noah bewiesen.

»Ich war nicht die große Liebe deiner Mutter«, redete Ben weiter. »Während unserer High School-Zeit hat sie einen anderen Jungen geliebt, aber ich war immer da. Ich wusste, was ich wollte und war bereit zu warten. Die beiden waren das bestaussehendste, beliebteste Paar an der High School von Idle Point. Der König und die Königin des Abschlussballs, die wahrscheinlich in jener Nacht durchbrennen und für immer miteinander glücklich sein würden. So ist es allerdings nicht gekommen.« Ben lachte kurz auf. »Siehst du, der König des Abschlussballs wollte mehr vom Leben als ihm deine Mutter geben konnte. O ja, er liebte sie, aber nicht genug, um über ihre Familie hinwegzusehen und die Tatsache, dass sie in einer der Baracken in der Nähe von Milltown wohnte. Er hat's versucht, das will ich ihm nicht absprechen, aber letztendlich konnte er das Mädchen, das er liebte, nicht von der Familie trennen, aus der es stammte, und er hat eine andere Frau geheiratet.«

»Ruth Marlow«, flüsterte Gracie.

»Du hast das gewusst?«

»Ich habe mir vor langer Zeit mal das Jahrbuch der High School angeschaut«, sagte Gracie.

»Deine Mutter war eine wunderschöne Frau«, erinnerte sich Ben und sein Gesicht wurde weich. »Das hübscheste Mädchen von Idle Point.«

»Ich habe ... gehört«, sagte Gracie und jedes Wort fiel ihr schwer, »dass meine Mutter ...« Wie fragt man seinen Vater, ob ihre Mutter, seine Frau, ihm untreu gewesen war?

»Sie war eine gute Mutter«, fiel ihr Ben scharf ins Wort. »Die Beste. Sie hat dich von ganzem Herzen geliebt und hätte nie etwas getan, was dich hätte verletzen können.«

»Ich weiß, aber ...«

»Als sie mir sagte, dass sie schwanger sei, hat sich unser ganzes Leben verändert. Jahrelang haben wir gebetet und auf ein Wunder gehofft – und da wuchs es plötzlich in ihrem Leib ...« Von Erinnerungen überwältigt, schwieg Ben eine Weile. »Ich habe keine Fragen gestellt«, sagte er heftig. »Warum hätte ich ein Wunder anzweifeln sollen?«

Oder wie dieses Wunder geschehen war, dachte Gracie. Ihr Vater sprach die Worte zwar nicht aus, aber sie hörte sie trotzdem. Simon Chase hatte die Wahrheit gesagt. Sie hatte sich gefragt, wie er sein eigenes Kind hassen konnte, das Kind der Frau, die er liebte und vielleicht war das die Antwort auf diese Frage. Mit ihrer – Gracies – Geburt war Ben wieder wichtig geworden.

»Am Tag des Unfalls«, sagte Gracie mit bebender Stimme, »wo wollte Mom da hin?«

Ben warf seiner Tochter einen neugierigen Blick zu. »Ihr hattet einen Termin beim Kinderarzt. Und der Arzt hat mir später erzählt, er habe deine Mutter nie glücklicher oder schöner gesehen.«

»Bist du dir sicher, dass wir auf dem Heimweg waren?«, bohrte Gracie nach. »Ganz sicher?«

Simon hatte ihr erzählt, Mona sei auf dem Weg zu ihm gewesen und dass sie drei Idle Point verlassen und alles hinter sich hatten lassen wollen.

»Ja«, sagte Ben. »Im Supermarkt hat Mona noch eine Tüte Milch und die Schokoladen-Donuts gekauft, die ich so mag. Eb hat sie auf dem Rücksitz gefunden.«

Gracies Knie gaben nach, sie musste nach der Lehne eines Stuhls greifen. Wahrheit vermischt mit Lügen. Lügen vermischt mit Wahrheit. Jetzt wurde ihr klar, wie sehr Simon sie gehasst haben musste. Ihre Geburt hatte das Ende seiner Träume von einem Leben mit Mona bedeutet. Was ihre Mutter in ihrem Leben auch falsch gemacht haben mochte, sie hatte sich entschlossen, bei dem Mann zu bleiben, der sie von Anfang an bedingungslos geliebt hatte.

Ben stützte sie. »Ich hätte dir das alles nicht erzählen dürfen«, sagte er und sah älter und trauriger aus als noch vor ein paar Minuten. »Deine Mutter und ich, wir waren keine Heiligen, bei weitem nicht, aber am Ende haben wir deinetwegen unser Glück wieder gefunden. Du hast aus uns eine Familie gemacht.«

Als er ihr die Hand auf die Schulter legte, drückte Gracie sie fest.

»Ich liebe dich, Graciela«, sagte er und seine Stimme wurde brüchig, als er ihren Namen aussprach.

»Das weiß ich«, sagte sie, lehnte ihren Kopf an seinen Arm und schloss die Augen. »Ich weiß es.« Sie wollte ihm sagen, wie sie sich fühlte, doch ihr fehlten die Worte. Noch. Aber zum ersten Mal in ihrem Leben wusste sie, dass das nur noch eine Frage der Zeit war.

14. Kapitel

Gegen zwei Uhr nachmittags war Ben nach Bangor gefahren, wo seine Freunde von den Anonymen Alkoholikern eine Abschiedsparty vom Junggesellenleben für ihn veranstalteten. Er hatte seiner Tochter aufgetragen, Laquita zu sagen, dass er bei dieser Gelegenheit die Hochzeitseinladungen vom Drucker abholen würde. Um halb fünf war Gracie mit den kleinen Apfelkuchen fertig. Das Ausrollen des Teigs und Verzieren nach Grandma Dels Rezept tröstete sie und gleichzeitig hatte sie das Gefühl, die alte Familientradition fortzusetzen.

Sie stellte die Apfelkuchen zum Abkühlen auf die Küchentheke und warf dann einen prüfenden Blick auf den schlafenden Kater.

»Du würdest es doch nicht wagen, oder?«, fragte Gracie Pyewacket, stellte aber aus Vorsicht etwas zum Schutz davor.

Laquita hatte vor einer Weile angerufen und gesagt, sie komme gegen fünf, um Gracie zum Einkaufen abzuholen. Also blieb ihr nur noch eine knappe halbe Stunde zum Duschen und Umziehen.

Erst jetzt merkte Gracie, dass etwas mehr zu einer Hochzeit gehörte, als nur als Trauzeugin zu fungieren. Zum einen gehörte eine passende Garderobe dazu und Laquita hatte vorgeschlagen, Gracie solle ein Kleid tragen, das mit denen der Brautjungfern harmoniere. Und als Gracie gefragt hatte, wo sie in derart kurzer Zeit etwas Passendes bekommen könne, hatte Laquita nur gelacht und ihr geantwortet, sie würde es ihr nach der Arbeit zeigen.

»Das ist aber seltsam. Verkaufen die Chases jetzt etwa Hochzeitsmoden?«, sagte Gracie, als Laquita vor das große Haus am Hügel fuhr und hielt. Ein kalter Wind peitschte heftige Regenböen vor sich her und das hell erleuchtete Haus sah einladend aus.

»Nicht ganz«, entgegnete Laquita. »Aber du brauchst etwas zum Anziehen und hier wirst du es bekommen.«

»Ich verstehe nicht richtig. Du kannst mir doch nicht weismachen, dass Mrs. Chase jetzt für andere Leute schneidert.«

»Nicht, dass ich wüsste«, sagte Laquita, als die beiden aus dem Auto stiegen, »aber meine Mutter schneidert.«

Gracie hatte das Gefühl, etwas schwer von Begriff zu sein und sagte: »Und deine Mutter ...«

»... wohnt hier«, vollendete Laquita den Satz. »Zusammen mit meinem Vater, drei Brüdern und meiner kleinsten Schwester Storm.«

Und drei Katzen, zwei Hunden und einem halben Dutzend Wellensittiche.

»Hat dir das denn niemand erzählt? Eine Zeit lang war das hier Stadtgespräch.«

Gracie versuchte sich vorzustellen, wie das stattliche Herrenhaus aus allen Nähten platzte, aber es gelang ihr nicht. Sie fragte sich, was Grandma Del dazu gesagt hätte. Doch auf irgendeine Weise machte es Sinn. Nie würde sie vergessen, wie Mrs. Chase lachend mit Laquitas Tanten bei den Adams' am Küchentisch gesesssen hatte. Wie lange war das her?, fragte sie sich. Eine Ewigkeit. Mrs. Chase hatte damals so vergnügt und zufrieden ausgesehen.

Doch sie sagte: »Ich kann da nicht reingehen«, weil sie

an Noah dachte und alles, was zwischen ihnen stand. »Vor allem nicht jetzt, nachdem diese Geschichten täglich in der Zeitung stehen.«

»Ach, da mach dir mal keine Sorgen. In diesem Haus triffst du nicht zufällig auf jemanden, den du nicht sehen willst. Hier wird die Privatsphäre' eines jeden respektiert. Mrs. Chase hat meiner Familie das gesamte Parterre überlassen, das Nebengebäude, das an die Küche angrenzt, und den Garten.«

Gracie starrte Laquita mit offenem Mund an. Für eine konservative Stadt war das wirklich etwas Neues. Als Nächstes würde sie vielleicht erfahren, dass Mrs. Chase einen Liebhaber hatte und nach Monte Carlo umziehen würde.

»Auf keinen Fall komme ich morgen Abend zum Essen hierher.«

»Hör doch endlich damit auf! Ich habe dir doch gesagt, dass wir in völlig getrennten Räumen leben. Außerdem habe ich gehört, dass Noah mit seiner Mutter und Sophie Thanksgiving in einem schicken Restaurant in Portland feiert.«

Dann liefen die beiden durch den Regen zur Hintertür, die Gracie so gut aus der Zeit kannte, als ihre Großmutter Köchin bei den Chases war.

Die Küche war noch genauso gemütlich wie Gracie sie in Erinnerung hatte: ein warmer, einladender Zufluchtsort in einer kalten Regennacht. Und Rachel Adams hatte sie noch verschönt. An einer Wand hingen blitzende Kupfertöpfe und Pfannen und überall standen Blumen aus dem Gewächshaus. Es duftete herrlich nach frisch gebackenem Brot und anderen Köstlichkeiten. In einer Ecke lag frisches Gemüse für das Festmahl morgen und auf dem Herd köchelte ein großer Topf mit Chili.

Kaum hatte sich die Tür hinter Gracie geschlossen, wurde sie wieder zu einem fünfjährigen Mädchen.

Grandma Del putzte Karotten, während Noah am Küchentisch saß und malte. Auch Mrs. Chase war in der Nähe. In dieser Küche hatte sie die glücklichsten Stunden ihrer Kindheit verbracht.

»Rachel!«, rief Laquita, als die beiden über den Flur zum hinteren Teil des Hauses gingen. »Wir sind da!«

Zwei zottelige Hunde kamen mit wedelnden Schwänzen angesprungen.

»Die sehen ja wie Wiley aus.«

»Das ist kein Wunder, schließlich stammen sie von ihm ab.«

Wiley war jetzt fast fünfzehn Jahre alt und verbrachte seine Tage schlafend und von den Großtaten seiner Jugend träumend zu Ruths Füßen.

Gracie ging in die Hocke und ließ die Hunde an ihren Händen und Armen schnuppern, ehe sie die Tiere streichelte, damit sie in aller Ruhe mit ihr Freundschaft schließen konnten.

»Gehören die Hunde euch oder den Chases?«

»Uns allen«, antwortete Laquita. »Im Laufe der Jahre haben sie sich mit unseren vermischt.«

Diese beiden Haushalte lebten unter einem Dach und ergänzten sich. Grandma Del, siehst du das? Die Chases und die Adams' zusammen! Hättest du das jemals für möglich gehalten?

»Toll!«, sagte Gracie und befriedigte schamlos ihre Neugier, indem sie in jedes Zimmer schaute, an dem sie vorbeigingen. Da gab es ein gemütliches Wohn- und Arbeitszimmer mit einem Kamin und zwei Sofas, drei hübsch eingerichtete Schlafzimmer, drei Badezimmer und ein Bad mit Whirlpool. Außerdem eine Waschküche mit Trockenraum. Nirgendwo lag auch nur ein Stäubchen.

Das Nähzimmer war am Ende des Gangs, neben einer Tür, die in den Garten führte. Als sich die beiden dem Raum näherten, hörten sie fröhliches Lachen und Gracie spürte einen scharfen Stich Neid auf Laquita, weil Bens zukünftige Frau in so einer glücklichen Familie hatte aufwachsen können. Als kleines Mädchen hatte sie sich gewünscht, ebenfalls Mitglied dieser Familie zu sein. Ihr Vater war ein glücklicher Mann. Nie mehr musste er zu Weihnachten allein sein – mit einer Flasche Whiskey und einer Hand voll Erinnerungen als einzigen Trost. Da würde der Adams-Clan schon aufpassen.

»Na, da seid ihr ja endlich!«, rief Rachel und stand auf, als die beiden das Nähzimmer betraten. »Wir haben uns gefragt, wo ihr steckt und ob ihr uns vielleicht vergessen habt.«

»Du weißt doch, dass ich heute Dienst hatte«, entgegnete Laquita mit diesem müden Unterton liebevoller Verzweiflung, den Gracie im Laufe der Jahre bei vielen Töchtern gehört hatte. »Wir haben noch nicht einmal etwas gegessen.«

»Natürlich nicht«, sagte Rachel und umarmte ihre Tochter liebevoll, »denn du wusstest ja, dass ich für euch alle Chili koche.«

Gracie stand im Türrahmen und war verlegen und eifersüchtig. Im Zimmer herrschte ein Durcheinander aus Stoffen, Garnen, Teetassen und Tellern mit Gebäck. Vor dem Fenster stand eine große Nähmaschine und überall saßen bildhübsche junge Mädchen. Sie alle ähnelten Laquita, mit ihren glänzenden schwarzen Haaren, den dunkelbraunen Augen und üppigen Formen.

Dann trat Rachel einen Schritt vor und öffnete ihre Arme weit. »Gracie Taylor!«, rief sie. »Willkommen in unserer Familie.«

Die Namen der Mädchen kannte Gracie von früher, aber jetzt waren es erwachsene Frauen und sogar Storm sah wie eine junge Frau aus.

»Ich komme mir so alt vor«, sagte Gracie mit einem Lachen, als sie alle zum Essen in die Küche marschierten.

»Was ist aus den vielen Kindern geworden, an die ich mich erinnern kann?«

»Sie sind erwachsen geworden«, antwortete Rachel und schüttelte den Kopf. »Manchmal glaube ich, dass ich deshalb so viele Kinder geboren habe. Ich hoffte immer, dass wenigsten eins mir zuliebe klein bleiben würde.«

Dieses Gefühl konnte Gracie gut nachvollziehen. Es musste schmerzhaft sein, wenn die Kinder erwachsen wurden und immer weniger den elterlichen Schutz brauchten. Doch Rachel und Darnell hatten in dieser Hinsicht offensichtlich ganze Arbeit geleistet. Gracie erkundigte sich nach den Jungen – Marocco, Sage und Joe – und war nicht überrascht, als sie hörte, dass die drei erfolgreich das College absolvierten und dass sie jede Minute erwartet wurden, weil sie Thanksgiving natürlich mit der Familie feierten.

»Laquita war unsere Wilde«, sagte Rachel und warf ihrer ältesten Tochter einen amüsierten Blick zu. »Manchmal denke ich, wir haben sie überfordert, einfach zu viel von ihr verlangt, deshalb musste sie rebellieren.«

Laquita stöhnte, als sie das hörte. »Glaubst du vielleicht, Gracie interessieren solche Geschichten?«, sagte sie. »Wach auf, Rachel! Ich heirate in ein paar Tagen ihren Vater, hast du das vergessen?«

»Wir leben in einer Kleinstadt«, erinnerte Rachel ihre Tochter, »und deshalb gibt's hier keine Geheimnisse. Außerdem wollte ich mich nur darüber auslassen, wie gut du dein Leben in den Griff bekommen hast.«

Vom Ende des Tisches, wo die Teenager saßen, kam Gekicher. Ach, du meine Güte, dachte Gracie. Jetzt ist es soweit.

»Ich liebe die *Gazette*«, flötete Cleo, ihre dunklen Augen funkelten schalkhaft.

»Ich auch«, sagte ihre Zwillingsschwester Vienna. »Vor allem diese neue Kolumne ...«

Dann brachen die beiden in schallendes Gelächter aus, was ihnen einen tadelnden Blick von ihrer Mutter einbrachte.

»Ruhe!«, rief Rachel in warnendem Ton. »Ich bin mir sicher, dass Gracie wegen Noahs Kolumne bereits genug Spott erdulden musste.«

Gracie konnte einfach nicht anders. Sie stöhnte auf und legte den Kopf in ihre verschränkten Arme auf den Tisch. »Warum denken denn alle Leute, dass er über mich schreibt?«

Dröhnendes Gelächter war die Antwort auf ihre Frage. Aber Cheyenne krönte das Ganze noch, indem sie trotz Laquitas Protest verkündete: »Ihr beide seid doch in der Stadt zur Legende geworden. Ich meine, ihr verschwindet vor tausend Jahren am selben Tag und du schenkst dem alten Eb zehntausend Dollar und Noah geht nach Paris und du wirst eine berühmte Ärztin in Manhattan und dann wumm! Ihr kommt beide wieder zur Hochzeit nach Hause und Noah trägt dich durch den Regen …« Sie seufzte pathetisch. »Ich meine, das ist doch die romantischste Geschichte, die es hier je gegeben hat.«

Kaum hatte Cheyenne geendet, redete Storm – stolz auf ihren Beitrag – weiter: »Don Hasty und Joann haben Sage erzählt, dass ihr euch früher am Strand beim Leuchtturm jeden Sommerabend getroffen habt. Sie konnten euch von Hidden Island aus sehen.«

Gracie sah ziemlich schockiert aus, denn Storm fügte schnell hinzu: »Natürlich nur mit einem Fernglas.«

»Raus!«, befahl da Rachel und deutete auf die Tür. »Nehmt euer Chili und verschwindet. Esst im Wohnzimmer.«

Cheyenne fragte verständnislos: »Warum denn? Mir gefällt es hier.«

»Uns auch«, entgegnete Rachel. »Und ich möchte, dass es Gracie ebenfalls hier gefällt. In einer Viertelstunde dürft ihr wieder kommen. Ihr müsst noch Perlen aufreihen.«

Es flogen noch etliche Worte zwischen Mutter und Töchtern hin und her, bis die Mädchen die Augen verdrehten und mit ihrem Essen den Rückzug antraten.

»Wie ich schon sagte, Gracie. Willkommen in unserer Familie«, wiederholte Rachel und glättete ihren Pferdeschwanz. Ihr Haar war noch immer sehr dick und glänzte. Nur an den Schläfen wurde sie etwas grau. »Und viele Geheimnisse gibt es in einer Kleinstadt nicht.«

Gracie lächelte schief und konzentrierte sich auf ihr Chili. In Wahrheit hatte es ihr die Sprache verschlagen. Sie konnte es nicht fassen, dass so viele Leute von ihrer Beziehung zu Noah Bescheid wussten. Lag es da nicht nahe, dass sie auch über Mona und Simon Bescheid gewusst hatten?

»Das Chili ist noch längst nicht alle«, sagte Rachel. »Nehmt euch ruhig eine zweite Portion.«

Gracie ließ sich nicht zweimal bitten. Wie eine Bohnenstange wirkte sie zwischen den gut genährten Adams' und musste Neckereien über sich ergehen lassen, weil sie so dünn war.

»Wir haben alle die Figur unserer Mutter geerbt«, sagte Laquita laut seufzend. »Wir haben Ärsche wie Ackergäule.«

»Wir sind weiblich«, sagte Rachel, »und haben ein gebärfreudiges Becken. Dein Problem ist nicht dein Erbgut, Laquita«, fügte sie mit einem ernsten Blick auf ihre Tochter hinzu, »sondern das Resultat der Unmengen Eis, die du verschlingst.«

Diese Bemerkung führte zu einer ausführlichen Diskussion über Kalorien, gesunde Ernährung und Sport und Gracie fühlte sich keine Sekunde von der Unterhaltung ausgeschlossen. Da sie nun als Familienmitglied herzlich willkommen geheißen worden war, gehörte sie auch zur Familie und sie spürte, wie sie sich entspannte.

Sie versuchte sich vorzustellen, wie es für Laquita gewesen war, in einer solch lauten Famile als Älteste aufgewachsen zu sein. Laquita war ihr immer älter erschienen als sie tatsächlich war, ernst und beherrscht. Ihre Eltern hatten viel von ihr erwartet, sodass sie schon früh gegenüber ihren Schwestern und Brüdern eine Mutterrolle hatte übernehmen müssen, das heißt, sie trug schon von Kindheit an zu viel Verantwortung.

Als Gracie das klar wurde, verstand sie auch, warum Laquita jetzt mit Ben so glücklich war – mit ihm lebte sie in einer Oase der Ruhe und Stille.

Ruth saß in der Bibliothek und hörte die Stimmen und das fröhliche Lachen. Sie saß schon seit Stunden hier. Sie liebte die Geräusche und genoss das Gefühl, ihr großes Haus voller Leben zu wissen. Am Anfang ihrer Ehe war genau das ihre Vision für die Zukunft gewesen.

»Wir füllen das Haus mit Kindern«, hatte sie Simon in der Hochzeitsnacht versprochen. »Viele Söhne und Töchter und du wirst zum Stammvater einer Dynastie.«

Doch dieses war eines der vielen Versprechen gewesen, die sie nicht hatte halten können.

Rachels Kinder kamen zum Wochenende nach Hause, weil sie die Feiertage gern mit ihren Eltern verbrachten. Und diese Tatsache war das Verdienst von Rachel und Darnell.

Wiley bewegte sich im Schlaf und knurrte leise. Ruth dachte viel über ihre eigene Vergangenheit nach. Sie hatte viele Fehler im Laufe ihres Lebens gemacht und viele Geheimnisse bewahrt und jetzt schien es, als würden gerade Letztere sich an ihrer Hüterin rächen wollen.

Du darfst dir keine Vorwürfe machen, Ruth. Wie hättest du damals wissen können, dass diese Romanze viel mehr als eine kurze Liebschaft war?

Noah und Gracie waren damals Teenager gewesen,

kaum alt genug, den Führerschein zu machen, geschweige denn für eine große Liebe. Wie hätte Ruth ahnen können, was sie verband, noch welche Auswirkungen diese Gefühle haben würden.

Auf ihrem Schoß lag die sorgfältig an der Stelle von Noahs Kolumne gefaltete Zeitung.

Vor der Stadt wartete ich auf sie ... unsere Heiratserlaubnis im Handschuhfach ...

Wie gut sie sich an diesen Tag erinnerte. Glühend heiß war es, selbst für August zu heiß. Die Luft stickig und schwer. Seit Dels kürzlichem Tod war Simon rastlos gewesen. Der Arzt hatte sich Sorgen um ihn gemacht. »Sie müssen ihn sorgfältig beobachten, Ruth. Stress ist in seinem jetzigen Zustand Gift für ihn.«

Oh, wie sie ihn beobachtet, ja sogar überwacht hatte. Sie hatte bemerkt, wie seine Depressionen zunahmen und nicht einmal die stimmungsaufhellenden Psychopharmaka mehr halfen.

»Lass dir Zeit«, hatte sie Simon angefleht. »Du hattest einen Herzinfarkt und wurdest operiert. Dein Körper braucht Zeit zur Genesung.«

Doch Simon hörte seiner Frau nicht mehr zu. Nur eins hatte ihn interessiert: Noah und Gracie, deren Beziehung bei Dels Beerdigung offenkundig geworden war und Anlass zu Gerüchten gab.

Simon hatte pausenlos über Noah geredet, dass er eine bessere Partie machen könne als Gracie Taylor zu heiraten. Dass er es seinem Namen schuldig sei, nicht ein hässliches kleines Mädchen zu heiraten, das einen Säufer zum Vater habe.

Ruth hatte sich gesagt, dass diese Krise in ein paar Tagen vorüber sei, denn Gracie würde an die Universität nach Philadelphia zurückkehren und Noah – dank dem Einfluss seines Vaters – in Boston studieren. Und das Leben würde wieder seinen normalen Gang gehen.

Als Simon an jenem fatalen Nachmittag in seinem Wagen davonfuhr, hatten in Ruth die Alarmglocken geschrillt. Und sie hatte etwas getan, was sie noch nie getan hatte: seinen Schreibtisch durchsucht. Sie war nicht sicher, wonach sie suchte. Doch als sie das Fax einer Heiratserlaubnis auf Noahs und Gracies Namen fand und die Quittung über die Abhebung von zehntausen Dollar, wusste sie, was Simon vorhatte.

Sie hätte ihn irgendwie daran hindern können, das wurde ihr im Nachhinein klar. Sie hätte ihm zum Cottage am Hafen folgen können. Doch sie tat nichts. Sie saß untätig in der Bibliothek am Fenster und wartete, während ihr Mann Gott spielte und das Leben zweier junger Menschen zerstörte, die es besser verdient hätten als unter einem alten Familienstreit zu leiden.

Drei Stunden später war ihr Mann tot, ihr Sohn verschwunden und Gracie Taylor hatte für immer die Stadt verlassen.

Da das Feuer im Kamin fast niedergebrannt war, überlegte Ruth, ob sie Darnell rufen und ihn bitten sollte, es wieder zu entfachen. Aber morgen war Thanksgiving und Darnell hatte sicher Wichtigeres zu tun. Früher hätte sie sich selbst um den Kamin gekümmert, aber jetzt war sie alt geworden – und sie war alleine.

Es gibt nur wenige Menschen auf dieser Welt, die füreinander bestimmt sind. Das begriff Ruth jetzt. Man mag es Schicksal, Los oder Fügung nennen, aber es war eine Kraft – oder Macht? –, mit der man nicht spielen durfte.

Simon hatte sich als junger, ehrgeiziger Mann von Mona abgewandt, weil sein sozialer Status ihm wichtiger als die Liebe gewesen war. Doch in mittleren Jahren – wenn Männer in diese gefährliche Krise geraten – hatte er sie wieder entdeckt. Und Ruth hatte sich der einzigen, ihr verfügbaren Waffe bedient, der ältesten Waffe einer Frau: Sie hatte ihn für eine Weile verlassen. Und als sie zurückgekommen war, hatten sie beide einen Sohn namens Noah. Ein Mann mit Simons Charakter würde seine Frau verlassen, aber niemals seinen Sohn aufgeben. Darauf hatte Ruth gebaut – und sie hatte Recht behalten.

Als Tränen über Ruths Gesicht rannen, schloss sie die Augen. Was die glücklichste Zeit ihres gemeinsamen Lebens hätte sein sollen, war zur Qual geworden, voller Zorn und Bitterkeit. Simon hatte das Gefühl gehabt, ihr in die Falle gegangen zu sein. Er wollte Noah lieben, doch nach seinem Verständnis konnte er ihm kein Vater sein, weil er ihn nicht gezeugt hatte.

Ruth hatte immer geglaubt, dass ihre Ehe keine Chance haben würde, solange Mona Taylor lebte, doch sie musste schnell erfahren, dass Glück nicht um den Preis des Unglücks erkauft werden kann.

Zwar hatte Monas Tod Ruths Ehe wieder Leben verliehen, aber um einen entsetzlichen Preis – dass das Herz ihres Mannes nie ihr allein gehören würde. Dass ihr Sohn im Internat aufwachsen musste, um ihre Ehe nicht noch mehr zu belasten. Dass ein Witwer zum Trinker wurde. Und dass ein kleines Mädchen ohne Familie aufwachsen musste.

Nichts von dem konnte sie ungeschehen machen. Und sie war nicht selbstlos genug, um zu wünschen, sie könnte es tun. Ihr Leben war nicht sehr glücklich verlaufen, aber sie hatte es so gewollt. Sie war aus Liebe bei Simon geblieben. Dafür würde sie sich niemals entschuldigen. Aber Simon war tot und sie hatte Fehler gemacht, die anfingen sie zu quälen. Auf eine Weise zu quälen, die sie nicht mehr ignorieren konnte.

15. Kapitel

Noah schrieb seine Kolumne über den Thanksgiving Day vor zehn Jahren in Plymouth, den sie in einer Studentenbude mit Muschelsuppe und Truthahn-Sandwiches verbracht hatten und langen Gesprächen über ihre Zukunft, während es draußen schneite.

Sie wollte vier Kinder haben, zwei Mädchen und zwei Jungen. Ich sagte, ich hätte lieber sechs. Wir würden in einem Haus am Meer leben und den Rest unseres Lebens glücklich sein.

Gracie saß am Morgen des Thanksgiving Day auf ihrem Bett und erlebte jenen Tag aus Noahs Sicht. Jahrelang hatte sie nicht daran gedacht, wie an viele andere Tage, die sie alle hatte vergessen wollen. Doch Noah hatte ihm mit sorgfältig ausgewählten Worten neues Leben eingehaucht und so lebendig in ihr werden lassen, dass sie ihn mit allen visuellen Eindrücken, Geräuschen und Gerüchen neu erlebte.

Gestern Abend hatte sie ihn und Sophie vom Fenster aus beobachtet, während Rachel bügelte. Der Regen hatte endlich aufgehört und Sterne blinkten am Himmel, als Noah mit seinem Mietwagen in die Auffahrt einbog.

Gracie schloss die Augen und wünschte sich etwas; sie wünschte sich dasselbe, das sie sich jeden Abend als

Fünfjährige gewünscht hatte: »Herr mach, dass ihm kein Leid geschieht.«

In regelmäßigen Abständen glitt der Lichtstrahl des Leuchtturms über den Himmel; aus der Ferne war manchmal das dumpfe Tuten eines Nebelhorns zu hören.

Noah öffnete die Autotür und stieg aus, dann schaute er zum Himmel empor. Gracie wusste, was er jetzt tat. Auch er wünschte sich etwas. Das hatte sie ihn während ihres ersten gemeinsamen Sommers am Strand unter dem Leuchtturm gelehrt. In jenem Sommer, als sie zusammen die Liebe entdeckt hatten.

Du empfindest doch dasselbe, nicht wahr, Noah? Ganz gleich, wie weit wir auch weglaufen, das wird immer unsere Heimat sein.

Er hatte die Welt sehen wollen, der Enge von Idle Point den Rücken gekehrt und sich selbst neu erschaffen wollen.

Ist dir das geglückt, Noah? Bist du glücklich? Ist alles so, wie du es dir vorgestellt hast?

Sie hatte gesehen, wie er die hintere Tür öffnete und eine schlafende Sophie aus dem Auto gehoben hatte. Wie sanft das Kind jetzt in der zärtlichen Umarmung seines Vaters war. Eines Tages, wenn Sophie erwachsen war, würde sie sich an dieses Gefühl zärtlicher Liebe erinnern und Kraft daraus schöpfen können.

Ich sehe sie wie sie damals war – ich sehe sie überraschenderweise in meiner Tochter –, und ich wünsche mir, dass ich für diese beiden Menschen alles richtig mache.

Noah wusste nicht, was er tat. Er wusste nicht, dass er alle diese Erinnerungen in ihr wachrief. Es konnte kein Happy End geben, jedenfalls kein romantisches, wie sie es sich vor Jahren erträumt hatten. Das musste Noah wissen und er musste auch wissen, warum das so war, sonst würde keiner von ihnen jemals wieder glücklich sein. Sophie brauchte eine Familie, eine richtige Familie mit Vater und Mutter, die sich liebten. Und das konnte nur geschehen, wenn Gracie Noah die Wahrheit sagte.

Ben kannte die Wahrheit. Und Gracie war sich sicher, dass auch Ruth Chase die Wahrheit kannte. Sie würde Noah bitten, weiterhin das Geheimnis zu bewahren – als Schutz. Doch um Sophies willen musste Gracie ihnen weh tun, weil sie alte Wunden aufriss.

Seit Noah vor drei Monaten über Nacht Vater geworden war, hatte er eins gelernt: dass Murphys Gesetz nicht nur stimmte, sondern wahrscheinlich auch von einem allein erziehenden Vater entdeckt worden war.

Es spielte überhaupt keine Rolle wie früh er damit anfing, Sophie zum Ausgehen fertig zu machen, er verspätete sich immer um mindestens zwanzig Minuten. Doch heute überließ er nichts dem Zufall und hatte beschlossen, gleich nach dem Frühstück mit ihrer Toilette anzufangen, damit sie die Chance hatten, um drei Uhr nachmittags pünktlich in dem Restaurant zum Thanksgiving-Essen zu sein. Der Entschluss stellte sich als weise heraus, denn allein das Kämmen ihres Haars schien fast den halben Tag zu dauern.

Gestern Abend hatte sie wieder einmal eine ihrer Lieblingsvorstellungen gegeben: Sie war spurlos verschwunden. Ein Spiel, das Noah immer fünf Jahre altern ließ.

Das war nicht etwa bei der Neuinszenierung des von den Pilgervätern im Jahr 1621 erstmals gefeierten Thanksgiving Day passiert. Nein, Sophie war von den Pilgrims begeistert gewesen – die Kostüme mit den Schnallenschuhen hatten sie sehr fasziniert! Sie war ihm wieder einmal in der *Gazette* ausgebüxt, wo Noah noch seine Kolumne schreiben wollte. Als er schließlich wieder aufschaute, war sie verschwunden. Sie hatte ihre Schuhe ausgezogen und ihre Strickjacke und war nirgends auffindbar.

Einer der Cops entdeckte sie später vor Samanthas Brautmoden. Sie stand vor dem Schaufenster und betrachtete die Kleider. Dort holte Noah sie dann ab.

Als der Polizist gegangen war, nahm Sophie sofort Noahs Hand und er begriff aufs Neue, warum Eltern ihr Leben geben würden, um ihre Kinder zu schützen.

Er konnte sich noch gut an Gracie in diesem Alter erinnern und wie sie die Hand seiner Mutter ergriffen hatte, wenn Ruth die beiden von der Vorschule abholte. Zuerst hatte sie unsicher ausgesehen, dann erwartungsvoll, und wenn seine Mutter dann ihre Hand nahm, schien sie selig zu sein. Damals verstand er diese Reaktion nicht. Was war so Besonderes daran, die Hand seiner Mutter zu halten? Er konnte das immer tun. Erst durch seine eigenen Erfahrungen im Internat begriff er, worauf Gracie und später auch Sophie hatten verzichten müssen – auf eine innige Mutter-Kind- beziehungsweise Vater-Kind-Beziehung. Und er wollte alles in seiner Macht stehende tun, um Sophie ein guter Vater zu sein, wobei sein einziger Ratgeber sein Herz war.

»Papa! Das zieht!«, beklagte sich Sophie und duckte sich weg, außerhalb seiner Reichweite.

»Entschuldige, Sophie.« Er küsste sie auf den Kopf. »Das nächste Mal bin ich vorsichtiger.«

Sie runzelte die Stirn und verkündete: »Ich bin nämlich ein Mädchen.«

»Das weiß ich«, entgegnete Noah und unterdrückte mühsam ein Grinsen, denn das hätte ihm seine wilde kleine Tochter wohl kaum verziehen. »Die Frisur ist für Mädchen sehr wichtig, nicht?«

»Sehr«, stimmte Sophie zu. Sie drehte sich auf ihrem Stuhl, damit sie sich im Spiegel betrachten konnte.

»Nicht schlecht, wie?« meinte Noah, der auf Komplimente erpicht war und sie provozierte, wann immer sich die Möglichkeit bot.

Doch sie zuckte nur mit den Schultern und er hatte das Gefühl, dass Sophie etwas enttäuscht war, weil er ihr Haar nicht zu einem dicken Zopf flocht.

»Du hast so schönes lockiges Haar, Sophie, dass es richtig schade ist, es zu einem Zopf zu flechten.«

»Ich mag Zöpfe«, erwiderte sie. »Marla in der Schule hat auch Zöpfe und alle können sie gut leiden.

Vorsicht Falle!, dachte Noah, doch er sagte: »Ich wette, dass Marla weder beißt noch tritt.«

»Vielleicht tut sie das doch«, meinte Sophie. »Ich kenne sie ja erst einen Monat.«

»Als ich so alt war wie du, haben die beliebten Kinder nie jemanden gebissen oder getreten.«

»Ach, das ist doch schon so lange her.«

»Das stimmt. Aber ich wette, dass das für deine Schule genauso gilt. Ich wette, dass deine Freundinnen es gar nicht mögen, wenn du sie trittst.«

»Nein«, antwortete Sophie in einem Ton, der Queen Mum alle Ehre gemacht hätte. »Aber ich glaube, es gefällt ihnen trotzdem ein bisschen.«

Okay. Schließlich war er nicht der berühmte Kinderarzt Dr. Spock, aber es war ein Anfang.

Als Gracie Rachels Küche betrat, sah sie als Erstes Noah. Er saß an der Theke, Sophie auf dem Schoß, und die beiden putzten grüne Bohnen.

Sie ging schnell in den Nebenraum und fragte Laquita: »Du hast doch gesagt, er wäre nicht hier. Was ist los?«

»Ich weiß es nicht«, antwortete Laquita überrascht. »Ruth muss bezüglich des Ausgehens ihre Meinung geändert haben.«

Gracie zwang sich, die beiden zu begrüßen. »Feierst du heute zum ersten Mal Thanksgiving, Sophie?«, fragte sie und achtete sorgfältig darauf, außer Reichweite von Sophies Füßen zu sein.

»Hmm«, antwortete das Kind und nickte. »Die Pilgerväter haben damals Truthähne von den Indianern gekauft.«

»Ja. Oder so was Ähnliches«, meinte Noah.

»Du siehst sehr hübsch aus. Deine Sachen gefallen mir«, sagte Gracie zu Sophie.

Das Kind sah in seinem hellblauen Samtjäckchen und dem mit Spitzen besetzten weißen Blüschen bezaubernd aus. Goldene Locken umrahmten sein herzförmiges Gesicht mit den großen blauen Augen. Noahs Kind. Ihr Blut. Eine Welle diffuser Gefühle überkam sie mit solcher Heftigkeit, dass ihr fast schwindelig wurde.

»Gracie hat dir ein Kompliment gemacht, Sophie. Was sagt man dann?«

Sophie überlegte kurz. »Danke.«

Rachel winkte vom anderen Ende der Küche. Gracie dankte Rachel stumm, weil sie das genau im richtigen Moment tat.

Sie schenkte Noah und seiner Tochter ein falsches Lächeln und sagte: »Es sieht so aus, als müsste ich jetzt meinen Küchendienst antreten«, und lief davon, noch ehe einer von ihnen antworten konnte.

»Mrs. Chase, Noah und Sophie essen mit uns«, sagte Rachel zu Gracie. »Ich weiß nicht, warum sie in letzter Minute ihre Meinung geändert hat, aber ich freue mich darüber. Sie schlug vor, dass wir im großen Esszimmer aufdecken, deshalb müssen wir noch mal von vorn anfangen. Ich hoffe, du hast nichts dagegen uns zu helfen?«

Etwas dagegen haben? Gracie hätte Rachel küssen können, weil sie ihr etwas zu tun gab und sie – Gracie – im Moment nicht mehr darüber nachdenken musste, wie sie Noah alles erzählen sollte.

Sie hatte noch nie lange stillsitzen können, vor allem, wenn sie sich Sorgen machte.

Also ging sie ins kleine Esszimmer und sammelte die

Bestecke ein. Sie bewunderte gerade einen besonders schönen silbernen Vorlegelöffel, der von der Tafel der englischen Königin hätte stammen können, als sie merkte, dass Sophie neben ihr stand.

»Was machst du da?«, fragte Sophie artig.

»Siehst du diesen Löffel?«, fragte Gracie und gab ihn dem kleinen Mädchen. »Er ist so schön, dass auch eine Königin mit ihm essen würde.«

»Ihr habt keine Königin in Amerika, nicht wahr?«

»Nein. Aber wir haben einen Präsidenten.«

»Isst der auch Truthahn?«

»Ich denke schon.«

»Papa hat mich gestern zu den Pilgervätern mitgenommen.« Sie kräuselte die Nase. »Ich mag keine Preiselbeeren.«

Was für ein seltsames kleines Mädchen! Entweder es war unausstehlich oder charmant und wohlerzogen wie ein Kind aus den Zeiten Königin Viktorias.

»Was machst du da?«, wiederholte Sophie ihre Frage. »Stiehlst du das Silberbesteck?«

»Nein«, antwortete Gracie und lachte laut. »Ich bringe es von Rachels Tisch zum Tisch deiner Großmutter. Hier«, sagte sie und gab Sophie ein paar Teelöffel. »Du kannst mir helfen.«

Diese Aufforderung schien Sophie nicht sonderlich zu begeistern, aber zu ihrer Ehre muss gesagt werden, dass sie gehorsam hinter Gracie hertrottete.

Ich weiß, wer du bist, dachte Gracie, als sie die Gedecke auflegte. Ich weiß alles über dich. Natürlich kannte sie keine Einzelheiten aus Sophies Lebenslauf, aber sie wusste, wie man sich als Fünfjährige allein in einer fremden und bedrohlichen Welt fühlt. Deshalb benahm sich das Kind auch oft so widerspenstig. Wenn ein Kind unter chaotischen Bedingungen aufwächst, passt es sich entweder an und wird brav – wie Gracie – oder ein Rebell. Das

Beste, was Noah tun konnte, war ihr Stabilität und Liebe zu geben.

»Meine Großmutter hat gesagt, man soll Thanksgiving im Familienkreis feiern und nicht im Restaurant«, sagte Sophie plötzlich. »Sie und Papa haben sich heute Morgen angeschrien. Ich hasse Schreien.«

»Sie hatten sicher nur eine Meinungsverschiedenheit.«

»Nein«, beharrte Sophie. »Sie waren sehr laut. Meine Tante Giselle hat auch so geschrien, ehe sie mich weggeschickt hat.«

Gracie atmete tief ein und wagte dann den Sprung ins kalte Wasser in der Hoffnung, es möge gut gehen. »Als ich ein kleines Mädchen war, hat mein Vater auch oft geschrien. Dann versteckte ich mich im Kleiderschrank und hielt mir die Ohren zu.«

Sophie sah Gracie nachdenklich an und sagte dann: »Und ich bin weggelaufen.«

»Das kann ich gut verstehen.«

»Ich wünschte, Erwachsene würden nicht schreien.«

»Ja, ich weiß. Das wünsche ich mir auch. Aber manchmal können sie nicht anders, sonst hört ihnen niemand zu.«

Sophie nickte. »Kann ich jetzt die Teetassen holen?«

Gracie dachte kurz nach und antwortete dann: »Ja. Aber du musst sehr vorsichtig sein. Sie zerbrechen leicht.«

»Ich bin vorsichtig«, sagte Sophie.

»Versprochen?«

»Ich verspreche es«, sagte sie und nickte.

Ruth fand ihren Sohn im kleinen Hof. Er packte Holzscheite in einen Korb für das Kaminfeuer im Esszimmer.

»Sie geht sehr liebevoll mit Sophie um.«

»Wer?«, fragte Noah schroff und blickte auf.

»Gracie. Ich habe die beiden im Esszimmer miteinander reden hören. Bezaubernd.«

Noah hätte die Bemerkung am liebsten mit einer schnippischen Erwiderung beiseite gewischt. Aber es ging um Sophie. Das Thema war zu wichtig. »Was haben sie denn da gemacht?«

»Den Tisch gedeckt. Gracie hat versucht, Sophie zu erklären, warum sich Erwachsene manchmal anschreien.«

»Verdammt!«, fluchte Noah und schleuderte ein Scheit quer durch den Hof. »Sophie hat uns heute Morgen gehört.«

»Es sieht ganz so aus.«

»Wirkte sie verstört?«

»Ich denke schon. Sie scheint zu glauben, dass sich Erwachsene nur durch Schreien verständigen können.«

»Ich weiß«, sagte Noah. »In den letzten Jahren hat sie in dieser Hinsicht wohl viel durchgemacht.« Catherines Verwandte machte er für das, was geschehen war, nicht verantwortlich, denn das waren alles ältere Menschen, die mit einem lebhaften Kind überfordert gewesen waren und eine so große Verantwortung nicht mehr tragen wollten.

»Ich hatte ganz vergessen, dass Gracie heute hier sein wird.«

»Nein, das hattest du nicht vergessen«, entgegnete Noah und sah seiner Mutter in die Augen. »Allein deshalb gehen wir doch nicht ins Restaurant zum Essen.«

»Ihr beide müsst miteinander reden.«

»Dazu ist es wohl zu spät.«

»Ich versuche doch nur zu helfen.«

»Und ich versuche, die *Gazette* zu retten und Sophie ein möglichst guter Vater zu sein. Für alles Übrige habe ich keine Zeit mehr.«

Ruth stützte sich schwer auf ihren Stock. Es war offensichtlich, dass es ihr gesundheitlich nicht mehr so gut wie früher ging. »Ich habe deine Kolumne gelesen, Noah.«

Seltsam, dass ihm nie in den Sinn gekommen war, dass seine Artikel auch gelesen wurden, was ihm jetzt fast peinlich war. Und als würde er sich entschuldigen, entgegnete er: »Mary Levine liegt im Krankenhaus und ich habe sie vertreten.«

»Soweit ich das beurteilen kann, bist du in dieser Hinsicht außerordentlich qualifiziert.«

Noah murmelte einen Dank. Diese Artikel waren eigentlich eine reine Privatangelegenheit, die er ohne nachzudenken veröffentlicht hatte.

»Ich bin nur in die Bresche gesprungen, damit wir die *Gazette* zu einem anständigen Preis verkaufen können ...« Dann erging er sich in längeren Erklärungen über Anzeigenkunden und Auflagensteigerung, aber seine Mutter hob ihm Schweigen gebietend die Hand.

»Darum geht es doch gar nicht, Noah. Diese Artikel hast du mit dem Herzen geschrieben.«

»Ich schreibe für Geld«, sagte er in dem Versuch, ihren Worten die Bedeutung zu nehmen.

»Du schreibst für Gracie Taylor.«

»Ich schreibe für Sophie.«

»Vielleicht zum Teil. Aber vor allem für Gracie. Sie ist das Herz des Ganzen.«

»Das alles passierte vor langer Zeit«, sagte Noah schließlich nach einem bedrückenden Schweigen. »Sie hat unsere Beziehung beendet. Ich hätte das nie getan.« Damals hatte er zu viel von ihr verlangt. Das war ihm heute bewusst.

Nicht einmal die Liebe gab einem Mann das Recht, von einer Frau zu verlangen, ihm zu folgen, ohne die Möglichkeit, ihre Träume zu verwirklichen.

»Eben noch hast du gesagt, dass du die *Gazette* retten willst«, nahm Ruth den Faden wieder auf.

Noah schwieg.

»Du könntest es schaffen, wenn du dich wirklich dafür

einsetzt, Noah. Du hast Talent; du hast Visionen. Du kümmerst dich um ...«

Mit einem Blick brachte er seine Mutter zum Schweigen. »Du hast mich gebeten, die Zeitung zu verkaufen. Und das tue ich.«

»Während deiner Abwesenheit war ich nur die Geschäftsführerin der *Gazette*, Noah. Jetzt, da du wieder in Idle Point bist, solltest du derjenige sein, der über das Schicksal der Zeitung entscheidet.«

Und über die Zukunft der Frauen und Männer, die ihr Leben eingehaucht haben. Diese Worte sprach Ruth nicht aus, aber Noah hörte sie trotzdem.

Für die *Gazette* arbeitete eine kleine Gruppe aufeinander eingeschworener Frauen und Männer, viele in der zweiten und dritten Generation, mit viel Engagement. Die *Gazette* war ein Familienunternehmen, in dem Werte wie Loyalität und Vertrauen noch zählten. Das war Noahs Großvaters Devise und auch Simons gewesen. Und nach dem Tod seines Vaters hatte seine Mutter dieses Familienunternehmen vor dem sicheren Untergang bewahrt.

Jetzt war er an der Reihe. Und er wusste, dass die Zeitung – sollte er sie an Granite News verkaufen – innerhalb eines Jahres in ihrer jetzigen Form vom Markt verschwinden würde und mit ihr die Menschen.

Doch wenn er nicht verkaufte, musste er sich auf ein Leben mit Sophie in Idle Point einrichten.

»... sie braucht ein Zuhause ...«, sagte seine Mutter gerade, als hätte sie seine Gedanken gelesen. »Idle Point ist eine schöne Stadt für Kinder.«

Und warum habt ihr mich dann ins Internat gesteckt?, dachte er.

Aber das konnte Noah seine Mutter nicht fragen, genauso wenig wie für ihn ein Leben ohne Gracie in Idle Point möglich war.

Gracie war zu einer schönen jungen Frau geworden, zwar immer noch sehr schlank, aber sie strahlte eine Stärke aus, die Ruth faszinierte. Ruth bewunderte starke Frauen; hauptsächlich wohl deswegen, weil sie sich selbst nie als solche gesehen hatte. Sie hatte ihre Wünsche und Bedürfnisse immer denen Simons untergeordnet. Ihr Widerstand war eher ein Taktieren als von Entschlossenheit geprägt gewesen und die Konsequenzen hatten sich als verheerend herausgestellt. Gracie hingegen machte den Eindruck, den Widrigkeiten des Lebens gewachsen zu sein und nie die Fassung zu verlieren.

Außer, wenn sie Noah ansah.

Oh, sie war sehr diskret. Ihre Blicke waren flüchtig, aber das Verlangen in ihren Augen zerschnitt Ruth das Herz. Sie alle saßen in Ruths nur noch selten benutztem großem Esszimmer an der langen Tafel, mit zwei separaten Tischen für die Kinder am jeweiligen Ende. Da Rachel nichts von Tischkarten hielt, hatten sich die Gäste und Familienmitglieder ganz nach Neigung ihre Plätze gesucht. Und der Zufall hatte es gewollt, dass sich Gracie und Noah gegenübersaßen.

Ihre Beziehung zueinander war fast greifbar. Sie sind Seelenverwandte, dachte Ruth nicht zum ersten Mal. Auch empfand sie die Last dieser verlorenen acht Jahre in ihrer eigenen Seele mit. Doch sie beschwichtigte ihr Gewissen und sagte sich, dass nicht sie an dieser unglückseligen Trennung schuld gewesen sei. Auch sie hatte unter Simon gelitten, deshalb durften Noah und Gracie sie nicht dafür verantwortlich machen.

Als Gracie Mrs. Chase durch die Hintertür ins Haus kommen sah, hatten sich ihre Augen mit Tränen gefüllt.

»Mrs. Chase!«, hatte sie gerufen und war zu ihr gelaufen. Ängstlich hatte sie den eleganten Stock gemustert, den Ruth seit ihrem Unfall benutzte.

»Keine Angst«, hatte Ruth gesagt. »Ich bin wieder

ganz in Ordnung. Jetzt komm, Gracie Taylor, und umarme mich.«

»Chanel No. 5«, hatte Gracie lachend gesagt, als sich die beiden Frauen umarmten. »Wissen Sie, dass ich immer an Sie denke, wenn ich Chanel No. 5 rieche?«

Gracie hatte Ruth nichts als Liebe und Respekt entgegengebracht, doch Ruth fühlte sich beider Geschenke besonders unwürdig.

Als Gracie an Rachels Tafel einen Blick in die Runde warf, ging ihr das Herz auf. Wie hatte sie nur so lange in der Fremde und ohne diese lieben Menschen leben können? In dieser kleinen Stadt am Meer fühlte sie sich mehr mit der Welt verbunden als mitten in Manhattan.

Rachel Adams hob ihr Glas und sah lächelnd ihre Gäste und Kinder an. »Ich bin für jede und jeden von euch dankbar, für meine Bluts- und meine Seelenverwandten.« Sie trank und nickte ihrem Ehemann zu.

Jetzt stand Darnell auf und hob sein Glas. »Und ich bin für das vergangene Jahr dankbar, das ich in Gesellschaft von Menschen verbringen durfte, die ich liebe.« Er nickte Laquita zu.

Laquita drückte Bens Hand und hob ihr Glas. »Ich bin für jede Sekunde dankbar, die ich mit diesem wundervollen Mann verbringen darf« – sie sah Gracie an –, »und für meine neue Freundschaft mit seiner Tochter.«

Und so setzten sich die Toasts fort. Gracie war froh, dass sie zuletzt sprechen musste. Wer hätte gedacht, dass sich diese Hippie-Familie vom Fluss als verkappte *Waltons* – diese intakte Großfamilie aus den Blue Ridge Mountains – herausstellen würde? Sie sah ihren Vater an. Wie gut er in die Familie passte!

Noah stand auf und hob sein Glas. »Ich bin dankbar für meine Tochter Sophie und dass ich genug gesunden Menschenverstand hatte, sie nach Idle Point zu bringen.«

Er sah Gracie an und setzte sich wieder. Zwar hatte sie nicht befürchtet, er würde sagen, er sei dankbar, dass sie ihn vor acht Jahren verlassen habe. Trotzdem war sie enttäuscht.

Sophie versteckte ihr Gesicht an Noahs Schulter und weigerte sich zu reden; Sages Sohn Will war genauso schüchtern.

Dr. Jim stand auf und sagte zu Gracie: »Komm nach Hause, Dr. Taylor. Hier gehörst du hin. Meine Tür steht dir immer offen.« Dann dankte er für die Liebe, die ihm seine verstorbene Frau Ellen geschenkt hatte, für seine Freunde, für das gute Essen, und dafür, dass sich das Leben immer wieder auf unerwartete Weise erneure.

Schließlich war Gracie an der Reihe. Vierundzwanzig Personen hoben erwartungsvoll ihre Gläser, weil sie von dem »Großstadtmädchen« eine tief schürfende oder witzige Rede erwarteten. Auch sie hob ihr Glas und wollte ihren Dank aussprechen, doch sie war von ihren Gefühlen derart überwältigt, dass sie kaum reden konnte.

»Ich danke euch allen, weil ihr an eurem Tisch einen Platz für mich habt. Und ich hoffe, eines Tages für euch einen Platz an meinem Tisch zu haben.«

Alle lachten und klatschten begeistert, doch Gracie nahm nur den Blick wahr, mit dem Noah sie ansah.

Sophie wusste nicht recht, ob ihr der Truthahn samt Füllung schmeckte oder nicht, aber sie liebte die Süßkartoffeln und den Kartoffelbrei. Sie saß sehr gerade auf ihrem Stuhl und sah wie ein Engel aus, die weiße Serviette ordentlich auf dem Schoß. Mit Messer und Gabel ging sie wie eine distinguierte Europäerin um, was ihr eine Menge Komplimente einbrachte. Wer auch immer Noahs Tochter Tischmanieren beigebracht hatte, war ein vorzüglicher Lehrmeister gewesen. Und Noah war darüber so stolz wie ein König.

»Ich glaube, wir haben eine Vegetarierin in unserer Runde«, sagte Ruth, als sie ihr Besteck auf den Teller legte und sich zurücklehnte.

»Ihre Tante, bei der sie letztes Jahr lebte, isst nur vegetarisch«, erklärte Noah.

Sophie zupfte ihren Vater am Ärmel. »Und wann kommt der Nachtisch?«

»Zum Schluss. Nach allen anderen Speisen.«

»Auch am Thanksgiving Day?«

»Auch dann.«

Sophie blickte über den Tisch zu Gracie hin. »Magst du Preiselbeeren?«

Gracie nickte.

»Wenn sie sehr gezuckert sind. Die Amerikaner lieben das.«

Sophie kicherte. »Du tust ja Marshmallows auf deinen Kartoffelbrei.«

»Nein. Das sind kandierte Süßkartoffeln.« Gracie beugte sich über den Tisch und flüsterte verschwörerisch: »Du darfst es nicht weitererzählen, aber an meinem Geburtstag esse ich zum Frühstück Eistorte.«

»Wirklich?«

»Ja. Aber erst nach meinem Thunfisch-Sandwich. Erst kommt das gesunde Zeug und dann der Nachtisch.«

»Du isst Thunfisch zum Frühstück?«, fragte Sophie schockiert.

»Manchmal«, antwortete Gracie. »Und manchmal esse ich abends Cornflakes.«

Sophie war begeistert. »Wenn ich groß bin, esse ich jeden Morgen Torte zum Frühstück.«

»Na ja, vielleicht brauchst du auch noch etwas anderes für da drin«, sagte Gracie und tippte sich mit dem Zeigefinger an die Stirn. »Denn du musst deine Gehirnzellen gut ernähren.«

»Darüber muss ich nachdenken«, entgegnete Sophie

und Noahs Herz machte einen Sprung wie jedes Mal, wenn sie den Mund aufmachte und redete.

»Ja, tu das«, sagte Gracie. »Das Leben ist ziemlich kompliziert, nicht wahr?«

»Das ist es!«, bestätigte Sophie nickend.

Sophie schien glücklicher und wirkte entspannter als Noah sie jemals gesehen hatte. Die Art und Weise wie Gracie mit ihr redete, bewirkte Wunder. Sie war nicht herablassend. Sie war nicht gönnerhaft. Sie redete mit Sophie wie mit jedem beliebigen Erwachsenen. Und Sophie merkte offensichtlich den Unterschied und reagierte dementsprechend.

Ruth streckte ihre Hand aus und tätschelte seine. »Mach dir keine Sorgen«, sagte sie leise. »Alles wird gut. Ganz von selbst.«

»Ich weiß«, log er.

16. Kapitel

Die Adams-«Kinder» und deren Freunde hatten sich im Wohnzimmer breit gemacht, nachdem sie von Rachel und Darnell aus der Küche gescheucht worden waren, wo die beiden den Abwasch erledigten. Gracie musste über deren hastigen Rückzug lachen. Ben und Laquita machten zusammen mit einem von Wileys Nachkommen auf dem Sofa ein Nickerchen. Der Fernseher plärrte – es wurde ein Football-Spiel übertragen, dem niemand zuschaute. Sage, Morocco, Joe und zwei ihrer Schwestern – und deren Sprösslinge – spielten draußen Football. Cheyenne und Storm zogen sich ins Nähzimmer zurück, um an ihren Kleider weiterzuarbeiten. Sie baten Gracie, noch einmal den Hosenanzug anzuprobieren, den Rachel für sie schneiderte, doch Gracie meinte, wenn sie den Anzug heute Abend anziehe, müssten alle Nähte rausgelassen werden.

Ruth hatte sich entschuldigt und war nach oben gegangen, um sich auszuruhen. Noah und Sophie waren einfach verschwunden. Gracie war rastlos und unruhig. So groß dieses Haus auch war, schienen ihre Gefühl doch die Wände sprengen zu wollen und sie sehnte sich nach der Einsamkeit der Felsenküste. Wie herrlich es doch war, den Strand direkt vor der Tür zu haben. In New York war sie für verrückt erklärt worden, weil sie ihr Auto behalten hatte, doch sie brauchte ein Verkehrsmittel, um jederzeit dem Lärm und den Menschenmengen entfliehen zu können. Die U-Bahn nach Coney Island oder den Bus nach Rockaway zu nehmen, war einfach nicht dasselbe wie mit dem Auto nach Osten durch Queens nach Long Island zum Jones Beach zu fahren. Der weite glatte Sandstrand war zwar nichts im Vergleich mit der zerklüfteten Felsküste, an der sie ihre Kindheit verbracht hatte, aber zu wissen, dass dasselbe Meer gegen die Küsten von Idle Point donnerte, war ihr ein Trost.

Gracie nahm ihre Jacke aus dem Wandschrank und ging durch die Hintertür in den Garten. Neben der Treppe entfalteten zwei spät blühende, blutrote Rosen gerade ihre Blätter. Den Pfad zum Felsenstrand unter dem Leuchtturm hatten früher Strandrosen gesäumt. Früher einmal, in einem anderen Leben hatte Noah mit einer Rose ihre Hüfte und ihren Oberschenkel gestreichelt. Diese so sinnliche wie schmerzlich süße Geste könnte keine Frau vergessen. Noch heute erinnerte sie sich an seinen Blick, den leichten Salzgeruch auf seiner Haut, die leicht schwielige Spitze seines Zeigefingers und die samtenen Rosenblätter auf ihrem nackten Körper. Wäre die Welt in diesem Augenblick untergegangen, wäre sie mit der Gewissheit gestorben, unermesslich glücklich gewesen zu sein.

Noah würde ihr nie gehören, aber sie besaß diese Erinnerungen und manchmal gelang es ihr sogar sich einzureden, dass ihr diese Erinnerungen genügten.

Furchtlos lief Sophie in ihrem Parka über dem schicken Samtkleidchen über die Felsen, als wäre sie in Idle Point und nicht auf der anderen Seite des Meers geboren worden.

»Sophie, sei vorsichtig!«, rief Noah in den Wind. »Die Felsen sind glitschig.«

Sie hörte ihn nicht. Wahrscheinlich wäre auch er in ihrem Alter taub für jede Warnung gewesen. Was für ein winziges Wesen sie doch angesichts der Macht des Windes und der Gezeiten ist, dachte Noah. Ginge es nach ihm, würde er sie im Haus einsperren, bis sie erwachsen war.

Mit ausgebreiteten Armen sprang sie, die über ihr kreisenden Möwen nachahmend, von Fels zu Fels. Auch Gracie war als Kind so voller Energie und Enthusiasmus gewesen.

»Man könnte meinen, sie wäre hier geboren.«

Noah war überrascht, dass er Gracies Gegenwart nicht gespürt hatte, ehe er ihre Stimme hörte. »Genau das habe ich eben auch gedacht.«

Gracie formte mit den Händen einen Trichter vor ihrem Mund und rief: »Soooophie!«

Seine Tochter blieb auf einem großen Felsen stehen, drehte sich um und winkte.

Gracie winkte zurück. Ihre übergroße Jacke bauschte sich im Wind wie ein Fallschirm. »Hat sie schon gesehen, wie Möwen Muscheln aufbrechen?«

»Ich glaube nicht.«

Gracie ließ ihren Blick über die Felsenküste schweifen. »Ich kann mich noch gut daran erinnern, als du zum ersten Mal gesehen hast, wie eine Möwe die Muschel auf den Felsen hat fallen lassen, damit sie zerbricht.«

»Du hast mir die Augen für die Schönheit der Natur geöffnet.«

»Sieh zu, dass du deine Tochter einholst«, sagte Gracie und schlang die Arme um ihren schlanken Oberkörper. »Bei Ebbe kannst du ihr die Fauna und Flora des Strandes zeigen.«

»Wie es dich Grandma Del gelehrt hat.«

»Daran erinnerst du dich?«, fragte sie und spähte unter dem Rand ihrer Kapuze hervor.

»Ich erinnere mich an vieles, Gracie.«

Noah merkte erst, dass sie nicht mehr neben ihm stand, als sie bereits über den felsigen Strand lief – schnell und anmutig, wie sie alles tat. Kein Ausrutschen, kein zögernder Schritt. Dieser Strand war die Heimat ihres Herzens, war es immer gewesen.

Noah aber musste bei jedem seiner Schritte darauf achten, auf den glitschigen Felsen, die sich unter seinen Füßen zu bewegen schienen, nicht auszurutschen. Gracie und Sophie hingegen liefen darüber hinweg, als wäre die Küste ein flacher Sandstrand. Wenigstens war es noch hell, denn in der Dunkelheit wäre er nicht gern bei steigender Flut hier draußen.

Gracie hatte ihn während jener heißen Sommernächte immer ausgelacht, weil er lieber im Schatten des Leuchtturms geblieben war, als sich zu weit auf den steinigen Strand hinauszuwagen. Sie war ein Geschöpf dieser Küste, während er immer das Gefühl gehabt hatte, nicht hierher zu gehören.

Er blieb kurz stehen und sah Gracie und seine Tochter weit vorn mit gesenkten Köpfen an der Wasserlinie entlanggehen. Gracie deutete immer wieder auf Pflanzen und Tiere am Strand und Sophie schien fasziniert zu sein – wenn er ihre Körpersprache richtig deutete.

Er wusste genau, wie sich seine Tochter fühlte.

Wir drei geben ein schönes Bild ab, dachte Gracie. Gut aussehender Mann mit netter Frau und glücklichem Kind, die bei Sonnenuntergang einen Spaziergang am Strand machen.

Als wären wir eine Familie.

Sag's ihm, Gracie, dachte sie. Jetzt ist der richtige Zeitpunkt. Tu's für Sophie, wenn du es nicht für Noah und dich tun kannst.

»Ben und Laquita scheinen sehr glücklich miteinander

zu sein«, sagte Noah, der die beiden inzwischen eingeholt hatte. Sophie hüpfte vor ihnen her den Strand entlang. »Welche Chancen räumst du den beiden ein?«

»Ich glaube, sie werden es schaffen«, entgegnete Gracie und hob einen wunderschön gerieffelten Stein auf. »Sie sind zwar ein seltsames Paar, kommen aber gut miteinander aus.«

»Wir beide hätten es auch geschafft«, sagte Noah, ohne seine Tochter aus den Augen zu lassen.

»Ja«, antwortete Gracie, »wahrscheinlich schon.« Sag's ihm, Gracie. Dieser Augenblick ist so gut wie jeder andere. Es gab keinen Grund mehr, Simons Geheimnis weiter zu wahren. Es war Zeit, Bewegung in die verfahrene Situation zu bringen.

»Ich hab's nicht begriffen, Gracie. Du hast mich mal den ›reichen Jungen‹ genannt, erinnerst du dich? Und du hattest Recht. Ich habe nicht begriffen, was es für dich bedeutet hat ... was für ein Opfer ich von dir verlangt habe.«

Gracie nahm ihren ganzen Mut zusammen und sagte: »Du hast Recht. Wir müssen darüber reden, was damals passiert ist. Du musst endlich die Wahrheit erfahren.«

Sein Gesicht spiegelte viele Gefühle wider, und jedes brach ihr schier das Herz. »Ich sehe uns überall. Wie du im Mondlicht ausgesehen hast ...«

»Lass das«, sagte sie. »Wir können nicht ...«

»Ich habe Sophies Mutter nicht geliebt.«

»Das will ich nicht hören.«

»Ich mochte sie. Wir hatten viel Spaß zusammen.« Er zwang sie, ihm in die Augen zu sehen. »Sie hat mich an dich erinnert – sie ist ehrgeizig und zielstrebig, Eigenschaften, die ich nie nötig hatte. Ich wollte keine feste Bindung eingehen, weil ich Angst hatte, jemandem oder mir selbst weh zu tun.«

»Und was hat sie gewollt?«

»Sex und Spaß«, entgegnete Noah, schwieg eine Weile und ließ den Blick wieder zu Sophie schweifen. »Catherine ist keine Frau, die sich von ihrem Ziel abbringen lässt.«

»Und deshalb hat sie wohl Sophie weggeben.«

»Ich bin mir nicht sicher, ob es dafür überhaupt eine Erklärung gibt.«

Hätte Catherine ihre Tochter sofort nach der Geburt weggeben, wäre Sophie bei Adoptiveltern in einem richtigen Zuhause aufgewachsen und nicht jahrelang zwischen Verwandten und Freunden hin und her geschoben worden, bis endlich jemand auf den Gedanken gekommen war, ihrem Vater zu sagen, dass er ein Kind habe.

»Bei dir hat Sophie es gut.«

»Ich muss noch besser werden.«

»Das kommt mit der Zeit«, sagte Gracie. »So wie ich es sehe, machst du alles richtig.«

»Aber ich kann mir nicht erklären, warum Sophie beißt und um sich tritt.«

»Sie hat Angst, die sie anders nicht ausdrücken kann.«

»Warum redet sie nicht mit mir darüber?«

»Das wird sie bestimmt eines Tages, sobald sie glaubt, dass du ein verlässlicher Typ bist.«

»Ein verlässlicher Typ?«

»Ja, ein Mensch, der sie nicht im Stich lässt, wie bisher jeder Erwachsene in ihrem Leben.«

»Das habe ich ihr von Anfang an gesagt.«

»Ben hat mir das auch gesagt. Beweis es ihr, dann wird sie anfangen, dir zu glauben.«

Wieder Schweigen.

»Sobald die *Gazette* verkauft ist, kehre ich mit Sophie nach London zurück.«

»Weil du die Stadt liebst?«

Geh nicht fort, Noah. Bleib hier. Bau für dich und Sophie ein Leben in Idle Point auf, flehte Gracie stumm.

»Weil ich es nicht ertragen kann hierzubleiben.«

»Ich weiß«, flüsterte Gracie. »Mir geht es genauso.« Sie hoffte noch immer.

»Und was ist mit dir?«, fragte er. »Du sagtest doch, dass du nach der Hochzeit wieder nach New York fährst.«

»Ich weiß noch nicht, was ich nach der Hochzeit tue.«

»Ich dachte, du hast dort einen guten Job.«

»Gehabt«, stellte Gracie richtig und beobachtete Sophie, die den beiden weit voraus war. »Ich wurde suspendiert.« Kurz erklärte sie ihm den Grund dafür.

»Du hast dich kein bisschen geändert.«

»Wie soll ich das verstehen?«

»Mir wäre es recht, Sophie würde sich an dir ein Beispiel nehmen.«

»Sie wird einen besseren Weg finden, mit dem Leben fertig zu werden«, entgegnete Gracie, ohne auf das Kompliment einzugehen. Und hoffentlich einen Weg, der ihr nicht das Herz bricht, fügte sie in Gedanken hinzu.

Da blieb Sophie stehen, bückte sich und inspizierte etwas am Strand.

»Ich habe dich vermisst, Gracie«, sagte Noah.

»Ich dich auch.« Du bist die andere Hälfte meines Herzens und wirst es immer sein, dachte sie, schickte stumm ein Stoßgebet zum Himmel und platzte heraus: »Ich wollte dir erzählen, warum ...«

Da schrie Sophie plötzlich und zerstörte die vertraute Stimmung.

Sekunden später waren beide bei ihr. Sie warf sich sofort in Noahs Arme. Eine Möwe, in eine Angelschnur verheddert, lag sterbend im Sand. Der Angelhaken steckte in ihrem Hals. Gracie wusste sofort, dass der Vogel nicht zu retten war und schüttelte nur den Kopf, als Noah sie fragend anschaute.

»Ist schon gut, Sophie«, sagte er und drückte seine weinende Tochter fest an sich. »Gracie ist Tierärztin und weiß, was zu tun ist.«

Das wusste Gracie allerdings, wollte es aber vor dem Kind nicht aussprechen. Sophie hatte schon genug Hässliches erlebt und sollte nicht auch noch mit dem Tod konfrontiert werden.

»Die Möwe ist verletzt!«, schrie Sophie und schaute Gracie an. »Mach, dass es aufhört, weh zu tun, Gracie. Tu was!«

Der Vogel würde nur noch ein paar Minuten leben, da er schon flach und schnell atmete und auf Berührungen nicht reagierte. Gracie wollte gerade ihre Jacke ausziehen und die Möwe darin einwickeln, als Noah ihr seine Jacke anbot. Mit einer Handbewegung bedeutete sie ihm, Sophie abzulenken, während sie schnell den Vogel einhüllte.

»Was machst du mit der Möwe?«, fragte Sophie, das Gesicht fest an die Schulter ihres Vaters gepresst.

»Ich werde dafür sorgen, dass sie sich wohl fühlt«, sagte Gracie, auf dem schmalen Grad zwischen Wahrheit und Unwahrheit wandelnd.

»Wird ihr dann nichts mehr weh tun?«

»Nein«, antwortete Gracie. »Das verspreche ich dir.«

Im Haus angekommen, wollte sich Sophie mit Gracie auf die Suche nach Dr. Jim machen, aber Noah hielt sie zurück.

»Du frierst und bist völlig durchnässt«, sagte er. »Gehen wir zuerst nach oben und wärmen uns auf.«

Einmal einen ruhigen Nachmittag zu haben, wäre zu schön gewesen um wahr zu sein, dachte Noah. Als er die noch immer weinende Sophie die Treppe hochtrug, bekam sie einen Wutanfall und strampelte so heftig schluchzend in seinen Armen, dass beide völlig außer Atem waren, als sie endlich in ihr Zimmer kamen. Jedes Mal, wenn Noah glaubte, als Vater Fortschritte gemacht zu haben, stolperte er über ein weiteres Hindernis.

»Zieh dich aus und deinen Morgenmantel an, während ich dir ein Bad einlaufen lasse.«

»Ich will nicht baden.«

»Nach einem schönen heißen Schaumbad wird es dir besser gehen.«

»Ich will nicht, dass es mir besser geht.«

»Und ich möchte nicht, dass du dich erkältest, Sophie.«

Da rannte sie zur Tür hinaus. Am oberen Treppenabsatz holte er sie ein, klemmte sie sich unter den Arm und trug sie ins Zimmer zurück.

»Ich will dem Vogel helfen, Papa«, schluchzte sie und wehrte sich, als er ihr die nassen Kleider ausziehen wollte. »Ich muss zu Gracie und ihr helfen.«

»Gracie ist Tierärztin«, wiederholte er, »und Dr. Jim auch. Die beiden sorgen dafür, dass der Möwe nichts mehr weh tut.«

»Aber ich habe sie doch gefunden. Bestimmt wartet sie auf mich.«

»Gracie kümmert sich um sie und kommt dann bestimmt zu dir. Aber zuerst musst du baden und dein Nachthemd anziehen.« Wo liegt die Grenze zwischen schmerzlicher Wahrheit und tröstlicher Lüge? Sophie schaute ihn skeptisch an, war jedoch zu müde zum Kämpfen. Und Noah zögerte nicht, diese Ruhepause zu nutzen.

Dr. Jim legte einen Arm um Gracies Schultern und sagte: »Wir konnten die Möwe nicht retten. Der Vogel hatte keine Überlebenschance.«

»Das weiß ich«, entgegnete Gracie. »Und auch alles über die Nahrungsmittelkette und die Gesetze der Natur. Damit hatte ich viel in New York zu tun.«

Sie kannte den Unterschied zwischen einem hoffnungslosen Fall und absichtlicher Tötung. »Ich habe den Vogel nur Sophies wegen mitgenommen. Der Ausdruck in ihren Augen ...«

»Die Kleine hat schon viel durchgemacht«, sagte Dr. Jim. »Natürlich wolltest du ihr Kummer ersparen.«

»Ich weiß nicht, wie Noah damit umgehen wird«, meinte Gracie. Eltern behandelten das Thema Tod auf unterschiedliche Weise. Aber sie wollte Sophie auf keinen Fall belügen.

»Als ich dich und Noah zusammen gesehen habe, musste ich an die Vergangenheit denken«, sagte Dr. Jim. »Ich habe immer gehofft, aus euch würde ein Paar.«

»Ich auch«, antwortete Gracie leise lachend.

»Und was hält euch davon ab? Ich habe doch gesehen, wie ihr euch beim Essen angeschaut habt. Zwischen euch hat sich doch nichts geändert.«

»Eine Menge hat sich geändert, Dr. Jim.«

»Aber nichts Wesentliches.«

»Ich hoffe, dass wir wieder Freunde sein können«, antwortete Gracie ausweichend, denn sie wollte dieses Gespräch nicht vertiefen.

»Womit du mir auf höfliche Weise zu verstehen gibst, ich solle mich um meine eigenen Angelegenheiten kümmern.«

»Das würde ich niemals wagen.«

»Nein«, sagte Dr. Jim lächelnd. »Aber ich tu's trotzdem.«

Schweigend standen die beiden noch eine Weile am Fenster und sahen die Sonne hinter den Hügeln untergehen.

»Dein Platz ist in Idle Point«, sagte Dr. Jim dann zum Abschied. »Mir ist es ernst mit dem, was ich beim Essen gesagt habe.«

»Das weiß ich«, entgegnete Gracie, »und dafür liebe ich Sie.«

Gracie blieb noch kurz vor der Tür stehen und ging dann ins Haus zurück. Laquita kam zu ihr.

»Dein Vater wird müde«, sagte sie, »und ich muss um

Mitternacht meinen Dienst antreten. Hast du was dagegen, wenn wir nach Hause fahren?«

Gracie zögerte. Am Strand hatte sie endlich den Mut aufgebracht, um Noah zu erzählen, was an jenem Tag passiert war, als sie ihn verlassen hatte. Doch danach hatte sich kein günstiger Zeitpunkt mehr für dieses Gespräch ergeben. »Fahrt schon mal ohne mich voraus«, sagte Gracie und erzählte Laquita, dass Sophie einen verletzten Vogel am Strand gefunden habe. »Ich bleibe noch ein Weilchen. Vielleicht will Sophie mit mir darüber reden.«

»Und wie kommst du nach Hause?«

»Darüber habe ich mir noch keine Gedanken gemacht.«

Da nahm Laquita ihre Autoschlüssel aus der Tasche und gab sie Gracie. »Hier. Nimm mein Auto.«

»Das brauchst du doch.«

Laquita antwortete grinsend: »Wozu habe ich denn zehn Geschwister? Was wäre das für eine traurige Welt, würde uns nicht einer meiner Brüder oder Schwestern mitnehmen?«

Gracie bedankte sich und Laquita machte sich auf die Suche nach jemandem, der Ben und sie heimfahren würde. Dieses Geben und Nehmen war Teil ihres Familienlebens. Da, nimm mein Auto ... He, bring mich doch schnell mal dorthin ... Es ist kalt, ich leih dir meinen Pullover ... Weißt du noch, als wir ...

Das und vieles mehr könnte ich auch haben, wenn ich nach Idle Point zurückkehrte, dachte Gracie. Ich muss nur zugreifen und bekomme fast alles, was ich mir im Leben gewünscht habe. Eine große, laute, liebevolle Familie – wenn auch nur angeheiratet. Eine gute Beziehung zu meinem Vater. Eine Partnerschaft mit Dr. Jim. Sogar Noah – und auch Sophie – wenn auch anders, als ich es mir erträumt habe. Ein Wort genügte, und alles würde ihr gehören.

»Weißt du, wo Noah ist?«, fragte Gracie Rachel, die das Geschirr wegräumte.

»Er hat nach dir gesucht«, entgegnete Rachel und machte die Vitrine zu. »Sophie möchte, dass du sie badest.«

Zweiter Stock, dritte Tür links.

Gracie flog förmlich die Treppe hoch. Die Zeichen waren unübersehbar. Sie hatte ein Motiv und musste die Gelegenheiten, die ihr geboten wurden, nutzen. Sie hatte es satt, nur ein halbes Leben zu leben und sehnte sich nach mehr – auch für Sophie und Noah. Das war zwar nicht das Happy End, von dem sie acht Jahre lang geträumt hatte, aber mehr als sie für möglich gehalten hätte. Sag's ihm heute Abend. Sag's ihm, ehe du aus dem Haus gehst, dachte sie. Wir können zwar kein Liebespaar mehr sein, aber doch Teil des Lebens des anderen. Wie Freunde könnten sie zusammen alt werden und miteinander erleben, wie Sophie heranwächst. Und obwohl diese Vorstellung schmerzlicher war, als sie je für möglich gehalten hätte, war so ein Leben viel besser als ohne ihn zu sein.

Gracie klopfte an Sophies Zimmertür und rief: »Ist da drin jemand, der baden will?«

»Komm rein!«, rief Noah. »Du kommst keine Minute zu früh.«

Gracie betrat ein Zimmer, von dem sie als Kind nur hatte träumen können. Groß und luftig, in weißen und rosa Farbtönen. Ein Sitz am Fenster. Auf dem Nachttisch Bücherstapel: *Madeleine*, *Harry Potter* und die Gesamtausgabe der Kinderbücher von Dr. Seuss. Ein Paradies!

Sophie stand nackt und sichtlich verärgert mitten im Zimmer.

Noah saß ratlos auf der Bettkante.

Beide schauten Gracie an, als wäre sie die Antwort auf ihre Gebete.

»Barbies Traumhaus!«, rief Gracie ungläubig. Das Puppenhaus stand in seiner ganzen Plastikpracht links neben dem Fenstersitz. »Sophie, du hast Barbies Traumhaus!« Gracie ging davor in die Hocke und bewunderte jede Einzelheit.

»Hast du Barbie-Puppen gehabt, als du klein warst?«, meinte Sophie skeptisch.

»Na klar«, sagte Gracie. »Eine von den Strand-Barbies. Sie hatte ein Surfbrett unterm Arm und war das ganze Jahr über sonnengebräunt.«

»Gab es damals wirklich schon Barbie-Puppen?«

»Prähistorische Barbies«, entgegnete Gracie, ohne eine Miene zu verziehen. »Ken gab es mit Lendentuch und Keule.«

»Ich habe zwei Barbies und einen Ken.« Etwas leiser fügte Sophie hinzu: »Sie haben ihm die Beine ausgerissen.«

Gracie begegnete über Sophies Kopf hinweg Noahs Blick. Er konnte nur mühsam ein Lachen unterdrücken.

»Eigentlich wollten sie's nicht tun. So was passiert eben manchmal.«

»Ken sollte besser aufpassen«, entgegnete Gracie ebenso ernst wie Sophie.

»O ja«, stimmte Sophie zu, »sonst passiert ihm noch was Schlimmes.«

Noah und Gracie brachen in schallendes Gelächter aus. Zuerst starrte Sophie die beiden wütend an, lachte dann aber auch und freute sich, der Quell dieser Fröhlichkeit zu sein.

»Okay, Sophie«, sagte Noah dann und stand auf. »Zeit zum Baden. Seit einer halben Stunde quengelst du schon rum.«

Sophie schaute Gracie erwartungsvoll an und fragte: »Wäschst du mir die Haare?«

»Ich habe noch nie einem kleinen Mädchen die Haare

gewaschen«, antwortete Gracie. »Willst du wirklich, dass ich es tue?«

»Was! Du hast das noch nie getan?«

»Nein, aber einen Cocker-Spaniel hab ich mal gebadet«, sagte Gracie und Sophie kicherte. »Und Pudel und Dalmatiner. Einmal habe ich sogar eine Katze gebadet, die wegen der Seifenblasen fürchterlich niesen musste.«

Sophie zupfte an ihrem Ärmel. »Katzen kann man doch nicht baden.«

»Sicher geht das«, sagte Gracie und nahm Sophies Hand. »Obwohl es ihnen nicht gefällt.«

»Ich hatte einen Kater namens Fred, als ich bei Tante Sarah und Onkel Hamish gelebt habe. Der ist bei Regen nie rausgegangen.«

»Wer? Onkel Hamish?«, fragte Gracie mit gespielter Naivität.

»Nein, du Dummkopf!«, antwortete Sophie kichernd. »Fred natürlich.«

Die beiden alberten weiter herum, während Noah das Badewasser einlaufen ließ. Sie stellten sich vor, wie Pyewacket träge mit der Pfote nach den Seifenblasen schlüge und Sophie lachte Tränen.

Ruth las den neuesten Krimi von Dick Francis, als Dr. Jim zu ihr in die Bibliothek kam, um sich zu verabschieden.

»Ich danke dir für diesen schönen Tag, Ruthie«, sagte er und setzte sich aufs Sofa. »Mein erstes Thanksgiving nach Ellens Tod in deinem Haus feiern zu dürfen, war sehr tröstlich.«

»Danke nicht mir, Jim, sondern Rachel. Sie hat alles arrangiert. Ich war nur Gast auf dieser Party.«

Wenn Jim lächelte, hatte Ruth immer den Eindruck, die Welt sei ein hellerer Ort, als sie es tatsächlich war.

»Ich war schon lange nicht mehr mit so vielen fröhlichen Leuten zusammen«, sagte er.

»Ja, Rachel und Darnell sind glückliche Menschen.«

»Stimmt. Und sie haben eine Schar prächtiger Kinder großgezogen.«

Die beiden plauderten noch eine Weile über Laquita und Bens bevorstehende Hochzeit; dann kamen sie wie selbstverständlich auf Noah und Gracie zu sprechen.

»Wenn je ein Mann und eine Frau füreinander bestimmt sind, dann diese beiden«, sagte Jim und schüttelte sein ergrautes Haupt. »Ich bin nie dahinter gekommen, warum sie sich getrennt haben.«

»Die Gründe dafür kennen wohl nur Noah und Gracie«, antwortete Ruth steif, um ihr Schuldbewusstsein zu kaschieren. »Ich würde es nie wagen, einen von beiden danach zu fragen.«

»Das sollst du auch nicht«, sagte Jim obenhin. »Ich wollte nur sagen, wie sehr ich das bedauere.«

Ruth nahm ihre Lesebrille ab und rieb sich den Nasenrücken. »Entschuldige bitte, Jim, wenn ich etwas schroff war. Feiertage wecken immer eine Menge Erinnerungen in mir und manche davon sollte man besser ruhen lassen.«

»Wie Recht du hast«, sagte er und stand auf. »Mir geht es um Gracie. Ich erhoffe mir immer noch das Beste für sie.«

»Mir geht es genauso«, sagte Ruth. »Für beide.«

»Ich wünschte mir nur, ich könnte etwas dazu beitragen, die Sache wieder in Ordnung zu bringen.« Er beugte sich vor und küsste Ruth auf die linke Wange. »Also liegt es wohl in Gottes Hand.«

Nachdem Jim gegangen war, saß Ruth lange da, starrte ins Feuer und wünschte sich, sie hätte den Mut, Ordnung in die Dinge zu bringen. Doch der Gedanke, längst begrabene Erinnerungen wieder aufleben zu lassen, erschreckte sie zutiefst.

Wenn Noah und Gracie füreinander bestimmt waren,

würden sie den Weg zueinander finden – auch ohne ihre Hilfe.

Zum ersten Mal in den drei Monaten, seit Noah Sophie zu sich genommen hatte – fühlte er, wie die Spannung aus seinem Körper wich. Noch nie hatte er seine Tochter so frei und übermütig lachen hören.

Noah wollte Sophie in die Wanne setzen, aber sie bestand darauf, dass Gracie es tat.

»Bist du etwa ein Pudel?«, neckte Gracie Sophie.
»Nein!«
»Bist du ein Cocker-Spaniel?«
»Nein!«
»Tja, dann weiß ich nicht, ob ich dich baden kann.«
Eine Sekunde später saß Sophie im Schaumbad. Nur ihr herzförmiges Gesicht mit dem Wust blonder Locken schaute noch heraus.

»Solltest du nicht lieber deine Jacke ausziehen?«, fragte Noah. »Sie wird dich nass spritzen.«

»Meine Jacke!«, rief Gracie überrascht. »Ich habe total vergessen, dass ich sie noch anhabe.« Also zog sie sie aus und hängte sie an den Haken hinter der Tür. »Wo waren wir stehen geblieben?«, fragte sie und krempelte die Ärmel hoch. »Ach, ja. Ich wollte gerade eine Katze baden.«

Sophie genoss jeden Augenblick. Gracie behauptete zwar, noch nie kleine Kinder gebadet zu haben, meisterte diese Aufgabe jedoch geschickt wie eine geübte Mutter. Auf jeden Fall besser als er. Sie steckte Wattebäusche in Sophies Ohren und achtete darauf, dass ihr kein Schaum in die Augen kam. Und nach dem Bad duschte sie Sophie ab und wickelte sie in ein großes, warmes Badetuch.

»Hast du einen Föhn?«, fragte sie Noah.

Er nahm den Haartrockner aus dem Schränkchen unter dem Waschbecken.

»Oh, gut«, sagte Gracie. »Er hat einen Diffusor.«

»Was ist denn ein Diffusor?«

»Siehst du das?«, sagte Gracie und deutete auf die breite Düse am Gebläse. »Den braucht man zum Trocknen von lockigem Haar.«

»Ja, Papa«, mischte sich Sophie ein. »Das weiß doch jeder.«

»Ich höre das zum ersten Mal«, murmelte er und zog sich wohlweislich zurück.

Gracie schaltete die niedrigste Gebläsestufe ein und wenige Minuten später hatte Sophie einen glänzenden, süß duftenden Lockenkopf.

Sogar in ihren glücklichsten Momenten hatte Gracie immer etwas Trauriges an sich gehabt, doch heute Abend war diese Trauer fast greifbar. Nie würde Noah den Ausdruck in ihren Augen vergessen, als Sophie nach ihrer Hand griff und mit ihr aus dem Bad ins Schlafzimmer ging.

»Wie schön du bist, kleines Fräulein«, sagte Gracie, als Sophie in ihrem rosa Frotteebademäntelchen eine Pirouette drehte.

»Okay, Sophie«, sagte Noah und zog ihr ihr hübschestes Nachthemd über den Kopf. »Ab ins Bett.«

»Nein!«, protestierte Sophie und stampfte mit dem Fuß auf. »Noch nicht!«

»Es ist schon spät«, sagte er. »Und du hattest einen langen Tag.«

»Nein, hatte ich nicht.«

»Sophie, ich sage dir ...«

»Nein!«

Gracie ging schweigend ins Bad und als sie wieder herauskam, hatte sie ihre voluminöse Jacke an.

»Geh noch nicht!«, rief Sophie. »Ich will nicht, dass du gehst.«

»Ich möchte auch nicht gehen«, sagte Gracie ruhig,

»aber wenn du mit deinem Daddy streitest, gehe ich nach Hause.«

»Ich will nicht mit Papa streiten.«

»Weißt du noch, dass ich dir gesagt habe, dass Erwachsene manchmal ganz laut reden, weil sie glauben, sonst nicht gehört zu werden?«

Sophie nickte.

»Und genau das hast du jetzt getan.«

Sophie schaute mit ihren großen blauen Augen zu Noah hoch, und er wäre am liebsten in den nächsten Spielzeugladen gelaufen und hätte ihr ein Dutzend Barbie-Traumhäuser gekauft, um wieder ein Lächeln auf ihre Lippen zu zaubern.

»Gracie hat Recht, Sophie«, sagte er stattdessen. »Wir beide müssen noch viel lernen, nicht wahr?«

Sophie geriet zwar schnell in Wut, vergaß aber ebenso schnell, was sie wütend gemacht hatte. Einen Augenblick später lachte sie schon wieder und ließ sich von ihrem Vater ins Bett bringen. Während Gracie zärtlich ihr Haar streichelte, las er ihr eine Seite aus einem Harry Potter-Roman vor. Dann war Gracie an der Reihe und sie erzählte von Pyewackets Abenteuern während der Fahrt von New York nach Idle Point.

Sophies Lider flatterten und fielen dann zu. Noah und Gracie warteten, bis sie sicher waren, dass Sophie schlief und gingen dann auf Zehenspitzen zur Tür.

»Fährt Pyewacket wieder nach New York zurück?«, krähte da Sophie hinter ihnen.

»Das weiß ich noch nicht«, sagte Gracie und verdrehte die Augen. »Pye wird es mir schon sagen.«

Sophie gähnte. »Was ist mit meiner Möwe? Habt ihr, du und Dr. Jim, sie geheilt?«

Gracie blieb schier das Herz stehen. Auf diese Frage hatte sie gewartet und gehofft, ihr ausweichen zu können.

»Hat er ...?«, flüsterte Noah.
»Ja«, sagte sie. »Ich möchte Sophie nicht belügen.«
»Ich auch nicht.«
Es war sehr wichtig, dass Sophie auch in scheinbar kleinen Dingen die Wahrheit erfuhr.
»Die Möwe war ganz schlimm verletzt, Schatz«, sagte Gracie und kauerte sich vor Sophies Bett. »Dr. Jim und ich haben alles getan, damit ihr nichts mehr weh tut.«
»Geht es ihr jetzt besser?«
»Wir mussten sie aufgeben, Sophie. Es tut mir so Leid. Wir haben wirklich unser Bestes getan, aber wir konnten die Möwe nicht retten.«
»Du meinst, sie ist fort?«
»Ja, Schatz.«
»Dann muss ich sie suchen.«
»Nein, Sophie, das musst du nicht.« Noah beugte sich über seine Tochter. »Die Möwe ist gestorben.«
Darüber dachte Sophie eine Weile nach. Weder Gracie noch Noah wussten, wie sich das kleine Mädchen den Tod vorstellte.
»Und wo ist meine Möwe jetzt?«
»Dr. Jim hat sie mitgenommen«, antwortete Gracie, »und bringt sie an den Strand zurück, wo sie hingehört.«
Die Natur ist unerbittlich, doch der Gedanke, dass aus dem Tod neues Leben entsteht, hatte etwas Tröstliches. Mit fünfeinhalb Jahren konnte Sophie diese Gesetzmäßigkeit noch nicht verstehen.
Die beiden warteten, bis Sophie schließlich eingeschlafen war, ließen das rosa schimmernde Nachtlicht an und gingen auf Zehenspitzen in den Flur. Nach dem fröhlichen, lärmenden Thanksgiving-Essen kam ihnen das Haus noch stiller vor.
»Hör mal«, sagte Gracie an der offenen Tür und neigte den Kopf zur Seite. »Kein Ton mehr. Endlich ist sie eingeschlafen.«

Noahs Gesicht war nur Zentimeter von ihrem entfernt. In seinem Blick lagen Bewunderung und auch Schmerz. »Du kommst fabelhaft mit Sophie zurecht.«

»Ich glaube, wir sprechen dieselbe Sprache.«

»Sie hat es in ihrem kurzen Leben sehr schwer gehabt«, sagte er. »Seit ihrer Geburt wurde sie hin und her geschoben und dann kommt ein Mann daher und sagt: ›Ich bin dein Vater, Kind‹ und nimmt sie mit in ein fremdes Land.«

»Welch ein Glück, dass Sophie dich hat. Du gibst ihr die Familie, die sie braucht.«

»Nein«, sagte er. »Ich hatte Glück. Sie ist das einzig Gute, was mir im Leben passiert ist, seit ich dich verloren habe.«

»Es tut so weh, Noah«, füsterte Gracie. Er war ihr so nahe, dass sie wieder den salzigen Geruch auf seiner Haut riechen konnte. »Als du mir gesagt hast, dass Sophie deine Tochter ist, hat es mir so weh getan, dass ich dachte, ich müsste sterben.«

»Jetzt weißt du, wie das ist«, sagte er und seine Stimme war rauh vor Wut und Sehnsucht. »Wie ich mich gefühlt habe, als du mich verlassen hast. Wie konntest du mir das antun, Gracie?«

»O Gott, ich wollte doch nicht, dass du leidest. Ich hatte so viel Angst und wusste nicht, wohin. Mir blieb keine andere Wahl.«

»Ich habe dich zu sehr gedrängt«, sagte er, seine Lippen berührten fast ihren Mund. »Du solltest alles aufgeben, wofür du hart gearbeitet hast. Ich wollte dich ganz allein für mich haben.«

»Nein, nein, das meine ich nicht ... O Gott, es ist so schwer für mich ... dich wieder zu sehen ... dich mit Sophie zu sehen ...«

Sie fielen einander in die Arme, als wäre das der sicherste Platz auf der Welt. Ihre Küsse waren heiß und hungrig, voller Leidenschaft. Sie wollte jeden Zentimeter seines Körpers schmecken, in seine Schulter beißen, ihn mit einem Mal kennzeichnen, dass er ihr gehörte. Wie ein Vulkan explodierten Jahre der Sehnsucht, ihre Gefühle loderten wie Feuer. Sie wusste, dass es falsch war, es keine Zukunft für sie beide gab, aber das war ihr egal. Sie wollte diese eine Nacht mit Noah, dieses eine Geschenk, um sich für den Rest ihres Lebens daran zu klammern.

Er drückte sie gegen die Wand, hielt sie dort mit seinem Körper, seinen Händen und seinem Herzen gefangen. Verzweifelt sehnte sie sich nach seinen Küssen, seiner Berührung, nach allem, was er hatte und war oder sein würde.

Er hatte das Gefühl, verrückt zu werden. Ihre weichen Rundungen unter dieser idiotischen Jacke weckten tausend Erinnerungen in ihm. Wie erregt, wie gierig, wie unerträglich schön sie beim ersten Mal gewesen war. Dieses Bild hatte er jeden Tag seines Lebens in sich getragen. Er hatte davon geträumt, sie wieder in die Arme zu nehmen, ihre Haut zu schmecken, ihre leisen Schreie zu hören. Und nun wurde dieser Traum wahr. Sie rieb sich an ihm, lustvoll und schamlos, teilte seine Leidenschaft, seine Liebe und sein Verlangen und mehr noch, viel mehr, denn jetzt wusste er, wie es war, ohne sie zu sein. In diesem Augenblick vereinten sich Vergangenheit und Gegenwart in Wut und Liebe und Verlangen, so heftig, dass er fast auf die Knie gesunken wäre.

»Ich liebe dich«, murmelte sie mit heißen Lippen an seiner Kehle. »Ich habe nie aufgehört, dich zu lieben.«

Er schob ihr die Jacke von den Schultern und knöpfte ihre Bluse auf. »Ich habe nie eine andere Frau geliebt, Gracie – nur dich. Nie ...«

»Diese Artikel ... was du geschrieben hast ... so wunderschön ...«

»Ich habe nie etwas vergessen ... ich kann mich an alles erinnern ...« An jeden Atemzug, an jedes Wort, das sie gesagt hatte.

Von unten ertönte Rachels Stimme. Sie mussten allein sein, die Welt um sie herum ausschließen. Er hob Gracie hoch und trug sie den Flur entlang zu seinem Zimmer. Er wollte Licht machen, aber sie hinderte ihn daran.

»Sonst sehen sie, dass bei dir Licht brennt«, flüsterte Gracie, als er zuerst ihr die Kleider vom Leib zerrte und sich dann selbst hastig auszog.

Gierig und süchtig berauschten sie sich an ihrer nackten Haut, genossen lustvoll jede Berührung. Wie Funken sprühten Worte der Leidenschaft in der Dunkelheit. Ihre Körper waren sich fremd und doch vertraut; der Rythmus der Liebe war sinnliche Erinnerung und wundervoll neu. Er brauchte alles, was sie zu geben hatte, um die andere Hälfte seines Herzens zu finden. Für sie musste er Teil ihres Körpers sein, so wie er Teil ihres Herzens gewesen war, so lange sie zurückdenken konnte.

Erinnere dich ... erinnere dich an diesen Augenblick ...

Erinnere dich daran, wie er bei Mondlicht im dunklen Schlafzimmer aussah. Erinnere dich an die Worte, die er an deiner Haut murmelte. Erinnere dich, wie es war, wieder glücklich zu sein.

Erinnere dich, wie er tief in deinem Körper pulsierte, dich festhielt, als wollte er dich nie wieder loslassen, wie dein Körper mit einer Heftigkeit reagierte, die jeden Widerstand zerschmetterte, triumphierend und herzzerreißend gleichzeitig, weil es nie wieder passieren durfte.

Noah entrollte die Zukunft wie ein Banner aus Seide vor ihr. Es kam ihm wie ein Wunder vor, dass sie doch eine gemeinsame Zukunft haben würden. Sie hatten eine zweite Chance bekommen, und er würde keinen Augenblick davon vergeuden.

Worte sprudelten aus seinem Mund wie sie aus seinen Fingern auf die Tastatur des Computers geflossen waren. Gracie war der Schlüssel zu allem. Ohne sie war das Leben nur ein Aneinanderreihen von Tagen. Er baute Luftschlösser für sie, Schlösser auf einem unerschütterlichen Fundament der Liebe und merkte erst nach einer Weile, dass sie zusammengerollt neben ihm im Bett lag und kein Wort sagte.

»Gracie?« Er rollte sich auf die Seite und schaute sie an. »Stimmt was nicht?« Als er die Hand ausstreckte und ihre Wange berührte, war sie feucht von Tränen. »Habe ich dir weh getan?«

Sie umfasste mit beiden Händen sein Gesicht und strich mit ihren Daumen über seine Wangenknochen hinunter zu seinen Mundwinkeln. »Ich liebe dich über alles«, sagte sie. »Daran wird sich nie etwas ändern.«

Er spürte, wie ihm ein kalter Schauder der Angst über den Rücken lief. »Was ist denn mit dir?« Acht Jahre war er von seiner Geliebten getrennt gewesen und wusste nichts über diese Zeit. War Gracie krank gewesen? Gab es da etwas, das er wissen musste? »Du kannst mir doch alles sagen.«

»Den ganzen Tag schon warte ich auf eine günstige Gelegenheit, um mit dir reden zu können, aber es ist immer etwas dazwischengekommen.« Sie setzte sich auf und lehnte sich mit dem Rücken gegen den Kopfteil des Bettes. »Vielleicht hatte ich auch nicht den Mut dazu und habe nach Gründen gesucht, um es dir nicht erzählen zu müssen.«

»Es geht um den Tag, an dem du mich verlassen hast, nicht wahr?«

»Ja.« Der Ausdruck in ihren Augen machte ihm Angst. So viel Trauer und Bedauern. Als sie tief Luft holte, traf ihn dieses Geräusch wie ein Schlag ins Gesicht. »Dein Vater wusste von unseren Plänen. Ein Freund von ihm bei der Stadtverwaltung in Portland hat ihm eine Kopie unserer Heiratserlaubnis geschickt.«

Noah überlief es wieder eiskalt. »Wie hast du das erfahren?«

Gracie verschränkte ihre zitternden Finger. »Dein Vater hat mich an jenem Nachmittag zu Hause besucht. Er hat mir gesagt, dass wir nicht zueinander passen und dass ich dich daran hindern würde voranzukommen ...«

»Aber du warst doch immer die Ehrgeizige. Ich ...«

Gracie ließ ihn nicht weiterreden. Wenn sie jetzt aufhörte zu reden, würde sie nie wieder den Mut aufbringen, ihm die Wahrheit zu sagen. »Dein Vater kannte mich gut. Er wusste, wie ich reagieren würde. Aber ich wollte nicht aufgeben. Ich habe ihm gesagt, dass ich dich liebe, dass ich dich glücklich machen würde, dass mir nichts Besseres hätte widerfahren können, als dich kennen zu lernen. Dein Vater hat sogar versucht, mich zu kaufen, als wäre Geld das Einzige, dem ich nicht hätte widerstehen können. Aber ich habe keinen Zentimeter nachgegeben.«

Noah lehnte sich in die Kissen zurück und versetzte sich wieder in die damalige Situation. Er hatte den Wagen seines Vaters am Straßenrand entdeckt, nicht weit vom Hafen entfernt, wo Gracie wohnte. Simons letzte Worte hatten Gracie gegolten. Warum war ihm das nicht schon früher aufgefallen?

»Hat er dich bedroht? Womit hat er dich dazu gebracht davonzulaufen?«

»Er hat mir von meiner Mutter erzählt – dass sie sich geliebt haben.« Ihre gebrochene Stimme zerrte an Noahs Herz. »Er sagte, sie hätten vorgehabt, ihre Ehepartner zu verlassen, mich mitzunehmen und woanders ein neues Leben zu beginnen. Sie seien erst vierzig gewesen, sagte er, und hätten noch Zeit genug gehabt. Ich wollte ihm nicht glauben, doch plötzlich passten die Puzzlestücke meines Lebens zusammen, die bis dahin keinen Sinn ergeben hatten ...«

»Spuck's aus«, befahl er und seine Angst schlug in Wut um. »Was hat deren Geschichte denn mit uns zu tun? Mir ist es verdammt egal, was zwischen den beiden geschehen ist. Ich will nur wissen, was dich dazu veranlasst hat, unsere Träume aufzugeben.«

»O Gott, Noah. Begreifst du denn nicht?« Gracie kniete sich vor ihn hin und zwang ihn, ihr in die Augen zu sehen. »Simon war auch mein Vater.«

17. Kapitel

Worte.

Sie purzelten durch seinen Kopf wie Buchstaben eines Scrabble-Spiels.

»Sag das noch einmal.« Vielleicht würden die Worte Sinn machen, wenn er sie ein zweites Mal hörte.

Sie weinte. Das sah er. Das verstand er. Sie kniete vor ihm, der schlanke Körper vom Mondschein beleuchtet.

Dann sagte sie es wieder: »Simon Chase war auch mein Vater.«

Sein Vater. Ihre Mutter. Jahre voller Geheimnisse, Lügen und Pläne, die an einem sonnigen Nachmittag mit Monas Tod zu Ende gingen.

»Das macht doch keinen Sinn«, sagte er. »Wenn du sein Kind bist, warum hat er dich dann so gehasst?«

Noah erinnerte sich, wie verächtlich sein Vater jedes Mal reagiert hatte, wenn Gracies Name fiel. »Du warst doch alles, was ihm von der geliebten Frau übrig geblieben war. Eigentlich hätte er dich ...«

»Er machte mich für das Scheitern seiner Pläne verantwortlich. Meine Geburt brachte Mona und Ben wieder einander näher. Begreifst du denn nicht? In Simons Augen war ich an allem schuld, und dafür hasste er mich.«

»Warum hast du mir das nicht gleich erzählt?«

»Dein Vater war ein sehr mächtiger Mann, Noah. Er drohte, Bens Leben vollständig zu ruinieren, deiner Mutter das Herz zu brechen und ...« – sie zögerte kurz –, »euch ohne einen Penny zurückzulassen.«

»Glaubst du, ich habe mich um sein verdammtes Geld geschert?«

»Nein. Aber du warst damals sehr jung, Noah. Er hätte dir alles genommen, was dein bisheriges Leben ausgemacht hat. Ich wusste, was es bedeutet, arm zu sein. Aber du hattest keine Ahnung. Wie hätte ich dir das antun können?«

»Hast du nicht vornehmlich an dich selbst gedacht?«

Seine Worte waren ein Schlag ins Gesicht. »Ich glaube, du kennst die Antwort auf diese Frage.«

»Ich habe gehört, dass Geld dabei eine Rolle gespielt haben soll.«

»Zehntausend Dollar in bar«, sagte Gracie, ohne zu zögern. »Die ließ er in einem Umschlag auf dem Küchentisch zurück.«

Dann erzählte sie Noah, dass sie Eb das Geld geschenkt habe, und fügte hinzu: »Mir gefällt die Vorstellung, dass er sich damit noch ein paar schöne Tage gemacht hat.«

Auf verdrehte Weise machte alles, was Gracie gesagt hatte, Sinn. Wie bei einem Puzzle passte ein Stück zum anderen.

Noah stand auf. »Zieh dich an.«

Gracie starrte ihn verblüfft an. »Was hast du gesagt?«

»Zieh dich an. Wir gehen jetzt zu meiner Mutter und reden mit ihr darüber.«

»Nein!« Gracie sprang aus dem Bett und stellte sich vor Noah. »Lass Ruth aus dem Spiel. Ich will nicht, dass sie noch mehr verletzt wird.«

»Ich brauche ein paar Antworten und sie ist der einzige Mensch, der sie mir eventuell geben könnte.«

»Das kannst du nicht machen, Noah. Sie ist alt. Es

geht ihr nicht gut. Du darfst sie nicht so brutal mit der Vergangenheit konfrontieren. Und was ist, wenn sie überhaupt nichts weiß?«

Noah zog seine Hosen an und einen Pullover. »Dann wird sie es ab heute wissen. Es geht hier um unser Leben, Gracie. Willst du nicht endlich die ganze Geschichte hören?«

Die ganze Geschichte in allen ihren hässlichen Einzelheiten war das Letzte, das Gracie hören wollte, doch Noah ließ sich in seinem Zorn und Schmerz nicht davon abbringen. So hatte Gracie ihn noch nie gesehen. Dieser Noah hatte nicht existiert, als sie beide noch jung waren.

Sie zog sich schnell an und lief hinter ihm her.

Sophie wurde von den lauten Stimmen wach. Sie versuchte, sich die Ohren mit ihrem Kopfkissen zu bedecken, aber es klappte nicht. Papas wütende Stimme war weiter zu hören. Sie glaubte, auch Gracies Stimme zu erkennen, aber Gracie klang nicht wütend, sondern sehr traurig, so als würde sie gleich weinen.

Sophie hasste laute Stimmen, außer ihrer eigenen. Sie mochte es nicht, wenn sich die Erwachsenen anschrien, weil es dann den Kindern schlecht ging. Ihre Gedanken wanderten zu dem vergangenen Tag. Sie erinnerte sich, wie viel Spaß sie gehabt hatte, als sie mit Sages und Moroccos Kindern spielte. Sie dachte an das Essen und die Musik und an Gracie und den armen Vogel, den sie am Strand gefunden hatte. Und jedes Mal, wenn sie die Augen schloss, sah sie ihn wieder daliegen, ängstlich und ganz alleine.

Es könnte doch sein, dass noch andere Vögel am Strand Hilfe brauchten? Wenn sie sich nun ebenfalls in Angelschnüren verheddert hatten und sich nicht mehr befreien konnten? Dann hofften sie sicher, dass jemand kam und sie rettete. Je mehr sie über die Vögel nachdachte, umso trauriger wurde sie, bis es nur noch eine einzige Lösung gab: Sie musste an den Strand gehen und selbst nachschauen.

Und wenigstens würde sie am Strand nicht mehr hören, wie sich Papa mit Gracie stritt.

Ruth wollte gerade zu Bett gehen, als ihr Sohn und Gracie in ihr Wohnzimmer stürmten. Die Kleidung der beiden war zerknittert, ihre Haare zerzaust. Sie hatte den Eindruck, die jungen Leute hatten sich geliebt, wäre da nicht Noahs Zorn gewesen.

»Was gibt's?«, fragte sie mit demonstrativer Gelassenheit. »Stimmt etwas nicht?«

»Wir müssen reden«, antwortete Noah schroff. Sein Ton löste Ungehagen in ihr aus.

»Noah möchte ein paar Fragen stellen«, fing Gracie an und Ruth sah die Angst in den Augen der jungen Frau. »Doch wenn das nicht der richtige Zeitpunkt ist ...«

»Es geht um meinen Vater und Mona Taylor«, unterbrach Noah sie.

Ruth schloss einen Moment die Augen. Allein das Erwähnen von Monas Namen weckte Erinnerungen, süße und bittere, die sie aufwühlten. Ruth atmete tief ein und sah ihren Sohn an.

»Die beiden gingen in der High School zusammen«, sagte sie. »Aber das wusstest du sicher schon.«

»Die High School ist mir scheißegal. Ich will wissen, was nachher passierte.«

»Es gab kein ›nachher‹«, antwortete sie ruhig. »Mona heiratete Ben ein Jahr nach ihrem Abschluss. Und ich heiratete deinen Vater drei Monate später. Mehr gibt's nicht zu sagen.«

Du bist ein Feigling, Ruth, dachte sie. Er hat mehr als das verdient. Sie beide haben mehr verdient ... Doch laut sagte sie nach einer Weile: »Wolltest du das wissen?«

Gracie zupfte ihn am Ärmel. »Noah, das ist nicht der richtige Moment. Deine Mutter ist müde.«

»Nein. Überhaupt nicht«, log Ruth. »Das ist eine alte Geschichte. Mich überrascht nur dein Interesse dafür.«

»Er liebte Mona, nicht wahr?«, beharrte Noah. »Er liebte sie so sehr, dass er dich ihretwegen verlassen wollte.«

Ruth lachte nervös. »Wo hast du das denn her?«

»Gracies Mutter starb, als sie sich mit meinem Vater treffen wollte ... sie wollten zusammen ein neues Leben beginnen ...«

»Nein!«, fiel Gracie ihm ins Wort. »Das stimmt nicht. Simon hat gelogen. Meine Mutter war auf dem Nachhauseweg. Sie hatte mich zum Kinderarzt gefahren. Im Auto lagen noch Milchtüten und Donuts, die sie für Ben gekauft hatte. Sie wollte nicht mit Simon weglaufen. Sie war auf dem Weg nach Hause.«

»Gracie hat Recht«, sagte Ruth und machte einen weiteren Schritt, um sich von ihrer Last zu befreien. »Kurz vor dem Unfall bin ich Mona im Supermarkt begegnet und sie lachte mit Willie Sloane über die Donuts. Er saß an diesem Tag an der Kasse. Sie sagte, Bens Bauch sei dicker als ihrer während der Schwangerschaft. Sie sah mich vor dem Regal mit den Zeitungen stehen und wir starrten uns eine Weile an, bis sie ihr Wechselgeld und die Waren nahm und ging.«

Bei dieser Gelegenheit hatte Ruth Mona zum letzten Mal lebend gesehen.

»Ich habe mich immer gefragt, ob ich das hätte verhindern können ... wenn ich sie angesprochen hätte ... wäre sie später gegangen ... vielleicht ...«

Worauf wollte sie hinaus? Mona war tot und Ruth lebte – und es gab Tage, an denen Ruth nicht wusste, welche von beiden Frauen die glücklichere war.

Gracie weinte leise. Ruths Worte hatten sie zutiefst berührt; schließlich war es ihre Mutter gewesen, die im

Mittelpunkt dieses Dramas gestanden hatte – und die gestorben war.

Doch Noah war so sehr verletzt, dass er überhaupt nicht mehr zuhörte, was seine Mutter sagte.

Siehst du jetzt, was du angerichtet hast? Die Vergangenheit holt dich wieder ein ...

Da packte Noah Gracie bei den Schultern und drehte sie um, sodass sie Ruth ansehen musste.

»Schau sie dir genau an!«, befahl er. »Ganz genau musst du sie dir ansehen und mir dann sagen, ob sie nicht Simons Tochter ist.«

Gracie war eine erwachsene Frau, aber Ruth konnte noch immer das Kind sehen, das sie einmal gewesen war, dieses liebebedürftige kleine Mädchen, das ihr die Hand hingestreckt hatte, als besäße Ruth die Kraft und Macht, irgendwie alles besser zu machen. Sie sah das Kind und in dem Kind sah sie die Mutter, nun schon fast vor dreißig Jahren gestorben, und es brach ihr fast das Herz.

Hoffnung ist ein schmerzliches Gefühl. Ein paar Sekunden lang glaubte Gracie, alles könnte noch eine glückliche Wendung nehmen, doch dann füllten sich Ruths Augen mit Tränen und sie sagte: »Es tut mir so Leid, Gracie. Ich wünschte, ich könnte ...«

Und Gracie lief blindlings aus dem Zimmer.

Es war dumm von ihr gewesen zu glauben, sie hätten noch eine Chance. Der Abend mit Noah war ein schlimmer Fehler gewesen, ein Fehler, für den sie den Rest ihres Lebens würde zahlen müssen. Denn es war leichter, ohne ihn zu leben, als das neue Glück wieder zu verlieren. Sie waren einander wieder so nahe gekommen, so schmerzhaft nahe, um endlich ihren Traum wahr werden zu lassen. Hätte sie doch bloß nicht versucht, die Wahrheit ihren Bedürfnissen anpassen zu wollen, dann müsste sie jetzt nicht so leiden.

Gracie war schon auf halbem Weg zur Tür, da merkte sie, dass sie ihre Jacke mit dem Schlüssel in Noahs Zimmer vergessen hatte. Doch sie wollte weder ihn noch seine Mutter wieder sehen. Sie wollte einfach nur durch die Hintertür verschwinden.

Jetzt verstehe ich dich, Sophie. Manchmal hat man einfach keine andere Möglichkeit, als zu fliehen, dachte sie.

»Ach, du bist es, Gracie«, sagte Darnell. Er steckte seinen Kopf durch die halb geöffnete Tür. »Ich hörte, wie die Hintertür zufiel und fragte mich, wer da sei.«

»Ich bin nicht durch die Hintertür gekommen«, entgegnete Gracie, mühsam um Fassung ringend.

»Das ist seltsam«, sagte er stirnrunzelnd. »Ich hätte schwören können, jemanden vorbeilaufen gesehen zu haben. Dann hörte ich die Tür ins Schloss fallen. Vielleicht habe ich heute auch zu viel getrunken.«

»Haben wir das nicht alle? Das gehört doch zum Fest ...« Sie hielt abrupt inne. »Oh, mein Gott! Sophie!«

Sie machte kehrt und lief die Treppe hoch, in Sophies Zimmer. Die Tür war angelehnt. »Sophie?«, flüsterte Gracie ängstlich. »Sophie, schläfst du?«

Das Bett war leer.

Sie lief zu Noah und Ruth. »Sophie ist fort. Ihr Bett ist leer. Im Bad ist sie auch nicht.« Dann berichtete sie, dass Darnell gehört hatte, wie die Hintertür zufiel.

»Ruf die Polizei an«, sagte Noah zu seiner Mutter. »Dann ruf Sage und Morocco und bitte sie, uns zu helfen.«

»Besorg ein paar Taschenlampen«, sagte Gracie. »Ich bitte Darnell, Rachel und die anderen, das Haus und den Garten zu durchsuchen.«

»Sie ist noch klein«, meinte Noah besorgt, »eigentlich kann sie nicht weit gekommen sein.«

Gracie hatte nicht den Mut ihm zu sagen, wie sehr er sich täuschen könnte.

Storm suchte mit zwei Schwestern das Haus vom Keller bis zum Dachboden ab. In einem großen Haus wie diesem gab es tausend Plätze, wo sich ein kleines Mädchen verstecken konnte. Ruth redete in der Küche mit einem Polizisten, während Rachel literweise Kaffee kochte. Darnell suchte mit seinem Auto die Straßen ab und seine Söhne durchkämmten den Wald, während Noah und Gracie den Hof, den Garten, den Geräteschuppen und die Remise durchsuchten.

»Wir finden sie schon«, sagte Gracie. »So weit kann sie nicht gekommen sein.«

»Sie hat uns gehört«, sagte Noah. »Ich hätte daran denken müssen.«

»Wo geht sie denn normalerweise hin?«, fragte Gracie.

»Sie rennt einfach los. Einen Lieblingsort hat sie nicht«, antwortete Noah und dachte nach. »Na ja, sie läuft an Orte, die ihr vorher aufgefallen waren. Das Geschäft mit den Brautmoden, Patsy's …

Die beiden sahen sich an. »Jesus«, sagte Noah, »der Strand.«

Sophie folgte dem gewundenen Pfad hinter der Garage, der über einen Hang hinunter zum steinigen Strand führte. Je näher sie dem Wasser kam, umso felsiger wurde der Grund, bis sie nur noch glitschigen Fels unter ihren nackten Füßen spürte.

Sie wünschte, sie hätte Strümpfe und Schuhe angezogen und vielleicht auch ihren dicken Mantel. Nicht ein einziger Vogel war nachts zu sehen, aber das Wasser schien näher zu kommen. Schon umspülte es ihre Füße und leckte manchmal an ihren Waden hoch.

So allein in der Dunkelheit kam sie sich sehr klein und

verlassen vor. Die Welt war hier viel größer als zu Hause in England. Sogar die Gerüche waren anders. Tagsüber machte ihr das nichts aus, aber jetzt schienen Gestalten im Schatten zu lauern und sich über sie lustig zu machen.

Ach, sie wünschte, sie wäre in ihrem schönen warmen Bett geblieben, in ihrem hübschen Zimmer mit dem Barbie-Traumhaus. Es war unheimlich hier draußen, so ganz allein. Sogar der Mond sah geisterhaft aus, als er sich hinter dunklen Wolken versteckte. Sie mochte das glitschige Gefühl unter ihren Füßen nicht oder wie plötzlich etwas Längliches über ihre Beine strich. Es gab eine Menge komischer Wesen, die unter dem Wasser lauerten – lange, dünne Aale, die wie Schlangen aussahen, und große hässliche Haie mit gezackten Zähnen und toten Augen, sogar Tote, wie die, die sie im Fernsehen gesehen hatte.

Vielleicht sollte sie heimgehen und morgen zurückkommen, wenn die Sonne schien und die Möwen wach waren. Das war eine gute Idee.

Sie drehte sich um, weil sie den Weg zurückgehen wollte, als plötzlich ihr rechter Fuß abglitt und in einer Felsspalte stecken blieb. Sie versuchte ihn durch Zappeln zu befreien, doch so sehr sie sich anstrengte, es gelang ihr nicht. Im Gegenteil, sie rutschte tiefer zwischen die beiden Felsen, die sich schmerzhaft in ihren Knöchel bohrten.

Da rief sie nach ihrem Vater, aber sie bekam keine Antwort. Und dann rief sie nach Gracie. Umsonst. Nur das Brausen des Meeres war zu hören und wie das Wasser rauschend um sie herum immer höher stieg.

Die Flut stieg und Gracie wusste aus Erfahrung, dass sie nicht mehr als zehn Minuten Zeit hatten, bis alle Felsen am Strand vom Wasser bedeckt waren. Sie kannte diesen Küstenabschnitt gut. Im Sommer konnte man dort bei Ebbe herrliche Sonnenbäder nehmen, musste sich aber vor der Flut hüten, denn an vielen Stellen stieg das Wasser mit großer Schnelligkeit.

Natürlich sagte Gracie Noah nichts davon. Er wusste sehr gut, wie gefährlich die Küsten in Maine waren.

»Ich kann niemanden entdecken«, sagte er gegen den Wind. »Der Strand ist leer.«

Gracie formte mit den Händen einen Trichter vor ihrem Mund und rief zum zweiten Mal heute: »Soophiiiie!«

Noah tat es ihr nach. Nur rief er noch lauter.

»Warte mal!«, sagte sie da und bedeutete ihm, still zu sein. »Ich höre etwas.«

»Ich kann nichts ...«

»Papa!«, hörten die beiden es ganz schwach unter dem Rauschen des Meeres und dem Brausen des Windes rufen. »Papa, hilf mir!«

»Ich sehe sie!«, sagte Gracie und deutete in Richtung Wasser. »Sie liegt auf den Felsen. Steh auf, Sophie! Die Flut kommt.«

Sophie versuchte es, doch sie konnte nicht aufstehen. Gracie bekam große Angst.

»Bleib hier!«, sagte sie zu Noah. »Ich hole sie. Ich kann das besser als du.«

»Ich bleibe doch nicht hier. Ich komme mit.«

Gracie wäre sehr enttäuscht gewesen, hätte er etwas anderes gesagt.

Schlitternd und stolpernd und fluchend kraxelten die beiden über die Felsen. Sogar Gracie musste sich anstrengen. Der schwarzgraue Himmel verschmolz mit dem Meer und das steigende Wasser machte es nahezu unmöglich zu sehen, wohin man den Fuß setzte.

Plötzlich schrie Gracie auf. Sie hatte den Boden unter den Füßen verloren und versank im eisigen Wasser.

»Bleib da stehen!«, warnte sie Noah. »Einer von uns muss in der Lage sein, eventuell Hilfe holen zu können, wenn es schief gehen sollte.«

Sie schwamm zu Sophie, die unkontrolliert zitterte. Das Kind sah Gracie kommen, erkannte sie aber nicht. Unterkühlung, stellte Gracie fest. Bald würde sie bewusstlos werden.

»Komm schon, Sophie!«, rief Gracie. »Du musst wach bleiben! Du darfst nicht aufgeben.«

Gracies Arme waren wie Blei, als sie sich weiterkämpfte. Sophies kleine Gestalt verschmolz mit den Felsen und dem Wasser, verschwand, tauchte wieder auf, verschwand ...

»Wink mir zu, Sophie!«

Beweg dich, schrei, tu was, damit sie den Blick in dieser Wasserwüste auf einen bestimmten Punkt richten kann. Gott sei Dank! Sophie hatte irgendwie Gracies Worte registriert und die Hand gehoben. Gracie fixierte den Blick auf diese Bewegung. Nichts als das zählte.

Nur noch etwas ... konzentrier dich ... du hast es fast geschafft ... fast ...

Sekunden später schlang Sophie ihre Arme um Gracies Hals und umklammerte sie so fest, als wollte sie sie nie wieder loslassen.

»Lass mich nicht allein!«, schrie Sophie.

»Nein. Natürlich nicht«, versprach Gracie ihr im brodelnden Wasser. »Mit mir bist du in Sicherheit. Alles wird gut.«

Gracie wollte zum Strand schwimmen, doch Sophie stieß einen Schrei aus. Und Gracie musste entsetzt feststellen, dass Sophies Fuß in einer Felsspalte eingeklemmt war.

Ruth schritt rastlos die Auffahrt hoch und zurück. Laut rief sie Sophies Namen, betete stumm mit Tränen in den Augen. Ihre Enkelin. Ihr einzige Chance, alles wieder gutzumachen. Sie hatten so wenig Zeit zusammen verbracht, nur ein paar Wochen, längst nicht genug, um die verlorenen fünf Jahre zu kompensieren. Gott durfte nicht so grausam sein, Sophie jetzt zu sich zu nehmen, in diesem zarten Alter, wo sie doch bereits so viel hatte durchmachen müssen. War es denn zu viel verlangt, dass sie nun endlich ein Heim und eine Familie haben sollte?

Als Ruth in den Sinn kam, dass sie alle drei verlieren könnte – Sophie, Noah und Gracie –, brach sie fast zusammen. Sie stützte sich auf Laquitas Auto und unterdrückte ein Schluchzen. Sie kam sich alt, verbraucht und nutzlos vor – unfähig, an der Suche teilzunehmen.

Ruth hatte beschlossen, Noah und Gracie alles zu erzählen. Aber Gracie hatte voreilig die falschen Schlüsse gezogen. Und was hatte das gebracht? Sophie war fortgelaufen, Noah und Gracie waren zerstritten und sie war einsamer als je zuvor in ihrem Leben.

Simon und Mona waren schon lange tot. Ben hatte endlich sein Glück gefunden und jetzt musste sie die Wahrheit sagen. Wenn sie nur noch einmal die Gelegenheit dazu hätte!

Bitte gib mir noch eine Chance, betete sie stumm. Nicht um meinetwillen, sondern um ihretwillen.

Denn ihre Zeit war vorbei, aber die ihrer Lieben hatte gerade begonnen.

Noah tauchte tief und versuchte, seinen Körper als Hebel einzusetzen, um den Felsbrocken von Sophies Fuß heben zu können. Vergebens. Er tauchte noch dreimal, doch ohne Fortschritte zu machen. Gracie musste heftig rudern, um überhaupt an der Wasseroberfläche zu bleiben. Außerdem hielt sie das Kind. Doch wenn er nicht bald Erfolg hatte, würde Sophie ertrinken.

Alles andere fiel jetzt von Noah ab. Sein Zorn. Sein Schmerz. Seine Trauer. Allein Sophie war wichtig. Er pumpte Luft in seine Lungen und versuchte es noch einmal. Dieses Mal benutzte er seine Beine, konzentrierte sich und trat so fest wie möglich zu. Der Felsbrocken glitt beiseite und gab endlich Sophies Fuß frei.

»Du hast's geschafft!«, jubelte Gracie, als Noah wasserspuckend wieder auftauchte. »Noah, du hast's geschafft!«

Sophie umklammerte Gracie und wollte sie nicht loslassen.

»Kannst du es mit ihr an Land schaffen?«, fragte er.

»Klar«, antwortete Gracie.

Noch nie hatte Noah sie so geliebt wie in diesem Augenblick. Sie war tapfer und stark. Und wenn sie liebte, gab sie alles. Sie gehörte ihm – außer in physischer Hinsicht. Nie durfte sie seine Frau werden, nie die Mutter seiner Kinder.

Sie beide würden getrennt Sophie aufwachsen sehen, sehen, wie sie alt wurden, wie sie einsamer wurden – und es gab nichts, das ihrer Liebe zu dem Ende verhalf, das sie eigentlich verdient hatten.

Als Gracie endlich die felsige Küste erreicht hatte und versuchte aufzustehen, gaben ihre Beine unter ihr nach und sie fiel auf die Seite, ganz vorsichtig, damit Sophie nicht verletzt wurde, denn sie klammerte sich noch immer an sie wie ein Koalababy an seine Mutter.

»Ich fri… friere«, jammerte Sophie.

»Ich auch, Liebes«, sagte Gracie und wiegte sie. »Wir bringen dich jetzt nach Hause und stecken dich in dein warmes Bett.«

Noah nahm Gracie seine Tochter ab und das erschöpfte Kind schlief sofort ein, den Kopf an seine Schulter gebettet.

Dann streckte er seine rechte Hand aus und zog Gracie hoch. Nichts hatte sich zwischen ihnen verändert. Alles war noch so wie früher, als sie jung und frisch verliebt waren. So standen sie eng beieinander und schirmten Sophie mit ihren Körpern vor dem kalten Wind ab.

»Danke«, sagte er, »allein hätte ich nicht …«

»Wir sind noch immer ein tolles Team.«

»Das ist aber nicht genug. Ich will mit dir leben. Ich will ...«

»Ich weiß«, flüsterte Gracie. »Aber wir können doch immer noch eine wichtige Rolle im Leben des anderen spielen, Noah. Vielleicht nicht auf die Weise, wie wir uns das vorgestellt haben, aber ...«

Er beugte sich vor und küsste sie ein letztes Mal, lange und süß und verzweifelt. »Ich liebe dich, Gracie. Niemand und nichts wird das jemals ändern.«

»Wir bringen Sophie jetzt besser nach Hause«, sagte Gracie pragmatisch. »Sie muss so schnell wie möglich aus ihren nassen Kleidern und braucht etwas Heißes zu trinken.«

Er nahm ihre Hand und sie gingen zum Haus zurück.

Als Storm die beiden mit Sophie die Auffahrt hochgehen sah, brach sie in ein Jubelgeschrei aus. Und in null Komma nichts waren die drei von Menschen umringt, die alle Gott für Sophies Rettung dankten.

Ruth kam und berührte zärtlich die Wange ihrer schlafenden Enkelin. Vor langer, langer Zeit hatte sie Gracies Wange auf diese Weise gestreichelt.

»Jetzt schaut euch doch mal an!«, rief Rachel. »Ihr alle müsst ein heißes Bad nehmen und trockene Kleider anziehen.«

»Ich nicht«, sagte Gracie. »Ich fahre sofort nach Hause.«

»Nichts da!«, befahl Rachel. »Du bist pudelnass und zitterst.«

»Ich sollte wirklich heimfahren«, sagte Gracie. »Ben wird sich wundern, wo ich geblieben bin.«

»Nein, Gracie!«, sagte Ruth da mit lauter und klarer Stimme und ihr Ton duldete keinen Widerspruch. »Du gehst noch nicht.«

Alle starrten sie verwundert an. Noch nie hatte Ruth derart bestimmt gewirkt.

»Ich will nur sagen, dass ich unbedingt noch mit euch reden muss, wenn ihr euch umgezogen habt. Ich habe dir und Noah etwas Wichtiges mitzuteilen.«

»Ich glaube nicht, dass das jetzt noch nötig ist«, entgegnete Gracie und wollte zu Laquitas Auto gehen.

»Bitte«, sagte Ruth und ihr Blick schweifte von Gracie zu Noah. »Es ist wirklich wichtig.«

Während Ruth auf Noah und Gracie wartete, trank sie zur Beruhigung einen Schluck Whiskey. Dieses Mal gab es kein Ausweichen mehr. Sie hatte mit Gott einen Pakt geschlossen und Gott mochte Menschen nicht, die ihr Versprechen brachen. Ganz gleich, was sie sonst noch in ihrem Leben falsch gemacht hatte, diese Angelegenheit musste sie in Ordnung bringen.

»Auf dem Schreibtisch steht heißer Kakao für dich«, sagte Ruth zu Gracie, als die junge Frau die Bibliothek betrat, und auch zu ihrem Sohn, der zwei Minuten später kam.

Die beiden sahen so unglücklich, so entsetzlich traurig aus. Was hatte sie den Kindern nur angetan? Wie hatte sie zulassen können, dass Simon das Leben dieser jungen Menschen zerstörte?

Nachdem sie tief Luft geholt hatte, kam sie gleich auf den Kern der Sache zu sprechen. »Noah, du hast mich vorhin gefragt, ob Gracie Simons Tochter sei. Ich wollte dir gerade antworten, als Sophies Verschwinden entdeckt wurde und daraufhin das ganze Haus in Aufruhr geriet. Wenn du nichts dagegen hast, möchte ich diese Frage jetzt beantworten.«

»Das ist nicht nötig«, sagte Gracie und Noah stimmte ihr zu. »Wir kennen die Wahrheit und müssen nun einen Weg finden, damit zu leben.«

Ruth hob eine Braue. »Darf ich bitte meine Geschichte zu Ende erzählen?«

»Natürlich«, entgegnete Gracie errötend.

»Die Antwort auf deine Frage, Noah«, fuhr Ruth fort, »lautet nein. Simon war nicht Gracies Vater.« Und zu Gracie sagte Ruth: »Er hat dich belogen, Liebes. Und es tut mir so Leid, dass ich es dir nicht früher gesagt habe.«

Simon war gestorben. Gracie und Noah verließen Idle Point. Die Jahre vergingen und nach einer Weile war Ruth überzeugt, dass nichts, was Simon je gesagt oder getan hatte, noch länger eine Rolle spielte. Bestimmt hatten ihr Sohn und Monas Tochter mittlerweile neue Lebensgefährten gefunden.

Doch dann kamen Noah mit Sophie und Gracie zur Hochzeit ihres Vaters nach Idle Point zurück und nur eine sehr verbitterte, für die Liebe blinde Frau hätte übersehen können, dass sich an den Gefühlen der beiden füreinander nichts geändert hatte.

Gracie beugte sich vor und legte die Stirn auf ihre Knie. Sie hatte Schwierigkeiten, die Ungeheuerlichkeit von Ruths Behauptung zu begreifen, da ihr tausend ›was wäre geschehen, wenn‹-Fragen im Kopf herumschwirrten. Wenn sie doch darauf bestanden hätte, dass Erwachsene in ihrem Leben für ihre Taten einstehen. Wenn sie doch ein bisschen älter gewesen wäre und weniger beeinflussbar. Oh, Simon hatte seine Gegnerin gut eingeschätzt. Sie war zu jung gewesen, zu verzweifelt und hatte genau das getan, was Simon von ihr gewollt hatte: Sie war aus Noahs – und Simons – Leben verschwunden. Für immer.

Noah hingegen reagierte mit sichtlicher Erleichterung auf die Worte seiner Mutter. Ihm wurde klar, dass die Würfel, die sein Leben auf eine unvorstellbare Weise verändert hatten, schon vor langer Zeit gefallen waren. Ihn traf keine Schuld. Ganz gleich, was er gesagt oder getan hätte, es wäre nicht richtig gewesen. Vom Tag seiner Geburt an hatte er keinen Einfluss auf sein Schicksal gehabt.

»Er hatte eine Affäre mit Gracies Mutter, als ihr schon verheiratet wart, nicht wahr?«, fragte Noah.

»Simon und Mona hatten eine Affäre«, bestätigte Ruth. »Ja, das stimmt.«

»Es ist also möglich ...«

»Nein«, fiel Ruth ihm barsch ins Wort. »Es ist nicht möglich.«

Gracie wagte aus Angst, diese Seifenblase der Hoffnung könne zerplatzen, kaum zu atmen. Sie umklammerte Noahs Hand ganz fest.

»Wie kannst du dir da so sicher sein?«, fragte Noah seine Mutter.

Ruth sah ihren Sohn durchdringend an und Gracie überlief ein Schauder. Bitte, lieber Gott, bitte ...

»Weil Simon zeugungsunfähig war.«

Eine Mumps-Erkrankung in der Kindheit hatte bei Simon zur Zeugungsunfähigkeit geführt, eine Tatsache, die er Ruth lange verschwiegen hatte.

Noah zuckte zusammen, hielt jedoch dem Blick seiner Mutter stand und ließ auch Gracies Hand nicht los.

»Ihr habt mich also adoptiert.« Das war eine Feststellung, keine Frage.

Ruth schüttelte den Kopf und sah jetzt älter und müder aus, als Gracie sie je gesehen hatte.

»Du bist mein Sohn«, sagte Ruth. »Simon und ich haben uns vor langer Zeit einmal getrennt. Ich bin nach New York gezogen. Dort habe ich einen wundervollen Mann, einen Künstler namens Michael Shanahan, kennen gelernt. Er ist der Freund eines Freundes von mir und hat mein Herz im Sturm erobert. Er war alles, was Simon nie war: warmherzig und fürsorglich und er war ausschließlich für mich da. Über Empfängnisverhütung habe ich mir keine Gedanken gemacht, weil ich all die Jahre dachte, es sei meine Schuld, dass wir keine Kinder bekamen. Aber das stimmte nicht. Als ich merkte, dass ich schwanger war, habe ich Simon angerufen und ihn um die Scheidung gebeten, die er mir verweigerte. Er hat mir gesagt, er liebe mich und ich solle zu ihm nach Idle Point zurückkehren. Er werde mein Kind wie sein eigenes aufziehen. Was ich jedoch nicht wusste, war die Tatsache, dass Mona ihm gerade erzählt hatte, sie sei schwanger und fest entschlossen, ihre Ehe zu retten. Sie liebte deinen Vater, Gracie. Und letztendlich war es dein Vater, mit dem sie leben wollte.«

Ruth schwieg eine Weile und fuhr dann fort: »Ich war nie Simons große Liebe, aber er war die Liebe meines Lebens. Ich wusste, dass er mich nie so lieben würde wie ich ihn liebte. Aber das war mir egal. Also verließ ich Michael und kehrte zu Simon zurück. Und wir nahmen unser früheres Leben wieder auf.«

»Und was ist aus diesem Michael Shanahan geworden?«, fragte Noah, zutiefst bewegt.

»Er ist mir ein lieber Freund«, antwortete Ruth leise. »Noch heute.«

Sie deutete auf eine mit Stoff bezogene Schachtel, die auf einem Beistelltisch rechts von ihr lag. »Alles, was du wissen musst, ist da drin.«

Ruth hatte die jahrelang währende Korrespondenz sowie Zeitungsartikel, Kritiken, Fotos und andere persönliche Dinge gesammelt und aufbewahrt. Michael Shanahan hatte zwei Jahre, nachdem Ruth ihn verlassen hatte, geheiratet und jetzt drei Töchter, die seine Liebe für die Kunst und die Musik teilten.

Ruth sah die Frage in Noahs Augen und sagte: »Er weiß alles über dich, deine Jahre in St. Luke, Sophie ... Er hat mir gesagt, dass du die Wahrheit unbedingt erfahren musst. Das wusste ich schon lange, aber erst seine Worte – und als ich dich und Gracie mit Sophie gesehen habe – gaben mir endlich den Mut dazu.«

Aus der Tasche ihres dicken handgestrickten Pullovers

nahm sie eine kleine weiße Karte. »Da steht Michaels Adresse und Telefonnummer drauf. Ihm wäre nichts lieber, als von dir zu hören, Noah. Solltest du dich jedoch nicht bei ihm melden, würde er das auch verstehen. Aber ich weiß, wie viel du ihm bedeutest.«

»Wenn ich ihm so viel bedeute, warum hat er sich dann nicht mit mir in Verbindung gesetzt?«

»Weil ich ihn darum gebeten habe«, sagte Ruth bedrückt. »Aus Rücksicht auf Simon und auch meinetwegen.«

Seit fast dreißig Jahren hatte Michael Shanahan das Leben seines Sohnes aus der Ferne verfolgt. Er hatte sich wieder verliebt und eine Familie gegründet, doch ein Teil seines Herzens würde immer seinem ersten Kind, seinem Sohn, den er nie kennen gelernt hatte, gehören.

Simon war der einzige Vater gewesen, den Noah gekannt hatte, doch Michael Shanahans Blut floss in seinen Adern. Welche Bindung war stärker? Beide Männer hatten das Recht, Noah ihren Sohn zu nennen, aber keiner von beiden war fähig gewesen, diesen Jungen so zu lieben, wie er es verdient hätte – aufrichtig und bedingungslos. Und dieser Mangel hatte Schatten auf Noahs Seele hinterlassen, die auch Ruth nicht vertreiben konnte.

Neben Noah weinte Gracie leise. Ruth hätte auch gern geweint, denn alles war besser, als dieses bedrückende Gefühl schmerzlichen Bedauerns ertragen zu müssen. Doch ihre Geschichte war noch nicht zu Ende. Jetzt endlich musste die ganze Wahrheit ans Licht.

»Du hast sein Lächeln geerbt, Noah. Jedes Mal, wenn ich dich ansehe, sehe ich in dir den Mann, der mir das kostbarste Geschenk meines Lebens gemacht hat.«

»Du hast verdammt lange gewartet, bis du mir das gesagt hast.«

»Ja, du hast Recht«, sagte Ruth, »und das tut mir heute sehr Leid.«

Wie sollte sie ihrem Sohn verständlich machen, dass manchmal Fehler im Namen der Liebe und für den Erhalt der Familie gemacht werden – Fehler, für die eine Mutter ihr Leben geben würde, um sie rückgängig zu machen?

Simon war zwar zu einer großartigen Geste der Versöhnung bereit gewesen, hatte jedoch nicht die Größe besessen, Ruths Ehebruch zu verzeihen, ebensowenig wie er Gracie hatte verzeihen können, dass sie geboren worden war. Er hatte Noah auf seine Weise geliebt und große Freude daran gehabt, seinen Sohn präsentieren zu können, doch im Laufe der Jahre hatte er sich immer mehr von Noah abgewandt. Und letztendlich, als Noah und Gracie all das verwirklichten, woran Simon gescheitert war, musste etwas in ihm zerbrochen sein.

»Simon war ein sehr stolzer Mann«, fuhr Ruth fort. »Ich habe gleich zu Anfang unserer Ehe gelernt, seine Geheimnisse zu wahren und später dann auch meine.« Ihr Blick schweifte von Noah zu Gracie. »Zu gut, fürchte ich. Wie sehr ich mir wünsche, ich könnte euch diese verlorenen acht Jahre zurückgeben, aber das übersteigt leider meine Möglichkeiten. Ich kann euch nur sagen, dass ich euch liebe und hoffe, dass ihr jetzt, wo ihr die Wahrheit kennt, wieder zueinander findet. Nichts auf der Welt würde mich glücklicher machen.«

Sie stand auf, stützte sich schwer auf ihren Stock und ging hinaus.

Noah und Gracie blieben noch lange in der Bibliothek sitzen und hielten sich an den Händen wie zwei Schiffbrüchige. Sie war sein Fels. Er war ihr Zuhause. Nichts sonst war wichtig. Weder die Geheimnisse noch der Kummer, nicht einmal die verlorenen acht Jahre.

»Sophie habe ich zum ersten Mal in einer Anwaltskanzlei gesehen«, sagte er. »Ich kam zur Tür rein, sie schaute mich an und da wusste ich, dass ich alles tun würde, um Schaden von ihr abzuwenden.«

Es hatte keinen Bluttest zum Nachweis der Vaterschaft gegeben – da war nur die intuitive Erkenntis gewesen, dass ihm das Schicksal den Weg dorthin gewiesen hatte.

»Der Anwalt hat gesagt, ein Bluttest sei nötig als Beweis für meine Vaterschaft, ehe er mir Sophie übergeben könne, aber für mich war das Ergebnis nicht wichtig. Ich wusste einfach, dass sie zu mir gehört.«

Dann erzählte er Gracie, wie tapfer und mutig das kleine Mädchen dagesessen und ihn mit viel zu wissenden Augen angesehen und darauf gewartet hatte, dass er über ihre Zukunft bestimme. »Sophie soll nie an unserer Liebe zu ihr zweifeln.«

Beide wussten, wie es war, klein und machtlos zu sein und sich ständig zu fragen, warum es so schwer war, Väter dazu zu bringen, sie zu lieben. Doch Sophie würde mit der Gewissheit aufwachsen, dass sie eine Mutter und einen Vater hatte, die sie liebten und Drachen töten würden, um sie zu beschützen und glücklich zu machen. Einander liebende Eltern würden das Fundament ihrer Familie sein.

Es würde eine Zeit der Aufarbeitung, der gegenseitigen Erforschung und des Heilens geben. Und eine Zeit des Verzeihens.

Dieser Augenblick jedoch gehörte Noah und Gracie allein, und ihrer Zukunft, die sich plötzlich so golden vor ihnen auftat. Eine Zukunft, die sogar noch heller war als jene, von der sie als junge Liebende geträumt hatten.

Sie lauschten auf die Geräusche des alten Hauses, als sich deren Bewohner zu Bett begaben. Leise Stimmen aus anderen Stockwerken, Schritte auf Fluren, Sophies Lachen. Ruths gedämpftes Gemurmel. Laufende Wasserhähne und Türen, die geschlossen wurden.

»Genauso soll es sich eines Tages in unserem Haus anhören«, sagte Noah.

Gracie küsste ihn auf die Schulter. »Dann brauchst du aber eine große Familie.«

»Ich bin dafür, wenn du es auch bist.«

Gracie tat so, als würde sie darüber nachdenken. »Neun Kinder sind vielleicht etwas zu viel für mich.«

»Wir könnten die Zahl auf acht reduzieren«, sagte er ernsthaft.

»Ich dachte an sechs.«

»Sieben«, sagte er. »Aber das ist mein letztes Angebot.«

»Das klingt gut«, sagte sie.

»Sophie gefällt es hier.«

»Weil sie nicht alleine ist.«

»Wie wär's, wenn du für immer nach Idle Point zurückkämst?«

»Das habe ich doch bereits getan.«

Gracie dachte an alle die vertrauten Straßen und Gesichter aus ihrer Kindheit und wie die Luft nach Salz und Kiefern roch.

Dann schloss sie die Augen und stellte sich Sophie mit vielen Schwestern und Brüdern vor und wie sie am Strand im Schatten des Leuchtturms spielten, wo sich Noah und Gracie ineinander verliebt hatten.

»Papa! Gracie!«, rief Sophie aus dem zweiten Stock. »Ihr müsst mich zu Bett bringen.«

»Ich komme gleich, Sophie!«, rief Noah zurück.

»Ich habe darüber nachgedacht, was deine Mutter über unsere verlorenen Jahre sagte«, meinte Gracie und wählte sorgfältig ihre Worte. »Du weißt ja, ich würde fast alles tun, um diese Jahre zurückzubekommen, allerdings nur, wenn ich nicht auf Sophie verzichten müsste.«

»Es gibt nicht viele Frauen, die in solch einer Situation so etwas Schönes sagen«, entgegnete Noah und sah ihr in die Augen.

»Wir müssen eine Menge nachholen«, sagte sie und

lehnte ihren Kopf an seine Schulter. »Warum fangen wir nicht gleich damit an?«

Das Leben besteht aus Kompromissen. Sie hatten acht Jahre verloren, aber ein Kind gewonnen, das ihrer beider Liebe so nötig brauchte wie die Luft zum Atmen. Und jetzt würden sie ein Heim schaffen, das aus Liebe und gegenseitigem Respekt bestand.

»Ich warte!«, rief da Sophie ungeduldig. Und Noah und Gracie sahen sich an und mussten lachen.

Hand in Hand gingen sie die Treppe hinauf zu ihrer Tochter.

Epilog

Weihnachten – der Leuchtturm

»Erklär's mir noch mal«, sagte Sophie. »Soll ich sie werfen oder einfach fallen lassen?«

Gracie kniete sich neben Sophie und nahm aus dem Körbchen, das über dem Arm des kleinen Mädchens hing, eine Hand voll Rosenblüten.

»Du verstreust sie so.« Die Blütenblätter flatterten in einem anmutigen Bogen zu Boden. »Siehst du? Du musst nur sehr langsam gehen und die Blütenblätter in den Wind streuen.«

»Storm hat mir erzählt, dass die kleinen Mädchen, die die Blumen streuen, schrecklich wichtig sind«, sagte Sophie mit großem Ernst. »Sie meint, dass Hochzeiten ohne sie überhaupt keine richtigen Hochzeiten sind.«

»Storm hat Recht«, stimmte Gracie ihr zu. »Ich glaube nicht, dass dein Daddy und ich heute heiraten könnten, wenn du nicht vor uns hergingst, um uns den Weg zu zeigen.«

Als Sophie das hörte, strahlte sie übers ganze Gesicht. Gracie ging das Herz auf. Sie hatte eine schier unerschöpfliche Fähigkeit zu lieben. Je mehr sie Noah und Sophie liebte, umso mehr konnte sie allen anderen Menschen geben. Warum hatte ihr früher niemand dieses Phänomen erklärt? Oder musste das jeder Mensch für sich selbst entdecken?

Ruth blieb in der offenen Tür stehen. Sie trug einen hellroten Wollmantel mit einem Ansteckbukett aus weißen Rosen.

»Pater Tom möchte wissen, ob du fertig bist«, sagte sie und streichelte die blonden Locken ihrer Enkelin. »Der Wind hat sich gelegt, das möchte er gern ausnützen.«

»Wir sind fertig«, antwortete Gracie und die beiden Frauen sahen sich an.

»Du siehst wunderschön aus, Gracie.«

Gracie errötete und drehte eine Pirouette, worüber Sophie kichern musste. »Rachel und ihre Töchter haben sich mit dem Kleid wirklich übertroffen, findest du nicht?«

Das Hochzeitskleid reichte bis zum Boden und war eng anliegend mit langen Ärmeln und einem kleinen Stehkragen. Laquita hatte den Kragen und die Manschetten mit Zuchtperlen bestickt.

»Das Kleid ist hübsch«, sagte Ruth, »aber du bist schön.« Sie atmete tief ein und fuhr dann fort: »Du bist immer etwas Besonderes für mich gewesen, Liebes. Ich bin so glücklich, jetzt zu eurer Familie zu gehören.«

Nach jenem Abend, als Ruth Gracie und Noah die Wahrheit gebeichtet hatte, war eine gewisse Distanz zwischen ihnen entstanden. Es ist nie einfach, wenn man feststellt, dass ein bis dahin idealisierter Mensch auch nur ein sterbliches Wesen ist.

Doch Ruth hatte sich für die Wahrheit entschieden und ihrer aller Leben verändert.

Jedes Mal, wenn Gracie den verlorenen Jahren nachtrauerte, musste sie nur Sophie anschauen und dann löste sich ihr Kummer in nichts auf. Für Noah war das Verzeihen nicht so leicht. Doch im Laufe der Zeit würde auch er seine Mutter wieder so wie früher lieben können. Außerdem half ihm seine Arbeit über vieles hinweg. Er hatte sich fest vorgenommen, die *Gazette* wieder zu einem renommierten Blatt zu machen und sich bereits großen Respekt bei seinen Mitarbeitern erworben. Noch war die finanzielle Situation prekär, aber niemand zweifelte daran, dass er es schaffen würde.

Gracie zögerte nur kurz. Dann streckte sie die Hand aus und die beiden Frauen lagen sich in den Armen, während Sophie an Gracies Rock zupfte und sagte: »Mommy, vergiss mich nicht.«

Gracie beugte sich hinunter und küsste sie auf den Kopf. »Als ob ich das je könnte.«

»Tut mir Leid, euch zu stören«, sagte da Ben, der plötzlich aufgetaucht war, »aber es ist Zeit.«

Ruth ging nach draußen und setzte sich in die Nähe des improvisierten Altars.

»Bist du bereit?«, fragte Gracie Sophie, die jetzt etwas nervös wirkte.

»Ich bin bereit«, antwortete Sophie.

»Viel Glück, kleine Lady«, sagte Ben, als Sophie ihre schmalen Schultern straffte und ihr Blumenkörbchen in die linke Hand nahm. »Wir sind direkt hinter dir.«

»Ich gebe mir Mühe, Großvater«, entgegnete sie und marschierte aus der Tür.

»Großvater«, wiederholte Ben kopfschüttelnd das Wort. »Das klingt richtig gut.«

»Es war ein langer Weg bis hierher, Dad. Ich bin so glücklich, dass du heute bei mir bist.«

»Es gibt keinen Ort, an dem ich lieber wäre.« Er räusperte sich, ehe er fortfuhr: »Deine Mutter wäre sehr stolz auf dich, Graciela. Genauso stolz wie ich.«

»Ich liebe dich, Dad«, sagte Gracie und dieser Satz löschte allen Schmerz. Es tat so gut, diese Worte zu sagen.

Tränen traten in Bens Augen und er tätschelte die

Hand seiner Tochter. »Komm jetzt, Graciela«, sagte er. »Du und Noah, ihr habt lange genug gewartet.«

Sie hakte sich bei ihm unter und einen Moment später traten die beiden in den hellen Sonnenschein des Weihnachtsnachmittags hinaus. Der vertraute Schatten des Leuchtturms lag über dem Strand und ganz kurz war sie wieder ein Teenager, der über die Felsen zu ihrem geliebten Noah lief.

Er stand am Ende des mit Rosen bestreuten Pfads, neben ihm seine Tochter – ihrer beider Tochter – und an seiner anderen Seite stand Michael Shanahan, ein großer, gut aussehender Mann, dem man den Stolz auf seinen Sohn ansah. Die beiden waren sich sehr ähnlich und es hatte Gracie viel Freude bereitet zuzusehen, wie Vater und Sohn einander kennen lernten.

Alle waren da: Laquita und Rachel und Darnell und Ruth und Don Hasty und Storm und Dr. Jim und Patsy und Michaels Frau und Töchter und Dutzende Mitarbeiter der *Gazette* und viele andere. Sogar Grandma Del und Mona waren da. Gracie konnte ihre Anwesenheit spüren.

Als sie vor Pater Tom standen, öffnete der Geistliche sein Gebetbuch und sagte: »Wir sind heute hier, um ein Wunder zu bezeugen. Wir sind hier, um die Geburt einer Familie zu bezeugen.

The Idle Point Gazette – 25. Dezember
Weihnachtsausgabe

Sie liebt mich und sie liebt meine Tochter und wenn Sie diese Zeilen lesen, sind wir eine Familie, sowohl auf dem Papier als auch in unseren Herzen. Und dieses Mal feiern wir mit allen Menschen, die uns lieben, unserer Familie und unseren Freunden.

Acht Jahre unseres Lebens haben wir verloren, doch

jedes Mal, wenn ich sie mit meiner Tochter sehe, danke ich Gott, dass wir unseren Weg nach Idle Point zurückgefunden haben.

Wie also geht diese Geschichte zu Ende? Das ist ganz einfach. Sie endet, wie alle guten Geschichten immer enden, mit diesen uns allen wohl vertrauten Worten:

Und sie lebten vergnügt und glücklich zusammen.

Hier in Idle Point.

Wer könnte sich mehr wünschen?

Danksagung

Die Liste ist lang; die Dankbarkeit bleibt. Wie immer gilt mein Dank:
Steve Axelrod, Judith Palais und Leslie Gelbman für ihre Unterstützung, Ermutigung und Beratung.
Meinem Mann einfach nur für sein Dasein.
Meinem Vater, Mel Fuller, und meiner Mutter, Vi; Tim Bowden und seiner virtuellen und nicht-virtuellen Familie; Jim Selkirk und seinem Sohn David; Joyce Bradsher, Schauspielerin/Künstlerin/Auktionatorin; Kay Butler und ihrem Sohn Wendell – die alle unter fast unerträglichem Druck eine große Würde behielten.
Gene Haldeman für seine Freundschaft.
Cathy Thacker, die mich zum Lachen brachte.
Bertrice Small, für so vieles.
Tom E. Huff, der immer glaubte.
Robin Kaigh, der etwas weiß, ehe sogar ich es weiß.
Tracey Robinson, weil manchmal im zweiten Anlauf der Reiz liegt.
Debra Matteucci für fünfzehn tolle Jahre.
Willa Cline, Web Goddess (und Pye).
Den wundervollen Mitgliedern von MERWA, die mit mir ihre Liebe zu Maine teilten.
Rita Bowden, die mir dieses Jahr zeigte, was Liebe und Mut bedeuten, und Don Hilton Bowden (1946-1999), dessen Geschichten, Witz und Brillanz weiterhin meinem Leben Wärme geben. Ich vermisse dich, alter Freund.

Utta Danella

Große Romane der beliebten
deutschen Bestseller-Autorin.

01/10419

Eine Auswahl:

Die Jungfrau im Lavendel
01/6370

Das verpaßte Schiff
01/6845

Der schwarze Spiegel
01/6940

Regina auf den Stufen
01/8201

Das Hotel im Park
01/8284

Der blaue Vogel
01/9098

Jacobs Frauen
01/9389

Niemandsland
01/9701

Die Unbesiegte
01/9884

Ein Bild von einem Mann
01/10342

Wolkentanz
01/10419

Die andere Eva
01/13012

HEYNE-TASCHENBÜCHER